ファイナル・ツイスト

THE FINAL TWIST

JEFFERY DEAVER

ジェフリー・ディーヴァー

池田真紀子・訳

文藝春秋

日曜午後の仲間たち――ジョーン、クリーヴ、ケイ、ラルフ、ゲイルに

権力を有する者にとって犯罪とは、
自分以外の人々が犯すものである。
―ノーム・チョムスキー

目次

主な登場人物

コルター・ショウ……………本編の主人公
ラッセル・ショウ……………コルターの兄
アシュトン・ショウ…………同父　謎の死を遂げる
メアリー・ダヴ・ショウ……同母
ドリオン・ショウ……………同妹
アイリーナ・ブラクストン…民間諜報会社ブラックブリッジの幹部
エビット・ドルーン…………ブラクストンの部下
イアン・ヘルムズ……………ブラックブリッジのＣＥＯ
エイモス・ゴール……………ブラックブリッジの元社員　怪死を遂げる
〝ブロンド〟…………………殺し屋
ジョナサン・デヴロー………バニヤン・ツリー社のＣＥＯ

マック・マッケンジー……………私立探偵　コルターの協力者
カレン……………………………ラッセルの同僚
タイ………………………………同右
ヴィクトリア・レストン…………コルターの友人
テッシー・ヴァスケス……………行方不明となった娘
マリア・ヴァスケス………………テッシーの母　コルターに娘探しを依頼
ローマン…………………………テッシーの元恋人　ドラッグの売人
トム・ペッパー……………………コルターの友人、元ＦＢＩ捜査官
スティーヴン・フィールド…………大学教授　政治史の専門家
アーネスト・ラフルール……………ブラックブリッジの元社員
ジャーニーマン・アデル……………元カルトのメンバー

装幀・関口聖司

ファイナル・ツイスト

スティールワークス

コルター・ショウは銃を抜いた。階段にそっと足を踏み出し、古びた建物の大きな地下室へと下りていく。カビと灯油の臭気が鼻をついた。

地下室か。つい昨日下りた地下室の記憶が脳裏をよぎる。そこで遭遇したできごとも。

頭上で音楽が拍動し、無数の足が床を踏み鳴らしている。ベースが刻むリズムはランナーの心拍だ。ただし上の階とこの階は、それぞれ別の世界に属している。

階段を下りきったところで周囲を見渡す。頭のなかに見取り図を描く……自分がいる場の見取り図をつねに頭に描いておくのが肝心だ。この地下室の半分は、建物が完成したあと増築されたようだ。階段を下りて右側に何もない大きな空間。左手には長さ十五メートルほどの廊下が延び、それに面してドアが並んでいる。

右手のがらんとした空間をさっと確かめる。危険はないが、利用できそうなものもない。左に向きを変え、廊下伝いに歩き出す。ボイラーの前を通り過ぎる。たくさんの買い置き品。トイレットペーパーの大きなパッケージ、ホーメル印のチリコンカルネの缶詰、ミネラルウォーターのプラボトル、ペーパータオル、ディキシー印の紙皿、プラスチックのフォークやナイフ。九ミリ弾の大きな箱も一つ。

ゆっくりと廊下を進む。右側の一つ目のドアは開いていて、天井灯の冷たい光と、もう少し暖かな色の揺らめく光が廊下に漏れている。ショウは影の奥に身を沈めたまま室内をのぞく。事務室か。ファイルキャビネットにパソコン、プリンターがあった。

大柄な男が二人テーブルの前に座り、モニターで野球中継を眺めていた。一人が椅子の背にもたれかかって三つ目の椅子に手を伸ばし、座面に置いたビールの六本パックから最後の一本を取る。二人とも銃を持っているだろう。ショウは二人の職業を知っている。その職業に就いている者なら二十四時間つねに武器を身につけていることも。

その気になれば向こうからもショウの姿が見えるだろうが、暗い廊下に天井灯はなく、ショウは黒いジャケットにジーンズ、それに——ここへはオートバイで来たから——ライディングブーツという格好だ。ブーツはふだん履いているエコーの靴ほど足音を殺してくれないが、上階のダンスフロアから伝わるビートがあらゆる物音をかき消している。きっと銃声さえのみこむだろう。

男たちは野球中継をながめ、しゃべり、冗談を言い合っている。空のビール瓶が五本。考えようによっては好都合だ——二人とも酒を飲んでいる。とっさの反応は鈍いだろう。正確さにも欠けるだろう。

万が一、こちらの存在に気づかれたとしても。

一瞬、迷った。先にこの二人を制圧すべきか。

やめておこう。こちらがやられる可能性もゼロではない。成功の確率は、最大で七五パーセント。

父の声が耳に甦る。**気づかれなければそれですむときに派手な行動を取るべからず。**

それに、探し物はここでは見つからないかもしれない。そのときは、二人に気づかれないよういま来た道をたどって引き上げればいい。

存在を気取《けど》られないよう足音を忍ばせ、事務室の前を通り過ぎたところでいったん立ち止まり、明るさに慣れた目がまた暗さに慣れるのを待つ。

ふたたび歩き出し、部屋を一つずつ確かめる。ほとんどのドアが開けっぱなしで、そしてほとんどの部屋が真っ暗だ。

音楽や、床を踏み鳴らして踊る足音は、味方であり、敵でもある。接近を察知されにくいのはありがたいが、音が聞こえないのはこちらも同じだ。ショウの存在に先に気づいた何者かが空っぽの部屋にひそみ、武器を握って待ちかまえているかもしれない。

八メートル。十二メートル。

無人の部屋。また無人の部屋。廊下の突き当たりが見えた。そこから右に、次の廊下が延びている。また部屋が並んでいるのだろう。あといくつあるのか。

最後の部屋。ドアは閉まっている。鍵がかかっている。

折りたたみナイフを開き、刃の先端を隙間に差しこんで、デッドボルトを錠ケースのほうに押し戻す。デッドボルトが元どおり飛び出てしまわないようドアを引いたままにし、また刃を差しこんでデッドボルトを押す。この手順を十回ほど繰り返すと、ドアが開いた。ナイフをしまい、銃を抜いた。指はトリガーからはずしておく。

部屋に入る。

黒人の女性がいた。年齢は二十代前半、髪を手のこんだブレード編みにしている。ジーンズの上に霜降りグレーのスウェットシャツ。ショウの銃を目にするなり大きく息を吸いこみ、悲鳴を上げようとした。ショウは片手を上げてそれを制し、即座に銃をホルスターに戻した。「大丈夫。もう安心だ。一緒にここを出よう。名前は?」

ややあって、女性が答えた。「ニタ」

「私はコルター。もう心配はいらない」

室内は不潔だ。紙皿の上で平らな池を作っている手つかずのチリコンカルネ。中身が半分だけ残ったミネラルウォーターのボトル。トイレ代わりのバケツ。女性は縛られてはいないが、拘束はされている。足首に結束バンドがかけられ、そのバンドは水道管か排水管らしきパイプに回した自転車用のケーブルにつながれている。ショウは電灯を消した。電灯がなくても、見るのに不自由はない。

いま来た廊下を振り返る。野球中継が続いているのだろう、モニターの光が廊下で揺らめいている。いま何回なのか。回によっては急がなくてはならない。

「怪我は？」

ニタが首を振る。

ショウは折りたたみナイフを取り出し、かちりと音を立てて刃を開いた。プラスチックの結束バンドを切断し、ニタを立ち上がらせる。足もとがおぼつかない。

「歩けそうかな」

ニタがうなずく。体は震え、頬に涙が流れている。「家に帰りたい」

一緒に廊下に出る。そこで初めて思い当たった。

三つ目の椅子。

しまった。

ビールの六本パックを置くためにわざわざ椅子を用意するか？　あの事務室にはもう一人いて、一緒に野球中継を見ていたのだ。

ちょうどそのとき、第三の男が階段を下りてきた。バドワイザーの六本パックをぶら下げている。コンクリート敷きの床に足を下ろすと同時に顔を上げて廊下を一瞥《いちべつ》し、ショウとニタに気づく。六本パックが床に落ちる。瓶の少なくとも一本が割れる音。男は「おい！」と怒鳴って腰に手をやった。

同時に、野球中継の光の揺らめきが止まる。

第一部　ミッション　六月二十四日

一家の死まで：52時間

1

隠れ家だ。

やっと。

ミッション地区のアルヴァレス・ストリート、そのごみごみした通りに面して建つ、澄んだ青空の色をしたヴィクトリア朝様式の一軒家。ここに来るのに何週間もかかった。シリコンヴァレーからカリフォルニア東部のシエラネヴァダ山中へ、そこからさらにワシントン州へ。いや、考えようによっては――ショウは一時停止したヤマハのオートバイにまたがったまま、一軒家を見上げて考え直した――一生かかってたどりついたとも言えるか。

　長く追い求めた目的地にようやく達したときに抱きがちな感想ではあるが、それは小さくて平凡でぱっとしない家に見えた。しかし、ショウが期待しているとおりのものが本当にここにあるなら、その第一印象は見せかけにすぎないことになる。ここには数百の、もしかしたら数千の人命を救える情報が隠されているかもしれないのだ。

　サバイバリストの父を持つショウには、何を措《お》いても確かめなければならないことがある――この隠れ家《セーフハウス》はどこまで安全《セーフ》なのか。

　通りから見るかぎりでは無人のようだ。屋内は真っ暗だった。ギアを入れて家の裏の路地に回り、ゴシック様式の錬鉄のフェンスに囲まれた雑草が伸び放題の庭の前でふたたび停まった。裏から見ても家は真っ暗で、人が住んでいる様子はなく、室内で動く影もない。アクセルを開けてまた正面側に戻った。後輪をすべらせていったん停止し、パワーが出る低いギアに落としてから歩道に乗り上げた。

　ずしりと重たいバックパックをかつぎ、オートバイとヘルメットをチェーンで固定してから、歩道から一メートルほど高くなった花壇を踏み越えた。ツゲの生垣の陰に分電盤がある。そんなことはまずないとは思うが、万が一、屋内に爆発物があるとすれば、おそらく有線で電力を供給されているだろう。電話やパソコンであれ、はたまた即席爆弾であれ、電池に頼るのはどう考えても心もとない。

いつでも抜けるよう銃のそばに手をやってから、父が遺した鍵を使って玄関を開けた。ショウを出迎えたのは、ホワイトノイズと、消臭剤のラベンダーの香りだけだった。

父アシュトンがここに隠したはずの文書を探す前に、この家の安全を確認しなくては。

〝危険の兆候はない〟と〝危険はない〟は同義ではない。

一階をざっと確かめる。リビングルームの奥はちょっとした応接スペースになっていて、そこに二階に上がる階段があった。応接スペースの奥はダイニングルーム、キッチンと続き、裏の路地に面して勝手口が設けられている。補強が施されたドアには窓がなかった。キッチンにはもう一つ、カリフォルニア州の住宅には珍しい地下室に下りるドアもあった。わずかばかりの家具はどれも実用一本槍で、デザインはまちまちだ。壁の色は灰色がかった白。カーテンは陽に焼けて褪せ、絞り染め《タイダイ》のように色がまだらになっていた。

一階にある部屋を残らず確認し、次に二階と三階を見て回った。人が住んでいる形跡はないが、二階のマットレスには、きちんと畳まれたシーツや枕カバーが置いてある。

残るは地下室だ。

強力なハロゲン懐中電灯のスイッチを入れ、闇を貫く光を頼りに階段を下りた。地下室は空っぽも同然だった。古い塗料の缶がいくつかと、かしいだテーブルが一つ。奥のほうに石炭入れがあり、黒光りする石炭の小山が入っていた。ショウは一人微笑んだ。

さすがサバイバル魂は不滅だね、アシュトン。

薄暗がりに足を踏み出す。梁《はり》から電線が三本垂れていた。階段の上り口に近い一本には、笠と小さな裸電球が下がっている。真ん中と奥の一本は途中で切断され、先端に絶縁テープが巻きつけてあった。

奥の二本が切断されている理由には想像がつく。地下室の奥の様子を見えにくくするためだ。

懐中電灯の光が奥の壁に届いたところで、ショウは足を止めた。

ふむ、そう来たか、アシュトン。

地下室のほかの壁と同じように、奥の壁も一・二メートル×二・四メートルの合板を柱に打ちつけて天井から床まで一面を覆い、黒一色に塗装してあった。しかし合板の継ぎ目をよく観察すると、一枚だけほかと違っていた。隠し扉になっている。この奥に秘密の空間があるのだろう。ショウは折りたたみナイフを開いた。もう一度、扉の表面を確かめた。床に近い位置に細い隙間がある。ナイフの切っ先をそこに差し入れた。かちりと音がして、隠し扉が手前に向けて途中まで開いた。ナイフをしまい、銃を抜いて重心を落とし、懐中電灯の光を扉の奥に向けた。武器を持った敵がいた場合に備え、即座に発砲できるようかまえておいて、懐中電灯で左上を照らす。

　手を伸ばし、仕掛け線の有無を確かめた。罠はないようだ。

　足で扉をそろそろと引き開ける。

　五十センチほど開けたところで爆弾が炸裂し、焼けつくような閃光と耳を聾《ろう》する轟音《ごうおん》が放たれて、爆弾の破片が一つ、ショウの胸を直撃した。

2

　爆発がもたらすリスクはたいがい、死ではない。

即席爆弾の被害者の大半は視力や聴力を奪われる。あるいは手足を吹き飛ばされる。その両方の場合もある。昨今の爆弾の構成パーツは、秒速九千メートルを超えるスピードで飛散する。衝撃波が海抜ゼロメートルからエベレスト山頂に到達するのに、咳払いを一つできるかどうかの時間しかかからない。

　ショウは床に倒れていた。何も見えない。何も聞こえない。咳が出た。あちこちが痛い。破片の直撃を食らった胸に手をやる。じんじん痛んだ。しかし、出血する種類の傷ではなかった。どういうわけか、皮膚は裂けていない。全身をざっと確めた。腕、手、脚。ちゃんと動く。

　一安心したところで――銃はどこだ？　爆弾の破裂後には人間が襲ってくるものだ。

　何も見えないまま膝立ちになり、湿ったコンクリート床を同心円状に叩いて銃を探り当てた。

　目を細めた。やはり見えない。意志の力を結集したところで、視力が戻るものではない。

　パニックを起こしている場合ではなかった。このままずっと目が見えなかったら、耳が聞こえなかったら、今後の人生はどうなるのかと不安がっている場合でもない。

ロッククライミングにオートバイ、放浪の人生――何もかもが危うくなるだろうが、いまここで心配していてもしかたがない。

だが、敵の動きをどうやって感知すればいい？　低くしゃがんだ姿勢のまま、さっき石炭入れがあったほうにそろそろと移動した。少なくとも身を隠すのに使えるだろう。耳を澄ましたが、鼓膜に触れるのは、耳鳴りに似た音だけだった。

息をひそめて五分、地下室の反対側で何か輝くものが像を結び始めた。一階のキッチンから漏れてくる明かりだ。

どうやら視力を完全に失ったわけではなく、爆発の閃光で一時的に視力を奪われただけらしい。少しすると、懐中電灯の光を見分けられるようになった。三メートルほど先に転がっていた懐中電灯を回収し、そのまぶしい光を地下室のあちこちに向け、隠し扉の奥の空間も確かめた。

敵の姿はなかった。

銃をホルスターにしまい、左右の耳の横で指を鳴らしてみた。聴覚も回復してきている。

それから状況を検討した。

いったい何が起きた？

侵入者を殺すための爆弾であれば、確実に息の根を止められるように仕掛けるだろう。隠し扉の枠に沿って懐中電灯の光を動かすと、あった。煙を立てている物体が見つかった。灰色の金属の塊だ。大きなスタン手榴弾だ。可燃性の物質でできていて、起爆すると強烈な閃光と大きな音を発するが、破片を飛散させて命を脅《おびや》かすことはない。目的はあくまで警告だ。

なぜ気づかなかったのだろう。ショウは装置を注意深く観察した。なるほど、そういうことか。このスタン手榴弾は、まるで弾丸のように飛んできたのだ。隠し扉のすぐ奥の棚から発射され、半秒ほどの時間差で起爆するよう設定されていたのだろう。胸を直撃した物体はこれだ。起爆装置はおそらく、モーションセンサーか接近センサー。こんな仕組みの爆発装置は初めて見た。

ほかにも罠がないか、奥の空間の隅々まで確認した。大丈夫、ほかにはなさそうだ。

仕掛けたのは誰か。この秘密の部屋を設《しつら》えたのはおそらく父アシュトンと同僚だろうが、スタン手榴弾の罠を仕掛けたのは別の人物だろう。アシュトン・ショウは一度として爆発物を扱ったことがなかった。無許可で爆発物を所持するのは違法だ。サバイバリズムに傾倒し、政府機関を警戒していた父は、決して法を破らないよう用心していた。

政府機関に身柄拘束の口実を与えるべからず。

まもなく、罠を仕掛けたのは父ではないと裏づける証拠を見つけた。白くまばゆい光のもとで手榴弾をもう一度よく見てみると、それは軍需品で、しかも去年の日付スタンプが捺されていた。

天井灯のスイッチを入れて懐中電灯をしまった。六メートル四方ほどの空間の真ん中に、使いこまれた作業台と古びた木の椅子がある。およそ空っぽの棚に書類と衣類が少しだけ。壁際に書類の山がいくつかと、部屋の隅にはミリタリーグリーンの大きなダッフルバッグが一つ。

作業台の上には大量の書類が積み上げられていた。

これがそうなのか？　父アシュトンを含めた多くの人々が探し求め、命を落とした宝はこれか？

ショウは秘密の小部屋の入口が見えるほう、作業台の向こう側に回ると、腰をかがめて書類に目を凝らした。

3

コルター・ショウをこの隠れ家に導いたのは、一家がカリフォルニア東部の山岳地帯に所有する広大な地所〝コンパウンド〟内に隠されていた秘密だった。

父アシュトンが命を落とした現場、コンパウンドにそびえる険しいやまびこ山で、ショウは父が何年も前に書いて隠した手紙を見つけた。

ショウの人生を一変させる手紙を。

大学教授として、また歴史と政治の在野研究者として歳月を過ごすうち、〝合法と違法、民主主義と独裁制の狭間〟で暗躍する大企業や政府機関、政治家や資産家に対する不信を深め、友人や大学の同僚教授と協力して、彼らの不正を暴く活動を開始した――父からの手紙はそんな風に始まっていた。

父と志をともにする仲間がまず狙いを定めたのは、産業スパイの灰色の世界で実績を誇る民間諜報会社ブラックブリッジ・コーポレート・ソリューションズだった。

ブラックブリッジが中心的役割を果たした不正工作は

多々あるが、アシュトンらがとりわけ許しがたいと考えたのは、ブラックブリッジが主導した都市部活用構《アーバン・インプルーヴメント・プ》想《ラン》、略称〝ＵＩＰ〟だ。表向きは、ブラックブリッジが不動産デベロッパーに土地を斡旋《あっせん》し、再開発事業を後押しするプロジェクトにすぎない。しかしブラックブリッジは単なる不動産ブローカー以上の役割を担った。近隣の密売組織と手を組み、ターゲット地区にメタドンやフェンタニル、メスなどの違法薬物を無料同然《ただ》で大量に流したのだ。薬物依存症患者が急増し、一帯が住むに適さない地域になったところで、デベロッパーが底値で土地を買いあさった。

　それによって政界のクライアント——政治活動委員会、ロビイスト、選挙の候補者——も利益を得た。違法薬物が蔓延したため、転出する住民が増えて人口構成が変化し、選挙区の区割りが見直された。要するにＵＩＰは、麻薬を利用してクライアントに有利なように選挙区を改変したのだ。

　アシュトンのかつての教え子で、卒業後は親しい友人となったあるサンフランシスコ市議会議員がＵＩＰの調査を始めたのを境に、ブラックブリッジの陰謀は、アシュトン・ショウ個人に対する攻撃も同然になった。その市議会議員トッド・フォスターとその妻が殺害されたからだ。二人とも至近距離から銃で撃たれていた。強盗殺人事件として処理されたものの、口封じのために殺されたに違いないとアシュトンは考えた。

　アシュトンと同僚は、ブラックブリッジの不正の証拠を探し始めた。証拠さえあれば、警察も重い腰を上げるだろう。接触したブラックブリッジ社員のほぼ全員に証言を拒まれたが、ＵＩＰはさすがにやりすぎだと考えた社員が一人だけいた。その一人、エイモス・ゴールは、不正の証拠を入手して社外に持ち出し、サンフランシスコ市周辺のどこかに隠した。しかし、アシュトンや警察当局に連絡する前に自動車事故で死んだ。これもやはり不自然な事故だった。

　アシュトンは手紙にこう書いていた。**ゴールが隠した文書を探し出すこと。寝ても覚めてもそれが頭から離れなくなった。**

　やがて、アシュトンや彼の妄想じみた信念を共有する同僚の存在をブラックブリッジに知られた。数人が不可解な事故で死に、ほかの何人かは命の危険を感じて闘いから離脱した。サンフランシスコで——そして表沙汰にはなっていないがほかの都市でも——大勢の命を奪い、アシュトンの教え子をも殺したブラックブリッジの打倒を目標に活動を続ける者は、まもなくアシュトン一人だけになった。

そして十月のある冷え冷えとした夜、十六歳のコルター少年は、索漠としたやまびこ山で、父アシュトンの遺体を発見した。

最近になってショウは、父が戦っていたいかがわしい連中の正体を知った。

イアン・ヘルムズ——ブラックブリッジ創業者で現CEO。年齢は五十代なかば、映画スターのような美男で、軍または諜報機関で働いた経験があり、その後、政治およびロビー活動に関係するようになった。

エビット・ドルーン——ブラックブリッジの〝便利屋〟、すなわち殺し屋。貧相な体つきとネズミじみた顔。ショウめがけて火炎瓶を投げつけた一件を含め、複数回の遭遇を経て、ドルーンは筋金入りのサディストであるとショウは確信するに至った。

アイリーナ・ブラクストン——ブラックブリッジの工作員の一人で、アシュトン排除を命じ、いまはその息子コルターの排除を任務としている。この女について、アシュトンは手紙にこう書いていた。

近所のおばあちゃんといった風貌をしているが、その実、冷酷そのもので、作戦の一環として迷わず身体的な攻撃を指示するような人物。

ブラクストンは会社の〝渉外関係責任者〟だが、それは実際の職務内容を隠す、聞こえのよい呼称にすぎない。

アシュトンの手紙は次のように締めくくられていた。

さて、ここからはきみの話をしよう。

きみは私が残したパンくずを頼りにやまびこ山にたどりついたのだろう。そしていま、この手紙を読んで一部始終を知った。

この危険な仕事を引き継いでくれときみに頼むなど、私にはできない。理性的な人間であればそのようなことはしないはずだ。だが、もしもきみに引き受ける覚悟があり、中断した私の調査を再開する気があるなら、きみはブラックブリッジとその顧客によって命を奪われた者、取り返しのつかない影響をこうむった者に代わって正義をなし、将来、同じ運命に苦しめられていたかもしれない数千の人々を救うことになる。

同封した地図についた印は、エイモス・ゴールが証拠を隠した可能性がある地点を示している。これからこの手紙と添付書類一式を隠したあと、私はサンフランシスコに戻り、いっそうの手がかりを集める努力をするつもりでいる。そうやって集まった手がかりは、サンフランシスコのアルヴァレス・ストリート六一八番地にある。

最後に一つだけ――自分は安全と油断するべからず。

A・S

4

それがコルター・ショウの目下の任務《ミッション》だ。父に託された地図上で印がつけられた十八の地点を調べ、エイモス・ゴールが隠した証拠を探し出すことが。

隠れ家の地下にある秘密の部屋に残っていた文書をひととおり点検したが、いずれもブラックブリッジとは無関係で、機械の製作プロジェクトと輸送に関する文書ばかりだった。英語で書かれたものもあれば、ロシア語またはキリル文字を使う別の言語で書かれたものもある。ショウもスペイン語ならわかるが、スペイン語で書かれた書類もやはり、輸送や運搬に関連する内容だった。中国語の書類も数多く含まれていた。

何者かがここを作戦基地に使っているのだ。当初から父と志を同じくしていたうちの一人だろうか。ショウと同じように、その子供世代の誰かか？　男か、それとも女か。若いのか。中高年か。書類の一部に最近の日付があった。ショウは床の上のダッフルバッグに目を向けた。罠がないことを確認してから、ジッパーを開けた。

中身を見て、性別の疑問は解決した。男物の、平均より大きなサイズの衣類が入っていた。Tシャツ、ワークシャツ、カーゴパンツ、ジーンズ、セーター、ウールの靴下、野球帽、手袋、カジュアルなジャケット。色は黒またはチャコールグレー、深緑で統一されていた。

そのときになって、奥の壁際の陰になった一角に、書類の山がもう一つあることに気づいた。めくってみると、たしかに父が残した書類だった。ショウに書き方の手ほどきをしたのは父アシュトンだ。父が書く文字は、ショウのそれよりさらに優雅で細かい。

その文字を目にして、鼓動がほんのわずかに速まった。

書類を持って一階に戻り、がたついたテーブルに置く。負けずにぐらぐらする椅子に腰を下ろし、書類に目を通した。UIPに関するより詳しい情報と、ブラックブリッジが関与したほかのプロジェクトの情報があった。高層ビルの怪しげな耐震検査（何棟かはよりによってサンアンドレアス断層上に位置していた）、公共事業契約のリベート、土地利用や建築規制の不正工作、株価操作、マネーロンダリング。

カリフォルニア州議会議員の死を報じた切り抜きもあった。死亡した議員の写真の横にクエスチョンマークが二つ並んでいる。議員は州司法長官との面会に車で向かう途中で事故に遭ったようだ。車は炎に包まれ、車と積んであった記録文書の箱が全焼した。不可解な事故だったが、警察は捜査さえしていない。

アシュトンの教え子で、のちに市議会議員に選出されたトッド・フォスター――ブラックブリッジに殺害されたとアシュトンが疑った人物――の切り抜きも何枚か出てきた。

ここにある資料のすべてがブラックブリッジの犯罪行為を示唆している。しかし証拠にはならない。少なくとも、起訴の根拠とするには足りない。ショウには刑法の知識がそこそこあった。大学卒業後、試験を受けてロースクールに進むかどうか迷い、しばらく法律事務所で働いた経験ゆえだ。ショウが刑法に関心を抱くきっかけは、卒業したミシガン大学のシャープホーン教授の講義だった。一つところにじっとしていられない性格はデスクワークに向かないと痛感し、最終的には断念したが、その後も刑法への関心は薄れず、いまも関連書物を読みあさっている。そこで得た知識は、懸賞金ハンターの仕事にも役立っていた。

無理だ。父が集めた資料のなかに検事局を説得できそうな証拠は一つとしてない。

まもなく一通の短い手紙が目にとまった。エイモス・ゴールの同僚がアシュトンに宛ててしたためたもののようだ。小さな紙片を何度も折りたたんであった。電子的な傍受のリスクを避け、公園のベンチの裏や壁の割れ目などを利用して相手と接触せずに情報を受け渡しする方法――デッドドロップ――でやりとりされたものと考えて間違いないだろう。

エイモスが亡くなりました。例のものはブラックブリッジの社内連絡便キャリーケースに入っています。隠し場所はわかりません。連絡はこれで最後にします。危険すぎるので。幸運を祈っています。

つまり〝例のもの〟――証拠だろう――はキャリーケースごと、アシュトンが地図に印をつけた候補地点のどれかに隠されているわけだ。手間がかかるが、早道はない。そのキャリーケースが見つかるまで一つずつ調べていくしかなさそうだ。もしかしたら、十八カ所のすべてが空振りに終わるかもしれないが。

しかしまもなく、十八カ所のすべてを調べて回る必要はないとわかった。すべてどころか、ただの一カ所も確認する必要はない。

書類の山から、やまびこ山で見つけたのとまったく同じ地図が出てきた。ただし一つだけ違っている点がある。十八カ所のすべてに赤い大きな×印がついていた。

アシュトンは、手紙にあったとおりコンパウンドに地図を隠したあとサンフランシスコに戻り、可能性のある十八カ所を調べて、そのすべてを候補から除外したのだ。

溜め息が出た。ブラックブリッジを打倒できる証拠がサンフランシスコの広大なベイエリア周辺のどこに隠されているのか、手がかりは何一つないということだ。

もしかしたら、アシュトンはほかにも候補地を見つけたかもしれない。しかし、何か手がかりがないかと残りの文書をめくろうとしたちょうどそのとき、邪魔が入った。

隠れ家のすぐ前、アルヴァレス・ストリートから、女性の叫び声が聞こえた。「誰か！　お願い、誰か助けて！」

5

ショウは張り出し窓から通りをのぞいた。金網のゲートの入口で男女が争っている。焼け落ちた建物の残骸がそのまま放置されている区画だ。

一人は黒褐色の髪をした三十代くらいの女性だった。色落ちしたジーンズにTシャツ、紺色のくたびれた革ジャケット、ランニングシューズ。白いイヤフォンのコードを垂らしている。がっちり体形の男に腕をつかまれ、助けを求めて必死に通りを見回している。男は白人で、着古したコンバットジャケットは薄汚れ、全体にどことなく垢じみた印象だった。おそらくホームレスだろう。路上で生活している人々のなかには統合失調症だったり、境界性パーソナリティ障害を持っていたりする者も少なくないが、この男もきっとそのどちらかだろう。女性にカッターナイフを突きつけ、ゲートからなかへと引きずりこもうとしている。力が強そうだ。ホームレスには珍しくない。路上生活は体にこたえる。ある種のサバイバリズムを実践しなくてはやっていけないのだ。この距離からでも、男の手や額の血管がくっきりと盛り上がっているのが見て取れた。

ショウは急いで玄関を出てコンクリートの階段を下り、二人に近づいた。女性がショウに気づき、目を見開いて懇願するように叫んだ。「助けて！　殺される！」

男の目がさっと動いてショウをとらえた。敵意をぎらつかせたその顔は、小鬼を連想させた。背の低さや胸板の厚さもあいまって、ファンタジーや神話を題材にした映画のクリーチャー役が似合いそうな風貌だ。遠くから見た印象のとおり、いかにも力が強そうな手をしていた。

「何だよ、にいちゃん。てめえにもヤらせろってか？　ふん、失せな」

ショウはかまわず近づいていった。

男はこれ見よがしにカッターナイフを振り回した。

「本気だぞ」

ショウは立ち止まらなかった。

第三者が現れたのだ。ふつうなら女性を襲う気などたちまちしぼむだろう。ところが、この男には女性を解放するつもりはまったくないらしい。キャッチしたホームランボールを別の観客に奪われまいと抵抗する野球ファンのようだった。男は女性の腕をきつくつかんだまま、ショウのほうに一歩踏み出した。

ショウは立ち止まらなかった。

「何だよ！　てめえ、耳が聞こえねえのか」

ショウ一家がシエラネヴァダ山脈に所有する広大な地所で、アシュトンは子供たちにサバイバルの技術を教えた。とくに時間をかけたのは銃器――ありがたくもあり、災いでもある発明品――の扱いだ。父のルールの一つは、射撃の基本として誰もが教わる規則から拝借したものだった。

使用の意図がないときに銃を抜くべからず。

ショウはグロックを抜き、男の頭に狙いを定めた。

男が凍りつく。

ショウは父のそのルールを日ごろから厳守している。それをいったら、父の〝べからず集〟にあるルールの一つとしておろそかにはしない。ただし、〝使用〟という語には多様な解釈が可能だ。ショウの解釈は、アシュトンのそれより広かった。いまこの場面に当てはめるなら、〝使用〟はトリガーを引くことではなく、相手を震え上がらせることを意味していた。

現に、男は震え上がっている。

「いや……よせよ……やめろって！　頼むから！　俺は何もしてねえよ。ここにただ立ってただけなんだ。小銭を恵んでくれってこのねえちゃんに言ってみただけだ。もう一週間も何も食ってなくてさ。そしたら、ねえちゃんのほうから迫ってきたんだよ」

ショウは沈黙を保った。交渉や軽口に応じる人間ではない。銃口を男に向けたまま、いたずら好きの小鬼のような顔に冷ややかな視線を注ぐ。男の湿った髪は後ろになでつけてあった。一九七五年ごろ幸いにも絶滅したヘアスタイルだ。

一瞬の間があって、男は女性の腕を放した。女性は男から距離を置き、肩で息をしながら金網のフェンスによりかかった。苦しげな表情で目を大きく見開いている。

その区画の建物は、全焼して五年くらいはたっていそうだったが、湿度が高いせいか、木材が焼け焦げたにおいがいまもかすかに漂っていた。

男はカッターナイフの刃を引っこめてポケットにしまおうとした。

「だめだ。そこに捨てろ」

「でも――」

「捨てろ。早く」

灰色のカッターナイフが砂利の浮いた歩道に落ち、からんと乾いた音が鳴った。

「とっとと消えろ」

男は両手を上げ、後ろ向きに歩き出した。しかしすぐに立ち止まった。首を小さくかしげて目を細め、期待をこめた顔で訊く。「なあ、にいちゃんさ、二十ドル札の一枚くらい、余ってないか？」

ショウの険悪な表情を見て、男はとぼとぼと遠ざかった。

ショウは銃をホルスターに戻し、周囲を見回した。通りに見える人影は一つだけだ。顎髭を生やした男で、膝上丈の黒いコートに黒っぽいスラックスを穿《は》き、ニット帽をかぶってオークランド・アスレチックスのロゴ入りバックパックを背負っている。かなり距離があるうえ、男はこちらに背を向けていた。たったいま起きた小さな事件を見ていたとしても、関わった人物やなりゆきにまったく関心がないようだ。男は近くの独立系カフェに消えた。イタリア移民の子孫が多く住むサンフランシスコには、独立系のカフェがそこかしこにある。

「助かった」女性がかすれ声で言った。「ありがとうございました！」女性は身長百八十センチのショウには届かないとはいえ、かなりの長身で、スポーツ選手のような体つきをしていた。ダメージ加工された細身のジーンズに包まれたふくらはぎやももにほどよい筋肉がついているのがわかる。腰が細く、腕が長かった。手の甲の血管は、さっきの男のそれと同じくくっきりと浮いている。黒褐色の髪はふわりと下ろしてあった。日に焼けた顔に化粧はしていない。こめかみから傷痕が走って生え際に消えていた。

「どうお礼を言っていいのか。あの……警察の方ですか」女性はショウの右腰の拳銃を一瞥したあと、ショウの顔を探るように見た。警戒している。

金色の髪を短く刈りこみ、筋肉質の体つきをして、少なからず無愛想なコルター・ショウは、しばしば警察官――複雑な殺人事件の捜査に当たるＦＢＩ捜査官や刑事、あるいは対テロ班のメンバー――と勘違いされる。この女性もきっと、彼を潜入捜査官か何かだと思っているだろう。今日はいかにもバイク乗りといった出で立ちをして、ヤマハのオートバイで来ているのだから。バイカージャケット、銃を隠すための黒いセーターに紺色のシャツ、ブルージーンズ、ノコナの黒いブーツ。

「私立探偵みたいなものです」

「私はトリシア」女性が自己紹介した。

ショウは名乗らなかった。本名も、変名も。

女性は首を振った。自分の行動に呆れているのだろう。「馬鹿でした。本当に馬鹿……」

ショウは言った。「もっとましな売人を探したほうがいい。いっそドラッグをやめるのでもいい」

女性は口を結んで目を伏せた。「そうよね。努力はしてるんです。こっちのプログラム、あっちのプログラムを試して。今日のこれは、いいかげんに目を覚ませっていう天からのメッセージかも」それからかすかな笑みを見せた。「でも、本当にありがとう」

そして女性は、中《なか》つ国《くに》のクリーチャーとは反対の方角に立ち去った。

6

ショウは隠れ家に戻り、文書のあるキッチンに向かったが、その手前のリビングルームに入ったところでふと立ち止まった。

棚に飾られた高さ十五センチほどの小さな彫刻に目が吸い寄せられた。ブロンズでできたハクトウワシ。翼を広げ、鉤爪《かぎづめ》を開いて、下方に狙いを定めている。

その彫刻を手に取り、引っくり返して裏を見たあと、また元の向きに戻した。

第三者の目には、自然保護公園の土産物店で販売されている出来のよい彫刻、カウンターの奥の棚に並んでいる高額商品の一つにしか見えないだろう。

だが、コルター・ショウにとってはそれ以上の意味を持つ品物だった。

何年も前、コンパウンドの自室の棚にあるのを見たのを最後に、この彫刻は行方知れずになっていた。どこに行ってしまったのだろうとときおり思い出しては記憶をたどった。部屋を掃除したとき、片づけたのだったか。それとも、何かの道具や自作の武器、コンパウンドを取り巻く丘陵地帯に長時間のハイキングに出かけて持ち帰ったもの、たとえば石、松ぼっくり、矢尻、骨を置く場所を空けようとして、どこかにしまいこんだのだったか。

そうか、ここにあったんだな――彫刻の行方がわかってうれしくなった。次男坊の思い出の品として、父がこの家に持ってきたのだろう。永久になくしたわけではなくてよかった。この彫刻がショウのものになった経緯は子供時代の重大な契機となったできごとの一つで、それは現在の仕事と生き方の原点を象徴していた。

じっとしていられない男……

一方で、この力強く羽ばたくワシの彫刻は、悲しみをも呼び起こした。子供時代のほかの記憶が、なかでも兄のラッセルの思い出が、脳裏に蘇った。

それは父アシュトンの精神状態が悪化していたころのできごとだった。アシュトンは当時十三歳だった末っ子のドリオンを呼び、真夜中に高低差三十メートルの絶壁をフリークライミングで登るよう命じた。それは試験だった。三兄妹は、それぞれ十三歳になると真夜中のフリークライミングの試験を課された。

ラッセルとコルターはすでに試験をパスしていたが、その通過儀礼には何の意味もないと思うようにもなっていた。ドリオンに課すのはとりわけ無意味だ。妹のクライミングの能力は兄二人と同レベルで、アシュトンをすでに追い越していたのだから。夜のクライミングを含め、スキルは充分に証明されていた。

十三歳ですでに自分の軸を確立していたドリオンは、いまさら試験の必要はないし、受けたくもなかったに違いない。「アッシュ。断る」妹は誰が相手であれ臆さずにものを言った。

だがアシュトンは引き下がらなかった。いらだちを募らせ、ますます意固地になった。

長兄のラッセルが仲裁に入り、試験は無用だろうと言った。

事態は険悪になった。刃物まで持ち出された——持ち出したのはアシュトンだった。ラッセルは、父に叩きこまれた技能を使って妹を守り、目を血走らせた父からナイフを取り上げようとした。

精神科医として夫アシュトンの主治医を務め、治療薬の処方と服薬管理を担っていたメアリー・ダヴは、実家に病人が出て家を空けており、事態を収拾できるおとなは家にいなかった。

触れたら火傷しそうな空気が流れた。やがて父が矛《ほこ》をおさめ、一人ぶつぶつとつぶやきながら自室に引き上げていった。

父がやまびこ山で転落死したのは、それからまもなくだ。

不可解な死だった。とはいえ、それ以上にショウの心を乱したのは、アシュトンが転落した前後に自分がどこにいたのか、兄のラッセルが嘘をついたことだった。当日、兄は、やまびこ山からそう遠くない場所にいたのだ。父を殺したのはラッセルなのだとショウは考えた。きっと苦渋の決断、身を切られるような選択だっただろう。だがどこかの時点でラッセルは、ドリオンとアシュトンのどちらか一人の命しか守れそうにないと覚悟し、そして妹を選んだのだ。アシュトン・ショウはそのころすでに、三人が子供時代に知っていた、茶目っ気のある優れた教師とはまるきり別人に成り果てていた。

ショウも彼なりの苦しい結論を出した――兄が父を殺したという現実を受け入れた。その現実は何年ものあいだショウの心を引き裂き続け、兄と弟の関係をも引き裂いた。

ところが数週間前、真実が明らかになった。ラッセルはアシュトンの死にまったく関わっていないと判明したのだ。アシュトンを死なせたのは、あの凍てついた十月の深夜、やまびこ山まで父を尾行したブラックブリッジの工作員の一人だった。

ショウに真相を明かしたのは、ほかならぬエビット・ドルーンだ。「あんたの親父……ブラクストンは消したがっていた――ただし、まだそのときじゃないと考えていた。ほしいものを手に入れてからだとな。だから誰かを行かせて、文書の話を聞き出そうとした」

〝話を聞き出す〟とは、アシュトンを拷問し、エイモス・ゴールがブラックブリッジから持ち出した秘密と証拠について知っていることをしゃべらせるという意味だ。

ドルーンはこう説明した。「俺たちにわかってるかぎりだと、ブラクストンの手下が〝コンパウンド〟に向かってることをあんたの親父さんは知ってた。アシュトンはわざと姿を見せて誘い出し、森のどこかで殺すつもりでいた。ところが、待ち伏せ作戦は失敗した。格闘になった。あんたの親父さんは転落した」

ドルーンの口から真相を知らされるまで、父を殺したのはラッセルだと、ショウは心の底から信じていた。一度も言葉にされていないとはいえ、身に覚えのない非難を向けられて打ちのめされたラッセルは、家族の前から姿を消した。アシュトンの葬儀を最後にラッセルの消息は途絶え、十年以上の歳月が流れた。

コルター・ショウは人捜しを仕事にしている。善良な市民であれ犯罪者であれ、運命や何らかの事情によって行方がわからなくなった人々、自らの意思で姿を消した人々の捜索を請け負っている。兄の捜索にも少なからぬ時間と金と労力を投じてきた。兄と再会した暁にどんな言葉をかけるべきなのか、それはいまもわからない。兄弟の片方がもう一方に語りかける台本を何度もリハーサルした。事情を説明し、許しを請い、和解の道を探るシナリオ。

だが、どれほど力を尽くそうと、兄の消息はまったくつかめなかった。ラッセル・ショウは消えてしまった。痕跡ひとつ残さずに。

つい十日ほど前、ある人物とのあいだでその話題が出たとき、ショウは兄の不在が人生に及ぼした影響を打ち明けた。

その人物はこう尋ねた。「お兄さんに関連する最大の〝マイナス〟は何だろう。どんな点が一番つらい？」

ショウはこう答えた。「兄貴は友達だった。俺も兄貴の友達だった。その関係を俺がぶち壊した」

思いがけずハクトウワシの彫刻を目にしたいま、ラッセルの不在がいっそう身に染みた。

彫刻をキッチンのテーブルに置き、父の文書を調べる作業にふたたび取り組んだ。一時間ほどかけて丹念に読みこんだ。父の美しい筆跡で書かれたメモが二枚見つかったが、印のついた十八の地点とは関係のない内容だった。つまりアシュトンが地図をもとにした宝探しをひととおり終えたあと、新たに見つけた候補地点に関するものということだ。

メモの一枚は、サンフランシスコ東岸沿いのエンバーカデロ地区の商業ビル、ヘイウッド・ブラザーズ倉庫に言及していた。

もう一枚には、サンフランシスコの南側の街バーリンゲームの住所が書かれていた。カミノ・ストリート三八八四番地。

ショウは以前から雇っている私立探偵に情報収集を依頼するメールを送った。その探偵、マック・マッケンジーから即座に返信があった。倉庫の情報は乏しかった。一八〇〇年代末築の歴史的建造物で、一般には公開されておらず、現在は売りに出されている。一方のバーリンゲームの住所は個人宅で、所有名義はモートン・T・ナドラー。

文書のあいだから名刺大のカードが一枚出てきた。スタンフォード商学図書館とある。これは第三の候補地ということになるだろう。

図書館の所在地は、スタンフォード大学があるパロアルトではなく、サウス・オブ・マーケットと呼ばれる地区だった。ゴールが持ち出した証拠とは無関係という可能性もある。社内連絡便キャリーケースを隠すには不向きな場所と思えた。アシュトンが調査に利用していた図書館だろうか。アシュトンは生涯パソコンを所有せず、自分の住まいへの持ち込みも絶対に許さなかった。パソコンが必要なときは、この図書館の共用パソコンを使っていたのかもしれない。

まずはこの図書館に行ってみるとしよう。この隠れ家から一番近い。そこで結果が出なかったら、次はバーリンゲームの住宅、その次に倉庫を調べよう。

ただしその前に、セキュリティ対策を講じなくては。サンフランシスコはブラックブリッジの縄張りだ。ショウが来ている事実がまだつかまれていない確率は九〇パーセントくらいありそうだが、それでも残りの一〇パーセントにふさわしい注意を払わなくてはならない。

スマートフォンを手に、アプリを一つ起動した。

そのアプリは、アイリーナ・ブラクストンとエビット・ドルーンの現在地を追跡している。

先日、ブラクストンは身分を偽ってショウのキャンピングカーに入りこみ、ゴールが証拠を隠した可能性のある地点にアシュトンが印をつけた地図を盗み出した。

しかしショウは、その訪問以前から彼女の正体を見破っていた。そこで偽の印をつけた地図と、余白に暗号めいたでたらめを書きこんだヘンリー・デヴィッド・ソローの『ウォールデン 森の生活』を目につくところに放置し、わざと盗ませた。その本の背に、ＧＰＳ発信機が仕込まれている。

ＧＰＳの信号はこの二日間、ショウが偽の地図に適当に印をつけた複数の地点と、サンフランシスコ中心部のサッター・ストリート沿いの高層オフィスビルとのあいだを行ったり来たりしていた。おそらくその高層ビルにブラックブリッジの支社が入っているのだろう。いまこの瞬間、ＧＰＳ発信機はそのビル内にあった。

ショウはグーグルマップを開き、スタンフォード図書館付近の地図に目を凝らした。図書館でトラブルが発生するとも思えないが、懸賞金ハンターの仕事では、目的地周辺の様子を事前にかならず頭に入れておく。サバイバリストにとって何より頼りになる武器は、情報だ。

　だからといって、ハードウェアをおろそかにしていいわけではない。

　ショウは念のため銃も点検した。

銃に弾が入っていると決めつけ、あるいは最後に使用してから損傷したり破壊されたりしていないと決めつけるべからず。

　三八〇口径の銃にはいつもどおり弾が入っていた。薬室に一発、マガジンに六発。信頼の置ける優れた武器だ――発射の際しっかり握ってさえいれば。このモデルは、〝リンプ・リスティング〟――グリップの甘さが原因の排莢《はいきょう》不全――を誘発しやすいとされている。とはいえ、コルター・ショウはそのトラブルに見舞われた経験はない。

　ウェストバンドの内側に隠せるタイプの灰色のプラスチック製ホルスターに銃を差し、外から見えないことを確認した。隠匿携帯するなら、きちんと隠しておくべきだ。さもないと、銃に気づいた通りすがりの市民がパニックを起こして警察を呼ぶおそれがある。

　そしてもう一つ、別の理由もあった。

こちらの防衛力を相手に知らせるべからず……

7

　新たな脅威か。

　オートバイにまたがろうとしたとき、ショウは何者かの視線を感じた。

　痩せ形の体格、革のジャケット、野球帽。

　見破るポイントはサングラスだった。今朝の天気なら、どう考えてもサングラスは不要だろう。通りはサンフランシスコ名物の霧に覆われていた。この街では、霧が晴れて青空がのぞく日もあれば、まるで迷惑な泊まり客のようにぐずぐずと居残る日もあるが、今日は湿った舗装と排気ガスのにおいのする濃い霧が立ちこめている。ごみや潮のにおいもかすかにした。この街では、どこにいてもすぐ先は海だ。

　ショウは隠れ家を出て戸締まりをしたあと、さりげなく通りを観察した。そのときは、さっきも見かけた髭面の男――膝上丈の黒いコートを着てニット帽をかぶり、オークランド・アスレチックスのロゴ入りバックパックを足もとに置いた男がいるだけだった。男はカフェのテラス席でコーヒーを飲みながらメールを打っていた。ショウはその男を確認したあと、ヤマハのオートバイのミラーを一瞥して、一ブロック半ほど後ろにいるスパイに気づいた。

スパイというのは考えすぎだろうか。確率は五〇パーセント。

何気ないそぶりで向きを変え、オートバイのリアタイヤを点検するふりをして、視界の隅で背後を観察した。男は建物の角を曲がって消えた。

スパイなのかという疑問に、これでほぼ一〇〇パーセントの決着がついた。

では、いったいどこの誰なのか。

体つきはドルーンに似ていた。ただ、ブラックブリッジの一員だとするなら、隠れ家の存在をどうやって知ったのか。そもそも、隠れ家のことを知っていて見張っていたなら、ショウが出てきたところを襲うはずだろう。待ちかまえていた襲撃チームがショウを隠れ家のなかに押し戻し、サンフランシスコに来た目的は何か、エイモス・ゴールは持ち出した証拠をどこに隠したと考えているのか、いまごろ〝聞き取り〟が始まっていたに違いない。

それより、あの男こそ、ロシア語と中国語を解し、轟音と閃光の罠を巧妙に仕掛ける技能を備えた、この隠れ家の住人であるという可能性のほうが高いのではないか。この確率は、そう、六〇パーセントと見積もろう。

その人物は、ショウが隠れ家に入ったこと、自分が入念に隠しておいた図表やグラフをショウが調べているらしいことを快くは思っていないだろう。この確率は、優に九九パーセント。

父の同僚の誰かという可能性は？　または、ショウと同じように、父の遺志を継いだ者とか？

ありえない話ではない。ただし情報が少なすぎて、確率は算出できない。

そうだ、ダルトン・クロウの可能性は？　お世辞にも有能とはいいがたい賞金稼ぎのクロウは、仕事上の長年のライバルで、ショウと殴り合いになったことも何度かある。目下は、自分が獲得するはずだった数万ドルの懸賞金を横取りされたと思いこんで、ショウを逆恨みしている。住まいはこの近くではないが、精神が歪んでいるのかと疑いたくなるほどのいじめっ子気質だ。一方的な思いこみであるとはいえ、貸しを取り返すためなら、千キロや二千キロの道のりを車で走破するくらい手間と考えないだろう。

　クロウは、いまそこの角にいたスパイの倍くらいある、冷蔵庫なみの体軀の持ち主だが、手下を雇った可能性も否定できない。五万ドルの貸しがあると本気で信じていれば、多少の元手をかけてでも取り返そうとするのが人間だろう。

　あとは、過去の仕事で関わった何者かが復讐を狙っているとか？　それも大いにありうる。ほんの数週間前、ショウはシリコンヴァレーで敵を何人か作ったばかりだ。懸賞金つきの単純な人捜しの仕事だったはずが、思いがけず陰惨な犯罪に発展して、ショウはゲーム業界の複数の人間の恨みを買った（『ネヴァー・ゲーム』）。うなるほど金を持っているうえに、おそらく人並みはずれて執念深い連中だ。用心するに越したことはない。

　ついさっきトリシアを襲おうとしたところを退治した、胸板の厚いずんぐりした男という可能性もある。あの男が戻ってくるとは考えにくいが、喧嘩で負けた人間が報復を求め、より威力のある銃器を用意して現場に舞い戻る例は皆無ではない。愚かで無意味な行動ではあるが、愚かと無意味は、世間一般の人々が考えつきそうなものごとをかなり正確に言い表している。だが、ショウはこの可能性を退けた。あの男といま見たスパイとでは体格が違いすぎる。

　オートバイの前方に向き直り、街灯柱に回していた太いチェーンと頑丈なロックをしまった。そうしながらミラーをまた一瞥すると、スパイは元の偵察位置に戻っていた。

　ショウはヘルメットをかぶり、黒革のグローブを着けた。

　ジャケットの前ジッパーを下ろし、セーターの裾をたくし上げて銃を抜きやすくした。次の瞬間、小気味よい音とともにエンジンが息を吹き返し、ショウのブーツを履いた足がペダルを踏んでギアを一速に入れる。スロットルを思いきりよく開けた。リアタイヤがスピンして煙が上がった。ショウはオートバイの向きを百八十度変え、通りを走り出した。

スパイの姿が消えた。

速度を六十キロまで上げた。交差点を右に曲がったらすぐスパイと対決するつもりでシフトダウンし、一気に速度を落として停まった。相手は銃を持っていて、ショウが角を曲がってきたところで撃とうと身がまえているかもしれない。自分の身を危険にさらさずにすむよう、オートバイを右にかたむけ、ミラー越しに交差する道路の様子を確かめた。

敵の姿はなかった――が、くそ、車が一台、猛スピードで遠ざかろうとしていた。

ふたたびスロットルを開けて、追跡を始めた。

十メートルほど走ったところで――

いかん。

リアのブレーキペダルをがつんと踏み、次にフロントブレーキをかけた。フロントブレーキは要注意だ。無造作に扱うとフロントタイヤがロックし、自分がハンドルバーを越えて前方に投げ出されかねない。リアタイヤがすべり始めたが、どうにか姿勢を立て直し、ぎりぎりのところでオートバイを停めた。前方の路面に釘がばらまかれていた。さっきのスパイが車に乗りこんで猛スピードで走り去る前にまいたのだろう。利口なやり方だ。警察が逃走車両のタイヤをパンクさせるために使うスパイクストリップ（頑丈なとげ状の突起が並んだ伸縮式のツール。路面に投げるようにして瞬時に設置できる）の、即席バージョン。さっきのスパイがショウを偵察する以上の目的を持っているのなら、ショウのオートバイが釘を踏んで転倒した瞬間、銃をかまえてふたたび現れるつもりでいるのではないか。

しかし、遠ざかる車が通りの先にちらりと見えた。ダークグリーンのホンダ・アコードだ。カリフォルニア州のプレートなのはわかるが、ナンバーまでは読み取れない。車は交差点を左に折れ、フリーウェイの入口がある方角に走り去った。

ターゲットであるショウに監視を気づかれたわけだ。これきり姿を消すだろうか。

答えは九九・九パーセント〝ノー〟だろう。とはいえ、それは直感で弾き出した数字であり、根拠となる確かな事実は何一つなかった。

オートバイを降り、路上に落ちていた段ボールの切れ端を拾い、それをほうきのように使って釘を路肩に寄せ、雨《う》水渠《すいきょ》に落とした。ほかのオートバイ乗りの安全も大事だが、それよりも、ここで事故が発生して緊急車両が集まってくる事態を避けたかった。回転灯やサイレンは人目を引くし、警察は戸別に訪問して目撃者を探すかもしれない。

このまま図書館に行くわけにはいかない。誰かに——それも敵意を持った相手に——隠れ家の存在を知られたのだ。ショウはオートバイにまたがり、急いで隠れ家に戻った。父の文書をすべて写真に撮り、暗号化してから、いつも使っている安全なクラウドサーバーにアップロードした。私立探偵のマックにもコピーを送信した。

オートバイに戻り、ふたたびエンジンをかけて通りを走り出す。幹線道路に向けて一気に速度を上げ、スタンフォードの図書館を目指した。

スパイの正体や目的についてのあれこれは、即座に思考から消えた。オートバイに乗って数メートルも走れば、その爽快さにたちまち身も心もさらわれる。ロッククライミングは複雑で知的な喜びをショウにもたらす。一方、低いギアで回転数を上げ、横すべりしながらコーナーをクリアするとき、あるいはスロットルを全開にして上り坂を駆け上がるとき、湧き上がってくるもの……それは混じりけのない鮮烈な快感だ。

六〇年代の刑事映画『ブリット』を思い出す。主演のスティーヴ・マックイーン——ショウはマックイーンに生き写しとよく言われる——がフォード・マスタングを駆り、殺し屋二人が乗ったダッジ・チャージャーを追ってサンフランシスコの曲がりくねった坂道を走り抜ける場面。あれこそ映画史上最高のカーチェース・シーンだ。ショウはオートバイでこの街に来るたびフランク・ブリット刑事にならい、手ごわいが心を浮き立たせる坂道をかっ飛ばし、ジャンプしたり豪快に横すべりしたりして楽しむ。

ショウのオートバイは、隠れ家のあるミッション地区を順調に走り抜けた。

この界隈には、数年前に懸賞金の仕事で何週間か滞在したこともあって、愛着を感じていた。このあたりはもともと人口がまばらな地域だったが、一九〇六年のサンフランシスコ地震でサンフランシスコ市の大半が瓦礫《がれき》の山と化したのを境に変貌した。ミッション地区は空き地が多く、おかげで地震後に発生した火災の被害が少なかったため、ここで新生活を始める市民が増えたのだ。新しい住人には、ポーランド系やドイツ系の白人だけでなく、メキシコ系やラテン系も多かった。二十世紀中ごろのミッション地区は、けばけばしくて無秩序で、相当な無法地帯だった。その傾向は七〇年代のカウンターカルチャーの流行まで続いた。

ミッション地区はサンフランシスコのパンク音楽の中心地であり、ゲイやレスビアン、トランスジェンダーのコミュニティの中枢でもある。

ベンソン姉妹の捜索の過程でショウは、ここがユカタン半島から渡ってきた人々の末裔《まつえい》が多い地域であることも知った。ショウがいまオートバイで走り抜けようとしているこの地域には、主にマヤ語を話すという住民が多い。たったいま通り過ぎた、芝生が青く輝くイン・チャン・カハール公園は、マヤ語で〝私の小さな街〟という意味だ。

オートバイを北へとさらに走らせる。ミッション地区は背後に去り、今度はソーマ地区に入った。ソーマ（SoMa）とは〝サウス・オブ・マーケット〟（マーケット・ストリートの南側）を由来とする都会的な響きを狙った略称だ。かつてはマーケット・ストリート沿いにケーブルカーが走っていたため、古参の住民のあいだでは〝サウス・オブ・スロット〟（線路の南側）という覚えやすい愛称で呼ばれていた。ミッション地区と同様、ソーマ地区も独特の歴史を歩んできたが、その個性も商業主義に押されて色褪せていこうとしている。いまは大企業の本社、博物館や美術館、画廊、劇場がひしめく。かつてパンク文化を支えた若者たちが見たら、どんな感想を漏らすだろう。

まもなく図書館に着いた。ソーマ地区の北端寄り、富裕層の多い一角だった。大学の商学図書館を利用しそうな、金融会社や法律事務所、企業が多く集まる地域とも目と鼻の先だ。

図書館の真向かいの歩道際にオートバイを停め、アイドリング状態にして外観を眺めた。ガラスとアルミ枠で構成された機能的な二階建ての建物だった。建築としてはまるでおもしろみがない。それでもショウは注意深く観察した。出入りする利用者の大半が、保守的なビジネススーツに身を包んでいた。そこにメッセンジャーや宅配業者がときおり交じる。

電話をかける芝居をしながら、入館時の手続を偵察した。

　広いロビーに面したエントランスは一カ所だけだが、入ってすぐのところでさらに二つに分かれていた。左側、警備員の窓口を通る側はビジター用、右手にあるもう一つは会員専用らしい。左のドアから入るビジターは、ポケットのものをすべて所持品検査用のバスケットに出したうえで金属探知機を通過する。また身分証明書を提示し、クリップボードの入館者名簿に氏名の記入を求められるが、身元の照会まではしていないようだ。

　オートバイのギアを一速に入れ、同じブロックの少し先に設けられた駐輪場に乗り入れた。ヘビのようにくねる防犯チェーンでオートバイを柱に固定する。ヘルメットも同じように固定した。周囲を確かめてから、銃を収めたホルスターと折りたたみナイフを、まさにこの用途を考えて増設した鍵付きの収納スペースに収めた。目立たない位置に取りつけた盗難車追跡用GPS装置がきちんと作動しているかどうか確かめた。二重にチェーンをかけていても、泥棒のやる気いかんでは持っていかれることもある。

　武器を携帯せずに行くのは気が進まないが、しかたがない。それからショウは、父が抱いていたような過度の恐怖に完全にのまれてはいけないと自分に言い聞かせた。だって、行き先は図書館なのだ。図書館で、いったいどんなトラブルに巻きこまれるというのだ？

8

口上は用意してあった。

　ドリオン&ダヴ法律事務所に勤務する弁護士助手カーター・スカイは、保険法のリサーチを頼まれてこの図書館を訪れた。この言い訳は、まったくのゼロからでっち上げたものではない。何年も前、実際に弁護士助手として働いていた当時、事務所のパートナーの一人に頼まれて同じ問題を調査した経験が現にあった。それは代位取得がからんだややこしい案件だった──被保険者の請求に応じて保険金を支払ったとき、その保険会社は、被保険者の第三者に対する損害賠償請求権を継承する。

　しかし、人好きのするラテン系の警備員は、カーター・スカイことショウが来館した目的にはまるで関心を示さなかった。ショウにしても、秘密調査の経験は豊富だ。黙っていればそれですむ場面で、わざわざよけいな情報を付け加えて疑いを招くような真似はしない。

「利用料は必要ですか」ショウは尋ねた。

教育機関の職員でないなら、利用料は十ドル。ショウは現金で支払った。次に身分証を求められて提示した。ショウの顔写真が貼られていて、身長と体重、瞳の色もショウ本人と一致しているが、氏名の〝カーター・スカイ〟は、つい先日、ある組織に潜入したときに使った偽名だ。マックは新しい身分をでっち上げるエキスパートでもある（警察官を欺いたり詐欺行為をはたらいたりしないかぎり、身分を偽る行為そのものは違法ではない）。

機械の作動音がして、ショウの顔写真つきのビジター用ステッカーが印刷された。ショウはそれを胸に貼りつけた。

エイモス・ゴールの写真を警備員に見せ、ここに来たことがないかと尋ねてみようか。ゴールの死を報じた記事の写真を撮影したものを携帯電話に保存してある。しかし、警備員は若い。ゴールがここを利用したことがあるとしても、もう何年も前だろう。

「あっちにあるのは——？」ショウは右側の両開きのドアを指さした。

会員専用

「ほとんどは古文書です」

「法律関連の？」

「それもあります。あとは都市計画とか不動産、行政関連の文書」

「ああ、それはいいことを聞いた。うちの事務所のパートナーの話ですが、三十年、四十年前にさかのぼる不動産関連の案件を扱っていましてね。市でももう保存していない古い決定書を探しているんですよ。どうすればそっち側の文書を閲覧できますか」

古株の図書館司書が顔を出したりしませんように、どんな文書を探しているのか、具体的に訊かれたりしませんように。

「それには予約が必要です。こちらの番号にお電話を」警備員は名刺大のカードを差し出した。ショウはそれをジーンズのポケットにしまった。父やゴールがこの図書館に来ていたとしても、利用したのはおそらく一般公開されている左側のエリアだ。そちらで収穫がなければ、カリフォルニア州の旧不動産法を詰めこみ勉強し、会員専用エリアにもぐりこむ手をまた考えよう。

警備員に礼を言い、金属探知機を無事に通過して、明るく開放的な一般公開エリアに足を踏み入れた。

さて、どこから手をつけるか。

アメリカでもっとも資金豊富な大学に付属する図書館とあって、造りは贅沢だった。中央に、司書が待機する円形のカウンターがある。ベージュのスーツを着た三十五歳くらいの黒人男性が座り、目の前のパソコンモニターを凝視していた。

カウンターを中心として、閲覧テーブルや、パソコンと大型モニターを備えた広いワークスペースが放射状に並んでいる。どのモニターもスクリーンセーバーモードになっていて、画面上を図書館の名前がのんびりと行ったり来たりしていた。パーティションで仕切られたワークスペースには事務用品が用意されていた。ペン、メモ用紙、付箋、ペーパークリップ。中央のオープンスペースを囲んで、書籍や雑誌類を収めた書架があった。手前と横の壁は一面がガラス窓になっている。奥にオフィスや会議室が一ダースほどあるのが見えた。吹き抜けの二階はテラスのような設えで、一階と同じように書架とオフィスが並んでいる。

一階のこの一角にいる利用者は数えるほどだ。スーツの上着を脱ぎ、ワイシャツ姿で古びた書物に没頭している年配のビジネスマンが二人。ほかには格子縞のワンピース姿の若い女性が一人と、ダークスーツに白シャツの痩せ形の男性が一人。どちらも三十代なかばくらいで、それぞれパソコンに向かっていた。

ショウは無意識のうちに脱出ルートを目で探した。危険を感じているわけではないが、出口の確認はサバイバリストの習性だ。初めての場所では、何はさておき出口を探す。

方向感覚を失うべからず……

出口としては、むろん、正面エントランスがある。ほかには二階に上る階段。エレベーターが一基。書架の奥、会員専用エリアに面したガラス扉の向こうは会議室で、ひょっとしたらそこに図書館の裏手に面した出口があるのかもしれないが、会議室は使用中だった。スーツ姿の中年のビジネスウーマンが一人と、黒っぽい色のカジュアルなジャケットを着た痩せた男性が一人、ガラス扉に背を向けて座っている。その二人とテーブルをはさんだ席に、陰気くさい顔のブロンドの男がもう一人。ガラス扉には錠前がついているが、鍵がかかっているかどうかを確かめるすべはない。

　左側の壁一面を占めるガラス窓には警報装置付きの非常口があり、そこから建物の横の道に出られるようだった。ほかに男性用と女性用の洗面所と、〈用品倉庫〉という札が下がったドアが一つある。

　ショウは脱出ルートを頭に刻みつけてから仕事に取りかかった。父はゴールが証拠を隠した先としてこの図書館に目をつけたのだと仮定すると、隠し場所はどこだろう。

　〝社内連絡便キャリーケース〟ごと隠したとは考えにくい。キャリーケースと呼ぶからにはおそらく、小型の旅行鞄くらいの大きさがあるだろう。犯罪の証拠となるメール、書簡、スプレッドシート、パソコン用のドライブやディスクなど中身だけを取り出して、人目につきにくい場所に隠したのではないか。隠し場所は、たとえば本や雑誌のページのあいだかもしれない。書架に並んだ書物の陰かもしれないし、作業デスクの抽斗《ひきだし》と床の隙間かもしれない。

　書架のあいだを歩いてみた。『船舶衝突事故における賠償責任　湾と港』、『法人格の否認』、『非営利団体のための法人化ガイド』といった書物が並んでいる。優に四千冊から五千冊はありそうだ。『サンフランシスコ商工会紳士録　一九四八年版』のように、情報が古すぎて使い物にならないような書物も少なくない。書類やCD、小型USBメモリーの隠し場所として、もはや誰も手に取るはずのない書物ほど理想的なものはないだろう。誰であれ手に取ることは可能だが、いまとなっては誰も参照しない書物のページのあいだ。

　だが、ここにある本をすべて確認するには一月《ひとつき》くらいかかりそうだし、そんなことをすれば怪しまれるに決まっている。エイモス・ゴールは愚かな人間ではなかった。自分は殺されると予見したからこそ、証拠を隠したのだ。それならば、誰かが――同僚なり警察なりが――かならず見つけられる場所を選んだだろう。

　見ると、中央カウンターから司書がこちらを気にしていた。

ショウはにこやかな表情を向けてその視線を振り切り、ワークスペースの一つに腰を下ろした。マウスを軽く動かすと、この図書館の蔵書データベースの検索画面が表示された。ショウの目的にうってつけだ。検索窓に〈ゴール　エイモス〉と入力した。何もヒットしなかった。次に〈ショウ　アシュトン〉を試した。やはり何もヒットしない。

しかし、〈ブラックブリッジ〉を検索すると、一件ヒットした。

『カリフォルニア州法人設立許可　第一巻』。

ゴールは、アシュトン・ショウかほかの誰かがこの図書館を訪れ、〈ブラックブリッジ〉のキーワードで蔵書データベースを検索するだろうと予想し、その本に証拠を隠したのだろうか。

そうだとすれば、的確で簡潔な手がかりだ。

データベースの情報を頼りに、司書がいるカウンターのそばの書架を見た。あった。これだ。暗赤色の合皮の表紙がついた分厚い本だった。どっしりと重たい本を抜き取り、ひとまず床に置く。その左右の本も下ろして奥の空間をのぞきこんだ。何もない。手を差し入れ、ひんやりとした感触の金属の棚板を指で探った。何もなかった。二冊を棚に戻し、『カリフォルニア州法人設立許可』だけを持ってワークスペースに戻った。

本を調べた。最初にページをざっとめくり、ゴールがなかをくりぬいていないか、そこに小型USBメモリーやチップを隠していないかを確かめた。何もない。折りたたまれた文書やメモがはさまれていたりもしなかった。本の内容は、カリフォルニア州内で事業を行う許可を得た会社の名称が延々と並んでいるだけだ。ブラックブリッジが掲載されているページを開いた。証拠を隠すか、証拠のありかを伝えるメッセージを残すかしたのなら、きっとそこだろう。だが、何もなかった。ブラックブリッジの項目に目を通す。社名のほかに大した情報は載っていなかった。本社はロサンゼルス。それはショウもすでに知っている。本社のほかに、サンフランシスコをはじめとしたいくつかの都市に支社をかまえている。

分厚い本の初めから終わりまで、一ページずつめくっていった。証拠はどこにもない。メモもない。余白に書き込みがあったりもしなかった。背の部分も調べた。

何もなかった。

はずれか。本を書架に戻し、ふたたびパソコンに向かった。

検索を再開する。ブラックブリッジに殺害された市議会議員の名——〈フォスター　トッド〉。何もヒットしなかった。綴り換え《アナグラム》などを使い、すぐにはそうとわからない手がかりを残したのだろうか。ショウは検索キーワードの文字の並びを入れ替えるなどして試した。〈都市部活用構想《アーバン・インプルーヴメント・プラン》〉も、その略称〈ＵＩＰ〉も試した。

何一つヒットしない。

検索履歴を消去し、パソコンをスリープモードにした。エイモス・ゴールの証拠の隠し場所はこの図書館ではなさそうだ。ショウのもう一つの仮説が正しいのだろう。父アシュトンは、単にこの図書館のパソコンを利用してネット検索をしていたにすぎないのだ。

時間を無駄にしてしまった。

いや、それは違うな——コルター・ショウは即座に考え直した。可能性の一つを排除するのにかかった時間は決して無駄ではない。この図書館に来てみたおかげで、目標にまた一歩近づいたのだ。それは懸賞金ビジネスを通じて身につけた思考様式だった。一歩、また一歩と着実に進むほかない。

ここはあきらめ、エンバーカデロ地区の倉庫とバーリンゲームの個人宅に行ってみよう。証拠の隠し場所として、ショウに残された可能性はその二つだけだ。

図書館を出る前に携帯電話の追跡アプリを起動し、ＧＰＳ発信装置を仕掛けた『ウォールデン』の所在を確かめた。ブラクストンとドルーンはいまも『ウォールデン』を持ち歩いているはずだ。

しかし、画面を見てがっかりした。アプリは不調らしい。地図に表示されているのは、本ではなく、ショウの現在地だった。まあ、発信装置の電池が永遠にもつわけでないことは、当初から織り込み済みだった。しかしそこでショウは、あることに気づいて額に皺を寄せた。発信装置の現在地を示す丸印は、ショウがいま座っている場所ではなく、十メートルほど離れた位置で点滅している。

アプリを起動し直した。丸印はやはり、さっきと同じ場所で点滅していた。

まさか……？

呼吸が速くなった。心臓が暴れ出す。あらかじめ取り決めてある〈至急〉を示す暗号を件名に添えて、この図書館の調査を依頼するメールを私立探偵のマックに送った。

六十秒後——マックは二十四時間不眠不休で仕事をしているのか？——返信が届いた。

その図書館はスタンフォード大学ともほかのいかなる大学とも提携関係なし。所有者はオフショアカンパニーで、そのCEOは、ブラックブリッジCEOのイアン・ヘルムズ。もしかして、いまその図書館にいるってこと？

ショウは返信した。

そうだ。

二秒後、携帯電話が振動して、マックの返信が表示された。

GTFO

その略語が示しているのは、敵が接近した場合に備え、あらゆるサバイバリストがあらかじめ用意しておくプランの一つだ。わかりやすく言い換えるなら——大急ぎで《ゲット・ザ・》ずらかれ《ファック・アウト》！

9

この図書館はダミーだ。

ブラックブリッジの運営本部は、サター・ストリートの高層ビルに置かれているのではない。この図書館の会員専用エリアがそれだ。

ショウは本の現在地として追跡アプリが示した方角を見た。少し前、会員専用エリアに通じるガラス扉越しに見た男女、こちらに背を向けていた二人こそ、アイリーナ・ブラクストンとエビット・ドルーンだ。

ガラス扉の奥の会議室にもう一度目を凝らす。今度は四人目の人物が見えた。その男は、考えごとでもするように腕を組んで室内を行ったり来たりしていた。何か質問したようだ。続いて、いらだった表情で両手を上げた。

誰かが答えたのだろう、男はうなずき、またも行ったり来たりしながら一般公開エリアのほうを見るともなく見た。

CEOのイアン・ヘルムズだ。スポーツ選手を思わせる体つきと整った顔立ちをしたヘルムズは、仕立てのよさそうなスーツを着て、一方の手首にロレックスの金無垢の腕時計を、もう一方には金のブレスレットをしていた。

父の殺害を命じた張本人をコルター・ショウが目にしたのは、これが初めてだった。

ヘルムズはおそらくショウの外見を知らないだろう。とはいえ、この局面ではどれほど小さなリスクであっても避けるべきだ。ショウは目立たないようにパソコンの前を離れ、書架の列の奥に身をひそめた。

GTFO……

壁際を移動し、円を描くようにして図書館の正面エントランスに向かった。頭を低くし、一定の速度で、ただしあまり急ぎすぎずに書架のあいだを抜けた。

だが、五メートルほど進んだところで足を止めた。

正体を見破られた。

書架の陰からうかがうと、ダークスーツ姿の大柄な警備員がロビーから一般公開エリアに入ってくるのが見えた。警備員は、よく日に焼けた頭を一方にかたむけた。シークレットサービスが使うようなイヤピースの音声に耳を澄ましている。イヤピースからカールコードが延びてジャケットの内側に消えていた。警備員は中央カウンターに近づき、司書と二言三言交わした。二人がそろってあたりを見回す。警備員がジャケットの前を開いた。拳銃のグリップがのぞいた。もう一人、新たな警備員が来た。最初の一人より細身で肌も青白いが、同じように背が高かった。やはり銃を携帯している。そいつの手が銃のほうへ動く。

どうして気づかれたのだろう。

次の瞬間、その答えがわかった。

体格がよいほうの警備員、酒場の用心棒が似合いそうな巨漢が、少し前までショウが使っていたワークスペースに近づいてあたりを見回した。痩せたもう一人もそこに合流した。

システム内を嗅ぎ回っているボットがショウの入力した検索キーワードに反応し、興奮した番犬のように吠え立てたに違いない。

〈ショウ〉……〈ゴール〉……〈ブラックブリッジ〉。

それらのキーワードで検索が行われたら通報するソフトウェアが検索システムに搭載されているのだろう。ショウを密告したのは、コンピューターだ。

おっと、ますますおもしろいことになりそうだぞ――ショウは皮肉交じりにそう考えた。書架の陰から確かめると、ブラックブリッジの社名が掲載された本があった棚の真上に、監視カメラが設置されている。あの本は、まさしくそのためにあの棚に置いてあるのかもしれない。ブラックブリッジに関心を示した利用者を撮影するために。大柄なほうの警備員は、カウンターに戻って司書のパソコンをのぞきこんでいた。まもなく警備員二人がそろって向きを変え、問題の本があった書架に視線を向けた。

よし、いまこそ脱出プランが必要だ。

反対の方角に本を放り、警備員がそちらを確かめようとした隙に全速力でエントランスへ走るのはどうだ？

だめだ。ドルーンとブラクストン、そしてブラックブリッジのもう一人の工作員、ブリーチした金髪の男も動き出そうとしている。三人はすでにロビーに出て、図書館の一般公開エリアに入ってくるところだ。ブラクストンは警戒の色を浮かべ、ドルーンと〝ブロンド〟は、ヘラジカにじりじりと迫るハンターのごとく一点に集中している。背後にイアン・ヘルムズも見えた。

ショウは立ち並ぶ書架に隠れて奥の壁に向かった。その途中でふと気づいた。同じ本が何冊もある。二冊。三冊。一ダース。まっとうなリサーチも可能ではあるのだろうが、この図書館それ自体が罠なのではないか。その疑念はいっそう強まった。

きっとブラックブリッジのセキュリティ担当が立案した対抗策に違いない。ブラックブリッジに関心を抱いた者――捜査官、ライバル会社、恨みを抱いている人々、報復を企む人々――がこの図書館を指し示す手がかりを見つけ、実際に訪れることもあるだろう。入館時のセキュリティチェックは最低限だ。しかし、司書に特定の質問をしたり、ショウのように特定のキーワードを含む検索をしたりしたとたん、危険人物発見のフラグが立つ。

それを受けて高精度な顔認識プログラムなどの最新技術を使って身元が照合され、リスクの種類が判定される。

または——閲覧した内容によっては——危険人物ではないと判断される。ブラックブリッジの施設にあるドアノブやパソコン用キーボードにＤＮＡスキャナーが内蔵されていると聞いても、いまさら驚かない。ここにあるデバイスはすべて、使用者の指紋や網膜パターンを採取しているだろう。

やがて危険人物は立ち去るが、ブラックブリッジが維持管理しているであろうデータベースには、氏名の記録がしっかりと残される。

いや、もしかしたら、詮索好きの利用者がいったんこの図書館に入ったら、それきり二度と出ることはないのかもしれない。

アシュトンはこの図書館をブラックブリッジの施設と疑ったが、よく調べる機会がないまま殺害されたのだろう。アルヴァレス・ストリートの隠し部屋に名刺大のカードがあった背景もおそらくそれだ。

大柄なほうの警備員がアイリーナ・ブラクストンを振り返り、ついさっきまでショウが座っていたパソコンの前の椅子を指し示した。

ショウは敵を値踏みした。イアン・ヘルムズは鍛えられた体をしているが、自分の手を汚す確率は二〇パーセントにも満たないだろう。武装した警備員が居合わせているのだからなおさらだ。ブラクストンはずんぐりした中年の女だ。冷酷非情ではあっても、身体的にはさほど警戒しなくていい。といっても、あのカラフルなショルダーバッグに銃を隠し持っているとすれば、話は変わってくる。

警備員二人のほかに用心すべき相手はエビット・ドルーンと、もう一人、光り輝く髪と不機嫌そうな顔をした用心棒〝ブロンド〟だ。ドルーンは見た感じは貧相だが、筋肉が発達していて力が強い。そしておそらく、前回顔を合わせたときショウに突きつけたあの四〇口径の拳銃を携帯しているだろう。きっとサイレンサーが装着されていて、発砲音よりも、骨を粉砕された衝撃から漏れる悲鳴のほうが大きく響き渡るに違いない。

そしてもう一人の〝ブロンド〟は筋肉だけでできているような体格をしているうえ、やはり銃を持っているだろう。

一方で、ショウに有利な要素もあった。目撃者——男性三人と女性一人の図書館利用者——がいる。その四人がブラックブリッジの関係者とは考えにくい。つまりブラックブリッジ側は、銃撃という一番容易な手段を使えない。

　敵が書架のあいだを捜している隙に正面エントランス側に抜け出せれば、そのまま全力疾走して館外へ逃れられるだろう。

　ところがその瞬間、ショウのセーフティネットは消滅した。目撃証人となりかねないほかの四人の利用者に司書が声をかけている。退出するよう——それも急いで——要請したのだろう。四人は不安げな顔で出口に向かった。セキュリティ上の懸念が生じたと告げられたに違いない。いまの時代、ちょっとした危険情報を伝えるだけで、誰もが即座に退避する。そして一様にこう考える——テロか、乱射事件か、それとも爆弾か。

　ショウはこのときもまだ距離を測るように正面エントランスを見ていたが、その視界をイアン・ヘルムズが急ぎ足で横切って館外に出ていった。これから何が起きるにせよ、自分はその場にいなかったと言えるようにしておきたいのだろう。

　ブラクストンはロビー側の入口をふさぐように立ち、ネズミ顔のドルーンは、自分よりはるかに背の高い警備員二人に早口で何か指示している。四人が中央カウンターに近づき、司書が大型モニターを指さした。おそらくそこに監視カメラの映像が表示されている。三十分ほど時間をさかのぼって録画を確認すれば、ショウがいまも一階のどこかにいることがたちまちわかってしまう。

　そのときエレベーターのランプがふっと消えた。運転を停止したようだ。

　階段へと走り、二階の窓から飛び下りるというのはどうか。

　ショウはそのプランを即座に却下した。成功の確率はせいぜい二〇パーセントだ。二階から飛び下りるのは不可能ではないが、落下した先が芝生や大型のくず入れであればともかく、図書館の四方はアスファルトか玉石敷きの歩道に面している。飛び下りれば足首を捻挫するだろう。問題はその痛みではなく——もっとひどい怪我の経験がある——逃げるのが遅れること、ドルーンと手下から見れば動かぬ標的になりかねないことだ。少しでも着地に失敗すれば、捻挫どころか骨が折れ、その場から動けなくなるだろう。それに、二階の窓ガラスはおそらく一階と同じくはめ殺しだ。

屋上から飛び下りたところで、逃げられそうにない。

ショウは奥の壁際の暗がりに身を沈めたまま、どうにかして正面エントランスを突破できないかと再検討した。成功の確率は五から一〇パーセント。正面エントランスから出るにはまず、ドルーンとブロンド、警備員二名をやり過ごさなくてはならない。それに、そうだ、司書も銃を持っているかもしれないし、正面エントランスはすでに封鎖されているだろう。

一階の窓は？　成功の確率は、高く見積もっても一〇パーセントか。ガラスは防犯仕様で分厚く、椅子を叩きつけたとしても一度では割れそうにない。割れる前にドルーンらに取り押さえられてしまう。

九一一に緊急通報する――？

数多くのものごとについて根拠のない猜疑心を抱いていたアシュトンは、隠れ家に次のような書き置きを残していた。


誰も信用してはならない。市警を含めサンフランシスコ市当局の一部はブラックブリッジに買収されている。証拠はワシントンＤＣまたはサクラメントの警察に持ちこむべし。


通報に応じて駆けつけてきた警察官が幸いにも買収されていなかったとしても、ショウがブラックブリッジの何を疑って調べているのか、説明しないわけにいかないだろう。しかし、ゴールが持ち出した物的証拠がない以上、ブラックブリッジの悪事を暴くのは無理だ。

具体的な脅威にさらされたわけでもないのに緊急通報をした理由についても説明を求められるだろうし、ブラクストンは一切合切を否定するだろう。ショウのほうこそ危険な侵入者であると訴えるに決まっている。

警察や消防への通報は最後の手段と考え、まずはそれ以外の方法で脱出を試みるしかない。

非常口から脱出できないかやってみよう。ショウは成功の確率を七〇パーセントと見積もった。非常口は図書館の脇を通る道に面しており、そこを出てもすぐにオートバイに乗れるわけではなく、図書館の正面側を通って反対の方角に行かなくてはならない。敵はそれに気づき、正面エントランスから飛び出してきてショウを捕らえるだろう。

ならば、こんな計画はどうか。非常口から通りに出たら、右に向かう。オートバイを駐めた駐輪場とは正反対の方向だ。半ブロック先で右に折れ、地図で確かめておいた細い道を進む。その道は三ブロックか四ブロック先で商店やレストランに囲まれた公園に突き当たる。そこで人波にまぎれてさらに北に進み、次に東に、その次に南に向きを変えれば、図書館に再接近することなく駐輪場に行ける。

走るのは得意だ。アシュトンは、短距離走と長距離走の両方を子供たちに仕込んだ。そのときモデルとしたのは、メキシコのシエラマドレ山脈で暮らす〝伝説の走る民族〟タラウマラだった。

短距離の競走なら、痩せて小柄なドルーンにも筋骨隆々のブロンドにも負けない自信がある。

だが、警備員二人は？　背の高いほうが走るのに慣れているとは思えない。あの体は重すぎる。しかし、細身のほうは足が速いかもしれない。

もちろん、銃弾との競走となればさすがのショウも確実に負ける。最大の未確定要素は、彼らは一般市民がいる場で発砲するリスクを冒すかどうかだ。答えはおそらくイエスだろう。

非常口から脱出するプランの成功率が七〇パーセントしか見こめない理由は、そこにある。

ショウは保険関連の本が並んだ棚の隙間から様子をうかがった。ブラクストンはロビーに面した出入口に立ち、腕組みをして一階に視線を巡らせている。ドルーンとブロンドは、ショウから見て左側の書架に向かって歩き出そうとしていた。警備員二人はそろって右手に歩き出す。はさみ撃ちにするつもりだ。

ショウは足音を忍ばせて非常口へと移動した。


バーを押すとロックが解除されて開きます。

同時に非常警報が鳴ります。


空港の非常口とは仕組みが違うといいが。空港の非常口は、バーを押すと同時にやかましい警報音が鳴り響くが、解錠されるのは十五秒たってからだ。その十五秒のあいだに空港の警備員が駆けつけ、滑走路に出ようとしている人物の素性を確認する。

全力疾走に備え、深呼吸を一つ。

それからショウは、非常口の扉のバーを思い切って押した。

バーは下限まですんなり下りた。が、何も起きない。

非常警報は鳴らず、解錠もされなかった。

非常用システムはオフにされている。

ショウはポケットから隠れ家の鍵を引っ張りだし、それを使って錠をこじ開けようとした。開かない。もっと細くて薄いオートバイのキーも試した。これもだめだった。

手近なワークスペースに身をひそめ、デスク下から周囲を確かめた。包囲網が迫っている。複数の脚と靴が見えた。まもなく四人に取り囲まれるだろう。

こうなったら最後の手段だ。近くの壁を一瞥して確認したあと、ショウは腰をかがめて急ぎ足で移動した。壁に設けられた非常警報ボタンのすぐ下にしゃがむ。

ボタンに向けて右手を壁に這わせた。

「おやおや、誰かと思えば」背後から、歌うような声が聞こえた。朗らかさを装っているところがかえって不気味だ。声の主、エビット・ドルーンが続けた。「悪いな、その非常ボタンもオフにさせてもらった。それもこれもあんたに敬意を表してのことだよ、ミスター・コルター・ショウ」

10

ドルーンとブロンドに、警備員二人も加わった。

立ち上がったショウは、ブロンドを観察した。冷たい表情をした目の色は漆黒だった。つまりあのまばゆく輝く髪の色は、生まれつきではなく染めたものということだ。こういう氷の目をした人物とは以前にも向かい合ったことがある。オクラホマ州タルサの近くで、脱走した連続殺人犯を発見して二万ドルの懸賞金を獲得したときだった。手錠をかけられた殺人犯は、こう宣言するような目をショウに向けた――次に脱走したら、最初におまえを殺してやるからな。いまショウを見ているブロンドの目つきは、まったく同じ種類のものだった。

ドルーンが言った。「あんた、俺のせっかくの忠告をまるっと無視したわけだな。あれからせいぜい二週間しかたってないってのに。やれやれ。まったく困った男だよ」

ショウはドルーンに鋭い視線をねじこんだ。痩せて筋張ったこの男――裏社会の住人なら〝ジャンキーじみたガリガリ〟と形容しそうな人物――は、やまびこ山で取っ組み合いをしてアシュトンを死なせた張本人ではないが、父の殺害を命じた同じ組織に属している。ショウにいわせればドルーンも同罪だ。

ドルーンが目を細めてショウをにらみ返す。次の瞬間、人を小馬鹿にしたようなふざけた態度はかき消え、ドルーンは目をそらした。

ショウは周囲を見回した。左、次に右。その視線はゆっくりと時間をかけてあたりを一周したあと、警備員とブロンドを値踏みするように見つめた。

ドルーンは自信を取り戻したように繰り返した。「二週間だぜ。二週間もありゃ、俺に言われたことを考える時間だってたっぷり取れただろうに。他人《ひと》のテリトリーに立ち入るなと俺は言ったよな。なのに、せっかくのアドバイスを無視した。なんでだ？」

ドルーンの北中西部のアクセントは抑揚が大きく、錯乱しかけた人物の話しぶりを連想させた。

「誰が誰のテリトリーに立ち入ったって、ドルーン？　だって、ほんの数日前、あんたはタコマにいたよな。無関係の誰かの大事なＳＵＶに火をつけた。その騒ぎにまぎれて、あんたのボスは私の持ち物を盗み出した」

ニッサン・パスファインダーが焼けたその放火事件はショウの注意をそらすための陽動で、アイリーナ・ブラクストンは、ショウの隙を見て偽物の地図とＧＰＳ発信機が仕込まれた『ウォールデン』を持って姿を消した。いま、ショウはその一件を思い出して憤っている芝居をした。地図と本は囮《おとり》などではないという体裁を崩してはならない。

ドルーンが言った。「おっと、それについては黙秘権を行使させてもらおうかな」ショウの全身を眺め回す。「直接対決のチャンスがなかったのは残念だったがね。最高に愉快な五分を過ごせただろうに」ドルーンはブロンドをちらりと見て片目をつぶった。隣のブロンドは一言も発しない。黒い石のような冷たい目はショウを凝視している。太くたくましい腕は、所在なげに体の脇に垂れていた。

警備員二人は、二メートルほど後ろに控えてなりゆきをうかがっている。

　ドルーンがブロンドに言った。「このあいだ話したのはこいつのことだよ。な、見た感じはあんまり強そうじゃない。俺の言ったとおりだろ」笑い声。さっきまでの虚勢を取り戻している。またショウの全身を眺め回す。「さて、と。あんたの考えてることはわかるぞ。その落ち着きのない目。何か企んでるんだよな。言っとくが、丘の向こうから騎兵隊が救援に駆けつけてきたりはしない。あんたは孤立無援ってやつだぜ。

　しゃべりすぎにならない範囲で教えてやると――この業界じゃ、しゃべりすぎには気をつけないとな、だろ？　しゃべりすぎにならない範囲で教えてやると、俺たちはある……ブツを探してる。あんたのパパも同じものを探してた。で、どうやら天国に昇る前にブツの在処《ありか》を突き止めたらしいんだよ。あんたが今日ここに来てるのは、その在処に目星がついたからだろ」

　アイリーナ・ブラクストンが近づいてきた。通話を終え、携帯電話をしまおうとしている。ショウの身柄を確保したことを急いで――しかも勝ち誇ったように――報告する相手とは、いったい誰なのだろう。


　ドルーンはブラクストンに軽くうなずいてから続けた。「あんたのパパが地図に印をつけた、楽しくてわくわくするような場所を端から調べたよ。だが、宝物の〝た〟の字も見つからなかった。てなわけで、ちょいと知恵を貸してもらえると助かる。何の話かわかるよな」

　ショウは眉を寄せた。「いったい何を探しているって、ドルーン？　それさえ教えてもらえれば、協力できるかもしれない」

　ドルーンはちっちっと舌打ちをした。「それは俺が知っていればいいことだ。いいから吐けよ。地図はもう一枚あるってことか？　あんたのパパはほかに何を見つけたんだ？」

「地図を盗んでおいて、私に何を教えろと？」

「コピーがあるんだろう、え？　あるに決まってる。あんたは几帳面な奴だ。コピーしとかないわけがない。あんたも宝探しをしてるんだろうが！」

　ショウは図書館を見回した。「私がここに来ていることを誰も知らないとでも思うか」

　アイリーナ・ブラクストンが口を開いた。「そうね、誰も知らないと思うわ。さてと、コルター」声の調子も、わざわざファーストネームで呼んだことも、ショウを下に見ていることを示していた。まるで行儀の悪い子供や生徒をたしなめる母親や教師のような態度だ。「ごまかすのはそのくらいになさい。あなたは地図のコピーを持っているに決まっているし、私たちはね、検索履歴を見たの」そう言ってパソコンを顎で指し示す。「〈エイモス・ゴール〉を検索したでしょう。だから駆け引きはここまで。何の話かわかっているわね。ほかにも何か手がかりをつかんでいるはずよ。だって、捜すのを仕事にしているくらいだもの。おたくの業界ではどう言うの？〝臭跡を嗅ぎつけた〟とか？　さあ、お父さんの本の余白にあったメモの意味を教えてちょうだい。あれは暗号よね。暗号なのはわかっているの」

暗号どころか、あれは無意味な文字の羅列にすぎない。だがショウはこう答えた。「そうだった、あんたは本を盗んだな」憤然とした口調を装った。

するとブラクストンは途方に暮れたような顔をした。「何が何だかさっぱりわからないのよ。あなたなら解読できるんじゃない？　おたくのお父さんの書くものときたら、まるでなぞなぞだわ」

「父はもう何も書けませんがね」ショウは平板な声で言った。

いらだった様子でブラクストンが言った。「あなたももう知っていると思うけれど、お父さんを死なせる意図は私たちにはなかったの。それに、死を招いた張本人はもうこの世にいない」豊かな胸の前で腕組みをする。「だからといって父が生き返るわけではない」

「こんな話をしていても埒《らち》が明かないわ、コルター。例の地図にはまだ五つか六つ、調べていない地点が残っているの。あなたには手伝ってもらいますからね。エイモス・ゴールは何かを盗んだ。私たちにはそれを取り返す権利がある。ゴールはうちの従業員だったわけだから。あなたは窃盗の共犯者」

「なるほど。罪を認めます」

ブラクストンは目を細めて険しい表情を作った。

「九一一に通報しましょう。私は自首しますよ」ショウは言った。

ブラクストンは優しげな笑みを浮かべた。「盗まれたものさえ戻れば、手荒な真似なんかせずにすむのよ。私たちはあなたの前から永遠に消える」

ブラクストンはショウの表情を探るように凝視していたが、ショウはそれ以上に注意深く敵の五人を観察した。

ドルーンは、ひっ叩いてはたき落としたくなるようないやらしい笑みを顔に貼りつけている。ブロンドは無表情のままだ。拳を握ったりゆるめたりする癖があるところを見ると、ボクシングの経験者かもしれない。いや違うな――傷痕に目を留めて、ショウは思い直した。いまどきボクシングは流行らない。きっとベアナックル・ボクシングか総合格闘技だ。誰かを殺すときは――人を殺した経験があるのはまず間違いない――無言でいきなりやるのだろう。こいつにとっては仕事の一つにすぎない。人を殺し、小切手を受け取る。そして家に帰ったらテレビかパソコンの前に座り、あの暗い穴のような目でポルノを眺めるのだ。

ほかの二人、スーツ姿の警備員は、そわそわして落ち着かない。元軍人といった風ではないから、戦闘や格闘を間近に見た経験もないだろう。銃を持っている以上、この二人にも警戒は必要だが、相手をするのは後回しでかまわない。

そしてブラクストンは、当初の評価のとおり、脅威ではない。ただし、あのカラフルなショルダーバッグ――よりによってマクラメ編みのバッグときた――にグロックやスミス&ウェッソンを隠し持っているのなら、話は変わってくる。

ブラクストンがドルーンに顔を向けた。「例のミーティングは明日なのよ。何か報告できるようにしておきたいわ。何か具体的な話を」そう言ってショウに顎をしゃくった。

小柄で痩せたドルーンが応じる。「大丈夫、ちゃんと吐かせるよ。いまはおしゃべりしたい気分じゃないようだがね、じきに気分も変わるさ。心配はいらない」

ブラクストンはショウに視線を戻した。「このあとどうなるか教えてあげましょうね。ここの地下室で……」

そこで言葉が途切れた。

ショウは目をこすり、ゆっくりと首を振って顔をしかめた。

ブラクストンは眉をひそめ、怪しむような目を向けた。

「ちょっと具合が」

ドルーンが低い声で言った。「あんたの具合がどうだろうと、俺たちには関係ない」

ショウは目を閉じて壁にもたれた。

「何のつもりですかね」警備員の一人、体格のいいほうが訊く。

「警戒を解いてはだめよ」ブラクストンが言った。

「さっさと下階《した》に連れていこうぜ」ドルーンは一同の顔を見回した。「さっさと片をつけよう」ブロンドを一瞥する。「な、こいつとじっくり話してみたいよな」

ブリーチした金髪とインクのように黒い目をした男は、無言でうなずいた。

ドルーンがブラクストンに言った。「彼ならかならず成果を出すよ」

ブラクストンは警備員二人のほうを向いた。「私たちはいまから一時間か二時間、下の階にいますから。いっさい邪魔をしないでちょうだい。図書館は元どおり開けていいわ。何があったのか訊かれたら、急病人が出たとでも言っておいて。よけいなことは言わないように」

「はい」大柄な警備員が答えた。「承知しました」

ドルーンがショウをじっと見て、誰にともなくつぶやいた。「こいつ、どうしちまったんだ?」

ショウは言った。「ちょっと……ふらふらする。気分が悪い」力なく背を丸め、また目をこすった。

「よしてよ」ブラクストンが腹立たしげに言った。「病気か何かなの?」

「おい、何のつもりだ」ドルーンが険しい声で訊いた。「こいつ、何をしている?」

「めまいがする」

それでは質問の答えにはなっていない。〝何をしている?〟という質問に答えるなら、コルター・ショウは誤導のテクニックを駆使しているところだった。その場の全員の注意を、自分の目に、肩に、胸に、腕に引きつけておこうとしていた。

左足ではなく。

ショウの左足はいま、床に近い位置にあるコンセントを目指して壁伝いにじりじりと持ち上がっていた。

コンセントの差し込み口の一方からペーパークリップが一つ突き出し、その先端から数ミリ離れたところに、もう一方から突き出した別のクリップの先端がある。さっき壁に飛びつく寸前にワークスペースから失敬したものだ。壁の非常警報ボタンを押す意図は初めからなかった。どうせそれも無効にされているだろう。壁際に来た狙いは、まっすぐに伸ばして三倍の長さにしたクリップの針金をコンセントに差しこむことだった。

ドルーンがショウのほうに足を踏み出した。

あいかわらず壁にもたれたまま、ショウは片手を上げた。「もう少しだけ待ってくれ……」

ドルーンは渋い表情で立ち止まった。

ショウは左の靴でクリップの一方を押し曲げ、もう一方に触れさせた。

火花が散り、爆竹が弾けるような音が響いて、図書館は真っ暗になった。

11

ドルーンと警備員はすばやく腰を落としてあたりに視線を走らせた。何が起きたのかと戸惑っている。

「銃声だ！」ドルーンはそう叫んでさらに頭を低くした。

ゴム底の靴を履いていて感電を免れたショウは、非常口へと一目散に走った。

「銃声じゃないわよ、馬鹿」ブラクストンが罵《ののし》った。

一か八か――ショウは、停電になれば非常口のバーの機能を無効にしているシステムもオフになるという可能性に賭けた。

ドルーンらが状況を理解して追ってくる前に、ショウは手近な椅子を引き寄せ、腰からぶつかるようにして非常口のバーを押した。ドアが勢いよく開いた。ドアを叩きつけるように閉め、ハンドルの下に椅子を嚙ませた。

怒鳴り声がした。「逃がすな！」と言っているようだ。声の主はブラクストンだろう。

まっすぐ駐輪場に突っ走りたい誘惑に駆られたが、当初の計画に従った。非常口を出てすぐの通りを右へ――オートバイがあるのとは反対の方角へ全力疾走し、次の交差点を目指した。背後で大きな物音がした。非常口のドアが腕ずくで押し開けられ、つっかい棒にした椅子が弾け飛んで路地に散らばる様が頭に浮かんだ。

「ショウ！」ドルーンのわめき声が追いかけてくる。

走る速度を上げた。交差点を右に曲がり、モリソン・レーンを走り出す。

同時に、自分の誤りを悟った。モリソン・レーンの突き当たりには、下調べどおり公園があったが、大勢でごった返していた。万が一ドルーンたちが発砲すると、銃弾が向かった先に無関係の人々がいることになる。

少し先の左手に路地の入口が見えた。事前に確かめた地図では、路地に面して立体駐車場がいくつか並んでいた。そのどれかを通り抜ければ、追っ手を振り切れるかもしれない。そのまま向こう側の通りに出て進行方向を変え、駐輪場に行けば、オートバイと武器がある。

路地まで三十メートル。

二十メートル、十五メートル……

背後を振り返る。追っ手の姿はまだ見えない。

十メートル。

五メートル。

路地に飛びこむ寸前で止まり、ごみの収集コンテナの陰に飛びこんだ。いま来たほうをそっとうかがうと、ドルーンとブロンドが走ってくるのが見えた。その二人だけだった。黒いスーツの警備員二人はおそらく、図書館を出てすぐの通りを直進したのだろう。

よし、路地へ……

全速力で角を曲がった。

急停止した。

行き止まりだった。

行く手に工事現場の仮囲いが立ちはだかっている。合板の塀の高さは三メートル。紺色のペンキは最近塗ったばかりと見え、卑猥《ひわい》な言葉やギャングのシンボルがほんのいくつか落書きされているだけだった。隠れ家で確認した地図に通行止めの情報が反映されていなかったのは、設置されてまだ日が浅いからだろう。

ショウは別の脱出口を探そうとはしなかった。路地に面したドアや窓は一つもない。高さも形状もさまざまな壁をよじ登るテクニックを父に叩きこまれたとはいえ、高さ三メートルの垂直な表面をロープも足がかりもなしに乗り越えるのは、ショウの得意種目に含まれていなかった。

ショウが振り向いたちょうどそのとき、ドルーンとブロンドが路地の入口に現れた。

二人とも肩で息をしていた。ブロンドは、脇腹が痛むのか、顔を歪めている。急に走らされた怒りもあるだろう。

ドルーンも体に痛みを感じているのかもしれないが、顔には大きな笑みを浮かべていた。ショウが逃げようなどというふざけた真似をしてくれたおかげで、このあとの拷問をとりわけ意欲的で創意工夫に富んだものにする口実ができたとでもいうようだった。

12

ドルーンは路地に面したドアや窓が一つもないことを見て取ると、路地の入口に戻って首を突き出した。通りの左右を確かめて満足げな顔をする。通りすがりの車も歩行者も見当たらなかったのだろう。

目撃者はいない。

戻ってきて、ブロンドと並んで立つ。ショウから五メートルほど離れた位置だ。二人とも武器は手にしていなかった。ショウが丸腰なのは知っているはずだ。図書館の金属探知機を通過したきりなのだから。ブロンドがサイレンサーつきの拳銃を抜いた。シグザウエル――大型で、高価で、精度の高い拳銃だ。銃口は地面に向いていた。

ブロンドが言った。「車が要るな」

ドルーンが応じた。「〝メン・イン・ブラック〟にメッセージを送るとしよう。車で来てもらう」

「急げ。ここは人目につきやすい。長居は無用だ」

ドルーンがメッセージを送信した。顔はにやついていた。「しかしまあ、迎えを待つまでもなく協力してもらえるかもしれないしな。その場合、こいつはここに放置するとしよう」そう言ってブロンドに身振りで合図した。

二人はごみ収集コンテナを動かして路地の入口をふさいだ。これで人目を気にせずにすむ。ブロンドは銃口をショウの近くに向けたまま、左手だけで作業をした。安全装置は解除され、指はトリガーガードの外にかけてある。銃の扱いに慣れている証拠だ。

見たところ、二人のいずれかが上の立場にあるわけではないようだ。ブロンドはドルーンと同じく〝便利屋〟で、ブラクストンの直接の指揮下にあるのだろう。

「さてと、質疑応答といくかな」ドルーンはジャケットの内側に手を入れ、迷彩柄のさやに入ったナイフを取り出した。ショウも見たことのあるコンバットナイフだった。長い刃にのこぎりのような刻みがついている。SOGのシール・チーム・エリートというモデルだ。

ショウは路地に視線を這わせて角度や距離を測った。攻撃はもちろん、自衛のための秘策は何一つ浮かばなかった。

「最初の質問は、おたくのパパの手書きの書類についてだ。二週間前だったか、シリコンヴァレーで会ったとき、ご親切にも渡してくれたよな。だがあれは単なる紙の無駄遣いだった。そうだろ？」

コルター・ショウにとっては無駄ではなかった。四百ページを超える書類には、アシュトンが収集した手書きのメモや地図、イラスト、新聞記事が含まれていたが、その九九パーセントは誤導だった。ただしそこには暗号が隠されていて、その暗号はショウをやまびこ山に導き、そこで見つけた地図と手紙はさらにアルヴァレス・ストリートの隠れ家へと導いて、ショウを今回の任務に送り出した。

「さあ、何とも答えようがない。あれもあんたに盗まれたわけだから。そうだろう？　私には中身に目を通す暇さえなかった。何か興味深い情報はあったか？」

ショウは祈るような気持ちで考えた。通りすがりの歩行者が、あるいは窓や屋上からたまたま路地を見下ろした住人が、銃を持った男に気づいて警察に通報してくれないだろうか。

ドルーンはおぞましいナイフの切っ先をショウのほうに向けていた。「どうしてうちの図書館に来た？　パパが知ってたのか」

「父の話に出た記憶がある」

「それを覚えてたってか。もう何年も前の話だろうに」

ブロンドは無言だった。材木が立っているのと変わらない。人の話に注意深く耳を澄まし、疑わしげな目つきをし、いまにも人を殺しそうな気配を発散するという芸当を材木がやってのけられるとすればだが。

ショウはドルーンに答えた。「記憶力はいいほうでね。その面では恵まれている」

「はぐらかすな。どこかに何かあるんだろう。あんたのパパの仲間がサンフランシスコにいて、あんたはそこに転がりこんでる」ドルーンはショウをまじまじと見た。「それか、あれだ、パパは隠れ家を持っていた。そうだ、それだな」

追跡劇を目撃した誰かがとうに九一一に通報しているはずだ。

なのに、サイレンの音は一つも聞こえない。

青い回転灯が閃《ひらめ》く気配すらない。

ショウはブロンドの挙動を注意して見守っていた。ブロンドの顔は無表情を絵に描いたようだった。感情など抱こうものなら、それに気を取られて攻撃への備えが手薄になると恐れているかのようだ。真っ黒に日焼けした顔には調和していても、雲間からのぞいた陽射しのようにまばゆい髪の色にはそぐわない漆黒の目は、せわしなく動いて周囲を警戒していた。

　ドルーンは次にどう出るか予測できない。一方のブロンドはプロフェッショナルだ。

　ブロンドが訊いた。「こいつをどこに連れていく？　地下室か？」

「図書館はいまとなっちゃ危なっかしい。皮なめし《タン》工場に連れていけ」

〝タン〟といっても、もちろん、紫外線ライトの下に寝そべって肌を小麦色に焼く《タン》ためのサロンではない。

　ドルーンは次のメッセージを送り、届いた返信に目を通した。それからブロンドに言った。「アイリーナは工場で合流する」

　ショウは期待するような目をドルーンに向けた。「ヘルムズも来るのか？　来るといいな」

　ドルーンは一瞬動きを止めて黙りこみ、ショウに何のメリットがあるのか、何を企んでいるのかを推し量ろうとするようにショウを見つめた。「ヘルムズならホテルに戻ってる」

　拷問のようなお遊びにつきあって自分の手を汚したくないわけだ。

「アイリーナはあんたとのおしゃべりを楽しみにしてる。俺と同じくらいにな。俺以上に、かもしれない。あんたは楽しんでる余裕なんかないだろうけどな」ドルーンはコンバットナイフを突き立ててひねる真似をした。

　ショウは肩をすくめた。

　ドルーンは親指で刃をなぞった。「ま、誰だって最後には口を割る。エイモス・ゴールについて知ってることを全部しゃべるんだな。ゴールが盗んだもののことも。そうすりゃ無罪放免だ。うまいジェラートでも食いに行くといい」

「何か怪しいな」ブロンドが言った。

　ネズミ顔のドルーンは、相棒ではなくショウに視線を向けた。

「こいつの目。何か企んでる。いやに平然としてるだろう」

ドルーンが言った。「あれこれ点検するのに忙しいんだよ、それだけだ。こいつはいつもそうなんだ。初めて会ったときも……覚えてるよな、ショウ？　俺がちっちゃな火炎瓶でいたずらしようとしたときだよ。あんたときたら、俺の頭のてっぺんから爪先まで眺め回したよな。前も後ろも何から何までじろじろ見た」

ブロンドが低い声で言った。「何か企んでるぞ」ジャケットのポケットから何かを取り出した。黒い金属でできた長さ三十センチほどの太い棒のような武器だ。「俺が見張っててやる。どこか折っちまえ。動けないようにするんだ」そう言って鉄の棒をドルーンに差し出した。

ドルーンはそれを受け取り、コンバットナイフをケースに戻した。それからブロンドが握っている銃に顎をしゃくった。「撃てばいいだろ」

「こいつは生かしておかないと。出血されると面倒だ」

真のプロフェッショナル……

ドルーンはそれもそうだと思い直したらしい。重みを確かめるように棒を軽く上下させた。骨が折れる感触を想像してほくそ笑んでいる。

「ショウ、こんなことになっちまって残念だよ。しかし、あんたには必死さが足りない。わかるよな？　まったく、あんたほどどんなときでも余裕綽々《しやくしやく》って奴は初めてだ。あんたは先のことを心配して時間を無駄にするってことがない。いまだってどうせ長いリストを上からチェックしてるんだろ。これを利用して何ができるか、あれを利用して何ができるかって。そうだろ？」

まあ、そんなところだ。

二人を相手にした接近戦に丸腰で巻きこまれた人間にやれることはさほどない。二人のうち一人は銃を持ち、もう一人は一撃で骨を折れそうな鉄棒のほかにナイフまでベルトに下げている。

どこか陽気な声でドルーンが続けた。「観念するんだな。手を出せ。さっさと片をつけよう……」ドルーンは首をかしげ、顔に皺を寄せて不気味な笑みを作った。「いや、もっといい考えがある。洗いざらいしゃべるってのはどうだ。そうすりゃ、メイン料理のあとに出てくる予定のデザートをパスできるぞ。俺のナイフと一緒に皮なめし工場に行って痛い思いをしないですむんだ」

「何の話かさっぱりわからないな」

「もういい、手を出しな」

ショウは右腕を前に伸ばした。

「そっちじゃない。反対の手だ。あとで文字やら地図やらを描いてもらうことになるかもしれないからな」

ショウは言われたとおりにした。

その陰で、体重のほとんどが右足だけにかかるよう、重心を移動し始めていた。ドルーンが鉄棒を振り下ろすと同時に弧を描くように右手を動かし、ドルーンの手首をつかむための準備だ。鉄棒にはかなりの重量がある。手首をつかまれても腕は惰性で地面に向けて動き続け、ドルーンはバランスを崩すだろう。その瞬間を狙い、腕をねじってドルーンの向きを百八十度変えさせ、ドルーンを盾にしてブロンドに発砲を思いとどまらせる。同時に背後から首を締め上げ、ドルーンの身動きを封じる。

それから右手でドルーンのジャケットの内側を探り、ドルーンがおそらく携帯したままでいる銃を抜く。ブロンドを脅して銃を捨てさせるつもりはない。何も言わずにただ撃つ。銃を持っているほうの腕と手を狙う。ドルーンの四〇口径のベレッタの安全装置の位置はしっかりと覚えている。

もしもドルーンが銃を持っていなかったら、あるいはすばやく抜くのに失敗したら、ドルーンの手から鉄棒をもぎ取り、ブロンドの顔を狙って投げつけておいてドルーンの手首を折り、コンバットナイフを奪う。

ショウ家の三兄妹は、父からナイフ投げを仕込まれた。切っ先を的に命中させるのは難しいが、回転しながら飛ぶ鋭利なナイフは敵の注意を間違いなく引きつける。ブロンドが身をかがめた隙に飛びかかり、拳銃を奪い取る。

それも失敗したら、最後の手段だ。路地の入口をふさいでいるごみ収集コンテナを飛び越える。敵の二人が同じように飛び越えてショウを追ってこられるとは思えない。収集コンテナをどけるのに手間取るだろう。そのあいだにショウは図書館の方角に走る。敵はショウがまさか図書館に戻ろうとするとは思っていないだろう。しかもその方角には、発砲をためらわせる無関係の市民はほとんどいない。

ドルーンが鉄棒を握り直して近づいてくる。ショウは怯えた表情を顔に貼りつけた。ドルーンの目は期待にあふれてきらめいていた。

一・五メートル、一メートル……

ショウは芝居を続けた。「なあ、話し合いで解決しようじゃないか。金だ。金を渡すよ」

ドルーンは鉄棒を振り上げようとしている。

「ちょっと待てって」

ドルーンは満面の笑みを浮かべていた。「泣き言はよせよ」

ショウは準備万端だった。いつでも動ける。闘いが始まる寸前にいつも感じる高揚した気分が全身にあふれ出す。場違いで、圧倒的で、頭の芯を痺れさせるような高揚感。

そのときだった。ブロンドが言った。「よせ」

ドルーンが動きを止めて振り返る。

「下がれ。そいつ、あんたを襲うつもりだ。こっちのほうがいい」ブロンドはそう言って自分の拳銃を視線で示した。

13

ドルーンは眉をひそめた。ブロンドが何を見てそう言っているのか、ドルーンには理解できていない。

「こいつはあんたを倒すつもりだ」ブロンドが付け加えた。

「やれるものならやってみな」ドルーンはショウと距離を置いた。

ブロンドが言った。「とりあえず一発ぶちこんでおこう。足の甲ならさほど出血しない」

ショウは溜め息をついた。

ドルーンはブロンドの横に戻った。ブロンドは銃口を持ち上げてショウの足に向けた。ショウは今度は芝居ではなく本気で提案した。「話し合いで解決しよう。情報がほしいんだろう。それなら、情報を手に入れて渡すよ」

ブロンドは慎重に狙いを定めた。

皮なめし工場から生きて解放されたとしても、足に弾丸を食らっていたら――？　足の骨は複雑な構造をしている。それを砕かれたら、〝絶えず動いていなくてはいられない男〟は長いあいだ一つところから動けなくなるだろう。

銃にサイレンサーをつけても、現実には完全に消音できるわけではない。ぷしゅっという特徴的な音に続いて、銃のスライドが前後に動く金属的な音もする。床やコンクリートの舗装、あるいはいま三人の足の下にあるような玉石敷きの路面に、空の薬莢《やっきょう》が落ちて跳ねる音が聞こえることもある。

コルター・ショウの耳に最初の二つの音が届いた。くぐもった発砲音、銃が次弾を薬室に送りこむ音。しかし、薬莢が跳ねる音は聞こえなかった。

代わりに、まったく別の種類の音が聞こえた。ぴしりという湿った音、ブロンドの額に弾丸が当たる音だ。ブロンドの表情はぴくりとも動かなかった。ただそのまま地面にくずおれた。

ショウは腰を落とした。銃声はショウの背後、上方から聞こえた――射手はどこか高い位置にいる。建設現場の木製の仮囲いの向こう側に設置された足場の上にでもいるのか。

ドルーンのサバイバル本能のスイッチが入ったらしい。その場にとどまって状況を分析しようとはせず、いきなり路地の入口に突進して――ショウの予想を裏切り――ごみ収集コンテナを軽々と飛び越えた。着地と同時に地面を転がり、立ち上がると、図書館の方角へと全速力で消えた。

ショウの頭に最初に浮かんだのは、ダークグリーンのホンダ・アコードだった。スパイが乗っていた車。ここまで尾行し、ショウを狙って発砲したが、誤ってブロンドに当たったのだろうか。ショウは跳ねるように動いて薄汚い路面を転がり、ブロンドの手からシグザウエルの拳銃を奪い取った。

立ち上がり、重心を落として、ブロンドをちらりと見たあと――死んでいた――拳銃のスライドをほんのわずかに引いて、薬室に弾があることを確かめた。自分のものではない銃を手にしたとき最初にすべきことはそれだ。

ブロンドの死体の反対側に回って地面に伏せ――路地で遮蔽物として利用できるものは死体だけだった――銃口を建設現場のベニヤの仮囲いに向けた。

男の声が聞こえた。「俺は敵じゃない」それから、驚いたことに、男の声はこう続けた。「コルター、いまからこの塀を乗り越える。撃つなよ」

こちらの名前を知っている――？

何か重量のある物体が地面に落ちた。バックパックだった。オークランド・アスレチックスのロゴがついている。

　とすると、アルヴァレス・ストリートの隠れ家のすぐ先のカフェにいた男か。膝上丈の黒いコートとニット帽の男。仮囲いを越えてきた男は、しなやかな動きで玉石敷きの路面に飛び下りた。ローカットのコンバットブーツが衝撃をやわらげていた。

　息が止まりかけた。息が止まりかけるなんて、いったい何年ぶりだろう——高低差八百メートルの岩壁を登っている途中でハーケンがすっぽ抜け、安全ロープのおかげで命拾いしたとはいえ、いきなり六メートルほど落下したあのとき以来か。

　どちらの衝撃に圧倒されているのか、自分でもよくわからなかった。

　いままさに撃たれようとしているところを救われたことか。

　それともその救い主が、長らく音信不通の兄ラッセルだったことか。

14

　ラッセルが言った。「気持ちはわかる。訊きたいことがあるんだろう。俺も同じさ。だが、話は後回しにしよう。まずはこれだ」

　どこかに電話をかけ、穏やかだが命令調の声で話し始めた。

　兄の外見は、何年も前、父の葬儀で最後に顔を合わせたときからほとんど変わっていなかった。あのころも顎髭をたくわえていたが、いまよりずっと短かった。髪もだいぶ伸びている。隠れ家の近くで見かけたとき、ラッセルだとわからなかったのは、その二つが違っているせいだ。それに、〝孤独好きの兄〟がまさか自分と同じタイミングでサンフランシスコに来ているなんて、完全に想定外だった。

　目の周りの皮膚は、ショウの記憶にあるよりもたるんで赤みがかっている。顎髭は茶の一色で、白や灰色は一筋も交じっていない。ニット帽からはみ出している癖のないまっすぐな髪も同じだった。

あのころから変わったところがもうひとつ――目が冷たく、たったいま人を殺したばかりなのに、何の感情も伝えていなかった。罪悪感はもちろん、やましさも、それをいったら不安さえも浮かんでいない。

「手を貸せ」ラッセルはごみ収集コンテナに顎をしゃくった。ショウはふと思った。兄の声は父にそっくりだ。口真似かと思うほど似ていて、どきりとした。だが、当然といえば当然か。

ショウはシグザウエルの銃口をそらしておいて安全装置をかけ、ウェストバンドにはさんだ。ラッセルの視線を感じた。銃の扱いに関して父から徹底的に叩きこまれた教えを弟がいまもきちんと守っていることに目を留めたのだろう。

二人はコンテナを押して路地の入口からどけた。

目隠しをなぜどけるのかとショウは疑問に思った。通りすがりの歩行者にブロンドの死体を見られてしまう。しかしどけると同時に白いバンが路地の入口に急停止し、サイドドアが音もなく開いた。

ショウは警戒して銃を抜いた。

「俺の同僚だ」ラッセルが言った。

三人の男女が降りてきた。

緊迫した状況でなければ――そして事情を理解できていたら――ショウはにやりとしていただろう。三人のうち二人はすでに見た顔だった。一人はトリシア、アルヴァレス・ストリートの隠れ家の前にいた女性だ。もう一人は、彼女を襲った男だった。ショウは頭のなかで〝襲った〟という語に引用符をつけた。あれは芝居だったのだ。助けてというトリシアの叫び声は、ショウを誘い出し、警戒を要する人物か否かを見極める戦略にすぎなかった。

胸板の厚い男は、〝ホームレスの男1〟を演じていたときとは別人のように身ぎれいになっていた。ラッセルがその男をタイと紹介した。タイはショウにちらりと視線を向けただけで、挨拶の一つも口にしなかった。

マットと紹介された三人目は、複数の民族の血を引いているらしい。髪は黒く、細身で、陰気な顔つきをしていた。路地とバンが停まっている通りに油断なく目を配っている。

三人とも濃い緑色のジョギングウェアを着て、青いラテックス手袋をしていた。

バンの運転席にもう一人いたが、ショウの位置からはシルエットしか見えなかった。

ラッセルとマットは腰のホルスターのそばに手をやって通りを見張り、タイとトリシア――今回はカレンと自己紹介した――は急ぎ足でブロンドの死体に近づいた。

ショウは言った。「ほかに図書館の警備員が二人いる。白人だ。一人はがっしりした体格、もう一人は痩せ形。二人とも銃を携帯している。ダークスーツと――」

カレンが言った。「知ってる。その二人なら、ハリソン・ストリートの立体駐車場に車を取りに行ってる。二分後には来る」

タイが遺体袋を広げ、カレンと二人でブロンドの死体の回収に取りかかった。まもなく死体は袋に収められ、ファスナーがきっちりと閉じられた。

「せえの……」タイが言った。二人は重量のある遺体袋の持ち手をつかみ、そろって低いうめき声を漏らしながら持ち上げると、バンに運んでいった。ショウは手伝おうと言いかけたが、助けは必要なさそうだった。二人とも体力は充分で、しかも手慣れた様子だ。遺体袋をバンの荷台に載せて押しこむ。

マットはバンに積んであったほうきとスプレーボトルを持って銃撃の現場に戻り、ボトルの液体を血痕に吹きかけた。使われたのはホローポイント弾だ。着弾と同時に大きく膨張し、即死に至るダメージを脳に与えるが、頭蓋内にとどまる。射出創がなければ、内容物はさほど派手に流れ出ない。

ボトルをスラックスのポケットに入れ、死体があった場所に土と砂利を撒《ま》いてならした。決まった手順を正確に繰り返しているといった風で、警察の鑑識作業を攪乱するためとはいえ、実際に捜査が行われることはまずないだろう。ドルーンとブラクストンが九一一に通報し、ブラックブリッジの工作員が殺害されたと訴えるなどありえない。

「銃を彼女に渡せ」

ショウはシグザウエルを抜き、グリップをカレンに向けて差し出した。カレンはマガジンを抜き、薬室に入っていた一発も抜いた。スライドをロックしてから、銃とマガジン、一発だけの弾を厚手のビニール袋に入れた。最後に湿った布のようなものを入れて、袋を密閉した。

「それには私の指紋が付着している」ショウは言った。

カレンは面白がっているような顔でかすかに目を細めた。その表情はこう言っているように見えた——すぐに消えるから大丈夫。あの魔法の布はいったい何なのだろう。

胸板の厚いタイが言った。「後方だ。来たぞ」

ＳＵＶが一台、猛スピードで近づいてきた。ガラスの反射で車内はほとんど見えないが、黒いスーツの警備員二名は予定より手前の地点でドルーンを拾っているだろう。タイヤを鳴らして急停止したＳＵＶから三人がそろって降り、警戒しつつ小走りでこちらに来た。それぞれジャケットの内側に手を入れている。

ラッセルがマットにうなずいた。マットはほうきをヘッケラー＆コッホのサイレンサーつきサブマシンガンに持ち替えた。スライドを引いて弾を薬室に送りこみ、ドルーンに銃口を向けた。ドルーンとほかの二人が散開し、くず入れの陰に身をひそめた。

ラッセルが言った。「人員はよせ。車両だけだ」

チェーンソーの音をくぐもらせたような連射音が鳴り、ＳＵＶのフロントグリルがずたずたになった。マットは公園にいる市民を傷つけないよう、狙いを一点に集中させていた。

マット以外の四人はすでにバンに乗りこんでいた。まもなくマットもそこに加わった。ショウはサイドドアを閉めた。ドアがスライドする感触はやけに重たかった。防弾仕様になっているのだろうか。ほっそりとした体つきに浅黒い肌をしたドライバーがバンを急発進させ、空転したタイヤが甲高い音を鳴らす。バンは路地の入口を離れ、通りを疾走した。ＳＵＶが煙を吐きながら猛スピードでそれを追ってきた。ショウは足を踏ん張った。ラッセルは助手席に移動した。ほかの四人はバンの壁にもたれて座った。マットがタブレット端末を確かめた。

「追っ手なし。もう安全だ」

ラッセルが言った。「先にこいつのオートバイを回収。そこからアルヴァレス・ストリートの隠れ家」

気持ちはわかる。訊きたいことがあるんだろう……

〝ある〟どころではない。訊きたいことだらけだ。

15

「どうしてあの図書館にいるとわかった？　ドローン

か？」

　訊きたいことは山ほどある。なのになぜ自分は、そんなどうでもいい話から切り出しているのだろう。

　兄と弟は、隠れ家のダイニングルームに二人きりで座っていた。太陽が優しい乳白色をした霧を払いのけ、淡い光が窓から射しこんでいた。二人のあいだのメープル材のテーブルはへこみやひっかき傷だらけで、ぐらつかないよう、脚の一つにくさびが噛ませてある。

　携帯電話でメッセージやメールをチェックしていたラッセルが、上《うわ》の空《そら》といった声で答えた。「ドローンもたまに使う。ふだんは街中では飛ばさない。航空局《FAA》や国土安全保障省がうるさいからな」

「へえ、そうなのか」

　ラッセルは、どこまで話していいのか、どこまでは伏せておくべきか、思案しているようだった。「基本的には、交通監視カメラや街頭監視カメラで追跡した。アルゴリズムを使って。中継局をまたいで」それだけ言って肩をすくめた。これ以上は話したくない――あるいは法律上話せない――というのだろう。

　ラッセルはメッセージを一つ送信してから立ち上がり、リビングルームの張り出し窓から前の通りを見た。次に家の側面の窓から外の様子を確かめた。といっても、そこからはほとんど何も見えない。明かり取りのためだけにあるような窓で、三メートル先は煉瓦の壁でふさがれている。ラッセルは最後に家の裏手に回り、張り出し窓の前に立った。そこからは小さな裏庭と路地、向かい側に建つソビエト時代のロシアの集合住宅のようなアパートが見える。ショウはいまさらながら気づいた。表通り側、横、裏――隣接する建物はいくつかあるが、そのいずれにもこの家に面した窓は一つもない。父がこの家を選んだ理由の一つはそれだろう。

　ショウは表通り側の窓から外をのぞいた。静かなアルヴァレス・ストリートと、向かい側の一角にある全焼した建物が見えた。あの前で、トリシア――ではなく、カレンが〝襲われた〟。いまだに誰もあの区画を買い取って住宅を建築せずにいるのは意外だとショウは思った。ミッション地区は人気の高い地域で、あれを建て替えれば不動産会社は大儲けできるはずだ。とはいえ、〝はず〟では足りないのだろう。サンフランシスコの不動産バブルはいつ弾けてもおかしくない。一夜にして十億ドルも儲かることもあれば、一夜にして破産することもあるだろう。

ショウの視線は全焼した建物を離れ、近くの通りを見渡した。ラッセルの同僚から危険はないとすでに報告されていたが、ブラックブリッジの工作員がいないか、ホンダ車に乗ったスパイがいないかを確かめる。

ラッセルがダイニングルームのテーブルに戻ってきた。ニット帽は脱いでいた。濃い茶色の髪は、〝だいぶ伸びている〟どころではなかった。まぎれもない長髪だ。

「兄貴のチームにダークグリーンのホンダ・アコードに乗っているメンバーはいるか」ショウは尋ねた。

「いない。どうして？」

「尾行された。この家に入るのを見られた」

「うちの人間ではないな。俺の作戦に参加している人間ではない。ナンバーはわかるか」

「わからない」

沈黙が訪れた。もはや説明を避けては通れない。

ラッセルが言った。「さっきの現場。おまえはどうして狙われた？」

「連中は私を殺そうとしていたわけではない。死なれると困るんだ。いまのところは」

「そうだろうと思ったよ。あいつの銃の角度でわかった。それでも、な」

「向こうの狙いは情報だ。見せるよ」

ショウは立ち上がり、アシュトンが地下室に残した書類をキッチンから持ってきた。

「下の隠し部屋にあった」

「前から知っていたのか」

「部屋のことか？　いや。知っていたのはこの家の番地だけだ」リビングルームをさっと見回す。「ただ、何を探せばいいかはわかっていた。アッシュから教わったよ。隠し部屋の造り方。周囲に溶けこませること、外光をさえぎること。アッシュは光と影の迷彩と呼んでいた」

ラッセルは目を細めた。記憶が蘇ったのだろう――キャビンの裏にあった小屋に隠し部屋と隠し扉を造る方法を父親から教えられた記憶が。アシュトンは三兄妹にこう言った。「蝶番《ちょうつがい》や掛け金を隠すのは誰にだってできる。侵入者の目を欺く一番の小道具は埃《ほこり》だ。埃まみれの壁が動くとはふつう思わない」隠し扉と周囲の壁にゴムのりをスプレーで吹きつけ、その表面を羽ぼうきでさっと掃く。当時六歳だったドリオンが兄二人より筋がよかった。一番自然な隠し扉を造った。

ラッセルが言った。「スタン手榴弾を見逃したな。俺にアラートが届いた」

「うっかりした。しかしあの時点では、この隠れ家にアッシュ以外の人間が出入りしているとは知らなかった。アシュトンは即席爆弾を作るようなタイプではなかったし」

「そうだな。そういうタイプじゃなかった」

「リングやネスト（順にアマゾンとグーグルが販売しているホームセキュリティシステム）を導入している個人宅は、まあ、あるよな。しかし、爆発物ってのは珍しい」

ラッセルはにこりともせずに肩をすくめた。それからテーブルの上の書類を顎で指した。「二年前にこの家に来たときに見た。何なのかわからなかった。アッシュのものだとは思ったが……どうせいつもの支離滅裂な戯《ざ》れ言《ごと》や妄想だろうと」

「これがなければ理解不能だろうな」ショウはバックパックを開け、ブラックブリッジについて書かれた父の手紙を取り出した。

ラッセルは手紙に目を通した。「このブラックブリッジってのが不正工作の親玉というわけか。初めて聞く組織だ」その手の組織には精通しているというような口調だった。「これはどこで？」手紙にうなずく。

ショウはためらった。「やまびこ山に隠してあった」

ラッセルがそこで父親を殺したとショウが誤って信じた場所。

ラッセルの表情は変わらなかった。「さっきの路地にいた連中。全員がブラックブリッジの人間か」

「そうだ。あの図書館は隠れ蓑だった」

「知っている。おまえがそこに入ったとわかって調べた。スタンフォード大学とはいっさい関係がない。それに、オフショアカンパニーはふつう図書館を所有しない。少なくとも合法的なオフショアカンパニーは」

私立探偵のマックの情報収集力は超人的だが、ラッセルも負けていない。いや、マックよりおそらく上だ。

ラッセルは手紙にもう一度目を通した。「アシュトンの心配事の半分は根拠がなかった」

「少なくとも半分は」

「だがこれは別か」

「別だ」

ショウは、父たちに共感したブラックブリッジの社員の一人が書き、デッドドロップを介して父に届けた短い手紙をラッセルに渡した。


エイモスが亡くなりました。例のものはブラックブリッジの社内便キャリーケースに入っています。隠し場所はわかりません。連絡はこれで最後にします。危険すぎるので。幸運を祈っています。


「〝例のもの〟？　アシュトンの手紙にあった〝証拠〟か」

「そうだ」ショウは地下室から持ってきた文書の山を指し示した。「これとは違って、憶測や状況証拠ではない。エイモス・ゴールが何を見つけたのか知らないが、起訴するに足る物証だ」

「アッシュから言われてたよな。〝やまびこ山に行くべからず。あれは油断ならない場所だ〟。だが、あの辺はそもそも丘陵地帯だ。あのくらいの山はいくらでもあった。連絡情報の受け渡し《デッドドロップ》に使っていたから、俺たちを近づけたくなかったのかもしれない」ラッセルはそう言ってショウをちらりと見た。ショウはうなずいてスパイ用語を理解したと暗に伝えた。「これも仲間の誰かに宛てた手紙だったんだろう。おまえはどうやって手に入れた？」

「話すと長くなる。やまびこ山を指し示す手がかりをいくつか見つけた」

「いまも健在の仲間はいるのか」

「おそらく。ただし、ほとんどはもう死んでいるか、人目を避けて暮らしているかだ。ブラックブリッジは事故の偽装が得意だからね」

手紙は同僚にではなく自分に宛てて書かれたものだと考えていることは兄には話さなかった。やまびこ山を指し示す手がかりを託されたのはショウだ。その手がかりを実際に読み解き、この隠れ家を見つけたのもショウだ。手紙と地図の隠し場所を推測するのは、アシュトンの同僚たちにも決して不可能ではなかったはずだ。だが、彼らの大半が居住しているサンフランシスコから五百キロメートル近くも離れた場所をデッドドロップに利用していたのはなぜかと考えれば、父の意図は明らかだ。

「で、このブラックブリッジがアッシュの死に関係していたわけか」ラッセルはショウの目の奥を探るように見つめた。「葬儀のときは〝事故〟って話だった。当時、おまえはそう思っていなかったようだが」

兄の口調は遠回しに何かを伝えていないか。父を殺したのは兄貴だろうと考え、ショウが暗黙の非難を向けていたことを兄は知っているのか、どうなのか。

背筋に寒気が走った。「いや、そんなことはないさ」ショウは口ごもりながら続けた。「いくつか辻褄の合わない点があった。アシュトンのベネリのショットガンが転落現場から見つかっていない。それに、岩場だろうと、地面が凍っていようと、雪や砂や砂利で覆われていようと、アシュトンが足をすべらせるところなんか一度も見たことがないよな」つい早口になった。弁解がましく聞こえていないだろうか。ショウは兄が父を殺したという結論に達した理由をつい並べ立てていた。

ラッセルがまだこちらを見つめているのがわかる。ショウは思いきって兄と視線を合わせた。「二週間前、真相がわかった。アッシュを殺したのはブラックブリッジだ」そう言って、エビット・ドルーンから聞いた真相を兄に話した。ブラックブリッジの工作員の一人が〝話し合い〟をしようとコンパウンドにやってきた。「要するに拷問だ。それでアシュトンから証拠の隠し場所を聞き出すつもりだった。アシュトンは工作員の来訪に気づいて先回りした。だが、相手はブラックブリッジの工作員だ。勝てっこない」

「ふうむ」

兄の両肩をつかみ、こう叫びたくてたまらなかった。〝あのころ私はまだ子供だった。兄貴は心を閉ざしていた。兄貴とアッシュの諍《いさか》いも見た。それにアッシュが殺された夜、自分がどこにいたか、兄貴ははぐらかした。たしかに、私は間違っていた。だが、私に疑われた、それだけで兄貴は家族の前から完全に姿を消したのか？　兄貴が失踪して、母さんが、妹が、どんな思いをしたか、知っているのか？〟

私がどんな思いをしていたか……

もちろん、コルター・ショウはその疑問を兄にぶつけられなかった。自分が恐れているとおりの答えが返ってきたらと怖かった——〝おまえを許せなかったからだよ〟という答えが。

気づくとこう言っていた。「兄貴は〝一匹狼〟だものな」そんな風に言うことで、自分は兄の失踪を遠回しに揶揄《やゆ》しているのだろうか。

「え？」

「どんな仕事なのか知らないが、兄貴はニックネームどおりの生き方をしているんだな」

ラッセルは目を細めた。「ニックネームか。子供のころのニックネーム。一匹狼。おまえはじっとしていられなくて、ドリーは要領がよかった」

「この家を仕事に利用しているんだろう。この隠れ家のことはどうやって？」

「もうずいぶん前だが、訓練があってサンフランシスコに来たとき、アッシュから聞いた。サンフランシスコに用事があるとき使っている家があるとな。ここで会ったんだよ。鍵ももらった。うちのグループはたまにサンフランシスコで仕事をすることがある。そういうとき、司令本部に使わせてもらっている」

「グループ？」

ラッセルは答えなかった。

国の安全保障に関わる仕事だろう。ただし、主流からは遠いところにいる。ＦＢＩやＣＩＡ、国防総省《DOD》、国家安全保障局《NSA》など、アルファベットの組み合わせで呼ばれる政府機関なら、サイレンサーつきの銃で人を殺したうえに、まるでキッチンのタイル床に落として割ってしまったピクルスの瓶を片づけるように、死体と遺留品を始末するような真似が許されるわけがない。

ショウは言った。「隠し部屋の書類を見た。あれは国の機密情報だろう」

「いまはもう機密ではないと思う」

「見たのはまずかったか？」

一瞬の間。「いや別に」

「中国語とロシア語が話せるんだな」

ラッセルは答えなかったが、答えはイエスだろう。ショウが兄と最後に会ってからもう何年もたつ。そのあいだに新たなスキルをいくつも身につけているとしてもおかしくない。

「活動中は万全のセキュリティ態勢を敷いているが、あの書類が関連する仕事は今朝早くに片づいた。監視カメラもマイクもすべて取り外した」

ショウは笑うしかなかった。「それにしても手際がよかったな。偽の襲撃事件。カレンとタイの芝居」

「手榴弾が破裂して、アラートが届いた。隠し部屋に侵入者ありというアラートだ。そいつの正体を確認する必要があった」

「兄貴とカレン、タイ。たった数分であの芝居を準備したわけか。衣装からメイクまで」

ラッセルは片方の眉を吊り上げた。「仕事柄ってやつだ。今回みたいな事態に備えて訓練をしている。即興で対応する。あの二人はたまたま近くにいた。あのときカレンはボディカメラを装着していた。おまえの画像をうちの顔認識データベースで照合しようとしたが……」肩をすくめる。「その前に俺が画像を見た。そのあと、おまえの監視を手配した」

なぜだ？　ショウは不思議に思った。

短い沈黙があって、ラッセルが訊いた。「アシュトンとブラックブリッジの件でサンフランシスコに来ているわけか。懸賞金の仕事ではなく」

内心の驚きが顔に表われたらしい。

「ときどきニュースで取り上げられているだろう」

なるほど、弟のその後を気にかけてはいたようだ。だが、ショウや母に電話してみようと思うほどには気にかけていない。

「懸賞金の仕事ではない。ブラックブリッジの件で来た」

ラッセルの視線はこう尋ねていた――しかし、なぜ？

ショウはそれに答えた。「アシュトンはこう言っていたよな。〝復讐を企てるべからず〟。復讐はサバイバリズムの精神に反している」

「ああ、いまそのとおりのことを考えていた」

「これは復讐ではないんだ。私はアッシュが始めた仕事を代わりに終わらせようとしている。アッシュの使命を」

それ以上の言葉は必要なかった。

16

ラッセルは携帯電話からメッセージを送った。複雑な構造をした電話で、ショウが初めて見るメーカーの製品だった。

ショウは兄の豊かな顎髭を眺めた。ラッセルの職業がショウの推測どおりの類のものなら、あの顎髭は仕事に不向きではないのか。一目で覚えられてしまうだろう。いや、もしかしたらラッセルは業界ですでに顔を知られていて、トレードマークとしてあえて顎髭をたくわえているのかもしれない。

ラッセルの携帯電話が振動した。

「うちのデータベースには都市部活用構想《アーバン・インプルーヴメント・プラン》も、エイモス・ゴールも登録されていない」ラッセルは言い、携帯電話をしまった。「ブラックブリッジの基本情報はあるが、要注意のフラグは立っていなかった」

兄はこのうえなく堅牢性の高いデータベースへのアクセス権限を与えられているに違いない。

「チェックしてくれてありがとう。その〝グループ〟だが……もう少し詳しく教えてもらえないか」

「断る」

「〝グループ〟っていうのは、正式な組織名ではないんだろう」

「通称だ」一拍置いて、ラッセルは尋ねた。「仕事ではいつもあのヤマハのオートバイを使っているのか」

ふだんはウィネベーゴを住居代わりにしているのだとショウは話した。仕事のときは目立たないようレンタカーを使う。懸賞金の仕事では、大半の時間を監視や偵察、証言の聞き取りに費やす。背景に溶けこむには、エイヴィスやハーツでレンタルした黒いふつうの自動車が一番だ（黒を選ぶのは、警察の人間と〝勘違い〟してもらいやすいからだ。ただし、ショウが自分から警察官を名乗ることはない）。「今回は仕事ではないが、レンタカーを借りることにするかもしれない。天気にもよる」

ラッセルに電話がかかってきた。しばし相手の声に耳を澄ます。「そうだ。永久的に閉鎖したと伝えてくれ」そう言って電話を切った。

二人のあいだを沈黙が漂った。

ショウは訊いた。「家族はいるのか。決まった相手は？」

「いない。そっちは？」

ショウの脳裏にヴィクトリアの顔が浮かんだ。「いない」

「結婚したって聞いたが」

今度はマーゴの顔が浮かんだ。「していないよ」

沈黙が渦を巻く。ラッセルがまた携帯電話をチェックした。

「ドリオンは元気にしているようだ」ショウは言った。「知っている。先月、娘たちと一緒のところを見た」

「会ったのか？」ショウは驚きを隠しきれずに訊いた。

「こっちが見ただけさ。向こうは俺を見ていない」

「葬儀のときに聞いた話だと、兄貴はロサンゼルスに住んでいるんだろう」

「ああ、いまもそうだ。ロサンゼルスの近く」

雑談はショウの気を滅入らせた。ラッセルは退屈顔をしている。

十数年ぶりの再会だぞ、もっと盛り上がる話題はないのか。

「もう一つ訊いていいか」ショウは言った。

ラッセルはどうぞと眉を吊り上げた。

「いったい何だってオークランド・アスレチックスなんだ？」ショウは兄のバックパックに目をやった。

ショウの軽口に、兄の反応はなかった。

子供時代の三兄妹はよく笑った。同年代の友人はいないも同然だったから、娯楽も気晴らしも、自分たち三人でまかなうしかなかった。

ぴりぴりするような沈黙がまたも流れたあと、ラッセルが言った。「チームのメンバーを移動させないと」

「もう行くのか」自分では無表情を保ったつもりだが、絶対の自信はなかった。

「次の仕事が入っている。繁忙期でね」

クリスマスの買い物シーズンを前にした百貨店のバイヤーのような口ぶりだった。

「そうか」

ラッセルは地下室に下りていき、まもなくダッフルバッグを提げて戻ってきた。霧の最後の切れ端を太陽が吹き払い、窓から射しこむ外光が水のボトルを通って屈折し、ひび割れた幾何学模様を壁に描いていた。

黄みがかった光に満ちた居心地のよい部屋に、兄の暗黙のメッセージがサイレンのように反響している――

〝俺たちの父親を殺されたからって、ブラックブリッジとの戦争に俺を巻きこむな〟。

ショウは小さくうなずいて言った。「絶体絶命のタイミングで来てくれて感謝してるなんて、いまさら言うまでもないよな」

ラッセルは無言でうなずいた。

ショウはあがいた。「電話番号を教えてくれよ」

「うちでは月に一度、ランダムな番号を割り当てられる」

ショウは自分の番号をノートに書いた。しかし、ページを破り取って兄に渡すことはしなかった。兄のほうにただそのページを向けた。

ラッセルは十秒ほど見つめていた。それからうなずいた。

暗記したのか。そのふりだけで、もう忘れたのか。

ショウの頭にまた同じ考えが浮かぶ——いま打ち明けちまえよ。アッシュを殺した罪を押しつけたのはひどい間違いだったと言えよ……

だめだ。この再会は、兄との絆を育み直すきっかけになるかもしれない。ラッセルは弟の電話番号をちゃんと頭に刻みつけたのかもしれない。だが、いまこの瞬間、その絆はあまりにも壊れやすかった。蜘蛛の巣の糸は、同じ太さの鋼の糸より強靱だという。それでも、さほどの強風ではなくても風が吹きつければ、あるいは働き者のハウスキーパーのほうきで払われれば、蜘蛛の巣は壊れ、世界は、そしてそこで暮らしている生き物の命はその瞬間、唐突な終わりを迎える。

ショウは言った。「元気そうでよかった。メアリー・ダヴに伝えておくよ」

「ああ、頼んだよ」ラッセルは玄関に向かい、ドアを開けて出ていった。

17

ショウはバックパックを探った。私用のｉＰｈｏｎｅはそのままにして、プリペイド携帯を取り出す。盗聴の懸念がある場面ではこちらを使うことにしていた。Ｌｉｎｕｘのカーネルをいじったアンドロイド携帯で、暗号とセキュリティの機能が強化されている。

いま電話をかけようとしている相手は、ブラックブリッジともＵＩＰともエイモス・ゴールとも無関係だった。しかし現状を考えると、できるかぎり安全な方法を使いたい。

「もしもし？」

「私だ」

「コルト」母メアリー・ダヴの声は、いつもどおり低く落ち着いていた。「いまあの家に？」

「そうだ。やはり隠れ家だったよ。アッシュは地下に隠し部屋を作っていた。そこでまた関係のありそうな書類を見つけた。いまのところこれといった進展はないが」

短い沈黙があった。その沈黙はこう伝えていた――それだけ？　だって、それだけでわざわざ電話してくるとは思えないでしょう？

「知らせておこうと思って。今日、会ったよ。ラッセルに」

「え……」メアリー・ダヴはそうささやくように言ったきり黙りこんだ。めったに驚かない母には珍しい。「無事なの？」

「無事だ」ショウはほんの少しミルクを加えたコーヒーをゆっくりと口に含んだ。火傷しそうに熱かった。

「これで最大の疑問には答えが出たわけね。ラッセルは生きている」

何年ものあいだ、ラッセルが生きているのかどうかさえ、一家の誰も確かめられずにいた。

「どうして会えたの？」

ラッセルもアルヴァレス・ストリートの隠れ家のことを知っていて、ときおり使っていたらしいとショウは説明した。

「そうね、そうだった。一度か二度、アッシュがちらっと言ってたことがあったわ。サンフランシスコでラッセルに会ったって」

「政府機関で働いているみたいだよ。ＣＩＡのような機関だが、ＣＩＡではない」

「どんな仕事なのかしら」

「情報収集とかかな」

ブロンドがどんな運命をたどったかは伏せておいた。

メアリー・ダヴは黙っていた。ショウの答えを言葉どおりに受け取ってはいないのだろう。

「〝グループ〟だそうだ。正式な名称ではないようだがね」またも沈黙が流れた。ショウは言った。「見たところ……元気そうだったよ。いかにも仕事ができそうな感じで」

「で――」

「もう行ってしまった。次の仕事があるそうだ。内容は教えてもらえなかった」

めったに溜め息をつかない母の溜め息が聞こえた。

「あの子は……あの子は、何を考えているのか、昔からわからないところがあった。覚えてる？　一人で森に行ったきり何日も帰らなかったり。アッシュの訓練でもないのに。朝起きて、コーヒーを沸かして、ビスケットを焼き始めたころになって初めて、あの子は食料と武器を持って夜明け前に出発したらしいとわかるの」

メアリー・ダヴのよく通る声はどこか不満げで、ショウは一瞬、兄と会ったことを伝えなければよかったと思った。ラッセルが顔を見せに来るのではと、つかのまの期待を抱かせてしまったのかもしれない。「いまもあのころのままということね。でも……何年も連絡一つよこさない理由については何か言ってた？」

ショウは「何も言っていなかったよ」と答えた。それは決して嘘ではない。弟に人殺しと疑われて深く傷ついた件に関し、ラッセルは今日もまた一言たりとも話さなかったのだから。

「それで、証拠探しは順調なの？」

「順調だよ」

「母親ならこう言わなくてはいけないわよね。〝気をつけなさい〟」

ショウは小さく笑った。

メアリー・ダヴは言った。「ラッセルのこと、連絡してくれてありがとう。私に話すかどうか、きっと迷ったでしょうね。伝えてくれてうれしいわ」そこで声の調子が変わった。「ほかに話したい人はいる？」

「そうだな、せっかくだから……」

「ちょっと待ってて」

18

「もしもし」ヴィクトリア・レストンの声もやはり低いが、独特の響きを持っていた。何に似ているといえばぴったりくるだろうか。ふいに思い浮かんだ。楽器だ。なかでもチェロだな、とショウは考えた。豊かでよく響くチェロの音色。中音域だけのチェロ。

「タコマでは興味深い経験をしたよ。泥棒に遭った。しかも私のせいで誰かのニッサン・パスファインダーが丸焦げになった。幸い負傷者はいなかった」

「あなたといると退屈する暇がないわね、コルト。何を盗まれたの？」

「詳しいことはまた今度。次に会ったときに」ヴィクトリアの軽やかな笑い声。「すぐに会えるといいけど」

彼女の深みのある灰色の瞳が思い浮かんだ。太陽や月の気まぐれによって、明るい褐色に見えるときもあれば暗めの金色に見えることもある柔らかな巻き毛も。

「それよりすごいニュースがある。兄貴と会ったよ」

「本当に？　生きてるかどうかさえわからないと言ってたわよね」

「何やら機密を扱う仕事をしているらしくてね。素性を隠しておかなくてはならないんだと思う」

「KGBのスパイみたいに」

「そう、そんな感じだ」

「今回の件が片づいたら、お兄さんも一緒に帰ってきてお母さんに会えそう？」

それはないだろうと思ったが、ショウはこう答えた。

「たぶん」

ヴィクトリアは声をひそめた。「あなたはどう、大丈夫なの？」


予期せぬ質問で、ショウは答えを用意していなかった。

「ああ、まだ驚いてはいるが」それからヴィクトリアの様子を尋ねた。

ヴィクトリアの答えが返る前に一拍の間《ま》があった。ショウが話題をそらしたことに気づいて、その心情を慮《おもんぱか》ったのだろう。「万事順調。あなたのお母さんは大した人ね」

ヴィクトリアとは十日ほど前に知り合った。ショウがある使命を帯びてワシントン州の山岳地帯へと乗りこんでいったときのことだ（『魔の山』）。懸賞金ありきの人捜しとして始まったその一件はまもなく、ある組織への潜入調査に発展した。調査に乗り出した動機の一つは、危険なカルトの疑いがある謎の集団からヴィクトリアを救うことだった。

そこでヴィクトリアは、崖の縁から湖に転落して負傷した。元デルタフォース隊員の彼女は鍛えられた体をしている。あの高さから転落したら、ふつうの人間なら死んでいてもおかしくないところだが、ヴィクトリアは軽い怪我を負っただけですんだ。その後ショウは、一緒にコンパウンドに来ないかと誘った。母メアリー・ダヴは一般開業医かつ精神科医で、理学療法も行える。

ショウが彼女を実家に誘った理由はもう一つあった。ヴィクトリアが誘いに応じたのも同じ理由からだろう。ヴィクトリアの部屋の前で交わした長いキスが脳裏に蘇る。あの翌朝、ショウは車でコンパウンドを出発し、そのままサンフランシスコの隠れ家に来た。

「いまどこ?」

「そうだな、アメリカ大陸のどこかにいる」

通信は暗号化されているが、それでもあまり具体的な情報をやりとりしたくない。

盗聴している者がいないと決めてかかるべからず……

「あなたっておかしな人よね、コルター。そうだ、お母さんはときどきあなたを〝コルト〟って呼ぶけど、本人はどっちが好き?」

二人の求愛行動は過激だった(何しろ、当人たちがナイフを手にして闘ったのだ)が、知り合ってからまだ日が浅い。

「どっちでも」

「あれから進展はあった?」

「とくにない」

「何かあったら私にも教えて」

「ああ、かならず」

「キジの焼きかげんはどれくらいが好み?」ヴィクトリアが訊いた。

「そんなことを訊かれたのは初めてだな」それは本当だった。ショウは少し考えてから答えた。「焼きすぎよりはレアのほうがいい」

「私も。今夜、メアリー・ダヴと一緒にお料理する約束でね。去年の狩猟シーズンに獲ったキジだって」

「きみは狩りをするの?」

「したことはあるけど、最後にキジを仕留めたのなんて、二年も前」

「愛用のショットガンのモデルは?」ショウは父親の頼りになるショットガン、クロームめっきのグリップがついたベネリのパシフィック・フライウェイを思い浮かべた。美しい銃だ。

「ショットガンは持ってない」

「いつも何を借りる?」

「使ったのはショットガンじゃないの」

「野鳥を撃つのにライフルを使うのは違法なのではない

かな。少なくともカリフォルニアでは」

「カリフォルニアじゃなかったし、使ったのはライフルじゃない」

「ライフルじゃないって？」

「コルター、私が答えたことを質問に変えて訊き返さないで」

「じゃあ、何で撃った？」

「グロック17」

「飛んでいる鳥を？」

「決まってるじゃない。地上の鳥は撃てないわ。それに、アニー・オークリーみたいに早撃ち勝負じゃなかったし。初めから銃を握ってた」

「それで何……」ショウは口をつぐんだ。

「何発で仕留めたかって訊こうとした？」

ショウは侮辱と受け止められかねない質問をのみこんだが、そのとおり、何発で仕留めたのかと訊こうとしていた。グロック17には十七発装弾できるが、慎重に狙いを定めて撃つなら、おそらく一秒に三発が限度だろう。

そう考えていてふと気づいた。ヴィクトリアはまた黙りこんでいる。

やがてヴィクトリアがようやく答えた。「一発」

思わず訊き返しそうになったが――「一発で？」――よせと自分にブレーキをかけた。

ショウは銃の才能に恵まれているが、所有している拳銃のどれを使ったとしても、飛んでいる鳥を撃ち落とせるとは思えない。ましてや一発で命中させるなど不可能だ。

「でも、ちゃんと狙う時間があったのよ。ホルスターから抜いて撃ったわけじゃない。それから、好みは同じね。レアがいちばんおいしいと私も思う。キジ肉は脂が少ないでしょ。火を通しすぎるとぱさぱさになっちゃう。で、いつ帰ってくるの」

「二日か三日で帰りたいとは思っている」

「助っ人が必要になったら言って。もうだいぶよくなったから」

ヴィクトリアは、南カリフォルニアでセキュリティ・コンサルティング会社を経営している。

「覚えておくよ」

「あのね、コルト。世の中には二種類の人間がいてね」

生者－死者。ブロンド－ブルネット。背が低い－高い。

リベラル―保守。セクシー―そうでもない。ショウは頭のなかで羅列したが、むろん口には出さず、こう言った。

「どんな？」

「一種類は、覚えておくって言って、本当に覚えておく人。もう一種類は、覚えておくって口では言うけど、実は覚えておく気なんてない人」

「私は一つ目のタイプだ」

「だろうと思ってた。でも、はっきり言ってくれて安心した」

それから十分ほど他愛のない話を続けたところで、ショウはブラックブリッジの証拠の追跡に戻りたくてじりじりし始め、そろそろ切るよと告げた。「また電話する」

「あのね、コルト。世の中には二種類の人間がいてね……」

ショウは笑い、じゃあまたと言って電話を切った。

二人には共通点が多い。ヴィクトリアも絶えず動いていなくてはいられず、また綿密に考え抜いたうえで危険に挑む人間だ。皮肉の効いたユーモアのセンスも、弱い者いじめを憎み、愚かな言動を許せない性分も似ている。ショウがヴィクトリアの命を救っただけでなく、ヴィクトリアもショウの命を救ったことも手伝って、ワシントン州でともに過ごすあいだに強い絆が芽生えた。

それに、あのキス……

二人の関係は、曲がりくねったすべりやすい道を歩み始めたばかりだ。確定的なことを言ったり尋ねたりする地点まで到達するには、それぞれがまず自分の気持ちを見定めなくてはならない。

ショウはそれでかまわないと思っている。急ぐ必要はない。モトクロスのレースでも恋愛でも、スピードを出しすぎたせいで窮地に陥った苦い経験がコルター・ショウにはある。

絶えず動いていなくてはいられない男だからこそ、物事をゆっくり進めるのが一番だ。

19

ショウは自分に言い聞かせた――状況を整理しよう。

いまショウは隠れ家のキッチンにいる。エイモス・ゴールがブラックブリッジの証拠を隠した先として挙がっている二つの候補について、マックの報告を踏み台にして、自分でもさらに情報を追加した。父アシュトンのメモにあったバーリンゲームの住宅の所有者モートン・T・ナドラーは、サンフランシスコ空港の管理職として社会人生活の大半を過ごしたあと退職していた。ゴールとはどのような関係にある人物なのだろう。ゴールから証拠を預かって保管しているのか。それとも、航空会社や個人所有の航空機にアクセスできる職場にいたナドラー自身が、ブラックブリッジの違法行為を裏づける情報の出所《でどころ》なのか。

もう一つの候補、エンバーカデロ地区のヘイウッド・ブラザーズ倉庫は、一九〇六年のサンフランシスコ地震を生き延びた建物の一つだ。何年か前からは倉庫として使われておらず、ショウの探索の目的からすればあまり期待できそうにない。建物はおそらく空っぽで、ゴールが隠匿した証拠が別の施設に移されていればまだいいが、下手をするとごみ処分場に埋もれているだろう。建物が売りに出されているから、現地に行けば不動産の営業マンから有益な情報を得られるかもしれない。

アンドロイド携帯が着信音を鳴らした。〈応答〉ボタンを押すなり、挨拶をする間もなくこう訊かれた。「偶然は必然だと思うたちか、コルト」

その声は、うなるような低音だった。発信者番号で声の主はすでにわかっていたが、そうでなくても最初の一音を耳にしただけで見当がついただろう。テディ・ブルーインは元海兵隊員で——妻のヴェルマもやはり元軍人だ——ショウの懸賞金ビジネスの管理業務を引き受けてくれている。ショウがフロリダ州に所有している家の隣人だが、二人とはつい先日、こちらで会ったばかりだ。夫妻はアメリカ西部旅行の途中でコンパウンドに立ち寄って、ショウやヴィクトリア、メアリー・ダヴとともに数日過ごしていた。

ブルーイン夫妻が電話をかけてくる理由は、次の二つしか考えられない。ショウが獲得した懸賞金の小切手が届かないとき。これは懸賞金の提供者が困窮している場合によくあることだ。

もう一つは、新たな案件を見つけたとき。

「偶然だって？」ショウは訊き返した。

「二週間前だったか、例のシリコンヴァレーの案件があったな。若い女性を捜しただろう。心配した父親が懸賞金を出した件だ」

「ああ」

その仕事をきっかけに、ショウはビデオゲーム業界の裏の裏まで分け入ることになった。失踪した学生は、暴力表現のあるゲームを現実世界で再現しようとした犯罪者によって誘拐されたと思われた。

「言うなればあれの再現《リプレイ》だね」テディは愉快そうに喉を鳴らして笑った。ゲームから連想した冗談のつもりらしい。テディは見た目も声もおそろしげだが、しゃれっ気たっぷりの人物だ。

「もしもし、コルター」女性の声が聞こえた。夫はだみ声だが、妻のヴェルマの声は音楽のように耳に心地よい。

「やあ、ヴェルマ。いまどこだ？」

「ネヴァダ州よ。リノ。手持ちのお金をみんな二十五セント硬貨に両替したわ。ここまでのガソリン代を取り返すまで、家には帰らないつもり」

夫妻が所有するウィネベーゴは、ショウのものと同じく全長九メートルを超えるフルサイズだ。大当たり《ジャックポット》を続けざまに叩き出さないかぎり、スロットマシンでガソリン代をまかなうのはまず無理だ。

「ヴェルマはなぜか、ラスベガスよりリノのスロットマシンのほうが当たりが出やすいと信じてるんだよ。ラスベガスから観光客を奪おうって動機でそうしてるって。二番手の巻き返し作戦だね」

それが事実かどうか、何とも言えなかった。ギャンブルはいっさいやらない。

父の書類を見つめながら、ショウは言った。「再現というのは？」

テディが答えた。「今回はシングルマザー、、ファザーじゃなく。行方不明者は今回も娘だが、父親は死んでるし、娘の年齢も二週間前の件より上だ。二十二か二十三」

ブルーイン夫妻は、SNSや警察機関の懸賞金情報をチェックするだけでなく、ネット上を自動で嗅ぎ回って懸賞金案件を探すコンピューター・ボットも管理している。ヴェルマはそのボットをアルゴリズムにちなんでアルゴと呼んでいた。「場所は？」

「だからこうして電話してるんじゃないか。サンフランシスコだよ」

「いまはちょっと忙しいな」

「それはわかってるよ、コルト」テディが言った。「しかし、検討のポイントが二つある。とりあえず聞けよ。まず、懸賞金の額だ。千七百五十ドル」

「一万七千五百の言い間違いだよな」

「いや、一千と七百五十ドルだ」

行方不明の子供に懸ける懸賞金としてはかなり少ない。そして少額なのは、それだけ集めるのがやっとだからだろう。

「もう一つは？」

「懸賞金の告知」ヴェルマが答えた。「母親の投稿を読み上げるから聞いて。こうよ。〝お願い、お願い、お願い、誰か力を貸してください〟。このあとにエクスクラメーションマークがたくさん。続けて、〝最愛の娘、テッシーがサンフランシスコで行方不明になってしまいました。心配で心配でどうかしてしまいそうです。懸賞金を出します。GoFundMeにクラウドファンディングのページも立ち上げました。きっともっと集められると思います。だからお願いします。力を貸してください〟。またエクスクラメーションマークがたくさん。続けて娘の写真。かわいらしいお嬢さんよ」

ショウの経験からいえば、憎らしい表情をした子供の写真を投稿する親はまずいない。「その額では、誰も本気で捜さないだろうな」

「ね、そう思うでしょう」

ショウは父が遺した地図を見た。十八カ所に赤いX印がついている。

「投稿されたのはいつ？」

「おととい」

とすると、ショウがサンフランシスコに来ているとブラックブリッジに知られる前だ。罠ではないだろう。

優美で完璧な筆跡で記されたメモを見る。

エンバーカデロ地区、ヘイウッド・ブラザーズ倉庫
バーリンゲーム、カミノ・ストリート三八八四番地

一瞬迷ったあと、ショウは言った。「詳しい情報を送ってくれ」

さよならを言って電話を切った。まもなく着信音が鳴って、懸賞金の提供者マリア・ヴァスケスの投稿が送られてきた。ショウはそれに一度だけ目を通した。頭から読み直そうとしたところで、携帯電話を置いた。何度も

読んだところで、何が変わる？　引き受けるか、引き受けないか、答えはその二つしかない。

　お願い、お願い、お願い、誰か力を貸してください

そのあとに、たくさんのエクスクラメーションマークが並んでいた。

20

疑問の一つに答えが出た。

失踪した女性の母親マリア・ヴァスケスは、〝TL〟のど真ん中に住んでいる。

娘の発見につながる情報を求めて出している懸賞金の額が低い理由はそれだ。注目が集まるほど高額な懸賞金を設定できる住人は、サンフランシスコのテ《T》ンダーロイ《L》ン地区には一握りもいないだろう。

サンフランシスコの中心部に位置するテンダーロイン地区は、治安の悪さで有名だ。見るからに不潔で、荒廃し、落書きだらけで、車道にも歩道にもごみが散乱している。この地区はホームレスが多く、人身売買業者を含めて路上で性を売る人々や、違法薬物売買の各段階に関わる人々――密造者、運び屋、売人、それにもちろんその消費者――が集まる場所でもある。サンフランシスコ市警は、市内全域を六百超の〝区域〟に分けて犯罪統計を分析している。犯罪多発区域ワースト10のうち、七つがテンダーロイン地区にある。

　ここに来るのは何年ぶりだろう。前回訪れたころは、単身向けの居住用ホテルや古びた小規模アパート、成人向け書店、風俗店、酒店、フィリピンなどアジアの食材を扱う店、たばこと電子たばこの販売店、携帯電話店、かつら店、ネイルサロンなどが軒を連ねていた。

　街の雰囲気はそのころとあまり変わっていないが、変化の兆しもいくつか見えた。商店街が旗振り役となって、路上生活者や家出人、人身売買の被害者、麻薬常用者の支援運動が始まっている。規模こそ小さいが、高級化を目指す再開発も行われていた。マリア・ヴァスケスが暮らすエレベーターなしのアパートの真向かいには、十階建ての賃貸アパートがそびえている。ポスターによれば、ワンルームや1LDKの部屋はどれも、（無用なハイフ

ン入りの）〝デーラックス〟仕様らしい。一階にはスターバックスもどきのカフェと画廊、ワインバーがある。街は変わろうとしている……が、変わったわけではない。同じブロックの大半の建物の一階と二階の窓は、いまも防犯用の鉄格子で守られていた。

オートバイとヘルメットを街灯柱にチェーンで固定し、アパートの入口に向かった。インターコムのボタンを押す。女性の声が応じた。ショウは言った。「先ほどお電話した者です。懸賞金の件で」

「えっとたしか――」

「コルターです」

オートロックが解除される音がして、ショウはエントランスに足を踏み入れ、階段で三階まで登った。塗りたてのペンキとニンニクとマリファナのにおいが漂っていた。3Cのドアをノックする。床板がきしむ音が近づいてきて、ドアが開いた。

マリア・ヴァスケスは用心深い目でショウを眺め回した。革のジャケット、ジーンズ、ブーツ。

懸賞金の提供者と会うときはいつも、プロらしい印象を相手に与えたいと考える――弁護士と刑事とカウンセラーを合わせて三で割ったような印象を持ってもらいたい。だから服装も、スポーツコートに洗濯したてのジーンズ、よく磨いた靴、落ち着いた色のドレスシャツを選ぶことが多い。しかし、その格好ではオートバイに乗れない。

マリア・ヴァスケスには、バイカー風の懸賞金ハンターでよしとしてもらうしかない。

しかし、ショウの顔つきの何かに安心を見いだしたらしく、彼女は言った。「入って。どうぞ、入ってください」

四十代と思《おぼ》しきヴァスケスは、身長百七十センチほどで、整った顔立ちとほっそりした体つきをしていた。浅黒い肌と黒い髪を見るかぎり、メキシコ系らしい。

寝室が一つだけのアパートは、ショウの予想より上等だった。家具は安物だが、壁は塗り直したばかりで、色鮮やかな花のポスターや写真が飾られている。五、六枚ある写真はどれも芸術レベルの作品で、二十世紀なかばのアメリカ西海岸で活躍したアンセル・アダムスやエドワード・ウェストン、イモージン・カニンガムらの作品を彷彿《ほうふつ》とさせた。

ヴァスケスは飲み物を勧めたが、ショウは遠慮した。それぞれ椅子に落ち着いたところで、ヴァスケスは両手で顔を覆って言った。「どうしてこう悪いことばかり続くのかしら。この一年、悪いことばかりなの。夫が死んだんだけど、生命保険をかけていなかったし、私は失業した。以前はＩＴ企業の受付で働いてたの」自虐するように苦笑いを浮かべる。「話題のベンチャー企業よ！　従業員全員が大金持ちになるはずだった。最高の条件がそろってた。株式報酬制度とかね。好条件だらけだった。なのに倒産《ゴー・アンダー》しちゃってね。そこから私の人生も右肩《ゴー・》下がり《アンダー》」ヴァスケスはピンク色のウェイトレスの制服を手で指した。「住む家もなくした。銀行ときたら、私たちの家を差し押さえたうえに、訴訟まで起こそうとしてる！　私はそもそも広い家なんかほしくなかったの。だけどエドゥアルドが……」そう言って、玉突き事故のような十二カ月を再現しただけでくたくただとでもいうように首を振った。「挙げ句の果てにこれ」

目の縁に涙の粒が盛り上がった。ヴァスケスは、薄茶色の表面がひび割れたレトロながま口形のハンドバッグからティッシュを取り出して目もとを拭った。

ショウは革ジャケットのポケットから、いつも聞き取りに使っているＢ６判のノートを取り出した。ショウの書く文字は、父の筆跡と似て、並外れて小さく几帳面だ。ノートは無罫だが、どの行も完璧に水平だった。

筆記具はデルタの万年筆ティタニオ・ガラシアを愛用していた。黒軸のペン先側にオレンジ色のリングが三つ並んでいる。とくに高価な品物ではないのだが、懸賞金の提供者や目撃証人から、気取りやがってといいたげな目で一瞥されることがある。だが、気取りや見栄で万年筆を使っているわけではない。主に実用上の理由からだ。ショウの小さな文字で何ページも書き続けていると手が疲れてしまうが、万年筆の金のペン先は、最高級のボールペンのそれよりもすらすらと抵抗なく紙の上を走る。それに、見た目も美しいデルタは使っていて楽しい。

テープレコーダーを使うか、せめてパソコンやタブレットにメモを取ればいいのではないかと言われたことがある。ショウはこう応じた。話したりタイプしたりした言葉とのあいだには、かりそめの関係しか築けない。自分の手で書いてこそ、本当の意味で言葉を自分のものにできる。

ショウは言った。「まずは私の仕事を説明させてください。結果を出すまで報酬を支払わなくてすむ私立探偵とでも思っていただければけっこうです。私はお嬢さんを捜す努力をします。無事に見つけたら、懸賞金を支払っていただきますが、必要経費は請求しません」

法的にいえば、懸賞金は片務契約だ。報酬の申し出はなされているが、当事者の一方が——つまり懸賞金ハンターが——仕事を成功裏に完了するまで何らの強制力も持たない。成功裏に完了した時点で初めて、強制力のある契約となる。

ヴァスケスはうなずいた。「わかりました」

「では、失踪の経緯を教えてください」

「おととい仕事から帰ってきたら、テッシーがいなかったんです。六時に出勤する予定だったのに、仕事場にも行っていなかった。携帯は通じません。すぐに留守電に転送されてしまうの。おとといは、最後まで仕事場に来なかったそうです。お友達には電話してみました……誰にも連絡していませんでした」

「仕事に行く前にどこかに寄る予定でしたか」

「わかりません。お友達とギターを弾きにいくことはたまにあったようですけど」

警察には相談したかとショウは尋ねた。

するとヴァスケスはしばし黙りこんだ。「いいえ、まだ。幼い子供でなければ、警察に相談しても、すぐには動いてもらえないって話も聞きましたし」

警察が動かないとは限らない。ただ、ヴァスケスが本当に言いたいのはそういうことではない。母娘はいわゆる不法滞在者だから、移民関税執行局に通報されることを恐れて相談できないのだ。見逃してくれる場合もあるだろうが、連邦法上は通報の義務を負っている。

「お嬢さんと喧嘩をしたようなことは？　それで家出をしたとか」若者が失踪する原因でもっとも多いのはそれだ。

「いいえ、喧嘩なんて。娘とはとても仲がいいの。喧嘩なんてしたことがありません。私の宝物ですから！」

誘拐事件では、親による拉致が最多を占める。テッシーのように成人した子であっても、母親または父親が自分の家で一緒に暮らせと強要する場合がある。近年は、成人後も実家に頼る子供は増える一方だ。ヴァスケスは夫と死別したシングルマザーだが、一般的な原則は当てはまるだろう。

「あなたの過去のパートナーや交際相手のなかに、お嬢さんに好意を抱いた可能性のある人物はいますか」

ヴァスケスは笑った。「私、毎日十二時間働いているのよ。仕事を二つ、かけ持ちして。誰かとつきあおうなんて考えたこともない」

「では、お嬢さんは強要されて何者かと一緒にいるとお考えなのですね」

ヴァスケスは前に乗り出した。両手は涙を拭いたティッシュを細かくちぎっていた。「私が心配なのは――何年か前、テッシーがドラッグにはまったことがあった。あの子、がんばって立ち直ったのよ。いまも互助会の集まりに通ってる。根はまじめな子なの。ただ、年上の男がいた。前にテッシーがつきあってた男。そいつがドラッグをくれるからつきあってたようなものだった。ドラッグと手を切ったとき、互助会のアドバイザーから言われたそうです。その男とはもう会ってはいけないって。だからあの子は別れた。男は逆上して、ストーキングを始めた」

「それはいつごろ?」

「半年前」

「男の名前は」

「ローマン。それしか知りません。たぶんニックネームね」

「住所をご存じですか」

ヴァスケスは首を振った。

「逮捕歴は?」

「あるんじゃないかと思う」

「どんな男ですか」

「三十歳くらい。ううん、きっともう少し上ね。背は低いほう。痩せてる。頭は丸坊主。少なくともそのころは丸坊主にしてました。白人だけど、肌は浅黒い。首に十字架のタトゥーを入れてる。古風な十字架でした。古代のデザインって感じの」

ショウは情報をノートに書き終えてから続けた。「お嬢さんの仕事先は」

「ノースビーチのフォークミュージック・クラブ」

ショウはクラブの名を書き留めた。

「見るとどうしても泣きそうになっちゃって」ヴァスケスは壁に飾られた写真のほうに手をやった。

「テッシーの作品ですか。才能があるんですね」

ヴァスケスはうなずいた。「アートスクールで写真を勉強したんです。歌もうまいのよ。すごくきれいな声をしてるの」

窓の外に視線を向けた。歯を食いしばっているのがわかる。「もっとちゃんとそばにいてやらなくちゃいけなかったのに。ここで暮らすのは本当にお金がかかる……エドゥアルドも私も、仕事を二つかけ持ちしてました。だからそばにいてやれなくて……だからこんなことに」

指先で目の下をなぞり、その指をまじまじと見る。マスカラがにじんでいないか確かめているのだろう。涙の跡は少し黒ずんでいた。ヴァスケスは顔をしかめ、バッグからコンパクトを取り出して目もとをのぞき、にじんだマスカラを拭った。

ヴァスケスの手はほっそりとしていて、肌はなめらかだった。二十代の初めでテッシーを出産したのだろう。

ショウは長年の経験を通して練り上げた質問のリストに従い、二十歳前後の若者が行方不明になっている場合に家族に尋ねるべきことを尋ね、ヴァスケスの答えを特徴的な筆跡で書き留めた。

友人の名前と連絡先。テッシーの携帯電話には、携帯電話自体の位置情報を通知するアプリはインストールされていない。契約名義はテッシーだから、母親の依頼で携帯電話会社に位置情報を検索してもらうことはできない。警察なら可能だが、その場合も令状が必要だ。テッシーはマリア名義のクレジットカードの家族カードを持っているが、これまでのところ一度も利用していなかった。

「最後の連絡はいつでしたか」

「電話がかかってきました。私は出られなかったから」ヴァスケスの唇がわななないた。娘と話をする最後のチャンスだったかもしれないと思っているのだろう。

「そのメッセージを聞かせてください」

ヴァスケスが再生した。テッシーの明るく朗らかな声が聞こえた。短いおしゃべりのあと、また電話するねと言っていた。どこか屋外からかけているようだ。にぎやかな街の気配が伝わってきた。

ショウは言った。「このファイルを転送してください」

ヴァスケスはとっさに理解できなかったようだ。「転送……？」

ショウは説明した。「留守電のメッセージをＷＡＶファイルに保存すれば、メールで送信できますよ」

「波《wave》ファイル？」

「Ｗ－Ａ－Ｖファイル。音声データの記録方式の一つです。自分の携帯上に保存できます。グーグルで検索してみてください。やり方は簡単です。保存できたら、私にメールで送ってください」

あとで転送するとヴァスケスは約束した。

「お嬢さんの部屋を見せていただけますか」

「娘の部屋はないの。夜はここで寝ています……そのソファベッドで」

「お嬢さんの持ち物は？　書類とか、パソコンとか」

ヴァスケスは家具がほとんどない部屋に手を広げてみせた。「荷物の大半はマウンテンヴューの倉庫に預けてあります。差し押さえられた家の近くの倉庫」

「これだけ教えていただければ、捜索を始められそうです。あとは、写真をいただけるとありがたいな。ＳＮＳに投稿したものより映りのいい写真がもしあれば」

プリントした写真は一枚もなかったが、ヴァスケスは携帯電話に保存されていたものをショウに送信した。

黒髪を長く伸ばしたテッシーは、目を瞠《みは》る美しい女性だった。高い頰骨、豊かな唇、焦げ茶色の大きな目。

「今回の懸賞金のことで私以外に連絡してきた人はいましたか」

「二人」ヴァスケスは声を落とした。「ろくでもない人たち。情報なんて何も持っていないの。あの子をあっちで見ただの、こっちで見ただのって、お金目当てで適当なことを言って」

「よくあることです。うかがいたいことは以上です。ほかにも仕事を抱えていますが、できるかぎりのことをやってみましょう」

ヴァスケスはショウの手をしっかりと握った。「ありがとう、ミスター・ショウ」

「コルターでけっこうですよ」

「ありがとう。神のご加護がありますように」そう言って首もとの銀の十字架にそっと触れた。それからぱっと顔を輝かせた。「そうだ、あれから増えたのよ」

「増えた？」

「懸賞金。一時間くらい前に GoFundMe のページをチエックしてみたんです。寄付が二百三十四ドル増えていました。もっと寄付してもらえるように祈っています」

ショウは言った。「まずはお嬢さんを見つけましょう。お金の心配はまたあとで」

21

気づかれなければそれですむときに派手な行動を取るべからず……

コルター・ショウは策略に長《た》けている。追跡中の犯罪者を出し抜くのは楽しいし、地理や天候、共謀して失踪人の捜索を邪魔するさまざまな人間の裏をかく作戦を練るのも大好きだ。

だが、あれこれ画策するのをやめ、一か八か賭けてみるしかない場面もある。

派手な行動……

マリア・ヴァスケスのアパートから悪臭漂う通りに出たとき、ダークグリーンのホンダ車がショウの視界の隅をかすめた。

考えようによっては、ホンダ車に気づいたのはさりげない行動をしたおかげと言える。ホンダ車は、ヴァスケスのアパートがある通りではなく、すぐ先の角を曲がったところに駐まっていた。ショウは通りの左右をさりげなく確かめたとき、窓ガラスに映るホンダ車に気づいた――ショウとホンダ車と洗いたての窓ガラスが三角形を成していたので、ガラスに反射したホンダ車がたまたま見えたのだ。

ホンダ車の位置からショウのバイクは直接見張れない。つまりドライバーはいま車にはおらず、路上にいる数十人の歩行者にまぎれてショウのほうをうかがっているのだろう。その数十人のなかには買い物客もいれば、荷物や封筒を抱えた配達人、レストランに食材を納める業者、歩道の磨き洗いという終わりのない仕事に精を出す商店主もいる。セックスワーカーと思しき男女や、路上でドラッグをさばく売人とその顧客もいる。そうかと思えば、ただその辺に立ち止まって仲間と話をしていたり、電話中だったりする者もいれば、大きな声で延々とひとりごとを言っている者もいる。

そのなかからホンダ車のドライバーをあぶり出す方法は一つしかない。

ショウはいつでもすぐに銃を抜ける位置にホルスターがあることを確かめてから向きを変え、ダークグリーンのホンダ車が駐まっている脇道の方角へ猛然と歩き出した。

スパイが即座に反応した。

ブラックジーンズに灰色のウィンドブレーカー、黒い野球帽という服装のスパイは、ショウから五十メートルほど先でふいに身を翻し、ホンダ車のほうへ急ぎ足で戻っていった。初めは早歩きだったが、まもなく全力疾走を始めた。だが途中で立ち止まり、作業員風の大柄な男二人と何ごとか話をした。Tシャツ姿の作業員の一方は真っ赤な巻き毛、もう一人は脂じみた黒い髪をポニーテールにしていた。仲間か？　いや、おそらく違う。二人は、ホンダ車が駐まっている脇道との交差点近くに二重駐車したおんぼろトラックから資材を下ろしているところだった。

ドライバーはふたたび全力で走っている。ショウはじりじりと距離を詰めた。ドライバーが車に飛びついて乗りこんだとしても、スピードを上げて走り去る前に追いつけそうだ。

そう確信したとき、思わぬ邪魔が入った。

おんぼろトラックに近づいていくショウの行く手に作業員風の二人組が立ちふさがって両手を広げた。巻き毛のほうが低い声で言った。「ちょっと待ちな」

ショウは二人をよけようとしたが、ポニーテールがさっと動いて進路をふさぎ、ショウの腕をつかんだ。

「どいてくれ」ショウは重心を落とし、ポニーテールを地面に組み伏せようと身がまえた。

しかし巻き毛にもう一方の腕をつかまれ、背中からトラックに押しつけられた。動けない。

「また骨を折ってやろうって気か。一つ訊いていいか。それで男らしい気になれるのか？」男は言った。

髪を洗うどころかそもそも風呂にもろくに入らないらしいポニーテールがうなるように言った。「俺らがおまえの骨を折ってやろうか。やられる側の気持ちがそれでわかるだろ」

「頼む。待ってくれ」何が何やら見当もつかず、そんな月並みな言葉しか出てこなかった。ショウは抵抗をやめた。ポニーテールが手をゆるめた。その隙を狙ってショウはポニーテールの手を振り払い、自由になった右手で彼の肉づきのよい手首をつかみ、思いきり下に引いた。ポニーテールはバランスを崩して地面に膝をついた。

「何すんだてめえ」巻き毛が慣れた動きでショウの腹に拳を叩きこむ。ショウも地面に膝をついた。

呼吸を整え、そろそろと立ち上がって後ずさりした。

そのとき、角を曲がった先から、イグニッションが回る音とタイヤがきしる音が聞こえた。

くそ……

二人組が追いかけてくるそぶりを見せた。ショウはさらに後ずさって距離を空け、左手を上げて二人を制しておいて右手でジャケットの前を開けてセーターの裾を持ち上げた。銃が露《あらわ》になった。

「おい、あんたおまわりかよ」

「聞けよ、知らなかったんだよ」

吐き気が収まった。ショウは言った。「さっきの男、何と言ったんだ？」

「誰だって？」

「私が追いかけていた男」

二人は顔を見合わせた。

「あんた、なんか勘違いしてるみたいだぜ」巻き毛が言った。

「男じゃねえって。若いねえちゃんだよ」

「それもすげえいい女な」

ショウはテッシー・ヴァスケスの捜索に数時間を費やした。

テッシーが勤めていたミュージック・クラブはランチの時間帯は営業していなかったが、店長から話が聞けた。二サイズは大きすぎる服を着た痩せた若者で、ベトナム戦争期に流行った長く垂れる口髭を蓄えていた。ラッセルのニット帽に似ていなくもない帽子をかぶっていたが、色は緑だった。有益な情報はとくになく、ローマンという男の特徴に当てはまる人物がテッシーと話をしているところも見たことがないという。テッシーはクラブでウェイトレスをしていたが、ときおり演者としてステージにも上がっていたらしい。

「スタッフにはもうひととおり訊いてみたんですよね、テッシーの行き先を知らないかって」若者は言った。「けど、誰も知りませんでした。とくに何もないまま、ある日、無断欠勤した。それでお母さんに連絡したんです」

クラブを出たあと、ショウはマリア・ヴァスケスから聞いていたテッシーの友達に電話をかけた――少なくとも連絡先がわかった友達に。三人が電話に出たが、テッシーの行き先には誰も心当たりがなかった。それでもそのうちの一人から、テッシーはこのところ路上ライブに熱心だったとの証言を得られた。公園や広場で歌っていると〝変質者〟が寄ってきて怖いとは聞いていたが、その女友達は具体的なことは何一つ知らなかった。

ショウはオートバイで隠れ家に戻った。

ラッセルがいるあいだはあれほど活気が感じられたのに、無人の隠れ家は寒々しかった。街はまたも霧に包まれていて、それがわびしさに拍車をかけた。

南カリフォルニアの灰色の六月……

ショウは玄関のコートラックに革ジャケットをかけ、セーターを脱いで、それもラックにかけた。屋内は暑いくらいだった。キッチンの戸棚からホンジュラス産コーヒー粉を下ろす。フィルターを使ってポットにドリップし、カップにコーヒーを注いだ。ウィネベーゴからミルクを持ってきそこねたが、冷蔵庫にカーネーション印《じるし》の粉ミルクがあった。ラッセルもコーヒーはミルク入りが好みらしい。

ラッセルはいまごろどこにいるのだろう。

プライベートジェットでシンガポールにでも向かっているころか。

ユタ州あたりの隠れ家に潜伏している？

それとも、ヒューストンでテロリストを追跡中とか？

アシュトンが一家に教えたサバイバルのためのスキルは、盾でもあり、剣でもある。侵入者から身を守る盾にもなれば、敵に接近して排除する剣、さらには気づかれずに脱出する剣にもなる。

路地でブロンドを射殺した直後、兄の目は実に淡々としていた。兄が示した唯一の懸念は実際的なことがら――後始末と逃走のために自分のチームを効率的かつ無駄なく動かすことだった。

ショウはソファに腰を下ろして背もたれに体重を預け、ブーツを履いた足を前に投げ出した。

ダークグリーンのホンダ車のドライバーについて考えを巡らす。

若いねえちゃん……

すげえいい女……

何者なのか。目的はいったい何だ？

その女について、はっきりしていることが一つある。追跡を振り切る巧妙なやり口を心得ていることだ。この隠れ家の近くでは、ショウの通り道に釘をばらまいた。テンダーロイン地区では、ネアンデルタール人の二人組を利用した。二人によると、女は怯えた表情で助けを求めてきた――かつて自分にDVをした元カレに追われている、暴力を振るわれて十回以上も入院した、そのうちの二度は腕の骨を折られたと言ったらしい。

「で、きみたちは信じたわけだ」ショウは呆れた調子で言った。

巻き毛は肩をすくめた。「当然だろ。だって、すげえ美人だったんだぜ」

なるほど、美貌か――ショウは皮肉交じりに思った。嘘を真実に変える魔法の一つと聞いたことがあるな。

二人が知っているのはそれだけで、ホンダ車のナンバーも見ていなかった。ショウは二人を解放し、二人は荷下ろし作業に戻った。そのあとショウは、ホンダ車が駐まっていた周辺で簡単な聞き込みをした。女を見た者、ホンダ車を見た者は一人もいなかった――少なくとも誰もがそう答えた。

あの女の出現は、今後にどんな影響を及ぼすだろうか。

必要な事実が出そろっていない以上、どんな理屈も憶測の域を出ない。憶測をもとに結論を出そうと試みるのは時間の無駄だ。

すぐそこの棚を何気なく見上げる。そこにあった品物に目が吸い寄せられた。今日、隠れ家に来たときにも見た、黒みがかった色をした小さな彫刻。

やめておけ、コルト。おい、よせって！　よけいなことはするな……

22

「おい、あの二人。どうかしてるぞ。死にたいのか」

ラッセルは雪に覆われた山腹の急斜面に目を凝らし、弟に向かってそう言った。コルターは十四歳だった。兄は二十歳で、大学の冬休みにコンパウンドに帰省していた。

二人はスノーシューズを履き、一月の寒さに備えた服装をしていた。この標高では、一月の寒さは本当に厳しい。二人はオオツノヒツジを仕留めようと探したものの、あきらめてキャビンに戻るところだった。カリフォルニア州のオオツノヒツジの狩猟シーズンはあらゆる鳥獣のなかでもっとも遅く、二月に入ってもまだ捕獲が許される。

コルターは兄の視線をたどった。スノーシューズを履いた二人組のハイカーが急斜面を横切ろうとしている。一人は紺色のスノースーツとニット帽、もう一人はラベンダー色のスノースーツに白い帽子という出で立ちだった。体格から察するに、後者は女性のようだ。二人は山頂から百メートルほど下った地点の急斜面を横断していた。

一帯はショウ家の所有地で、ここは隣接する動植物保護地域から五キロほどコンパウンド側に入った地点だ。アシュトンは境界線の大半に目印の杭を打ってはいたが、よそ者の多少の越境は大目に見ていた。ただし、そのよそ者が武器を持っていれば別だ。武器を持っているのはハンターのこともあれば、コルター少年がその前年に銃を向けられて学んだように、アシュトン・ショウとその所有地に過剰な関心を抱いた悪意ある人物のこともある。

とはいえ、コルターがいま不安を感じているのは、不法侵入者を見つけたからではない。きれいな風景写真が目的のハイキングの延長で迷いこんだらしいそのカップルが命の危険にさらされているからだった。

二人がいま歩いて横切ろうとしている斜面は、雪崩が多発する危険地帯のど真ん中にある。二人はきっと、数日にわたって吹き荒れたブリザードが去ったあと、新雪に覆われた雄大な山並みをデジタルカメラに収めようと考え、フレズノやベーカーズフィールド、サクラメントあたりの都会からやってきたのだろう。

「都会っ子《シティスリッカー》はこれだからな」ラッセルがつぶやいた。

〝シティスリッカー〟という表現を耳にしたのは初めてだったが、兄が言わんとする意味はコルターにも理解できた。ラッセルは二年前にコンパウンドでの修道院のような暮らしから離れ、コルターには想像さえできないさまざまな物事を見聞きしている。それには新しい言葉や表現も含まれていた。

「あんなところで何をやってるんだろう。危険を知らせてやらないと」

吹きすさぶ風が峰に積もった粉雪を巻き上げ、そのまま斜面を駆け下りた。兄弟のいる位置から叫んでも、風上にいるカップルには声が届きそうにない。

「もっと近くまで登らないとだめそうだね」

ラッセルはうなずいた。「斜面に入らないように気をつけろよ。地雷原だと思え」

雪崩について、父のサバイバル講座で何時間もかけて知識を叩きこまれた。いまこの斜面には危険な条件がそろっていることは一目で見て取れる。雪がもっとも不安定になるのは、まさに今日のような吹雪の直後、積もったばかりのときだ。しかも北向きの斜面の新雪はとりわけ気まぐれだ。日当たりのよい南斜面では、雪が解けて表面が固く締まる。しかし北斜面に積もる雪は霜に似て、粉砂糖のようにさらさらしていて互いに結合せず、不安定だ。さらにこの斜面はもう一つ別の条件も満たしていた。傾斜度が三十度より大きくなると雪崩が起きやすくなるが、ここは三十度を優に超えている。

コルターとラッセルは斜面脇を登り始めた。スノーシューズは歩きにくく、ライフルやバックパックの重量がのしかかるようだったが、力のかぎり急いだ。

カップルは立ち止まり、危なっかしい姿勢でバランスを取りながら何度かシャッターを切った。きっと溜め息が出るほど美しい写真が撮れただろうが、それがそのまま二人の視野に最後に映った景色になりかねない。

雪崩による死者のうち、七割の死因は窒息、残り三割は鈍的外傷だ。崩れ落ちたのが粉のような新雪だけということはあまりなく、ほとんどの場合、泥まじりの雪が板状に固まった灰色の塊やコンクリートブロックのような大きな氷も一緒に押し流される。

兄弟はカップルの百メートルほど下の地点まで来た。水平方向には二十メートルほど離れている。標高のせいもあるが、斜面を急いで登ったせいで、二人とも肩で息をしていた。

その地点でラッセルは、おまえはそこから動くなと身振りでコルターに伝えてからさらに三メートルほど進み、吹きだまりの雪を踏んで立ち止まった。雪崩の起きやすい斜面より手前ではあるが、そこなら安全とは誰にも言いきれない。雪は、気まぐれであらゆる方角に動く。斜面を駆け上ることさえある。

口の横で手を丸めて、ラッセルは叫んだ。「そこのハイキングの人！　危険です！　雪崩が起きるかもしれない！」

雪崩のきっかけになることもある風が、その言葉をラッセルの背後に吹き飛ばした。カップルにはまったく届いていない。

兄弟はそろって声を張り上げた。

カップルの反応はなかった。男性のほうがどこか遠くを指さし、二人はまた写真を撮った。

ラッセルはふたたび斜面を登り始めた。コルターには「そこにいろよ」と言っておいて、そろそろと斜面に足を踏み出す。

足を止め、ラッセルはまた叫んだ。「危険ですよ！　戻って！　元来たほうに戻ってください！」

岩がむき出しになった道筋をたどれば、斜面脇の林に戻れる。そこならまず安全だ。

そのときコルターは、小さな白い雪玉に気づいた。カップルが立っているすぐ下から斜面を転がり落ちてくる。真っ白な毛に覆われた小動物が危険から逃げていくのに似ていた。いくつかの雪玉が勢いを増しながら延々と先まで転がっていった。


林に向けてライフルを発射したら、カップルを振り向かせられるだろうかと考えた。アシュトンから聞いたところでは、たとえ大口径のライフルの発射音であろうと、音がきっかけになって雪崩が起きることはないと考える専門家が大半を占めている。だが、あえて危険を冒すことはない。それに、自分の居場所を知らせるのに発砲したところでこだまがいたずらをし、たいがいは無意味に終わる。

ラッセルはカップルにさらに近づいた。「おい、危険だぞ！」

「雪崩が起きますよ！」コルターは叫び、両手を振り回した。

ようやくカップルがこちらを向き、手を振った。「何だって？」風が男性の声を明瞭に届けた。

「雪崩。そこは雪崩の危険があります！」

カップルは顔を見合わせた。男性が両腕を高く上げ、大きく首を振る。聞こえないと言いたいのだろう。スノーシューズを履いた足をぎこちなく動かして急斜面を進む。

ラッセルが急ぎ足でコルターのところに戻ってきた。

兄弟は急斜面との境目に突き出した大岩によじ登った。

「林を通ってもっと上に行こう」

兄弟が林のなかを登り始めたとき、小さな悲鳴が聞こえた。女性がバランスを崩したのだ。そのまま尻餅をつき、仰向けの姿勢で斜面をすべり始めた。両腕を広げてブレーキをかけようとしている。スノーシューズを使って速度を落とすテクニックがあるが、それを知らないのか、または恐怖で忘れているのだろう。

来るぞ——コルターは覚悟した。

しかし、雪崩は起きなかった。

粉雪の雲に包まれて斜面をすべり落ちた女性は、兄弟のいるのと同じ高さ、水平には十二、三メートルほど離れた地点で止まった。太ももまで雪に埋まりながらも幅広のスノーシューズを踏ん張り、どうにか立ち上がった。カメラを点検し、ほかの装備をチェックしている。それからポケットに手をやり、斜面の上に向けて叫んだ。

「携帯は無事！」笑い声まで上げている。

男性が親指を立てた。

この距離なら女性に声が届く。ラッセルが危険を伝えた。「急いで斜面から林に戻って！　二人とも！　そこはよく雪崩が起きる地点です。危険ですよ！」

「雪崩？」

「いいから急いで！」コルターは叫んだ。女性の落下がきっかけで雪崩が起きるだろうと思った。雪崩の原因で一番多いのは〝人〟だ。スキーヤー、スノーモービル、スノーシューズのハイカー。危険な場所に不用意に入りこむ人々。だが、いまのところ斜面の雪は持ちこたえている。

ラッセルが言った。「斜面を出て、こっちに来て！　スノーシューズを脱いだほうがいい。上にいるお友達も、林に戻らないと危険です。林のなかの道に戻らないと。いますぐUターンさせて！」

女性は男性を見上げて手を振り、男性から見て左を指さして、踏み分け道のある林に戻ってと伝えた。しかし男性は何を言っているのかわからないとまたも両手を上げた。

女性は手袋をはずして携帯電話を取り出した。電話をかけている。男性が応答した。

「ブラッド？　そこの男の子たちが、ここは雪崩が起きやすいって言ってるの。林に戻って。斜面を横切る前にたどってた道まで戻って」

ラッセルが言った。「ゆっくり慎重に歩くように伝えてください。ものすごくゆっくり歩くようにと」

女性は言われたとおり男性に伝えて携帯電話をポケットにしまい、スノーシューズの留め具をはずそうと腰をかがめた。片方はすぐにはずれ、女性は手間取りながらも足を引き抜いた。

頼むよ、もっと急げないのか？

斜面の上では、男性が安全な林に戻ろうとしていた。まもなく男性は下を向いて足もとを見た。小さな雪の玉が加速しながら転がり落ちたのに気づいたのだ。

雪の玉の数はどんどん増えていく。

男性はパニックを起こし、楕円形のスノーシューズを雪面に叩きつけるようにしながら猛然と進み始めた。

「よせ！」コルターとラッセルは同時に叫んだ。

男性が元来た道をたどって安全な林に文字どおり倒れこむと同時に雪面が崩れ、斜面をすべり始めた。幅は三メートルほどで浅かったが、雪崩とは連鎖反応だ。その小さな雪崩が引き金となって、このあとはるかに大きな雪崩が起きるだろう。


ざあという音が聞こえたのか、女性が顔を上げ、雪の壁が迫ってこようとしていることに気づいた。短い悲鳴が漏れた。女性の位置から、いま兄弟が立っている安全な小高い地点まではまだ十数メートル離れている。もう一方のスノーシューズを脱がないかぎり、いまいる場所から動けない。女性は雪のなかにかがみこみ、必死にストラップをはずそうとした。

コルター少年は確率を見積もった。

斜面全体が崩れる確率——八〇パーセント。

冬山の訓練を受けていない人間が雪崩に巻きこまれて生き延びる確率——五パーセント。

いいや、それなりの訓練を受けている人間なら？　生存の確率は不明だが、五パーセントよりはましだろう。

コルターはバックパックとライフルを地面に下ろした。

ラッセルが弟を凝視する。

「やめておけ、コルト。おい、よせって！　よけいなことはするな……」

議論の暇はない。コルターは尾根の大岩から飛び下り、スノーシューズを履いた足でぶざまに走って斜面を横切った。

女性のところにたどりついたとき、斜面全体が動くのがわかった。幅五十メートルから六十メートルにわたって雪原が崩れ、雪の波がうねりながら速度を上げて滑り落ちてくる。この規模の波のスピードは、時速百五十キロを優に超えることがある。

コルターはクイックリリース式のスノーシューズを手早く脱いだ。女性の怯えきった顔を涙が伝い落ちていた。焦げ茶色の大きな目、先が軽く上を向いた鼻。唇は、口紅なのか日焼け止めなのか、ラベンダー色のスノースーツと同じ色をしていた。

「靴は脱げましたか」

「あたしたちどうなるの？」女性が叫ぶ。

「靴！　脱げましたか」コルターは鋭い声で繰り返した。

「脱げた」女性は上半身を起こし、雪の下からスノーシューズを引っ張り出そうとした。そこでコルターの顔をまじまじと見た。こんなに幼い少年だとは思っていなかったのだろう。

「靴なんかいいから！」コルターはぴしゃりと言った。

女性のカメラを取って遠くに投げる。雪崩に巻きこまれた場合、どんなに小さなものであれ、硬い物体は大きな怪我や死の原因になりかねない。

斜面の上方を一瞥した。あと三十秒しかない。

「よく聞いて。雪崩にさらわれたら、抵抗しちゃだめです。泳ぐときみたいに、腕と脚をばたつかせる。雪にさからわずに泳ぐ。海で泳ぐのと同じ。わかりましたか」

返事はない。

「わかりましたか」コルターは繰り返した。

「わかった。泳ぐのね」

雪の波の到来まで、あと二十秒。

「速度が落ちて止まりかけているのがわかったら、体を丸めて、深呼吸する。肺にためられるだけ空気を吸っておく。それから片手で口の周りに空気が入る空間を作ってください。反対の腕を伸ばせるだけ上に伸ばして。救助に来た人に位置を知らせるためです。口の周りにできるだけ大きな空間を作ること。それで三十分くらい息ができます」

「どうしよう、怖い！」

あと十秒。波は高さ二メートルに届こうとしていた。まもなく二メートルを超え、二メートル半になって、いっそう加速した。波の後ろで雪煙が渦を巻いていた。森林火災の濃い煙を思わせた。

「大丈夫です。泳ぐ、口の周りに空間、反対の腕はまっすぐ上」

スラッシュ雪崩だった――水分を含んだ雪が大半で、雪の大きな塊はほとんど含まれていない。仮に死ぬとすれば、雪の塊に頭部にぶつかられたせいではなく、雪に埋もれて窒息したからだ。頭を打って死ぬのと窒息するのと、どちらが苦しいだろう。きっと後者だ。

女性は呆然と雪の波を見つめている。コルターは女性の肩をつかんで斜面の下り側を向かせた。

あと五秒。

コルターは、互いの体が鈍器となって相手にぶつからないよう、女性から距離を置いた。

「いまだ！」

女性は雪に身をゆだねた。コルターも大きく息を吸って泳ぐ準備をした。

肺を空気で満たすまでの一瞬で、世界は真っ暗になった。

23

メアリー・ダヴは、首と頬を負傷した十四歳の息子の手当を終えた。

崩れてきた雪の大半は思ったとおりざらめ雪が占めていたが、コルターは鋭くとがった氷から完全には逃れられなかった。氷ではなく石だったのかもしれないが。

ただ、さほど深い傷は負わずにすんだ。

二人はメアリー・ダヴの診察室にいる。どのクリニックにもあるような診察室だが、一つだけ違うところがある。壁だ。キャビンの壁はすべてそうだが、手斧で切り出した丸太でできている。

「ほかに怪我は？」メアリー・ダヴが訊く。

「ない」コルターは答えた。「あとは筋肉痛みたいな痛みだけ」

「どのくらい流されたの？」

「フットボール場くらいかな」コルターはそう答えたが、フットボール場の大きさを体感として知っているわけではない。新聞や雑誌で写真を見たことがあるだけなのだ。

観戦経験は一度もない。テレビもインターネットもない家庭ではスポーツ中継を目にする機会はなく、最寄りのスポーツチームはフレズノ周辺の大学や高校のそれだけだ。一家でフレズノに出かける機会もあるが、行ったところで用事をすませるか、知り合いや親戚を訪ねるかするだけだった。どのみち三兄妹はスポーツ好きではなかった。両親がスポーツに関心を持っていないと、子供もおそらく関心を持たない。

メアリー・ダヴは腕や脚の関節可動域テストをしたが、どうやら問題はなさそうだった。

コルターはバスルームに行き、絆創膏を濡らさないよう用心しながら熱いシャワーを浴びた。タオルで水気を拭い、服を着て、毛布の上に寝転がった。茶色い毛布にはネイティブアメリカンの伝統柄が織りこまれている。

しばし目を閉じ、雪の奔流にのみこまれたときのことを思い返した。

女性に与えたアドバイスに、コルター自身も従った。

しかし、速度が落ちて止まりかけたとき、自分の位置を知らせるために腕を伸ばしても意味はなさそうだと悟った。かなり深いところに埋まっていて、雪の表面にはまるで届かない。そこで手を引っこめ、もう一度息を大きく吸うと、両手で雪をかき、顔の前に大きな空気だまりを確保した。

ようやく完全に止まると、すぐに膝や拳や肘で雪を押しのけ、動く場所を作ろうとした。目の前に空間はできたが、真っ暗で上下さえわからない。父親の訓練を思い出し、小さな雪玉をいくつか作って顔や手のそばで落としてみた。雪玉が動いた方向が下だ。

重力を疑うべからず……

そこからはひたすら掘った。雪を下に掻き寄せて踏み固め、足と腕を使って体を上に押し上げる。一度に数センチがやっとだった。

それを延々と繰り返したころ、頭上にかすかな光が射し、まもなく顔が表面に出た。コルターは大きく息を吸いこんだ。雪原でいつも感じるのと同じ、電気を帯びたような甘い匂いがした。

外に這い出して雪の上に転がった。大きく息をつく。それから、兄に声をかけた。すぐそこで長い木の枝を雪原に刺して弟を探していたラッセルは、枝を放り出して駆け寄ってくると、コルターを助け起こした。

「あの人は？」コルターは訪ねた。「あの女性は無事？」

ラッセルが指を差す。

女性と一緒だった男性、ブラッドが、雪崩の先端近くの深い雪をかき分けて女性を助け出そうとしていた。コルターよりずっと下まで流されたようだ。女性は無事に生きていて、自分でも雪の下から這い出ようとしていた。怪我もなさそうだ。

コルターは兄の手を借り、やっとのことで立ち上がった。兄は山頂の方角を見上げた。「斜面全体が崩れたわけじゃない。不安定な部分はまだまだ残ってるぞ。急いであの二人を林に連れ戻したほうがいい」

二人はカップルのところに行った。

「腕が突き出していたおかげで居場所がわかった」ラッセルが言った。「おまえが教えたんだな」

コルターはうなずいた。四人は安全な場所に移動した。

いま、コンパウンドのログキャビンで、コルターはようやく体が芯から温もったのを感じた。痛みはもうほとんどない。ベッドから起きてリビングルームに行くと、ラッセルとドリオンが石造りの暖炉の前に座っていた。暖炉では炎が静かにゆらめいている。二人はそれぞれ本を読んでいた。コルターが入っていくと、十一歳のドリオンが跳ねるように立ち上がってコルターを抱き締めた。痛みに反応するなとコルターは自分に言い聞かせ、そのとおり、じっと動かずにいた。ドリオンは絆創膏をじっと見つめた。心配しているのだ。

「平気だよ。ひっかき傷だ」

「ならいい」ドリオンが言った。

「よう」ラッセルはそう言っただけで読書に戻った。

「よう」

ドリオンは元どおり座った。「世界最大はどれだか知ってる？」

おそらく古い機関車の話だろう。ドリオンはなぜか機関車に夢中だった。

「見当もつかないな」

「ユニオンパシフィック鉄道の〝ビッグ・ボーイ〟。これだよ、コルター。見て！」ドリオンは本をコルターに向けた。写真に添えられた説明文によると、写真の〝ビッグ・ボーイ〟は4014号機で、なるほど堂々とした機関車だ。車軸配置は4-8-8-4。何年か前にドリオンから教えられたところによると、先輪・動輪・従輪の配置を前から順に並べた数字だ。機関車はこの車軸配置によって分類される。

「史上最大の膨張機関なんだ。機関車重量は三百五十トン。ロサンゼルスの博物館に展示されてる。いつか見に行きたいな」

「かならず見に行こう」

「ラッセルも来るよね」ドリオンが言った。

「行くよ」ラッセルは本から顔を上げなかった。いまは何を読んでいるのだろう。このところラッセルは、スパイ小説ばかり読んでいる。

メアリー・ダウはキッチンで夕飯の支度をしていた。アシュトンは書斎だ。一時間前ほど前、息子二人の無事を確かめて以来、ずっとそこにこもったままだった。

コルターは伸びをした。ふと暖炉の上に目が行った。額が三つ並んでいる。そのうちの二つには芸術的な肖像画が、もう一つには写真が入っていた。左にあるのはネイティブアメリカンの特徴を備えた女性の肖像だ。凜々しい顔立ち、きっちり真ん中分けにした黒髪。お下げが両肩に垂れている。マリー・アイオエ・ドリオン、アメリカ初の女性探検家だ。アメリカ中部からカナダ南部で暮らしていた北米先住民メティースの末裔《まつえい》で、若くして夫を亡くした直後の数カ月間、幼い子供二人とともに敵地の荒れ野をサバイバルした。

真ん中に飾られているのは、端整な目鼻立ちをしたたくましい男の絵だ。革の上着を着てアライグマの毛皮の大きな帽子をかぶっている。ルイス・クラーク探検隊の一員だった探検家、ジョン・コルターだ。

右の額には、オレゴン準州発足に貢献した政治家で判事でもあった探検家、オズボーン・ラッセルの写真が収められている。三人のうちではもっとも最近の人物で、没したのは一八〇〇年代の終わりごろだ。したがってオズボーン・ラッセルだけは、肖像画ではなく写真が残っている。

この三人が、ショウ家の三兄妹の名前の由来となった。

書斎のドアが開き、アシュトンがリビングルームに出てきた。一家でベイエリアを離れてコンパウンドに来たころから父はずいぶん変わったとコルターは思う。ここに引っ越してきたのは、父が危険に巻きこまれ、家族の安全を心配したからだが、父はコンパウンドでは見知らぬ人間に用心しろと言うだけで、どんなトラブルなのか、子供たちにはほとんど何も話さずにいる。あれからアシュトンの髪はほとんど真っ白になり、たいがいはいまのようにぼさぼさに乱れていた。今日はジーンズを穿き、メアリー・ダヴが縫った貝ボタンの白いシャツと革のベストを着ていた。足もとは、兵士が履くようなタクティカルブーツだ。

　アシュトンは厚紙の箱を抱えていた。

「よし、聞きなさい」

　三兄妹は顔を上げた。メアリー・ダヴはキッチンにいる。アシュトンの声が子供を相手にするとき特有のものだったからだ。

　三人が座り直すのを待って、アシュトンは一人ひとりの顔を見つめた。それから言った。「〝儀式が持つ力を侮るべからず〟。どういうことかわかるか」

「『ハリー・ポッター』みたいな話？　ホグワーツの式典とか」ドリオンは『ハリー・ポッター』の――控えめにいっても――熱狂的なファンだ。

「まさにそれだよ、ドリオン」

　コルターは『指輪物語』三部作を思い出していたが、口には出さなかった。

　ラッセルは儀式というキーワードからとくに何も連想しなかったようだ。父親と厚紙の箱を無言で見つめている。

「サバイバリズムの大原則は、〝見知らぬ他人のために自分を危険にさらすべからず〟だ。しかし、私はかならずしもそう考えてはいない。誰かのために役立てられないのなら、スキルを身につけたところで何になる？」

　アシュトンの子であり、弟子でもある三人は、ソファや椅子にじっと座ったまま、真剣なまなざしで話の続きを待った。

「コルターは今日、人の命を救った。私はそれを聞いて、儀式を執り行おうと思った」

　コルターは頬が熱くなるのを感じた。きっと赤く染まっているだろう。コルターのほうを振り向いたドリオンの頬も薔薇色に輝いていた。コルターは妹に笑みを向けた。さっきまで父を見上げていたラッセルは、いまは暖炉に視線を注いでいる。暖炉の炎の色は、躍動的なブルーから落ち着いたオレンジに変わっていた。

　アシュトンは厚紙の箱から、翼を広げたハクトウワシをかたどった小さな彫刻を取り出した。それをコルターに手渡す。金属の塊は持ち重りがした。コルターはふいに心配になった。父はスピーチをしろと言い出すのではないか。コルターは十四歳にして高低差三十メートルの断崖を懸垂下降した経験があるし、最寄りの町ホワイトサルファースプリングスの友達からオートバイを借り、穴だらけの舗装道路を時速百五十キロでかっ飛ばしたこともある。この前の年には、コンパウンドに入りこんだよそ者に拳銃を向けて追い払った。

聴衆がたった三人だとしても、スピーチをさせられるくらいなら、右に挙げたような冒険にもう一度挑めと言われるほうがましだ。

「だが、コルターが人命を救助できたのは、兄さんと妹の愛やサポートがあったからだ。だからこの儀式は、その二人を称える機会でもある」アシュトンはまた箱に手を入れ、キツネの彫刻を取り出してドリオンに渡した。ドリオンがうれしそうに目を輝かせた。彼女が唯一、機関車以上に好きなものといえば動物だ。

「そして、おまえにはこれを」アシュトンはラッセルにクマの彫刻を渡した。ラッセルは何も言わなかったが、ブロンズの像にじっと見入り、重みを確かめるように上下させた。

その瞬間、コルターはふいに理解した。三つの彫刻は、三人のニックネームに対応している。ドリオンは頭の回転が速い。ラッセルは孤独好き。コルターは落ち着きのない子だ。

儀式はそれで終わり——スピーチはせずにすんだ——メアリー・ダヴが夕飯ですよと四人を呼んだ。

夕食がすむと（オオツノヒツジが食卓に上る予定だったが、兄弟が手ぶらで帰ったためヘラジカの肉に変更された）、コルターは自室に戻り、棚の『指輪物語』三部作とレイ・ブラッドベリの短編集の隣にハクトウワシの像を置いた。同じ棚には、どういうわけかコルターの愛読書となっている判例集も六冊並んでいた。

それから歳月が過ぎたいま、アルヴァレス・ストリートの隠れ家のキッチンで、コルター・ショウは、雪崩が起きたあの夜と同じくらい真剣なまなざしをハクトウワシの彫刻に向けている。

ミシガン大学進学が決まり、ダッフルバッグに荷物を詰めたとき、部屋から彫刻が忽然と消えていることに気づいた。

それがいま、この隠れ家にある。

なぜここにあるのか、その説明は一つしか考えられない。父がこの隠れ家に持ってきたのだ。きっと息子の思い出の品として、そばに置いておきたかったのだろう。遠く離れた家族を身近に感じていたかったのだろう。

その心情は理解できる。心温まる解釈だ。

だがショウは、アシュトンがハクトウワシをサンフランシスコに持ってきたのには、もう一つ別の理由があったのではないかと思った。なおも大きな意味を持つ理由が。その理由は、明白すぎるほど明白なメッセージを伝えていた――父は人生を懸けた使命の後継者として、三人の子のうち、コルターを選んだのだ。

24

携帯電話が小さな音を鳴らし、新規メールの受信を知らせた。ワシントンDCの私立探偵からだった。テンダーロイン地区からこの隠れ家に向けて出発する前に暗号メールを送っておいたのだが、その返事だった。

シャーロット・〝マック〟・マッケンジーは、モデルかと思うような容姿をしている。鋼鉄を思わせる灰色の目、ちょうど百八十センチの長身、透けるように白い肌。茶色の髪は長い。おかげで、街を歩き回る仕事には向いていなかった。スパイと同様、私立探偵も、いかに背景に溶けこむかが肝心だ。しかしマック・マッケンジーは、どこにいても目立つ。幸い、誰かを尾行する日々は遠い過去のものになった。独立して起ち上げた警備と調査の会社は好調で、靴底をすり減らす仕事をまかせられる有能なフリーランスの人員が何人もいる。

マリア・ヴァスケスとテッシー・ヴァスケス。公的な記録はほぼ存在せず。おそらく不法滞在者。ただし、ソーシャルメディアや地方自治体レベルには履歴あり。犯罪歴はなし。本人の申告どおりの人物と見て間違いなさそう。サンフランシスコ周辺在住の通称〝ローマン〟は、カリフォルニア州および連邦の犯罪者データベースに情報なし。

マックは、まさにショウの好みのタイプの女性だ。世界をゼロか百かの二者択一では見ないところはショウの人生観に似ている。ただし、ショウのように何かと確率を算出したりはしない。

本人の申告どおりの人物と見て間違いなさそう……

メールの末尾にはこうあった。

添付データは現在分析中。

ショウは礼のメールを送信したあと、複層的な問題を抱えるテンダーロイン地区のど真ん中、マリア・ヴァスケスの質素なアパートで取ってきたメモを見返した。歌と写真に才能があるというテッシーの行方が気にかかる。

営利誘拐の確率は？　ほぼゼロ。

殺されて遺棄された確率はどうか。大きくはない。一〇パーセントといったところだろう。その手の事件は、ケーブルテレビの番組がほのめかすほど多くない。

ドラッグにまた手を出し、覚醒剤の製造工場と化したどこかの一軒家でハイになっている？　確率は三〇パーセント。本人はドラッグと無縁の人生を順調に歩み出していたようだ。ただし、ローマンという男の存在を計算に入れると、確率は六〇パーセントまで跳ね上がる。

ふいにブラックブリッジの件が邪魔に思えた。本業は懸賞金ハンターなのだ。だが、どうにか両立させるしかない。あらゆる手だてを尽くしてテッシーを連れ戻そう。少なくとも、何らかの答えを母親に示してやりたい。

ちょうどそのとき、携帯電話が鳴り出した。電話に出ると、テッシーの同性の友人の一人だった。有益な情報はこれといって得られなかったが、ローマンなる男の話が出ると、その女性は言った。「え、あいつがからんでるの？」

「まだわかりません。テッシーのお母さんは、もしかしたらと考えているようです」

「ろくでもない男なんです。本物のサイコパスじゃないかと思います。本物のサイコパス。頭がおかしいんじゃないかって」

ローマンについて何か知っていることはないかとショウは尋ねた。

「いいえ。私もよく知ってるわけじゃないから。私たちとはつきあうなってテッシーに言ってたみたい。自分以外の人と会わせないようにしてたんです。危険な奴です。

本物の犯罪者とつるんでました。その、ギャングとか、そういう本物の人たち。人を殺したことがあるって噂も聞いたし。テッシーがあいつとよりを戻したんじゃなければいいんですけど」

ショウはすでに一度連絡を試みた友人たちにも再度電話をかけてみたが、一人として電話に出なかった。ショウはまた新たな留守電メッセージを残した。テッシーの捜索について、いまやれるのはここまでだ。あとはマックに頼んだ分析の結果を待つしかない。

そこで、エイモス・ゴールが盗み出したお宝捜しに戻ることにした。

携帯電話の追跡アプリをチェックする。GPS発信装置をまぎれこませた『ウォールデン』は、図書館からまだ動いていなかった。

ヘルムズやブラクストン、ドルーンは、〝ブロンド〟の死をどう考えているだろう。顎髭を生やした謎の狙撃手を、ショウの仲間と見なしているだろうか。偶然のなせる業《わざ》として片づけようとしているだろうか。それとも、プロの殺し屋のにおいをぷんぷんさせていたブロンドは、過去の仕事の報復を受けただけだと判断しただろうか。

ショウは椅子の背にもたれて天井を見上げ、頭のなかでエイモス・ゴールに問いかけた——いったい何を見つけたんだ？

それを入れたキャリーケースをどこに隠した？

いまある二つの手がかりを調べてみれば、その答えが見つかるかもしれない。一つはバーリンゲームのカミノ・ストリートの一軒家。もう一つは、エンバーカデロ地区の倉庫。

コーヒーカップを口もとに運ぼうとしかけたとき、玄関のチャイムが鳴った。

拳銃のそばに手をやり、すばやく振り返る。続いて立ち上がる。

声が聞こえた。「俺だ。入るぞ」

玄関が開いてラッセルが入ってきた。最後に見たときと同じ黒いニット帽をかぶり、膝上丈の黒いコートを着てコンバットブーツを履いている。

そのままキッチンに来た。

「問題発生だ」コートを脱いで、緑色のTシャツ一枚になった。腕の筋肉がくっきりと盛り上がっている。ジーンズは暗い赤のサスペンダーで吊られていた。ラッセルは椅子に腰を下ろした。「路地にいた男」

「ドルーンか？　それとももう一人のほう？」

「死んだほうだ。カレンが処理をしていてメモを見つけた。手書きのメモだ。ポケットに入っていた」

ラッセルは携帯電話をこちらに向けた。写真が表示されていた。


ハンターズポイントのクルーから確認の連絡あり。

6／26、午後7時。SPと家族。全員↓

ショウは文字を目で追った。それから椅子の背にもたれた。ラッセルはその様子を無表情に見守った。

ショウは言った。「〝全員〟と下向きの矢印は、私が考えているとおりの意味かな」

ラッセルがうなずく。「殺害指令だ。SPというイニシャルの男とその家族。女とその家族かもしれないが」

エイモス・ゴールの同僚から父に宛てた短い手紙と同じように、このメモも何度も折って小さくしてあったようだ。

「デッドドロップでやりとりされた情報のようだな」ショウは言った。

「どんなに暗号化が完璧であろうと、メッセージの内容によってはデジタルではない方法を使う。うちでもそうだ」

昔ながらのデッドドロップをいまも使っている――？

いや、それ以前に、兄が属する組織は、殺人命令なんぞを出すことがあるのか？

「身分証明書の類は？　死体はメモのほかに何か持っていたか」

「身元はまだわかっていない。いま指紋とDNAを照合している。顔認識データもだ。すぐに判明するかもしれないし、時間がかかるかもしれない。下手をすると、永遠に不明のままになる。この業界の人間は個人情報をせっせと消すものだからね」

ショウは尋ねた。「ブロンドがいなくても、殺害指令はそのまま実行されると思うか」

「誰だって？」

「路地の男。私がつけたニックネームだ」

「実行される前提で考えるしかないだろうな。手書きの指令、受け渡し場所を介した情報のやりとり、皆殺しを示唆する矢印。ブラックブリッジは、ブロンドが消えた理由は俺たちと無関係と判断するだろう。あの女——ブラクストンは、別の殺し屋を探すだけさ」

「この件を知らせてくれてありがとう。ただ、警察には相談できない。アシュトンは警察を信用していなかっただろう」

「どのみち警察は巻きこめない」

それはそうだ。このメモを見せれば、こう訊かれるに決まっている——「ミスター・ショウ、こんなメモをいったいどこで手に入れましたか」。それに対する答えときたら、不穏当きわまりない——「兄が頭を撃ち抜いた男が所持していました」。

ラッセルは腕時計を確かめた。アナログ時計だった。ケースの素材は、サテン仕上げのステンレスまたはチタン。「一家が殺されるまで、あと二日。俺たちで何か作戦を考えないとな」

聞き間違いだろうか。「〝俺たち〟？　ブラックブリッジの件には関わりたくないんだと思っていたが、ラッセル」

本心では気乗りしないのは顔を見ればわかった。「ああ、関わりたくはないさ。しかし、ここまで来るとおまえの専門外だろう、コルト。懸賞金ビジネスの範疇《はんちゅう》を超えている。おまえ一人じゃ無理だ」ラッセルはゆっくりと階段を上り始めた。「報告書を一つ仕上げなくちゃならない。今後のことを話し合うのは明日の朝にしよう」

スティールワークス

三人目の用心棒が銃を抜いて発砲し、ショウは一発だけ応射する。弾ははずれた。ショウはニタを連れて何もない物置部屋の一つに逃げこむ。いつでも撃てるようグロックを握ったまま、ときおり廊下に顔を出して敵の様子をうかがう。そのたびに事務室のあたりから弾が飛んできたが、狙いはでたらめだ。二人をいまいる場所に足止めしておくため、牽制《けんせい》のために撃っているだけだ。

実際に牽制になってはいる。

ショウは銃声を聞いたと九一一に通報した。

しかし敵はなぜ、こちらに向かってこないのだろう。発砲しながら三人で迫ってくれば……ショウとニタを簡単に制圧できるだろう。ニタは体を震わせながら泣いている。

三人はまだ動こうとしない。ショウは廊下の先をのぞいて、その理由を察した。

男が一人、階段を下りてくる。ガソリンの二十リットル容器の重みで体が一方にかしいでいた。男はテレビがついていた事務室に入っていく。

連中は、ショウが銃を持っていることから、潜入捜査中の警察官かもしれないと考えているのだろう。そうでなくても、警察に通報した可能性があると考えている。そこでこのクラブのオーナーから、物理的な証拠やパソコン上のファイルを破壊せよという指示が出たのだろう。

何一つ残してはならない。

目撃証人も含めて。

どうせ消すのだ。わざわざショウに突進していって自分が撃たれるリスクを負うことはない。しゅっと乾いた音がして事務室が巨大な火の玉に包まれ、炎は廊下にも広がった。オレンジ、黒、黄。色の渦が沸き返る。吸いこまれそうに美しいが、その美は死をもたらす。三人の姿が見えなくなった。

ショウは天井を確かめる。地下にはスプリンクラーが設置されていない。

もう一度九一一に電話をかけ、火災発生を伝えた。

だが、通報したところで間に合わないだろう。この建物全体が灰と化すのに、おそらく二十分とかからない。

上階から響く足音は地鳴りのようだ。いまはそこにくぐもった悲鳴が加わっている。「出してくれ！　誰か助けてくれ！」というような叫び声が聞こえた。煙はまもなくダンスフロアにも届くだろう。

炎が地下室を明るく照らしている。どこかに別の出口が見つからないものか。ドアが一つあるが、チェーンがかかっていて、ショウのスキルではピッキングできそうにない。

脱出ルートは一つしかない。

「こっちだ」ショウはニタの腕をつかみ、燃え盛る炎に向かって歩き出す。

「やめて！」ニタが金切り声をあげる。

ショウは彼女の腕をつかんだ手に力をこめる。「ほかに出口はない」ニタもショウの後ろから歩き出す。

二人は猛り狂う炎に近づいた。熱気が肌をあぶる。体が悲鳴をあげかけたとき、ショウは角を右に曲がって事務室の真向かいの物置部屋に入った。炎はすでに壁の廊下側を舐めていたが、まだ食い破ってはいない。

ショウは階段がある側の壁に向かい、石膏《せっこう》ボードを蹴り始めた。エコーのゴム底のブーツではあまり威力がなかっただろうが、ライディングブーツの底は革だ。踵《かかと》の部分はとくに固く、石膏ボードにたちまち凹みができる。何度も蹴る。ようやくボードが破れた。小さな穴だ。しゃがんで向こうをのぞく。よし、三メートルほど先の階段の上り口には敵がいない。しかし急がなければ炎にのまれてしまう。

また何度も蹴る。穴は少しずつ大きくなる。

ニタも手伝った。筋力がある。ショウが蹴り、ボードに亀裂が入るとニタが破片を引き剝がす。穴は直径五十センチほどまで広がった。もう少しで通り抜けられる。

蹴る。引き剝がす。

二人とも咳きこんでいる。煙が目に染みて涙があふれる。炎が酸素を横取りしている。ショウはめまいを感じた。

蹴る。引き剝がす……

穴は人ひとりがすり抜けられる大きさになった。

「先に行け」

ニタが穴をくぐり抜け、向こう側の床に倒れこむ。

上階のダンスフロアの足音は聞こえなくなっている。避難が完了したのだろう。いま聞こえるのは炎のうなりだけだ。

ショウは石膏ボードにできた穴から廊下のほうをのぞいてニタに言う。「急げ、階段を上れ。

警察が来ているはずだ」

「でも……あなたは？」

ショウは微笑む。「まだやることがある」

そして向きを変え、急ぎ足で廊下の奥へ向かった。

第二部　大地震　六月二十五日

一家の死まで：32時間

25

ショウ兄弟の使命は二つに増えた。その二つは、ゴルディオスの結び目のように分かちがたくからみ合っている。

一つは、ブロンドの後任の殺し屋から〝SP〟の一家を救うこと、そしてもう一つはブラックブリッジを倒すことだ。一家の命を救えば、殺害を命じたのはブラクストンあるいはドルーンであると示す物的証拠が手に入るかもしれない。うまくいけばイアン・ヘルムズと結びつけられるだろう。または、その証拠を先に見つけられれば、それが手がかりとなって一家がどこの誰なのかがわかり、命を救えるだろう。

いずれにせよ、ブロンドの身元を突き止めなくては始まらない。そこで二人が隠れ家を出発して最初に向かった先は、ハンターズポイントだった。サンフランシスコの東端、小さな半島のように湾に張り出した一角だ。

ハンターズポイントとその西隣のベイヴューは、サンフランシスコ市内でも治安が悪いほうから数えたほうが早いような地域で、ストリートギャングに属する人数はもっとも多い。

ハンターズポイントのクルーから確認の連絡あり。
6／26、午後7時。SPと家族。全員↓
殺害指令にある〝クルー〟は、具体的にどの組織《クルー》を指しているのか。

ショウは朝のうちにトム・ペッパーに協力要請のメールを送っておいた。ペッパーはショウの友人であり、ロッククライミング仲間でもある人物で、かつてFBIで対テロや対犯罪組織を担当する部署に所属していた。

二人はエンジンをかけたまま駐車場に駐めたラッセルのSUV――リンカーン・ナビゲーター――で待機していた。まもなくショウの携帯に電話がかかってきた。

「トム？」

「よう、コルト」

「スピーカーフォン・モードになっている。兄のラッセルが一緒だ」

沈黙があった。ペッパーの頭のなかでいま、どんな思考が巡っているだろう。音信不通の兄の存在はペッパーも知っているが、兄弟が疎遠になった理由までは知らない。「よろしく、ラッセル」

「こちらこそ、トム」

「例の件、調べてみた。ハンターズポイントからベイヴューあたりを縄張りにしている有力な組織は二つ。片方は非ラテン系白人《アングロ》の集団で、通称〝ベイネック・ローカルズ〟。ペッカーウッド・ムーブメントは知っているか」

ショウは答えた。「おおまかなところは。白人優越主義、刑務所《プリズン》カルチャー、ドラッグ。南部で始まったんだろう」

「一九三〇年代にね。南部から始まって、その後、メンバーの多くがカリフォルニアに定住した。白人優越主義と親和性が高いが、ラテンアメリカ系ギャングともゆるい同盟関係にある。ベイネックは、厳密に分類すればペッカーウッドではないんだが——何度か分裂している——まあ、同類と思っていい。

もう一つの有力組織は、黒人系だ。〝ハドソン・キングス〟。九〇年代の〝ウェストモブ〟やその対立組織だった〝ビッグ・ブロック〟と同じで、ギャングスタ・ラップの世界そのままだ。ベイネックもキングスも、ビジネス優先でドラッグや銃なんかの密売に熱心だが、だからといって暴力沙汰や縄張抗争とは無縁ではないし、脅威と見なせば迷わず抹殺する。要するに——連中の協力は期待できない」

ショウは言った。「彼らの親切心に訴えるとするよ」

ペッパーは低く笑った。「何をするにせよ、日が高いうちにやることだ」

「いまハンターズポイントに来ている」ラッセルが言った。「連中の社交クラブやたまり場はないのかな」

「キングスはノースリッジ・ロードの店先を借りて本部代わりにしている。港に近い端のほうの店だったな。ベイネックのほうは、以前はインガルズ・ストリートのオートバイ乗り向け飲み屋を本部にしていた。ベイヴューとハンターズポイントの境界線は入り組んでいるから、それぞれの拠点がどっちの地域に属するのかよくわからない。ベイネックのメンバーに知り合いはいないが、キングスなら、設立メンバーの一人を知っているよ。ケヴィン・ミラーだ。なかなか見どころのある男でね。当局に協力したわけではないが、戦争になりかけたところを丸く収めた。誰一人撃たれずにすませたんだよ。そうそうできることじゃない」

ラッセルは携帯電話の地図アプリを開いていた。

ペッパーが言った。「懸賞金がよほど高額じゃなけりゃ、割に合わないぞ」

「懸賞金の仕事ではないんだ」

「へえ。先週は、懸賞金も出ないのにカルト集団にもぐりこんで殺されかけたんだったな。今週は、懸賞金も出ないのにハンターズポイントのギャングのところに遊びに行くわけだ」

ショウは応じた。「まあ、そんなところだ」

「幸運を祈っている。話ができて楽しかったよ、ラッセル」

「こちらこそ」

ショウは電話を切った。「さて、どっちから？」

「そうだな。ここからなら、バイカーのたまり場のほうが近い」

26

ショウは車のウィンドウから住宅と商業施設が軒を寄せ合う街を眺めた。ハンターズポイントは、ほかの地域では歓迎されない産業を古くから引き受けてきた。ひところは精肉工場や発電所、製革所、造船所が見渡すかぎり並んでいた。そのいずれもが有害な廃棄物を大地に埋め、空中に放出し、サンフランシスコ湾の西沿岸に垂れ流した。

ハンターズポイントのありようは、酷使され、汚染された住むに適さない土地だった十九世紀からあまり変わっていない。無味乾燥な工場群、じりじりと面積を広げながら再開発が進む住宅地や商店街、雑草に覆い尽くされた遊休地、建物が取り壊されたあとに残された迷路のような基礎。珍しい取り合わせの風景がそこここにある——空き地や焼け落ちて放置された建物が連続したあとに、鮮やかな緑色をしたヴィクトリア朝様式の小さなオペラハウスが見えてくる。そうかと思えば、すぐ先の現場では、二十五キロほど南に下ったシリコンヴァレーの東端に現本社がある世界的インターネット企業が未来の新本社を建設している。

まもなく目的地が見えてきた。ルーズという名前のバーで、一九六〇年代の〝チョッパー〟バイク映画の撮影セットからそのまま抜け出してきたような外観をしている。剝がれかけたペンキ、すすで汚れた窓。がたついたテーブルと、もっとがたついた椅子が店の前にあるが、いまは誰も座っていない。歩道際にハーレーが二台とモトグッツィが一台駐まっていた。

ラッセルが車を駐めた。二人は降り、それぞれジャケットとコートの裾を直して拳銃を隠した。

店内は薄暗く、ライゾール除菌洗剤とたばこの煙のにおいがした。誰も守っていない〈禁煙〉のプレートのほかに壁を飾っているのは、ハエの死骸が点々と張りついた黄ばんだポスター――写っているのはサーファーで、女性より男性のほうが多かった――と、木製のナチの鉄十字、ベルヒテスガーデンにあったヒトラーの山荘の写真だけだった。

ベイネックのメンバーが六人、三つのテーブルを並べて座っていた。話に花を咲かせていたようだが、新参の客二人に気づくとそろって振り向いた。傷だらけのテーブルに、朝食代わりのビールの瓶やコーヒーのマグがところせましと置かれている。四人は典型的なオートバイ乗りの風情だった。巨体にたくさんのタトゥー、もじゃもじゃの顎髭、肩に垂らすかポニーテールにした長い髪。好みの布はデニムだ。残る二人は、ほかの四人よりは痩せていて、頭はきれいに剃り上げてある。一方はペンドルトンのフランネルシャツを、もう一方はTシャツの上にボマージャケットを着ていた。靴は二人ともドクターマーチンのブーツ。一方の足もとにスケートボードがあった。彼らのカルチャーでは、スケートボードや、ショウも好きなモトクロスなどのエクストリームスポーツが人気なのだ。

顎髭の四人のうち一番小柄な男――みな同年代のようだが、この一人はわずかに年長と見えた――が兄弟を眺め回したあと、低いしゃがれ声で言った。「にいさんたち、何か用事があって来たらしいな。そんな髭を生やしてたら、FBIでも市警でもクビだ。ってことは、おまわりじゃない。ひょっとして、うちとは利益が相反するどっかの組織の者か？」男は〝組織〟という単語をわざとらしくゆっくり発音した。

ずんぐり体形のバーテンダーがカウンターより下に手をやったことにショウは気づいた。頭を剃り上げた二人の片方は、一方の手をさりげなくものの上に移動した。

「ここは会員制クラブみたいなもんだ。悪いことは言わない、いまのうちに出て行きな」

ラッセルはコートのボタンをはずした。

ショウは言った。「外のＭＧＸ－21は誰のかな」

モトグッツィの最上級モデルＭＧＸ－21は美しいオートバイだ。ボディは黒で統一され、シリンダーヘッドと前のブレーキパッドだけがくっきりと赤い。

リーダーと思しき小柄な男がバーテンダーに目配せをした。カウンターの下に伸びていたバーの両手がまた見えるようになった。

「俺んだよ」六人のうち一番大柄な一人が答えた。

「馬力はいくつ？　百だったか」ショウは訊いた。

「そんなところだ。あんたも乗るのか」

「ああ」

「何に乗ってる？」

ショウは答えた。「ヤマハ」

「ＸＶ１９００か」

ヤマハのラインナップ中もっとも大型のモデルだ。

「そこまででかくない」

「そうだろうな」リーダー格の男ががらがら声で言い、顔をにやつかせた。

リーダー格は続けた。「さてと、ムスコのサイズ比べもすんだことだし、俺の若さあふれる仲間のアドバイスに従うといい」出口に顎をしゃくる。

ラッセルが言った。「俺たちは人を捜している。協力してくれたら、それなりの礼をする」

「話くらいは聞いてやってもいいぜ」

「ポケットから携帯電話を出す」ラッセルはそう断ってから、ゆっくりとポケットに手を入れて携帯電話を取り出した。ブロンドの顔写真を表示させてから差し出す。

まさか死体を撮影した写真とは、見ただけでは気づかないだろう。カレンは多才な人物らしい――写真の加工もプロ級だ。銃弾の穴を消去し、目の表情にも微調整を加えてある。ショウがラッセルから事前に聞いたところによれば、写真加工ソフトＰｈｏｔｏｓｈｏｐの〝ゆがみフィルター〟の効果だとかで、写真のブロンドはかすかに微笑んでいた。実は死んでいると知っていて見ればグロテスクだが、知らなければどうということはない。

「うちのおふくろがこいつに二万ドルだまし取られた」ラッセルは言った。

説得力のありそうな筋書きをあらかじめ用意しておいた。叩き台となるアイデアを出したのは主にラッセルだ。なんといっても、昨日の朝、隠れ家前の通りを舞台とした〝強盗劇〟を即興でプロデュースしたのはラッセルなのだ。

リーダー格が眉間にしわを寄せた。この組織がどんなビジネスで利益を上げているにせよ、一般の〝おばさん〟をだまして金を奪おうなどとは考えたことさえないのだろう。

ショウは言った。「この界隈の組織のどれかとつながりがあることまではわかっている。こいつの本名や仲間を教えてくれたら、謝礼は千ドルだ。どうかな、おたくのメンバーか」

六人はもう一度まじまじと写真を見てから、互いの反応をうかがった。

リーダー格が言った。「うちの者《もん》じゃねえな。知らねえ顔だ」

ほかの五人がうなずく。本当に知らないようだ。見覚えがありそうな反応を誰一人として示さなかった。

ラッセルは携帯電話をポケットに戻した。

フランネルのシャツを着た落ち着きのない一人が言った。「頼みを聞いてやったってのに、まさか無料《ただ》ってわけじゃないだろうな」ついさっき、ももに手を置いたのはこの男だ。その手はいま、おそらく銃のホルスターが下がっている位置に向けてじわりと前進した。

長い沈黙があった。誰も身動き一つしなかった。

やがて一番大柄な一人が沈黙を破った。「よせよ。こんな朝っぱらから面倒はごめんだぜ。俺はな、やっと一杯目のビールを飲んだばかりだ。そんな気分にはなれねえ」

リーダー格が言った。「俺に言わせりゃ、なんでおふくろさんをちゃんと見ててやらなかったんだって話だよな。大の男が二人もそろって。ああ情けねえ。さ、とっとと出て行くんだな」

27

ラッセルが運転するＳＵＶはいま、ハンターズポイントの別の界隈を走っている。

　ハドソン・キングスの本拠に向かっているところだ。

　波止場がすぐそこで、旧ハンターズポイント海軍造船所の向こうに黒く輝く海が見えていた。造船所の主役は、大砲を短時間で交換するため砲塔を持ち上げておくのに使う巨大な橋形クレーンで、その姿は骨格だけになった戦艦に見えなくもない。一世紀以上にわたって民間船舶と海軍船舶の建造と修理を担ってきたこの広大な施設は、現在は閉鎖されている。敷地は切り売りされ、やがてはコンドミニアムや商業施設の用地となる――汚染物質の除去が完了する日がいつか来ればの話だが。ここはスーパーファンド法に基づいて浄化対象区画に指定されているが、大部分はいまも放射性物質を含む有害物質で汚染されたままだ。海軍巡洋艦インディアナポリスは、一九四五年八月に広島と長崎に投下された原爆リトルボーイとファットマンの主要部品を積んでここから出帆し、マリアナ諸島へ向かった。

　この地区では汚染物質除去は一大産業だ。ベイポイント・エンヴァイロシュア・ソリューションズという会社が運行する多数の小型車両が、〈危険物質〉の文字が刷られたドラム缶を回収して回っている。作業員はみな大げさなくらいの防護装備に身を包んでおり、まるで月面で作業をする宇宙飛行士のようだ。

　車が進路を変えて海から遠ざかった。まもなくラッセルが一軒の商店を指さした。「あれだな」

　近くには駐車スペースがない。ラッセルは一ブロック半先まで車を進め、歩道際に駐車した。兄弟は車を降り、目的の商店まで徒歩で戻った。

　ネズミが三匹、廃倉庫から走り出て、警戒する様子もなく下水溝に消えた。

「よう、買い物か？」

　声の主は痩せっぽちの若い男で、プリペイド携帯とカード、電子煙草を売っている怪しげな店の前に置かれた落ち着きの悪い椅子に座っていた。店をのぞくと、フリップ式の携帯電話で話している人影が二つ見えた。

　兄弟は男を無視して先へ進んだ。

兄弟と目的の社交クラブのあいだの交差点に、十代後半から二十代なかばくらいまでの若者が何人かたむろしていた。マリファナ煙草や紙巻き煙草を吸っている。服はパーカとTシャツにオーバーサイズのスラックス。みな高級そうなランニングシューズを履いている。頭をつるりと剃り上げた者もいれば、何やらアーティスティックなヘアスタイルの者もいた。何人かはメダリオンのネックレスや太いチェーンをじゃらつかせている。若者グループは、ゆっくりと歩いてくる白人の二人組に気づくとふいに活気づき、互いに何ごとかささやいたり、あざけるような笑い声を漏らしたりした。いいカモが来たぞとでも思っているのだろう。一人は顎髭を生やし、もう一人は細身の体をしている。

三人がグループから離れ、ショウとラッセルの行く手に立ちはだかった。

「道に迷ったのか？　道なら俺に訊けよ。わかるよな？　百ドルで道案内してやる」

「迷い子だろ？　だよな」

「用事は何だよ、言ってみな」一人がショウの鼻先に顔を突きつけた。

いまは売られた喧嘩を買っている場合ではない。

代替の手段があるかぎり、暴力に訴えるべからず……

アシュトンなら、こう続けただろう――「相手が愚かなティーンエイジャーであればなおさら」。

最初の三人にさらに二人が加わった。二人は足を開いて立ち、さあかかってこいと言いたげに骨張った手を大きく動かした。顔に冷たい笑みを浮かべている。

数を笠に着た勇気は、勇気とは呼べない。

「話しかけてんのに無視するんじゃねえよ、おっさん。失礼だろ」

「ケヴィン・ミラーはいるか」ラッセルが訊いた。

若者たちは黙りこんだ。

ショウは言った。「心配いらない。金を届けに来たんだ」

十五歳か十六歳くらいの一番痩せっぽちの一人が言った。「金なら俺が届けてやってもいいぜ。手間が省けんじゃね？」

そのときだった。若者グループにまた一人が加わった。三十代なかばの痩せた長身の男だ。顔には皺が多く、左右の目尻に涙形のタトゥーがある。長期服役経験を象徴しているのか、それとも人を殺した証か。

若者たちが敬意のまなざしを男に向けた。

「よっ、ケヴィン！」

「どうも、ケヴィンくん」

ギャングサインやフィストバンプが交わされる。

なるほど、こいつがトム・ペッパーの話していた幹部か。ごく初期からのメンバーで、ストリートの対立を生き延びてきた男。

「うぃっす」

「よう」

ケヴィンがショウとラッセルに目を向けた。兄弟もケヴィンを真正面から見つめ返した。二人のどちらも何も言わなかった。ケヴィンは二人に視線を注いだまま、若者たちに言った。「おまえら、もういいぞ」

「でもさ……」一人が反論しかけた。

ケヴィンの鋭い一瞥で、その一人は口をつぐんだ。若者たちは険悪な目をショウとラッセルに向けたが、おとなしく歩道を歩き出した。

「俺に用があるんだろ。話を聞こうか」ケヴィンは振り返ると、穏やかな表情で二人を眺めた。「警察か」

「違う」

値踏みするように目を細める。「たしかに、警察らしくないな。どうして俺の名前を知ってた」

「トム・ペッパーの紹介だ」

ケヴィンはうなずいた。目尻の涙形のタトゥーはよくできている。内側の一点を塗りつぶさすに残してあるおかげで、立体的に見えた。

ラッセルがブロンドの修整済み写真を見せた。「この男を捜してる。このあたりの――ハンターズポイントからベイヴューにかけての組織のどれかと関わりがある」

「この髪。不自然な色だな」

ブロンドの肌色は死んでやや青白さを増したが、髪はまぶしいほどの金色のままだ。

「協力してくれたら、謝礼に千ドル出す」

「どうしてここに？　こいつは白人だ」

ショウは尋ねた。「きみたちは商売の相手を選ばないだろう？　人種や宗教で区別しない」

ケヴィンは肩を揺らして笑った。「まずは赤首《レッドネック》どもに訊けよ」

「もう訊いた。誰も知らなかった」

「写真、もう一度見せてみな」

ラッセルが携帯電話の画面を見せる。

ケヴィンは考えこむような表情でうなずいた。「あいにくだが、俺にも心当たりがないな。言っとくが、この界隈に俺の知らない人間は一人もいないと思ってくれていい」

「ここをテリトリーにしている組織はほかにあるか」ラッセルが訊く。

「ちゃんとしたやつはないね。サリナスの組織の支部が北のウォーターフロントに色気を見せてるが、俺たちが阻止してる。連中はいったんは手を引くが、そのうちまた来やがる。よくある話だ。さてと。俺も忙しくてね」ケヴィンはショウを見た。「トム・ペッパーか。あいつはいいね。公平だ。まだ無事に生きてると聞いて安心したよ」

ケヴィンは社交クラブに、二人はSUVに戻った。

「たとえ一週間かけて聞いて回ったとしても、全員から同じ答えが返ってくるだけだろう。もっとましなやり方が何かあるはずだ」ショウは言った。

「そうだな。例のキャリーケースとやらを先に探すか。証拠にものを言わせてブラックブリッジを倒そう」ラッセルは大馬力のエンジンを始動した。

ショウは助手席のウィンドウから外を眺めた。さっき歩道上で二人の前に立ちはだかった若者の一人が見えた。頭を剃り上げた痩せっぽちの一人だ。五、六メートル先の瓦礫の山のてっぺんに立っている。あざけるような笑みを浮かべてSUVを目で追いながら、ワイン色のパーカのなかに手を入れた。

ショウははっとして腰のホルスターに手をやった。

ラッセルが横目でこちらを見た。

少年はパーカの裾からさっと手を出し、指でピストルの形をつくると、ショウに狙いを定めてトリガーを引き、反動で銃口が跳ね上がる真似をした。次の瞬間、笑みは消え、少年はこぶしを握り直して中指を立てた。それから瓦礫《がれき》の山を下りて姿を消した。

ショウは言った。「アシュトンの手がかりを追ってみよう。先にバーリンゲームかな」

「番地をナビに入力してくれ」

ショウは携帯電話を取り出したが、すぐに手を止めて画面に見入った。「バーリンゲーム行きは延期だ。ブラクストンとドルーンが動き出した」

28

ヘンリー・デヴィッド・ソローによる自給自足生活の回想録『ウォールデン』の背に仕込んだGPS発信機を追って行き着いたのは、テンダーロイン地区だった。

兄弟はいま、ショウが予定外に引き受けた懸賞金の仕事――テッシー・ヴァスケスの捜索――が始まったアパートからそう遠くない地点にいる。

ラッセルは、荒れ果てた商店の前のスペースにSUVを駐めた。そこは空き店舗で、窓に〈入居者募集〉の張り紙がある。灰色の毛布にくるまったホームレスの男性が一人、入口で眠っていた。毛布の隅から数枚の一ドル札がはみ出している。ラッセルはしゃがみ、札が見えないよう毛布の下に押しこんだ。ショウもいままさにやろうと思っていたとおりの行為だった。

通りのあちこちを見て方角を確認し、GPS追跡アプリと突き合わせたあと、ショウは近くの細い通りを指さした。

兄弟は二十代初めの青白い肌をした若い女性の誘いを断り、通りの入口に意識をなくして横たわる同年代の男性をまたいだ。やはりホームレスのようだが、着衣はおよそ清潔で、路上生活を続けている人々がたいがいそろえている生活必需品――袋や鞄、ショッピングカート、毛布、着替え――を一つも持っていない。死んでいるのだろうか。

ラッセルも弟と同じように思ったらしく、靴の爪先で男性の腕をつついた。男性は身動きをした。三軒先の店先にホームレス支援団体の本部がある。ショウはその前に行ってなかをのぞいた。聖職者のカラーを着けた五十歳くらいの男性が顔を上げ、にこやかな笑みを浮かべた。

「何かご用ですか」

「外の通りで男性が二人、行き倒れているようです。誰か助けてやれる人はいませんか。一人は酔いつぶれているだけらしいですが、もう一人はドラッグの過剰摂取かもしれない。ここを出て右側です」

男性は立ち上がり、奥に向かって大きな声で言った。「ロージー。鞄を持ってちょっと来てくれ」それからショウに向き直った。「ひどい時代ですよ。この二カ月くらいで、過剰摂取をする人が一・五倍くらいに増えました。この地区には犯罪組織の活動禁止条例があるのに。いったい何が起きているんでしょう」

その答えはまず間違いなく都市部活用構想《アーバン・インプルーヴメント・プラン》だ。

ショウは兄のところに戻り、二人は細い通りを先へと進んだ。ラッセルが後衛を務め、ショウは前方に警戒の目を配った。反射的な役割分担だった。


敵に追跡されていないと思いこむべからず。


じめじめした不潔な通りの向こう端まで歩くと、不意に視界が開けた。そこから先の数ブロックにわたって建物の解体作業が進行していた。現場の北側に無人のブルドーザーやバックホーが駐まっている。黒と黄に塗られた車体は、跳ねた泥で汚れていた。解体途中の建物もあれば、すでに更地になったところもある。水たまりに浮いた油が虹色に揺らめき、解体作業で出た廃材があちこちで小さな山をなしている。地肌はベージュに近い明るい色をしていた。おそらく粘土だろう。

さえぎるもののない広大な解体現場の真ん中に、黒いSUVが一台ぽつんと駐まっていた。キャデラック・エスカレードだ。GPS追跡アプリを確かめると、発信機の現在位置はそのSUVだった。ブラクストンはきっと、先週ショウのキャンピングカーから盗み出した資料一式と発信機の仕掛けられた本をブリーフケースかバックパックに入れて持ち出したのだろう。

エスカレードのドアが開き、運転席からドルーンが降りた。ブラクストンも降りてくる。二人があたりに視線を走らせる。ラッセルとショウは、廃棄された木材と石膏ボードの山の陰で頭を低くした。ふたたび山の向こうをのぞくと、ブラックブリッジの二人組は額を突き合わせて何か話し合っていた。ドルーンがうなずいている。

そこに別の車が現れ、ブラックブリッジの二人が顔を上げた。二台目は深紅のロールスロイスだった。贅沢な車は荒れた地面を踏んで体を揺らしながらゆっくりと近づいてきて、エスカレードの隣に駐まった。

ドアは閉ざされたままだ。

ブラクストンに電話がかかってきて、話し始めた。

ドルーンは伸びをして煙草に火をつけた。

ラッセルは携帯電話で写真を何枚か撮り、携帯をまたポケットにしまった。「見ろ、あのナンバープレート」

ロールスロイスのナンバープレートは、白い厚紙かプラスチックのカバーで覆われていた。ナンバーを隠すのは違法だが、おそらく一時的な処置だ。このあと一般道に戻ると同時にドライバーがいったん車を停め、カバーをはずすのだろう。

あの車の主はいったい誰だ？

ブラクストンが通話を終えた。ロールスロイスの運転席から黒いスーツを着たアジア系の巨漢が降り、警戒の視線をあたりに巡らせた。兄弟はまたも首を引っこめた。

運転手は助手席側に回り、後部シートのドアを開けた。でっぷりと太った男が降りてきた。色白で背が低く、頭は禿げかけている。紺色地のピンストライプのスーツにピンク色のシャツ、赤ワイン色の幅広のネクタイ。胸ポケットに差した白いチーフは爆発したような形に整えられていた。めがねは縁が白くて必要以上に大きく、レンズは真四角だった。ファッションとしてそのデザインなのか、それとも視力の問題で必要なのか。表情は不機嫌そう、あるいはもどかしげだ。

ラッセルがまた携帯を出して、新しく来た男の写真を撮った。

ブラクストンとドルーンが男に近づいた——男が二人に、ではなく。つまり男はブラックブリッジのクライアントで、乗ってきた車から察するに、上客の一人なのだろう。

そういえばブラクストンは、スタンフォード商学図書館で部下にこう言っていた。

例のミーティングは明日なのよ。何か報告できるようにしておきたいわ。何か具体的な話を……

コルター・ショウを拷問して引き出した情報を報告するつもりでいたわけだ——エイモス・ゴールの証拠のありかを。いま彼らがいるこの地域もＵＩＰの一例なのだ。ついさっき通りで見かけた哀れなドラッグ中毒の男たち、解体作業が進むこの広大な現場。ロールスロイスで来た男はおそらく不動産デベロッパーで、この土地を捨て値で買い占めたのだろう。

ブラクストンとドルーンは顧客にこう伝えなくてはならない——ロールスロイス氏の有罪をも裏づけるであろう証拠のありかをショウから聞き出しそこねた。

そう話したあとの空気は、どれほど冷え冷えと感じられることだろう。

　ブラックブリッジの二人組のボディランゲージは、二人が富裕な顧客に抱いているものは敬意ではないことを示していた。二人は心底怯えているように見える。まさしく氷の女王であるアイリーナ・ブラクストンの怯えた表情を見ていると、なぜかこちらが落ち着かない気持ちになる。でっぷりと肥えた男はにこりともせず、太くて小さな手でたびたび大きな身振りをしながら話している。ブラクストンはといえば、宿題を忘れた女生徒のように何度もうなずき、ここぞというタイミングで神妙に眉を寄せたりしている。本人にとってはなじみのない役回りに違いない。

　しかし、ブラクストンが懸命になだめた結果、ロールスロイス氏の怒りは鎮まり、ホームレスの手に一ドル札を握らせるときのような笑みを二人に向けた。両手のせわしない動きも落ち着いた。

　話題は別件に移ったらしい。ドルーンが地図を取り出し、自分たちが乗ってきたSUVのサイドパネルに広げた。なぜボンネットの上ではないのか。ああそうか、ロールスロイス氏は背が低すぎて、そこでは見えないからだ。風にはためく地図を三人がそろってのぞきこむ。

「いまどき、パソコンやタブレットじゃなく紙の地図を使う人間なんかいるか？」ラッセルがいった。

　ショウは兄の修辞疑問にうなずいた。いるとすれば、電子的な証拠を残したくない人間だ。紙は燃やせばこの世から消える。デジタルデータはそうはいかない。ジュラ紀の生物の化石と同じくらい長い歳月を生き延びる。

　ラッセルはレンジファインダー式の双眼鏡を取り出した。自分がのぞいてからショウに差し出す。

　五分ほどの議論を経てロールスロイス氏が地図上の数カ所を指さし、ドルーンが油性マーカーでその地点に印をつけた。それから三人はうなずいて握手を交わした。ブラクストンとドルーンはその場にとどまり、ロールスロイス氏は自分の車に戻っていった。運転手が助手席側の後ろのドアを開けたとき、赤いミニスカートから伸びた小麦色の脚がちらりと見えた。それにもう一つ、びっくりするほどヒールの高い靴も。ロールスロイス氏のように背が低い男、しかも乗っている車や着ている服を見るに、人並み以上にプライドが高そうな男と行動するのにハイヒールとは珍しいなとショウは思った。だが、好みは人それぞれだ……欲望の対象も。

　ロールスロイス氏は車に乗りこむ寸前に振り返り、ブラックブリッジの二人に向けて何か言った。その顔はもはや微笑んでおらず、両手は意味不明のせわしない動きを再開していた。ブラクストンとドルーンは飼い主に叱られた犬のようにうなずいた。ロールスロイス氏が贅沢な車に乗りこむのを待って、運転手も運転席に戻った。その体重で車が沈みこんだ。それからロールスロイスは、解体現場の踏み固められた土の上をゆっくりと走って遠ざかった。

29

　アイリーナ・ブラクストンはSUVのそばに立ったまままバッグに手を入れ、携帯電話を取り出すと、またどこかへ電話をかけた。

　ショウがかつて交際していたマーゴも、似たようなカラフルなバッグを持っていた。マーゴのものは、南米先住民の手作りの品だった。高額な品物ではなかったが、購入代金の大半は、大規模な火入れ開墾《かいこん》からアマゾンの熱帯雨林を保護する活動を行っている非営利団体に自動的に寄付される。ブラクストンも、人を殺す一方で、マーゴと同じ善意をもって同じ販売者から購入したのだろうか。何に価値を見いだし、何に重きを置くかの基準は、矛盾と不条理に満ちている――ショウは懸賞金ビジネスを通じてそう学んだ。

　ブラクストンが携帯をバッグに戻す。ブラクストンもドルーンも口を開かない。まもなく車体に何も書かれていない真っ白なバンが来て、男が二人降りた。どちらも引き締まった体をしている。服装も似ていた――濃い灰色のスラックスに、ジッパーを首もとまできっちり締めたジャケット。背が高いほうは帽子をかぶっておらず、髪をクルーカットにしている。もう一人は背が低く、黒い野球帽をかぶっていた。そろって無愛想な顔つきで、身のこなしは用心深いが、周囲に警戒の目を走らせることはなかった。ブラクストンとドルーンがいるのだからここは安全に違いないという判断だろう。それでも右手はつねに右の腰、銃のホルスターがある近くに置かれていた。

　二人が合流すると、ドルーンはさっきと同じ地図を今度はＳＵＶのボンネットに広げた。短時間の打ち合わせを経て、来たばかりの二人がうなずき、一人が地図を受け取った。ブラクストンとドルーンはＳＵＶに乗りこみ、車は走り去った。

　ラッセルとショウは二人の車を追わなかった。あとから来たブラックブリッジの工作員二人がここで何かを待っているのは明らかだ。それが何なのかを確かめたい。

　五分後、その答えが現れた。細身の男が二人。どちらもショートパンツにＴシャツだが、一方のＴシャツはどぎつい赤で、もう一人は白だ。シャツの裾は出してある。その下に銃を携帯しているのだろう。それぞれ水色のビニール素材のショルダートートバッグをななめ掛けしていた。頭はつるりと剃ってあり、肌は浅黒い。テンダーロイン地区にはアジア系犯罪組織がいくつかある。とりわけ有力なのは、悪名高きフィリピン系組織バハラ・ナ・ギャングで、マフィアやメキシコの麻薬カルテルの上を行く残虐さを持つと言われている。バハラ・ナの最盛期は二十世紀とともに終わったが、凶悪なメンバーの多くはいまも西海岸全域で暗躍している。サンフランシスコは彼らの最大の縄張りだ。

「媒介者《カットアウト》だな」ラッセルが言った。「白いバンで来た二人があいだに入り、ロールスロイスの男とブラクストン、ドルーンは表に出ずにすませる。実際に動く人間は、指示を出しているのがどこの誰なのか、最後まで知らされない。こいつらはプロだよ」

　解体現場の四人が打ち合わせを始めた。ブラックブリッジの工作員の一人が白いバンのサイドドアを開け、車内から透明のビニール袋を二つ取り出す。それぞれ一キロ近い重さがありそうだ。ラッセルはまた双眼鏡を目に当ててから、ショウに差し出した。ショウはさえぎるもののない解体現場にじっと目を注いだ。ビニール袋には錠剤の小袋が詰めてあるようだ。ビニール袋は、あとから来たギャングらしき二人に手渡された。ブラックブリッジの工作員の一人が、さっき受け取った地図を広げた。

「ＵＩＰだ」ショウが言った。「昨日見せたアシュトンの手紙。覚えているだろう？」

　ああ、あれかという表情でラッセルがうなずく。都市《アーバン・》部活用構想《インプルーヴメント・プラン》――大量のドラッグをばらまいて治安を悪化させ、土地を買い叩くというブラックブリッジの策略の、人情味を欠いた皮肉な呼び名。

「一つ妨害と行くか」ショウは九一一に電話をかけた。

女性通信指令員の穏やかな声――「どうなさいましたか」

「ドラッグの取引が行われているようです。タークとシンプソンの交差点から一本入ったところの建設現場。ひょっとしたら銃を持っているかも……あ、待って。持ってます。銃を持ってる！」ショウは動転してあわてているような口調を装った。狼狽《ろうばい》した市民。四人の人相風体を伝え、通信指令員からあなたのお名前を教えてくださいと言われたところで電話を切った。通信指令員は匿名の通報を疑ってかかるものだが、話が違法薬物の大型取引となれば、パトロールカーを派遣しないわけにはいかないだろう。

予想どおりだった。電話を切るなり、車のタイヤが砂利を踏む音が近づいてきた。サンフランシスコ市警のパトロールカーだ。警察官が二人乗っているのが見える。

「ずいぶん早いな」ラッセルが眉をひそめた。

パトロールカーは白いバンのすぐ隣まで行って停まり、警官が降りてきた。運転していた一人はラテン系で制服を着ている。もう一人は背の高い白人の刑事で、明るいグレーのスーツを着て、ベルトにバッジを下げていた。二人はブラックブリッジの工作員二人とフィリピン系ギャングの二人を見やった。ショウは身をこわばらせた。銃撃戦になるだろうか。巻きこまれるのはごめんだが、ギャングが逃走を図り、銃を持ったままこちらの細い通りに向かってきた場合に備えて、ショウは銃の近くに手をやった。

四人が警察官のほうを振り返った。ブラックブリッジの工作員の一人が親しげにうなずいた。刑事が笑みを返す。

「くそ」ショウは小声で毒づいた。

刑事がブラックブリッジの二人組に何か説明している。まもなく六人がそろって向きを変え、解体現場をぐるりと見回した。ショウとラッセルはまたしても頭を低くした。

「道理で来るのが早いわけだ」ラッセルが言った。「あの二人、すぐ近くで見張り役を務めていたんだな」

「こっちまで確認しに来るかな」

それはなかった。解体現場の真ん中に立った六人は、周囲を見回すのをやめた。九一一に電話して自分たちをチクった奴は、地域社会を憂えるただの一般市民で、大急ぎで危険地帯を離れたのだろうと判断したらしい。警察官二人が短い別れの挨拶をした。ついでに、次からはもっと人目につきにくい場所で会えよとでもアドバイスしたに違いない。ブラックブリッジの工作員の長身のほうがバハラ・ナの一人に身振りで合図をし、バハラ・ナの男は、オキシコドンなのかフェンタニルなのか、ドラッグの小袋をいくつかビニール袋から抜き取って警察官に渡した。警察官はうなずいて礼を言うとパトロールカーで走り去った。

フィリピン系ギャングとブラックブリッジの工作員はふたたび地図のうえに屈みこんだ。今日はどのあたりで毒をばらまくか打ち合わせている。

「どのくらいかな」ショウは言った。

「金に換算して？　うちのグループであれだけの量を扱った例はないな。十万ドル相当ってところだろう」

それだけのドラッグを無料で、あるいは特価でばらまこうというのか。だが、言うまでもなくロールスロイス氏は、その一千倍の金額を地上げで稼ぐのだ。

取引は完了し、分厚い封筒がバハラ・ナの二人に手渡された。封筒はドラッグが入ったビニール袋と一緒にショルダーバッグに押しこまれた。ブラックブリッジの二人は自分たちの車に戻り、バンは砂煙を残して走り去った。

そのとき初めてショウは気づいた。今日は平日で、建設機械や物資は現場にそろっているのに、作業員が一人もいない。この土地の所有者——まず間違いなくあのロールスロイス氏だろう——は、打ち合わせのために今日の作業を中止させたのだ。

おまえはいったい誰だ？　ショウは胸のうちでそう問いかけた。アシュトン・ショウという名に聞き覚えはあるか？　部下を一人、ショウ家のコンパウンドに向かわせ、いまごろはアシュトンが知っていることを聞き出すための〝おしゃべり〟をしているとアイリーナ・ブラクストンから報告されたとき、おまえの手は期待に震えたか。おまえの口は笑みを描いたか？

身元を調べようにも車のナンバーさえわからない。しかしカレンなら、顔認識データベースと照合して正体を暴けるかもしれない。

バハラ・ナの二人は、オレンジ色のレンズのラップアラウンド形サングラスをかけ、通りの方角へと歩き出した。

兄弟は立ち上がった。

ショウはバハラ・ナの二人を追って歩き出したが、ラッセルは別の方角へ——SUVを駐めた細い通りのほうへと歩き出した。

二人は相手が正反対の方角に向かっていることに気づき、振り向いて見つめ合った。

ショウは小声で言った。「あの二人を止めないと。こっちだ」バハラ・ナの二人のほうに顎をしゃくる。

ラッセルは言った。「いや、こっちだ」

ショウの脳裏に何年も前の記憶が閃いた。雪崩が起きやすい危険な急斜面。ショウはカメラを持った女性の命を救おうと走り出した。ラッセルは動かなかった。

よけいなことはするな……

バハラ・ナの二人を止めなくてはならない理由をショウが並べ立てようとしたとき、ラッセルがそっけなく言った。「俺が手を引くと思ったか」

ショウは答えなかった。

「ホーカーズ・パスだよ」ラッセルは腹立たしげにつぶやき、また歩き出した。

ショウは言った。「そうか、なるほど」

30

細身のギャング二人が解体現場を出て玉石敷きの路地を歩き出すのにタイミングを合わせて、ショウも歩き出した。左右の煉瓦壁が落とす影にまぎれてついていく。ネズミの死骸をまたぎ、脇腹を下にしてだらしなく寝転がっている男二人をまたいだ。二人はちゃんと息をしていた。

フィリピン系の二人は、どこで品物を——春にトウモロコシの種を蒔《ま》く農夫のように——撒く予定なのだろう。ロールスロイス氏はどのあたりの土地に目をつけているのか。

ショウは速度を上げた。前方の二人組は急ぎ足で歩いている。

路地の終わりに来たころ、一人が下を見てもう一人の腕に触れた。二人は立ち止まって派手なサングラスをはずし、玉石の路上に落ちている財布を見た。そこで路地を見回して、ショウに気づいた。ショウは二人と同じ方向に歩いてはいたが、二人を意識せず、恋人か誰かと携帯電話で楽しげに話している芝居を続けていた。二人組の視線は、ショウが敵か否か見定めようとしている。

赤いTシャツのほうがトートバッグから麻薬の小袋を一つ取り出した。路頭や裏通りで商品をばらまくのと引き換えに報酬を支払われているとしても、ちょっとした小遣い稼ぎをして何が悪い？　白いTシャツのほうが路上の財布を拾ってなかを検《あらた》める一方、赤シャツは小袋をショウのほうに差し出した。

「悪い、またあとでかけ直す」ショウはそう言って電話をポケットにしまった。

それから好奇心をそそられたように小さな笑みを浮かべて小袋を見つめた。二人組の二メートル手前で立ち止まる。バハラ・ナのメンバーには、スントゥカン（パンチを多用）やシカラン（キックを多用）といった威力あるフィリピン武術の使い手も多い。フィリピンは複数の組み技系武術の発祥の地でもある。

赤シャツはもしかしたら、ショウを近くに引き寄せておいて金目のものを強奪する気でいるのかもしれない。現金とドラッグの両方を自分のものにして逃げようと思えばそうできるのだ。わざわざ商品を売ることはない。

「それは何だ？」ショウは尋ねた。

「オキシ」

「いくら？」ショウは小袋に目を凝らした。

「二十」

「何錠入ってる？　よく見えない」

赤シャツは小袋を高く掲げた。

そのときだ。ラッセルが路地の入口に現れて白シャツの背後に近づき、腎臓のあたりを狙ってテーザー銃を発射した。白シャツはうめき、身を震わせて路上に倒れた。

赤シャツが勢いよく振り返って銃を抜こうとしたが、ショウはすかさず飛びかかり、左手で赤シャツの銃を押さえ、反対の手でグロックの銃口を赤シャツの耳に突きつけた。

「マカンガニブ・イト……危ねえだろ！」

ショウは銀色のリボルバーを赤シャツの手からむしり取った。ラッセルが白シャツの持っていたグロックと飛び出しナイフを奪ってポケットに入れた。二人の携帯電話も取り上げた。

白シャツはふらつきながら立ち上がり、背中の痛みに顔をしかめ、強烈な訛《なまり》のある英語で言った。「おまえら死ぬ。おまえら何も知らねえ」

ラッセルは落ちていた自分の財布を拾い——身分証はあらかじめ抜き取り、中身を現金だけにしてあった——後ろポケットに戻した。ショウが銃を向けて二人の動きを封じ、ラッセルは白シャツの背中に刺さったテーザー銃の電極を抜き取った。次に白シャツのトートバッグを奪った。ショウは赤シャツのバッグを取ろうとしたが、赤シャツは必死にしがみつき、振り向いて憤怒に燃える目でショウをにらみつけた。「おまえバカ。これ危ない。おまえ痛い目遭う」

ラッセルはテーザー銃のカートリッジを交換して赤シャツに向けた。赤シャツはうなだれ、ショウはバッグを奪い取った。

「行け」ショウはささやいた。

赤シャツはもう一度ショウをにらんだ。白シャツがサングラスを拾い——レンズに傷が入ったことに、ドラッグと現金を奪われたのと同じくらい憤っていた——二人はこちらを振り返りながら早足で立ち去った。ショウ兄弟が中指を立てられたのはこの日二度目だった。

「五分もすればそのへんでプリペイド携帯を盗んで報告するだろう。行くぞ」ラッセルは路地の先に顎をしゃくった。兄弟はＳＵＶに戻って乗りこんだ。車は発進し、スピードを上げてテンダーロイン地区をあとにした。

ホーカーズ・パス……

シルバー・ラッシュ時代の北カリフォルニアで、入植者と、その採鉱権を狙う集団のあいだで闘いが起きた。入植者側は、野営地の裏手の道路に金庫を埋め、一部が地表にのぞくようにしておいた。ならず者集団がそれを見つけて掘り出そうとするのを見計らい、入植者の一部が道路の北側から、別の一部が南側から接近し、金庫に気を取られていたならず者集団を制圧した。父アシュトンは兄弟を座らせ、戦術というものを教えるために、見取り図の上でその闘いを再現して聞かせた。

敵の気をそらして挟み撃ちにできるときに、直接攻撃を仕掛けるべからず……

ラッセルは、立ち去ろうとしたわけではなかった。バハラ・ナの計画の阻止を自分の闘いと見なしていた——弟一人のではなく。そして流血を招かずに阻止する作戦を組み立てていた。

　車はテンダーロイン地区を離れ、ふたたびハンターズポイントの波止場地区に向かい、奪い取ったドラッグとバハラ・ナの銃と携帯電話とナイフをサンフランシスコ湾に投げこんだ。

　それからアルヴァレス・ストリートの隠れ家に戻った。ラッセルが白いバンのナンバーを照会すると――キャデラックやロールスロイスと違ってカバーで隠されていなかった――ある法人の名義で登録されているとわかった。オフショアカンパニーが所有する会社と見て間違いないだろう。ラッセルは次に、携帯電話で撮影したロールスロイス氏の写真を誰かに――おそらくカレンに送った。まもなくメールの返信が届いた。

「遠すぎて顔認識にはかけられないそうだ」

「バーリンゲームに行ってみよう。ナドラー名義の個人宅だ」

　バーリンゲームはサンフランシスコ市の南に位置する町で、住民には労働階級と市内への通勤者が多く、サンフランシスコ国際空港も近い。ショウは私立探偵のマックから送られてきたその家の写真を見ていた。こざっぱりとした平屋建ての一軒家で、外壁は黄色、小さいがよく手入れされた庭に囲まれていた。

　携帯電話で番地を確認しようとしたとき、着信音が鳴ってメールが届いた。

　マック・マッケンジーからだった。さっそく目を通した。

　そして言った。「途中で寄るところができた」

31

　フィッシャーマンズ・ワーフの人気観光スポット、ギラデリ・スクエアは、どんよりとした天気のせいか――いまにも雨が降り出しそうだ――さほど混雑していなかった。

　ショウとラッセルは路上に駐めたＳＵＶに乗っている。すぐそこの角で男性が一人、ギターを弾いていた。蓋を開けておいたギターケースに、ときおり通りがかりの人がコインや札を入れていく。男性は背が高く痩せていて、つばがきつく巻き上がったカウボーイハットから長い金色の髪をのぞかせていた。

チョコレートの香りが鼻をくすぐる。その香りは、偶然なのか、意図してのことか、旧ギラデリ・チョコレート工場の建物から漂っていた。ショウはラッセルに、テッシー・ヴァスケスの捜索を引き受けた経緯を話した。

そのあと、私立探偵のマックが抱えているフリーランサーに音響アナリストがいて、テッシーが母親の携帯電話に残したメッセージの分析をそのアナリストに依頼したことも説明した。音響アナリストはテッシーの声だけを分離して消去し、残った音をくまなく分析した。

ついさっきショウに届いたメールは、その分析の結果を報告するものだった。ショウはそれを画面に表示してラッセルに見せた。

音楽――アウトドア・カフェで流れているＢＧＭ。録音の演奏。

音楽――路上ミュージシャンのライブ演奏。ギター、ドラム、ラップ音楽と拍手（ヒップホップ・ダンサーが共演していると思われる）。ときおり歌が途切れ、「どうも」あるいは「ありがとう」という声が入る（チップへの礼と思われる）ことから、路上ミュージシャンのライブ演奏と判断。

子供の笑い声、ときおり息を切らす様子――子供向けの遊戯施設。

霧笛――デシベルレベルから、５キロから６・５キロほど離れていると推測。近隣の高層建造物に反響。カリフォルニア・ストリートのアヴネット・タワーか。

船の汽笛1――マリン・エクスプレスの汽笛の音色と一致。エンバーカデロ地区のピア41－サウサリート間を航行するフェリー。録音地点からの距離はおよそ１・５キロ。

船の汽笛2――ベイ・クルーズ・ツアーズが運航するアルカトラズ島観光フェリーの汽笛と一致。距離はおよそ１・５キロ。

船の汽笛3――クルーズ・ツアーズ・アンリミテッドが運行するシー・メイド3世号の汽笛と一致。ユリーカ・プロムナードに停泊中。距離は１００メートル強。

ケーブルカーの発着ベル――2種類。それぞれ正反対の方角から聞こえている。おそらく東のパウエル－メイソン線の北の終点と、西のパウエル－ハイド線。パウエル－メイソン線の音のほうが録音地点に近い。

以上のデータから、録音地点は、フィッシャーマンズ・ワーフ一帯の南西側、おそらくギラデリ・スクエアと推測される。

「誰だか知らないが、すごいな」ラッセルが言った。

ショウは辺りを見回していた。「すぐ戻る」車を降りて、通りの角で演奏中のギタリストに近づいた。ポケットから二十ドル札を出してギターケースに入れた。

「うわあ、ありがとう」ギタリストが目を見開いた。

「訊きたいことがあるんだが」

「どうぞ」ひょっとしたらこう訊かれると期待しているのかもしれない——数百万ドル相当のアーティスト契約に関心はあるか。

「この女性に見覚えはあるかな。行方不明になっていてね。お母さんが捜していて、私はその手伝いをしている」

「この子なら知ってる。テッシーだよね。でも、嘘だろ。行方不明になってるって？」

「最後に見かけたのはいつ？」

「俺、ポートランドから戻ってきたばかりなんだ。行く前だから——一週間前かな」

「テッシーとは親しくしていたのかな」

「そうでもない。ちょっと音楽の話をしたりとか、その程度だね。どの角でどっちが演奏するかの話し合いはよくしたけど。ほら、声が重なっちまったりしないように。行方不明？　無事に帰ってくるといいな」

「テッシーが誰かとトラブルになったことは？」

「ないと思うよ。男が誘ってきたりとかはあったと思うけど。テッシーはうまくあしらってたしね」

「ローマンという男と一緒にいることはあったかな」ショウはローマンの外見を伝えた。

「いや、そういう奴は見たことがないと思う」

ショウはギタリストに礼を言った。その場でぐるりと回って通りを観察する。一軒のみやげ物店が目に留まった。塩味のタフィーと、ケーブルカーやゴールデンゲート・ブリッジ、アルカトラズ島をモチーフにした装飾品が主力商品のようだ。

兄の視線をとらえて店のほうにうなずく。ラッセルが車を降りてきた。

「防犯カメラの録画だな？」

「ああ。ちょうどこのあたりを映している。何かあるといいが」

兄弟は店に入って店主らしき男性に声をかけた。なぜか西部劇時代のよろず屋の店員のような服装だった。麦わら帽子、白と赤の細い縞柄のシャツ、サスペンダー、シャツの袖を留めるバンド。来た理由を説明すると、店主は言った。「え、テッシーが？　それは心配ですね」テッシーとは顔見知りだという。チップでもらったコインを札に両替しにたまに来ているらしい。

店番を別の販売員にまかせ、店主は奥の事務室に兄弟を案内した。

クラウドサーバーにログインし、テッシーが母親にメッセージを残した日付と時刻を入力する。早送りしたり戻ったりを繰り返したあと……ようやくテッシーが現れた。コマ落としの速い動きで来てケースからギターを出し、チップ受け代わりにケースを開いて置いたあと、ストラップを首にかけた。赤いブラウスに黒いジプシースカートという服装だ。黒髪は下ろしている。

通行人に微笑みかけながら歌い出す。シンプルなコード進行のようだ。ジャズのような装飾的なリフはない。ギターはあくまでもリズム楽器であり、メロディを奏でるための楽器ではないと聞いたことがある。もう何年も前にショウにそう教えたのはマーゴだった。ショウのポップカルチャーの知識の大半はマーゴから伝授されたものだ。ギターについて解説したとき、マーゴは最後にこう付け加えた。「ただし、いまの話をジミ・ヘンドリックスに聞かせたら、何言ってやがるって叱られそうだけど」

ショウ自身のひいきのギタリストは、ギター一本でオーケストラをまるごと再現したような音楽を奏でるオーストラリアのトミー・エマニュエルだ。

テッシーのギターが自分のオートバイと同じヤマハの製品であることに気づいて、ショウは愉快に思った。たしか同一の会社だ。しかし、製造工程がこれほどかけはなれた商品はほかに思いつかない。

「テッシーが帰るところまで早送りしてください」

店主が早送りした。テッシーがギターをケースにしまい、ポケットから携帯電話を取り出す。通話は短かった。おそらく母親の留守電にメッセージを残したのはこのときだろう。それからギターケースを片手に提げ、小ぶりのショルダーバッグを肩にかけて、このみやげ物店とは反対の方角に歩き出した。次の角で右に曲がる。

「いまの、見たか」ショウは言った。

「バンがいたな」ラッセルが言った。

みやげ物店がある通りの、テッシーが歩いていたのと同じ側に駐まっていた灰色のミニバンが、テッシーが通り過ぎると同時に発進し、彼女を追うようにゆっくりと走り出した。次の角でやはり右折した。

「このバンに乗っている奴が……その……あの子に何かしたと思うんだね？」店主はいかにも心配そうに言った。

「このバンが来たところまで動画を戻せますか」

テッシーが演奏を終えて立ち上がる二十分ほど前だった。

「今回は等倍速で再生してください」

どう見ても怪しい。バンが駐まったあと、誰も降りなかった。かといって乗りこんだ者がいるわけでもない。つまり誰かを迎えに来たわけではないのだ。しばらくして助手席側のドアが開き、男が二人降りた。いずれも非ラテン系の白人で、肌は白く、豊かな髪は黒い。一人は髪を後ろになでつけたスタイルにしている。もう一人はモップのようにぼさぼさだ。助手席から降りてきた一人――髪をオールバックにしているほう――がポケットから携帯電話を出し、ギラデリ・スクエアの写真を撮ったあと、画面を操作した。

「写真を誰かに送っているんだな」

メールをやりとりするような間があったあと、オールバックは電話をポケットに戻し、煙草に火をつけた。二人はまたバンに乗りこんだ。

「警察に通報したほうが」

ラッセルが言った。「通報はします。この動画のコピーをいただけませんか」

「お安いご用ですよ」店主はデスクのあちこちを探ってSDカードを見つけた。「テッシーが来た時点から？」

「ええ、お願いします」

店主はコマンドを入力した。まもなくMP4形式の動画ファイルがSDカードにコピーされた。

ショウは言った。「カード代をお支払いします」

「いいんですよ。それより一刻も早くその動画を警察に渡してください。テッシーが無事ならいいが」

ショウはテッシーの元ボーイフレンド、ローマンの特徴を説明した。「そういう男と一緒にいるのを見たことはありませんか」

「いや、覚えているかぎりでは」

兄弟は店主に礼を言った。店主は名刺を差し出した。

「何かわかったら、私にも連絡してください」

かならずとラッセルが約束し、兄弟はＳＵＶに戻った。ラッセルがエンジンを始動する。ショウは〝最優先〟の暗号をつけたメールをマックに送信し、灰色のミニバンの情報を送ってもらえるよう頼んだ。ミニバンのナンバーは動画を見て暗記していた。

「曲がっていったほうの通りも見てみるか」ラッセルは車を出し、灰色のバンと同じように交差点を右に折れた。路地と呼ぶのがふさわしいような細い通りだった。両側に建物の背面や荷物の積み下ろし場が迫っていて、商店や住居は一つもない。

「拉致《らち》には理想的な通りだ」ラッセルが言った。「事前に下見していれば、俺もここを選ぶだろう」

32

新しいメッセージが届いて、ショウの携帯電話が音を鳴らした。

灰色のミニバンの登録名義はカリフォルニア州の法人スペシャルティ・サーヴィスＬＬＣ。実住所なし。私書箱番号のみ。スペシャルティ・サーヴィスはオフショア・カンパニーが所有。所有者をさらにさかのぼって調べるには、セントキッツ島とサクラメントの弁護士に依頼されたし。

ショウは、バーリンゲームに向けてＳＵＶを運転中のラッセルにメッセージを読み上げた。

「ややこしいことになってきたな。警察に任せるか？この件はブラックブリッジとは関係がない」

「不法滞在者なんだ――テッシーも母親も。強制送還されてしまう。少なくとも母親のマリアは国外退去になる――このままテッシーが見つからなければ。いずれにせよ、具体的な証拠でもなければ警察は動かないだろう」

ラッセルの反応は読み取れなかった。

十五分ほど沈黙が続いたころ、ラッセルが訊いた。

「私立探偵みたいな仕事なんだな」

「懸賞金ビジネスの話か？　まあ、似ているね。逃亡者や被疑者を捜索することもあれば、個人の依頼を受けることもある。テッシーは後者だ」

「ＢＥＡも引き受けているのか」

「いや」いわゆる賞金稼ぎ《BEA》の仕事は、専門業者が立て替えた保釈保証金を踏み倒して逃亡した被疑者や、出頭命令を受けたのに聴聞会や公判に出頭しなかった者を捜して連れ戻すことだ。賞金稼ぎが追いかける犯罪者はたいがいがチンピラや酒呑みで、しかもたいがいが知恵を絞って推理するまでもない行き先で見つかる――ガールフレンドの家や実家の地下室、逮捕されて留置場に放りこまれる発端となった罪を犯した夜に飲んだくれていたバーだ。ショウはそのあたりの事情をラッセルに話した。

「知性が物足りないわけだ」

「いや、正確には〝張り合いがない〟だな」

ふたたび沈黙が続いた。

「で、懸賞金ってのはどの程度のものなんだ」

「金額の話か？」

ラッセルがうなずく。

「下は二千ドルから、上は二千万ドルまで」

「二千万ドル」

「その手の仕事を引き受けることはあまりないがね。国務省が設ける懸賞金がその桁に乗る場合がある。テロ組織のメンバーから、指名手配犯の情報がＣＩＡにタレこまれたような場合だ。最終的にはネイビーシールズのチーム６（対テロ特殊部隊）の仕事になる」

「誰に二千万ドルが懸けられた？」

「イドリス・アユービという男でね……」ショウはその男の正体を説明しようとしたが、ラッセルが訳知り顔でうなずいていることに気づいて言葉をのみこんだ。ラッセルの職業を思えば、アメリカ政府が過去最高額の懸賞金を設けたテロリストの名前を知っていたとしても不思議ではない。

　しばしの沈黙ののち、ショウは言った。「金額の問題ではないんだ。懸賞金ビジネスの何が好きって、勲章みたいだってことだな。まだ誰も解決できていない難題に挑める点だ。人生、退屈して過ごすべからず」

「アッシュの規則のなかにそんなのがあったか？　覚えていないな」

「アッシュの規則ではないよ」

ラッセルが〝べからず大王〟と呼んでいたくらい、父アシュトンの規則はかならず〝べからず〟で終わっていた。兄弟は、規則はなぜいつも〝べからず〟なのかと父に尋ねたことがある。父の答えはこうだった。「そのほうが記憶に残りやすいからさ」

ラッセルはまた黙りこんだ。ババラ・ナと対決しないで逃げる気かと遠回しに言われたことにまだ腹を立てているのだろうか。

「トム・ペッパーとの電話で、カルトの話が出たな」

「先週の件だ。ワシントン州」

「信者を連れ戻す懸賞金仕事があったとか？」

ショウは、そのカルトの存在を懸賞金の仕事を通じて知り、指導者の残酷さや、快楽のために他人を利用するやり方を許せなかったのだと説明した。「それで身元を偽って潜入した。搾取されている信者が大勢いた——合わせて百人くらいか。そのうちの何人かでも救おうと努力した。おかげでまた敵が増えたよ」

ショウは二つのことに気づいた。一つは、自分が漫然と話していることだった。こうしてどうでもいい話を続けているのは、兄に、カクテルパーティの世間話めいた会話の水面をただたどるのではなく、その下まで潜ってもらいたいからだ。

そしてもう一つは、ラッセルはただ沈黙という棘《とげ》だらけの洞穴を埋めようとしているだけだということだった。ショウの話の中身には大して関心がないのは明らかだ。

ラッセルは少しためらってから言った。「次の任務が控えている」

「サンフランシスコで？」

「いや。場所は言えない」

「この件に関わりたくない。そういうことだろう？」ショウは訊いた。車のウィンドウから見えるバーリンゲームの住み心地のよさそうな町並みを曖昧に手で指し示したが、ショウの言う〝この件〟とはブラックブリッジの追及だ。

「さっさと片づけてしまいたいだけさ」

そこに別の声が割りこんで兄弟の会話を終わらせた。車載ナビの女性の声が、目的地はこの先の左側ですと告げた。

「ちょっとお話をうかがえないかと思いまして」ショウ

は言った。

　玄関を開けたのは、七十代初めくらいの女性だった。口もとをほころばせてはいるが、目は笑っていない。礼儀正しいが予告なく訪れた戸別訪問のセールスマンを見るような目をしている。たたずまいがどことなく似ているこの二人はいったい何なのかと内心で首をかしげているに違いない。女性はエプロンを着けていた。シェフが鎧《よろい》のごとく身につける種類の本格的なものではなく、フリルとレースがたっぷりついた薄っぺらな水色のエプロンだ。過ぎ去りし時代の遺物。

「主人がそろそろ帰ってくるの」

　あまり役に立てないかもしれない、話の途中で切り上げなくてはならないかもしれないという言い訳だろう。身を守る盾でもあるかもしれない——まもなく応援が到着する。

　マックの調査のおかげで、女性の名がエレノアであることを兄弟はあらかじめ知っていた。

　ショウは自己紹介し、こちらは兄だとラッセルを紹介してから言った。「兄と二人で、家族の歴史を調査しています」

　それは嘘ではない。完全な真実でもないが、実際、完全な真実が不可欠な場面がどれほどあるだろう？

「家族の古い書類を調べていて、父がこちらのお宅かここに住んでいた方に何らかの関わりを持っていたようだとわかりまして」

　ラッセルが付け加える。「だいぶ昔の話です」

「この家は、主人の家族の持ち物なのよ。主人は三十年前からここに。ところでお父様というのは？　ああ、〝持っていた〟とおっしゃったわね。とすると、もう——？」

「ええ、亡くなりました」ショウは答えた。

「それはお気の毒に」エレノアは本心から思いやるように言った。自分も家族の死を経験しているのだろう。

「お父様のお名前は？」

「アシュトン・ショウです」

　老婦人の目がわずかに細められた。おしろいをはたいた顔に小さな皺が寄る。「聞き覚えのない名前だわ。モートなら知っているのかしらね。写真はお持ちじゃないかしら。お顔を見たら思い出すかもしれない」少し警戒を解いたようだ。二人がうまいことを言って家に上がりこみ、生命保険やらアルミの外壁やらを売りつけようとしているのではないとわかったからだろう。

ショウは父の写真を持ってこようと考えつかなかった自分に腹が立った。しかし驚いたことに、ラッセルが小さな写真を差し出した。しかも携帯電話に保存してあったものではなく、世の中の多くの人が家族写真をしまって持ち歩く場所――財布から引き出した。口に出したことはないとはいえ、父を殺したのは兄だと決めつけていたことを思い、ショウの自責の念はいっそう深まった。父の死から何年もたつのに、兄は父の写真をずっと持ち歩いていたのだ。

色褪せた写真をちらりと見て、ショウはますます驚いた。アシュトン一人の写真ではなかった。ショウ家の男たち、父と二人の息子がそろって写っている。父が後ろ、息子二人はその前に並んで立っていた。ショウは十二歳くらいと見えた。山々を背景に、三人は懸垂下降の装備を着けていた。

ショウはエレノアに向き直った。きっとこう言うだろうと思った――「あら、お二人ともお父様にそっくりね」。

ところが、エレノアは写真を見るなりはっと息をのみ、そのまま凍りついたように動きを止めた。

「どうかしましたか」ラッセルが訊いた。

「この人なら知ってる」

ショウの鼓動が速くなった。「どういう知り合いでしたか」

「もう何年も、いえ、何十年も前よ。この写真より年を取っていたし、髪はもっとぼさぼさだった。もっと白かったしね。でも、この人ならよく覚えてる。葬儀のときよ。取り乱しているように見えた。もちろん、その場の全員が悲しくて取り乱していたわ。そのなかでも、この人はとりわけ打ちのめされているように見えたの。みんな不思議に思った。家族の誰も、この人を知らなかったから」

ショウは言った。「その葬儀は誰の――？」

「息子よ。エイモス」

「エイモス・ゴール？」

「そうよ。私の姓が変わったの。ナドラーに。最初の夫が死んだあと、再婚したから」

エレノアは首をかしげて二人をまじまじと見た。その目は、秘密を打ち明けるような、共謀者めいた表情を浮かべていた。「どうぞ、上がってくださいな。コーヒーを淹れましょうね。この家を訪ねてきた本当の理由をゆっくり聞かせてちょうだい」

33

家に入るとナフタリンのにおいがした。たいがいの人は祖父母の家や、いつからしまいこまれているのかわからない、見慣れない色とデザインの古びた服を連想するところだろう。

しかしショウが思い浮かべたのは、ヘビだった。例年になく降雨量が少なく、水が不足しがちだったある年、アシュトンと三兄妹はキャビンや庭の周囲に球状のナフタリンを撒いた。水やネズミを探して、追い払っても追い払っても入りこんでくるガラガラヘビを撃退するためだった。

エレノアは花柄のソファを身ぶりで勧めた。ショウ兄弟はそこに並んで座った。エレノアはキッチンに消えた。テレビのない子供時代を過ごしたショウは、ホームコメディをほとんど見たことがないが、それでも考古学を専攻していたマーゴの発掘現場につきあったとき、空気でふくらませる方式のマットレスに並んで横たわり、マーゴの両親や祖父母が好きだったというテレビ番組をタブレット端末やパソコンで見た。アリゾナ州の荒野の真ん中で、情熱的な女と愛を交わした直後で、しかもコヨーテに備えて拳銃を傍らに置いた状態で、『メイベリー110番』（これは笑えた）や『奥さまは魔女』（これは好みではなかった）を眺めるのは、なかなかシュールな体験だった。

この家は非の打ちどころがない。掃除が行き届き、調度はパステルカラーで統一されている。平面という平面に装飾品がある。陶器の置物より数が多いのは家族写真くらいのものだ。

五分後、エレノアが銀の盆を持って戻ってきた。ブラックコーヒーが注がれた繊細な磁器のソーサーつきのカップが三つ。砂糖入れと、牛乳ではなくとろりとしたクリームが入ったミルクピッチャー。スプーンが三本と三角形に折ったナプキン三枚。エレノアはショウとラッセルにそれぞれコーヒーを渡したあと、自分も一つ取った。

兄弟はコーヒーにクリームを足した。風味豊かなコーヒーだった。アフリカの豆だろうか。きっとケニア産だなとショウは思った。

　エレノアは穏やかな声で話を切り出した。「23ａｎｄＭｅ（遺伝子診断や遺伝子系図作成などのサービスを提供する会社）みたいな話ではなさそうね」

「ええ、ミズ・ナドラー――」ラッセルが答えかけた。

「エレノアと呼んでくださいな。あなた方お二人とは、何かとても大きな共通点がありそうな予感がするの。ファーストネームで呼び合うのがふさわしいんじゃないかしら」

「では、エレノア」ショウはコーヒーをもう一口飲み、カップを置いた。カップがソーサーにぶつかる音がやけに大きく聞こえた。「私たちは、父はなぜ死んだのか、その背景を調査していてこちらにうかがいました。父は殺害されたのではないかと私たちは考えています」それから、言いにくいことではあったが、こう続けた――「息子さんと似た状況で」

「あれは事故ではなかったわ」エレノアはつぶやくように言った。「それは私も知ってる」

ラッセルが言った。「死ぬ少し前、父はエイモスの同僚と連絡を取り合っていたようです」

「ブラックブリッジの同僚ね」エレノアは口を引き結んだ。

　ラッセルはうなずいた。「ブラックブリッジは、エイモスが何らかの証拠をひそかに持ち出したと考えています。会社の犯罪の裏づけとなる証拠を」

　ショウはあとを引き継ぎ、都市部活用構想《アーバン・インプルーヴメント・プラン》をはじめ、ブラックブリッジが関与した違法行為を説明した。株価の操作、リベート、耐震検査結果の改竄《かいざん》。

　エレノアはＵＩＰもほかの不正も何一つ知らなかった。エイモスは母親を守るためにあえて詳しく話さなかったのだろう。ただ、エレノアはこう言った。「あの会社はうさんくさいと初めから思ってたわ。エイモスも会社を信用していなかったし」エレノアの視線は、壁に飾られた写真の一枚へとさまよった。二十代初めごろのエイモス・ゴールが写っている。サッカーのユニフォームを着ていた。黒っぽい巻き毛、ほっそりとした顔。「本当にいい子でね。頭がよくて、ハンサムで……若い女性から見れば、理想の結婚相手だったでしょう。いつか大学で一番美人の女の子を連れてくるだろうと思ってた」笑い声。「実際に連れてきたのはいつも、すてきな男の子だった……そういう指向だったの。もちろん、私には反対する気などなかったわ」溜め息。「あのころのあの子は幸せそうだった。大学で教えるのが楽しくてしかたなかったのね」

「どちらの大学で教えていたんですか」ラッセルが訊いた。

「サンフランシスコ州立大学。毎日楽しそうでね」エレノアは表情をこわばらせて続けた。「何年かして、あの会社に移ったの。いい会社ではなかったわ。何だか怪しげな雰囲気で。でも、あの子は誘惑に負けてしまったの。歴史学科の卒業生をあんなお給料で雇う会社なんてほかにそうは見つからないから」

ショウは言った。「できたら、息子さんの死の状況を詳しく話していただけないでしょうか」

エレノアは長いあいだ黙りこんだ。コーヒーテーブルに飾られた、ナゲキバトをかたどった陶磁の置物にじっと目を注いでいた。

「公には自動車事故として処理された。ハイウェイ一号線で運転を誤ったと判断されたの。サンフランシスコから南に向かうと、ほら、だいぶ道路が荒れてるでしょう?」

兄弟はうなずいた。ショウは、アシュトンの隠し部屋にあった州議会議員の死を報じた新聞記事を思い出した。自動車事故の直後に車から出火して、積んであった記録書類がそっくり失われた。

「現場はマーヴェリック・ビーチの近くだった」カリフォルニア州最大のビッグウェーブ・サーフィンの名所だ。「不可解なのは、一号線の南行きを車で走っていた理由。そのころにはもうブラックブリッジを辞めていて、市外に出かけることはほとんどなかった。個人的なプロジェクトにかかりきりだったの。だから、わけがわからないのよ——サンフランシスコから五十キロも南にいた理由がわからない。それに……」エレノアは一拍置いてから、意を決したように続けた。「葬儀屋さんのこともあったし」

ショウはうなずいて先を促した。

「葬儀屋さんにこう訊かれたのよ。息子さんを襲った犯人はもう逮捕されたんですかって。びっくりしてしまったわ。息子を襲った犯人？　何の話かわからない。そう言うと、葬儀屋さんは青くなった。私が知ってるものと思っていたのね。遺体はひどく焼け焦げていたんだけど、火葬の準備をしているとき、刺し傷に気づいたそうなの。深い傷がいくつも。誰かが……」感情が高ぶりかけたのだろう、エレノアはいくつか深呼吸をした。「誰かがあの子を刺したのよ。刺しておいて、ナイフをひねった。いっそうの痛みを味わわせるために」

ショウの頭にSOGのコンバットナイフが浮かぶ。昨日の朝、そのナイフを手に、ひねるしぐさをしてみせるドルーンの姿も。

ナイフを突き立てて、ひねる……

ドルーンが好んで使う拷問法。

エレノアは歯を食いしばるようにしてささやいた。

「脚を刺されて、そのとき大腿動脈が傷ついたようだという話だった。それは事故だったんでしょうね。あの子を生かしておきたかったはずだもの――さっきあなた方が話してた証拠のありかを聞き出そうとしていたんでしょうから」

昨日、図書館で連中に捕らえられていたら、ショウも縛られ、腕か脚にSOGのコンバットナイフを突き立てられていただろう。

一つ質問をされるたび、そのナイフにひねりが加えられていただろう。

「エイモスはこちらに何か残していませんか。記録文書、ファイル、パソコン、ハードディスク。ブリーフケースかもしれない。エイモスは〝キャリーケース〟に証拠を入れたと言っていたようです」

エレノアはカップを口に運び、しばし考えた。「何もないと思うわ。亡くなる直前のころにはもう、ここにはあまり顔を出さなくなっていたし。いつもびくびくしていてね。監視されていると思いこんでいた。それでも、お友達の一人とはよくここで会っていましたよ。初めは私もうれしかった。私やモートにボーイフレンドを紹介したくて連れてきていると思ったから。二人は……見ればわかったわ、とても親しい関係なんだと。ブラックブリッジの同僚だったけれど、ここに来るようになったころには、その人も辞めていたんじゃないかしら。ただ、ここに来るのはかならずしもデートではなかったみたい。食事がすむなり地下室に下りて、あとはずっと話をしているようだったから。他人の目がない安全な場所で話がしたかったのよ、きっと」エレノアの瞳に影が差した。「エイモスとあのお友達はたぶん、自分たちの家には盗聴器があると思っていた」

「その友人の名前は覚えていらっしゃいますか」

「ええ、覚えていますよ。あまり聞かない珍しい名前だったから。きれいな名前よ。ラフルール。それがラストネームね。フランス語で〝花〟って意味。でもファーストネームは忘れてしまったわ」

「住所はご存じですか」

「食事のとき、マリン郡に住んでると言っていた気がする。でも、それ以上の詳しいことは話さなかった。あの人も不安だったんじゃないかしら。この家にいるときでも」

「そのラフルールも、そのころにはブラックブリッジを辞めていたと」

「ええ、辞めていたはずよ」自嘲気味の笑い。「きっと道徳心のある人だったのね」

「エイモスは、ブラックブリッジの同僚とほかにも会っていましたか」

「私が覚えているのはラフルール一人だけ」エレノアは小さな笑い声を漏らした。「エイモスもだいぶ心配性だったけれど、あのお友達ときたら。夕飯のとき、電話の会話を暗号化するのに何を使っていますかって訊かれてね。モートと私は笑ったわ。電話を暗号化？　ジョークかと思った。でも、あの人は大真面目だった。何の話かさっぱりわからないと答えたら、エイモスに、電話線を抜いておくように言われたわ。あのときは、お友達に調子を合わせてるだけだろうと思った。どうやら違ったみたいね。それについては心配する理由がちゃんとあった。そういうことでしょう？」

兄弟はふたたび目を見交わした。

二人は立ち上がり、時間を割いてくれたことに礼を述べた。ショウは、何かわかったら連絡すると約束した。

エレノアは玄関まで見送りに来た。美しく整えられた前庭を見渡す。庭の主役はイロハモミジの大木だ。マルチングしたばかりの花壇で紫や青の鮮やかな色をした花が咲き乱れている。世のサバイバリストの例に漏れず、ショウも一部の植物には詳しい。食用にできるもの、毒を持つもの、薬や殺菌剤に使えるもの。しかし庭を華やかにするための植物についてはほとんど何も知らない。

エレノアが言った。「エイモスはお馬鹿さんではなかった。自分が証拠を持ち出したことが発覚するかもしれないと意識していたはずよ。そう考えると、自分がいなくなったあと、誰にも見つけられないような場所に証拠を――その〝キャリーケース〟を隠したとは思えない」

昨日、スタンフォード商学図書館でキャリーケースを捜したとき、ショウもまったく同じように考えた。

エレノアは兄弟の顔を交互に見たあと、フリルはたっぷりだが染みは一つもついていないエプロンの紐を締め直した。ホームコメディのおばあちゃんのような優しげな顔に険しい表情が浮かぶ。そしてショウの目をまっすぐに見て言った。「証拠を見つけて。あの不届きな連中を牢屋に送りこんでちょうだい」

34

サウサリートは崖の際に横たわる古風な趣《おもむき》の町で、サンフランシスコからゴールデンゲート・ブリッジを北側に渡った先にある。

住人にはアーティストや職人も多いが、眺望に恵まれ、美味いスコーンやマフィンの店が集まっていて、しかも高速フェリーでサンフランシスコ市街にすぐに出られることから、知的職業に従事する富裕層にも人気のある住宅地だ。

ラッセルが運転するＳＵＶはいま、鬱蒼《うっそう》とした森を抜ける起伏の多いワインディングロードを走っている。

辣腕のカレンがラフルールの身元を洗い出した。ただし、ファーストネームがアーネストであること（一般的なErnestではなく、Earnestという珍しい綴りだった）と住所までは判明したが、興味深いことに、ラッセルの〝グループ〟のデータベースには、そのほかの情報はいっさい収集されていない。

インターネット上に存在しないも同然だ。携帯電話を所有しておらず、ソーシャルメディアのアカウントも持っていない。エイモス・ゴールの母親エレノアによれば、かつてブラックブリッジに勤務していたはずで、その証言を疑う理由は一つもなかったが、かといって確かに社員だったと裏づける情報も何一つ見つからなかった。ラフルールの個人情報はどこかの時点で跡形もなく消去されている。

そこまで聞いたところで、ショウは思った。生前の父はおそらく、考えうるかぎり最良の方法を選んで自分の存在を消していたのだ――自分自身や仕事、家族に関する情報を一片たりともデジタルの世界に渡さずに通した。

「あれだな」ラッセルが前方の行き止まりの道の先に顎をしゃくった。

その細い通りには歩道がなく、手つかずの森と密生した下生えが両側に迫っている。町のこのあたりまで来ると民家は数えるほどしかなく、いま二人が通り過ぎてきた家々は、上からも隙間からも緑の葉があふれ出した低い杭垣で囲われている。ところがラフルールの家は趣が違っていた。加圧注入材の板を並べた高さ二メートル半ほどのフェンスで道路と隔てられている。灰色にあせた柵板のさらに上に有刺鉄線が張り巡らされていた。

車を駐め、二人はゲートに近づいた。鍵がかかっていた。

「インターホンが見当たらない」ラッセルが言った。

ショウは地面に片膝をつき、郵便受け代わりに柵にくりぬかれた直径十センチほどの穴から奥をのぞいた。見えたのは、やはり密に茂った青葉だけだった。

ラッセルがポケットから小さな平たい道具を取り出した。黒いスチールでできていて、爪やすりのような形をしている。ラッセルはゲートとフェンスの隙間を目でたどったあと、その道具をすっと差しこんだ。ゲートが開く。二人は敷地に足を踏み入れ、ラフルールの家を眺めやった。外壁はケープコッド様式の家によくある淡い灰色で、取り散らかったとしか言いようのない変則的な形状をしていた。急斜面の中腹に建つ家屋は柱の上に建っていて、下の岩場から十メートルほどの宙空に浮かんでいるように見える。この地域は、大小さまざまな地震の多発地帯だ。どれほど眺望がすばらしかろうと、またとえ多額の金を積まれようと、ショウなら支柱の上に危なっかしく載っているような家に住みたいと思わない。

しかし、建築されてから七十年や八十年はたっていそうな家だ。多少の損傷をこうむったためしはあるだろうが、致命傷を食らうことなくいくつもの地震を生き延びてきた実績があるということだ。

兄弟は蛇行した小径《こみち》をたどって家屋のほうに向かった。なぜかコンクリートを詰めたドラム缶が三メートルおきに置いてあった。爆薬を満載したテロリストのトラックに突っこまれるのを防ぐため、大使館や在外安全保障機関が玄関前に設置しているバリケードを連想させた。

「ふうむ」ラッセルがつぶやく。

最後のドラム缶に来たところで、ショウはふいに首をかしげた。ラッセルもだ。

二人はすばやく身をかがめ、ドラム缶の一つの陰に隠れた。

手製の弓が引き絞られる音は、いつどこで耳にしても即座にそうとわかる。

矢が音を立てて頭上を飛んでいき、左手の木の幹に当たった。矢を射たのは、家の玄関のすぐ内側に立っている人影だ。ここからではっきり見えないが、夜間作戦用の青と黒の迷彩服に似たものを着ているようだ。濃い茶色の革手袋をはめている。

矢はやはり手製らしく、粗雑な作りだったが、飛ぶ速度は標準的なものと変わりなく――秒速およそ六十メートル――決して柔らかい種類ではないユーカリの木にまともに突き刺さった。

「いまのは警告だ！　とっとと出て行きやがれ！」調子はずれのかすれた声が聞こえた。

「ミスター・ラフルール」ショウは声を張り上げた。「話を聞きたいだけだ！」

「人の家に無断で入るな！」

ラッセル、「インターホンがないからだ」

ショウ、「電話もないんだろう」

「なんでそんなことを知ってる？」

また矢が飛んできて、兄弟の右側のドラム缶にぶち当たった。

二人は弓を持った男とのあいだに横たわる射界に目を走らせた。玄関前の階段の上り口までの距離は五メートル。三段上ってせせこましいポーチ、そこからドアまで一メートル。

ショウは勝算を見積もった。相手が持っているのがクロスボウなら、楽勝だったろう。弦を引いて固定し、矢をつける手順に時間がかかるからだ。一発を発射したあと次までの隙に余裕で玄関まで走れる。しかし、この男が持っているのはリカーヴボウだ。慎重に狙いを定めたとしても、一分あたり八本程度は発射できるだろう。

ただ、それは熟練した射手であるならの話だ。ラフルールは熟練した射手ではなさそうだ。現にいまも次の矢をつがえようとして取り落とした。次でようやく成功し、弓を引き絞った。その手は小刻みに震えていた。

「こっちは危害を加える気はない！」ラッセルが大きな声で言った。「訊きたいことがあるだけ――」

だん……

今度の矢は、二人が隠れているドラム缶に命中した。

ショウの苛立ちは沸点に達しかけた。「おい、やめろ！　通りすがりの誰かに当たったらどうする！」

「それより、自分らに当たる心配をするんだな！」

兄弟はまたも目配せを交わしてうなずき合った。

次の矢が頭上を通り過ぎた瞬間、兄弟は立ち上がり、玄関めがけて突っ走った。ショウは分厚いドアに肩から体当たりした。ドアに突き飛ばされたラフルールが床に投げ出された。

ラフルールは大きなうなり声を上げ、弓を放り出して両手を上げた。

ショウに続いてラッセルが玄関ホールに飛びこむ。ラフルールがナイフで――ひょっとしたら広刃の剣や大斧で――反撃してきた場合に備え、銃をかまえていた。

しかし唐突に始まった戦闘は、同じように唐突に終わった。

ラフルールはオーク材の床の上を這うように逃げ、隅でうずくまると、甲高い声で叫んだ。「あんたら何なんだよ！」

伸び放題に伸びた髪は真っ白だ。晩年のアシュトンの髪の具合に似ていなくもなかったが、ラフルールはいいかげんなポニーテールに結っていた。もじゃもじゃの眉も白かった。体は病的なくらい痩せている。迷彩服の下に赤い花柄のシャツを着て、絞り染め《タイダイ》のストラップがついたサンダルを履いていた。耳には揺れるタイプのブロンズのイヤリング。戦場に駆り出されたヒッピーといった風だった。

「ナチ！　ファシスト！　私は人権で守られている！」

「まあ落ち着け」ショウはラフルールの手袋を脱がせ、両手を背中に回してナイロン手錠をかけた。もう何年も手入れをしていないらしく、爪が黄ばんでいた。

「よせ！」

ショウは言った。「きみを含めた全員の安全のためだ。痛い思いをさせるつもりはない」

「もう遅いよ。尻が痛い」

「いいから落ち着け」

ラフルールの愚痴っぽい声のボリュームがいくらか下がった。まもなく、この二人組に逆らえば何をされるかわからないと怯えているかのように一つうなずいた。

ショウは玄関ドアにずらりと並んだ錠前をすべてかけ直した。

「ほかに誰かいるか?」

ラフルールは首をぶんぶんと振った。

それでも念のため、兄弟は銃を抜いて屋内の安全を確認した。訓練どころか、顔を合わせたのも少年時代以来だが、即座に息を合わせてアシュトン・ショウに教えられたとおりの手順を実行した。「左、閉まったドア……右、バスルーム、ドアが半分開いている……安全を確認。二番目の寝室からかすかな風、窓が開いている。鉄格子がはまっている……敵はいない。安全を確認!……地下室はない……屋根裏部屋は密閉されている……」

二人はリビングルームに戻った。ショウは室内を見回した。三種類の特徴的なにおいが充満していた。暖炉の湿った灰のにおい、マリファナ煙草の甘いにおい、潮の香り。サンフランシスコ湾に面した東側に窓が二つ。きっとすばらしい景色が見晴らせるのだろう——スチールの分厚い鎧戸でふさがれていなければ。ショウもメーカーと型番を知っている鎧戸だった。麻薬カルテルのボスが好む、防弾仕様の高価な製品だ。何年か前、懸賞金のかかった仕事をしたとき、その性能の高さをまざまざと知ることになった。自動銃の弾丸を浴びると、銃声に負けないやかましい音を立てることも身をもって知っている。

家そのものは、サバイバリストが必要装備を選んで据えつけたかと思うような代物だった。積み上げられた無数の砂袋が壁を半分くらい覆っている。一斉射撃を食らっても弾を止められそうだ。壁にくりぬかれた小さな穴は、そこから手製の原始的な弓と矢を放って敵を蹴散らすためのものだろう。医薬品も必要以上の量が備蓄されている。〈自己手術キット〉というラベルがついた小さな鞄まであった。

ほかにも飲料水が入った容量二百リットルの円筒形容器が並び、携帯口糧も数百個はありそうだ。調理不要の食品は軍隊の必需品であると同時に、陰謀説を並べ立てて恐怖をあおるラジオのトーク番組に感化されたにわかサバイバリストの必須アイテムでもある。

アシュトン・ショウは子供たちにこう教えた。真のサバイバリズムとは、自分が食べる分の食糧を栽培し、採集し、狩りをして手に入れる技術を身につけることである。

　この急斜面に建つ家とショウ家のコンパウンドに一つ違いがあるとすれば、ここにはパソコンとテレビがある点だ。コンパウンドでは、デジタル機器に類する物品は一つもなかった。唯一の例外は緊急用の携帯電話で、つねに満充電を維持していたが、電源は切られていた。その電話を実際に使ったのは、ショウの記憶にあるかぎり、十月の冷えきったあの朝の一度だけ——行方がわからなくなった父をやまびこ山に捜しに行った一度だけだ。

35

　兄弟はラフルールを助け起こし、尻の形の凹みがついた褪せた緑色の張り地の肘掛け椅子に座らせた。ショウはナイロン手錠を切断した。白髪のラフルールは戦術を切り替えた。いまは罪を悔いている。「悪かったよ。おたくらを狙って射《う》ったりしてさ。泥棒だと思ったんだ。嘘じゃない。このところ近所で窃盗事件が続いててね。新聞の切り抜きがある。見るか？　強盗じゃないって知ってたら、撃ったりしなかったよ。だから頼む、殺さないでくれ！」

　ラッセルが眉をひそめた。「泥棒か。ふうむ」

「本当のところ、私たちを誰だと思った？」ショウは訊いた。

「ブラックブリッジの人間だと思ったんだな」ラッセルが言った。

　ラフルールはぎくりとしてうつむいた。〝ブラックブリッジ〟と聞いたとたん、恐怖で麻痺したかのようだった。やがて小さくうなずいた。

「ブラックブリッジの人間ではないよ」ショウは言った。

　ラッセルが自分のシグザウエルのグリップを軽く叩いて言った。「ブラックブリッジの人間なら、おまえはとっくに死んでいる。そうだろう？」

　ラフルールは手首をさすった。椅子の脇のテーブルから水パイプとライターをとろうとした。

「やめておくんだな」ラッセルが言った。

「おたくもやるかい？」ラフルールは染みがこびりついた水パイプを差し出した。兄弟は無視した。ラフルールはパイプを下ろした。

「おまえのことはエイモス・ゴールの母親から聞いた」

ラフルールは表情をゆるめた。「エレノアだね！　お元気か」

「ああ、元気だったよ」

「ご主人は？　モートだったかな」

「健在のようだ」ショウは答えた。「そのときは留守だった。さて、アーネスト。協力してもらえないか。エイモスはブラックブリッジに不利な証拠を手に入れた。都市部活用構想《アーバン・インプルーヴメント・プラン》に関する証拠ではないかと私たちは考えている。UIPは知っているね？」

ラフルールは眉間に皺を寄せてショウの言葉を咀嚼《そしゃく》した。それから、用心深い態度を崩さずに訊いた。「おたくら、いったい何なんだ？」

ショウは答えた。「私たちの父は、アイリーナ・ブラクストンとエビット・ドルーン、それにイアン・ヘルムズに殺された」

「親父さんが殺された？」

「アシュトン・ショウだ。父を知っていたか」

「名前は覚えてないな。けど……あの人かな……こう、目が血走った人だった。カウボーイみたいな」

ラッセルが写真を見せた。

「ああ、そうそう、この人だよ。そのころ住んでた家の前で呼び止められた。大学の教授で、教え子の一人をブラックブリッジに殺されたって言ってた」

「市議会議員のトッド・フォスター」

ラフルールは目を細めた。「それだ！　強盗事件ってことになってるが、親父さんはそうは思っていないって話だった。おたくらと同じだね――エイモスがブラックブリッジから持ち出したものを探してた。私は何も知らないって言ったよ。そうしたら親父さんは帰っていって、それきり私は二度と会っていない」

「エイモスと親しかったそうだな。エレノアから聞いた」

ラフルールはうなずいた。かさついた唇を引き結ぶ。

「協力してもらえないか。エイモスが見つけた証拠は〝キャリーケース〟に入っている。そのバッグごと、ベイエリアのどこかに隠した」

目をまた床に落としてラフルールはつぶやいた。「私は何も知らないよ。神に誓って本当だ」

懸賞金ビジネスでは、ボディランゲージを読み解いて嘘を見抜くキネシクス分析が有用な場面は少なくない。キネシクス分析では言葉の癖にも注目する。〝本当だ〟〝誓うよ〟など、自分は嘘をついていないと念を押すフレーズで終わった場合、その発言はおそらく嘘だ。神が引き合いに出されたら、まず間違いなく嘘と思っていい。

ショウは無言でラフルールを見つめた。やがてラフルールは小声で続けた。「ブラックブリッジは悪の権化だ——会社全体が悪なんだよ。あそこの全員が。ヘルムズとブラクストンだけじゃない。建物まで邪悪だ。壁の一枚一枚まで……おそろしく危険なんだよ。私がこんな暮らしをしてるのは、だからだ」

「ヘルムズを刑務所に放りこみたいとは思わないのか？　きみの友人にした仕打ちの責任をとらせたいと思わないか？」

ラフルールは目をそらした。

ショウは苛立ちを募らせた。この男は何か知っている。

「ドルーンとブラクストンは、明日、ある一家を殺そうと企んでいる」

ラフルールの顔に懸念の色が浮かんだ。「どうして？」

ラッセルが答えた。「わからない」

「私たちは、エイモスの証拠が見つかったらＦＢＩに持ちこむつもりでいる。イアン・ヘルムズとブラクストン、ドルーンは逮捕されるだろう。一家を救いたい。力を貸してくれ」

ラッセルがもどかしげに体を動かす。ショウは長年にわたる懸賞金ビジネスを通じて聴取・尋問テクニックを磨いてきた。威圧的に出られないわけではないが、論理と共感、ユーモアを使って相手の信頼を勝ち取ることのほうが多い。兄の手法はおそらくいくぶん違っているだろう。

ショウは食い下がった。「きみとエイモスは、エレノアの家で何度か会っていたそうだね。エレノアの家を選んだのは、何年も前から〝ゴール〟ではなくなっていたからだ。再婚して姓が変わっていた。ブラクストンやドルーンはエレノアの存在を把握していなかった」

ショウは忍耐強くラフルールの反応を見守った。ラフルールは迷ったあげく、その事実を認めても自分が悪者にされる気遣いはないと判断したらしい。「そう、何度か会った」

「エレノアの家で最後に会った日、エイモスからどんな話を聞いた？」

ラフルールは落ち着かない様子で水パイプをもてあそんだ。「とくに何も。本当だって！　世間話をしただけだ。床屋談義だね」はぐらかすように微笑む。「うちのばあちゃんがよくそう言ってたな。床屋談義。子供のころは意味がわからなかった。おとなになっても——」

ラッセルが冷たくさえぎった。「エイモスからどんな話を聞いた？」

ショウは辛抱強い、しかしさっきまでよりは固い声で言った。「連中は一家を皆殺しにしようと計画している。メモを見つけた。殺害指令だ。単数形で〝ターゲット〟と書いてあったわけではない。〝男女〟や〝夫婦〟でもなかった。〝家族〟だ。つまり、ターゲットには子供も含まれている。どこの誰なのか、手がかりはまったくない。しかも身元を突き止めて命を救うための時間は、たった二十四時間だ」

ラッセルはもう何も言わなかった。不吉で険悪な視線をラフルールに向けているだけだった。

〝いい刑事《デカ》と悪い刑事《デカ》〟の構図が自然に出来上がっている。

「証拠はどこだ」ショウは言った。「エイモスは証拠を隠そうとしていた。きみは隠し場所を知っているんだろう」

ラフルールは激しく首を振った。「知らない。知らないよ！　そんな話はいっさいしなかった。植物や肥料の話をしただけだ」

「真夜中に？」

「会ったのが夜だって、なんで知ってる？」ラフルールの目が狼狽したように泳ぐ。

知っているわけではない。論理的に考えれば真夜中だろうというだけのことだ。

「ガーデニングが趣味でね。庭を見ればわかるだろう！」作り笑いをした。「私のラストネーム。フランス語で〝花〟だ。エイモスも植物好きだった。ワインを飲みながら、ガーデニングの話で盛り上がった」声にまた悲しみが忍びこんだ。

ラッセルがショウに鋭い一瞥をよこした。ショウは主導権を兄に譲り、自分は後ろに引いて口を閉じた。

ラッセルが顔を近づけると、ラフルールはすくみ上がり、こぶしを握ったり開いたりを繰り返した。何度も。

「いまからブラックブリッジに宛てて匿名のメールを送る。ブラクストンとドルーンに宛ててな。書くことは二つ。一つはおまえの名前。もう一つはここの番地だ」

「え？」恐怖におののいたかすれ声。

「連中は大挙して押しかけてくるだろう。相手はM４アサルトライフルだ。おまえの弓なんか何の役にも立たない。それどころか、連中の神経を逆なでするだけだ」

〝悪い刑事〟はパワーアップして〝極悪な刑事〟に変貌していた。

ラフルールは肩を落とした。ため息をつく。「どのみち私はもうおしまいだ。連中はおたくらの携帯電話を追跡してここを見つけただろうよ」

「二人とも盗聴防止対策と暗号化を施したプリペイド携帯を使っている」ショウは言った。

ラフルールは疑っているようだった。「へえ。アルゴリズムは？」

「AES、トゥーフィッシュ、スコーピオン」

ショウをちらりと見てから、ラッセルは言った。「俺のも同じだ」不思議なもので、申し合わせたわけでもないのに、兄弟は同じ暗号化パッケージを採用していた。

ラフルールがぶっきらぼうに言い返した。「見せてみな」

ラッセルが自分の端末を差し出す。ラフルールは画面をまじまじ見つめたあと、なぜか携帯を横に振った。どんなデータが転がり出てくるか試しているかのようだった。そのあとまた画面を凝視してからラッセルに返した。いくらか安心したのか、ショウの端末も見せろとは言わなかった。

ラフルールの落ち着きのない目は、節の多いパイン材の床をしばし見つめた。やがて立ち上がると、鎧戸で守られた窓の一つに近づいた。スチールの羽板をほんの少し開けるなり、ひょいとかがむ。スナイパーの照準から逃れるような動きだった。何秒か待ってから、腰をかがめたまま首を伸ばして外をうかがった。

自分を狙っている監視装置やライフルはないと納得したのか、鎧戸を閉じて鍵をかけ直した。次に部屋の奥の隅に行き、アナログレコードプレーヤーの電源を入れ、ラテックス手袋をはめて年季の入ったアルバムジャケットからLPレコードを引き出した。黒い円盤をターンテーブルにセットし、慎重に慎重を期した手つきで一曲目の溝に針を落とす。

音楽が大音量で流れ出した。低音の効いたロックだ。この部屋の盗聴を試みている者がいたとしても、聞こえるのは、荒れ狂うギターと猛々しいドラムの音だけだろう。

ラフルールは手袋をはずして元の箱に戻した。それから兄弟を見やった。「おたくら、何もわかっちゃいないみたいだな」

それから挑むような目をしてラッセルを見ると、水パイプを取って火をつけ、煙を深々と吸いこんだ。

36

煙が螺旋《らせん》を描いて昇っていき、のんびりと広がって消えた。

ショウはドラッグの類を試したことがないが、マリファナの甘いにおいを不快には感じなかった。ラフルールは煙を吐き出し、リラックスした様子で椅子の背に体を預けた。樹木を品定めするリスのように軽く首をかしげる。それから青い水パイプを置いた。

「そう、エイモスが何かを見つけてどこかに隠したのは事実だよ。しかし、それと都市部活用構想《アーバン・インプルーヴメント・プラン》とは何の関係もない。おたくらがなんでそれにこだわるのか、私にはわからない。父上の見込み違いだ。ブラックブリッジの悪事を暴く証拠なんか何一つないんだよ。あるとしたら、エイモスがきっと見つけてただろうよ。あいつは思いつくかぎりの場所を探した。それでも何も見つからなかったし、この先も証拠なんかどこからも出てこないだろう。ヘルムズも手下の連中も抜け目ないからね、証拠なんか残すわけがない。何をするにもあいだに媒介者《カットアウト》を何重にもはさむし、暗号文や匿名サーバー、ダミー会社を使うし、データは暗号化する。ＣＩＡもそのくらいのことはできて当たり前だろうにな」

「事実のみ話せ」ラッセルが促す。「ドラマは省け」

ラフルールは、感情を害したようにも反抗的にも見える一瞥をラッセルに向けた。

「かわいそうなエイモス……あの連中にはまるきり歯が立たなかった。あいつは自分がＵＩＰにピリオドを打たなけりゃ誰がやるくらいのつもりでいた。そのころヘルムズは、最大のクライアントが喉から手が出るほどほしがってるものを手に入れた。〈エンドゲーム・サンクション〉ってコード名で呼んでた。ブラクストンとあの女の手下がエンバーカデロで見つけたんだ。その手下ってのはたぶんドルーンだ。あいつ、ネズミそっくりだよな」

ショウは言った。「ヘイウッド・ブラザーズ倉庫か」

「そこまでは知らない。ともかくブラクストンが見つけたそれは……『指輪物語』でいえば〝力の指輪〟だった。クライアントは何年も前からそれを狙ってて、数百万ドルだか数千万ドルだかの前金を払ってブラックブリッジに探させてた」小さな笑い声が漏れた。「エイモスのやつ、何をしたと思う？　ヘルムズがその話をしてるのを通りすがりに聞いた。これさえあれば世界は思いのままだって言ってたそうだ……で、ヘルムズがちょっと席を外した隙に、エイモスはヘルムズの部屋に入って、それをくすねた。社内連絡便のケースに入れて、警備員におやすみって声をかけて、正面玄関から出た」

「動機は何だ？」

「それを取引材料にして、UIPを中止させる気だった。または、それを盗めば、問題のクライアントがヘルムズをクビにするだろう、ブラックブリッジは倒産するだろうと踏んだのかもしれない。具体的な計画があったわけじゃないんだと思う。あの下劣な連中の下で働くのにとにかくうんざりしていたんだよ」

「で、盗んだものはいったい何だったんだ？」

「エイモスにはそれを私に話す時間がないままになった」ラフルールはひときわ低い声で言った。「盗み出したのは午後五時ごろだった。どこかに隠したのがざっと一時間後。その夜、午後十時に私に電話があった。あいつのあんなに怯えた声は初めて聞いた。〈サンクション〉が何なのか、調べてわかった、こんなものは葬り去らなきゃだめだと言った。世界が根底から壊れてしまうとね。例のクライアントには絶対に渡せない。誰であれ、こんなものを持たせちゃいけない。だから自分で処分するつもりだが、隠した場所にいまから戻るわけにはいかない、ブラックブリッジの工作員がもう自分を捜しているからと言っていた。自分の身に何かあったら、代わりにそれを捜し出して処分してくれと」

ショウは兄のほうを見た。ラッセルは眉を寄せた。それとはいったい何なのだ？

「そのあと、拷問のさなかに死んでしまったわけだな――隠し場所を吐かないまま」

「そうだ。そういうことだと思う」

曲が切り替わった。最初の曲よりさらにやかましい。額を寄せ合わせるようにしないと、互いの声が聞き取れなかった。

ラッセルが訊いた。「エイモスはどこに隠した？」

「電話は盗聴されているかもしれないからと、ヒントだけを二つくれた。一つは〝ドッグ・パーク〟。これはクイグリー・スクエアのことだ。共通の友人が近くに住んでいて、友人の旅行中によく飼い犬の散歩を頼まれた」

その界隈ならショウも知っていた。サンフランシスコ市内で再開発の途上にある地域だ。

「もう一つのヒントは〝地下にあって、誰もが予想するような場所〟」

やれやれ。また宝探し競争か。

ラフルールはまたマリファナを一服した。「そこで怒鳴り声が聞こえた。エイモスは電話を落としたらしかった。そのあと揉み合っているような気配が伝わってきた」しばし黙りこむ。「エイモスの声を聞いたのは、それが最後になった」

「隠し場所の心当たりはないのか」

「ない」

ラッセルが言った。「エイモスの代わりにクイグリー・スクエアに行こうと思ったことは？　問題のものを処分しようと思ったことはないのか？」

ラフルールは涙を溜めた目で小さなへこみだらけの床を見つめた。「思ったよ。けど、やらなかった。臆病者だよな！　ヘルムズやブラクストン、ドルーン……連中は私が存在することさえ忘れていた。だから私は私という人間を消し去った。何度も考えた。隠し場所を突き止めて、エイモスがやれなかったことを代わりにやってやろうと思ったよ。しかし結局、私にはそんな勇気はなかった。相手がでかすぎる。危険すぎる。警察とＣＩＡを合わせたくらいの力を持っているんだから！」ラフルールの目に狂気が忍びこんだ。兄弟は、父の目に同じ表情を見たことが何度もあった。「おたくらが知らないだけだ……それに、エイモスは連中にも何も言わずに死んだ。つまり、いまもエイモスが隠した場所にあるってことだ。これからもずっと。だったら、処分したのと変わらないだろう？」

「ものは言いようだな」ショウは言った。「しかし連中はまだあきらめていない。私たちが先に見つけなくては」

「さっき話してた一家を救うためか」ラフルールがささやくような声で言った。

「そのとおりだ」ラッセルは携帯電話にサンフランシスコの地図を表示した。クイグリー・スクエア周辺を拡大する。ドッグ・パークに面して数十棟の建物があった。おそらくそのすべてに〝地下〟があるだろう——地下室であれ、地下トンネルであれ。

ショウは尋ねた。「その友人——犬を飼っている友人の家ということは考えられないか」

「エイモスが他人を巻きこむなんてありえない。どのみち、その友人は何年も前に引っ越したよ」

ショウは独り言のように言った。「下水道？　地下鉄とか？」

「近隣に地下鉄駅はない」ラッセルが地図を確かめて言った。「誰にでも見当がつきそうな場所、か。何を隠したのかさえわからないのに、きっとここだと思える場所とはどこだ？」

ショウは言った。「本にはさんで、図書館か書店の地下に置いたとか。CDやテープなら、CD店の地下。コンピューター用のディスクなら、ITラボのある学校の地下かもしれない」そこで首を振る。「思いついたことを端から挙げていても無意味だ。〝憶測で考えるべからず〟」

ラッセルが父のルールの続きを付け足す。「〝事実をもとに判断せよ〟」

ショウは訊いた。「その〈サンクション〉とやらを探しているクライアントというのは？」

ラフルールが答える。「バニヤン・ツリーって会社だ。巨大コングロマリットでね。国際企業だ。ヘルスケア、医療機器、運輸、通信、環境保護関連、不動産——」

「不動産か」ショウは言った。「UIP」

ラッセルがうなずく。

ショウはバニヤン・ツリーの本社所在地を訊いた。

「サンフランシスコ市内だよ。ダウンタウンの超高層ビル」

「サター・ストリートの四百番台のブロックか」

「かもな。そうだと思う」

ショウはラッセルに言った。「ブラクストンが盗んだ本に仕込んでおいたGPS。追跡したら、あの界隈にいたことがあった」

それからショウはあることに思い当たった。「バニヤン・ツリーの社長は誰だ？」

「ジョナサン・スチュワート・デヴロー」

ラッセルが携帯電話を出し、違法薬物が受け渡しされたテンダーロイン地区の解体現場で撮影した、やたらに身ぶりの派手な禿頭の太っちょの写真を表示した。

ラフルールは写真を確かめて言った。「そう、こいつだよ。常軌を逸した野郎でね。血も涙もない。ついこのあいだも、ライバル会社を破産に追いこんだ。企業スパイを雇って——たぶんブラックブリッジだな——違法行為だか規制違反だかをほじくり出して、連邦機関にチクった。その会社は倒産した。CEOは自殺した」

ラフルールは腹立たしげに煙を吐き出した。「バニヤンってどんな木か知ってるか」

ショウは答えた。「イチジク属の〝絞め殺しの木〟。太陽光を争って、邪魔な樹木があれば巻きついて枯らす」

ラフルールはうなずいた。「地球上のあらゆる樹木のなかで、もっとも長い根を持つ種類でもある。デヴローが社名にしたのもわかる気がするだろう？」

ラッセルが言った。「〈エンドゲーム・サンクション〉……どういう意味だろうな」

〝サンクション（sanction）〟は、矛盾する意味を持つ奇妙な語の一つだ。承認という意味でも、処罰という意味でも使われる（前者の例は「攻撃の〝許可〟を得る」、後者なら「〝制裁〟を加える」）。

ラフルールが言った。「それ自体には何の意味もないのかもしれない。ブラックブリッジはコード名を使うのが大好きだからね」それから考えこむような表情になり、ポニーテールをいじったあと、水パイプとライターをまた手に取った。

ショウはすぐにでもクイグリー・スクエアに行って捜索を始めたかった。立ち上がると、ラッセルもそれにならった。

ラフルールは深々と一服した。煙が唇の隙間からゆっくりとあふれ出す。それから立ち上がり、音楽を止めて、兄弟とともに玄関に向かった。多種多様な掛け金や錠前を一つずつはずしていく。「エイモスに一つアドバイスをした。陳腐な言い草だが、的を射てるからね。〝皇帝を狙うなら、一発で倒せ〟。エイモスは狙って、失敗した。おたくらの親父さんも同じだろう。けど、おたくら二人は？　いまならまだなかったことにできるんだぞ」

玄関をほんの少しだけ開け、隙間から外の様子を確かめたあと、全開にした。

ラッセルは刺すような視線をラフルールに向けた。「ラフルール。俺からもアドバイスをやろう」ラフルールは後ずさりした。ラッセルの鋭く獰猛な目つきに恐れをなしている。

「一つ。敵に隠れる場所を与えるべからず」表通りに続く小道沿いに置かれたドラム缶に顎をしゃくる。「処分するか、別の場所に移せ。二つ。武器に劣った素材を使うべからず。弓を作り直せ。ハリエンジュかカリコフィルム、イチイを使え。全長を三十センチ伸ばせ。矢には短い羽根を放射状に接着しろ。この家の条件なら、的までの距離はつねに短い。長距離の精度は切り捨てていいはずだ。それより速度を優先しろ。弓の弦にはパラシュートコードが適している。わかったか？」

「了解」ラフルールはかすれた声で言った。「さっそく作り直すよ」

37

「〈エンドゲーム・サンクション〉。いったい何だろうな」ラッセルが運転するSUVは、ジェットコースターのように曲がりくねったサンフランシスコ市内の通りを走っていた。向かう先はクイグリー・スクエアだ。

ショウは、さあと首をかしげるしかなかった。そこにマック・マッケンジーからメールが届いた。デヴローとバニヤン・ツリーに関する調査を依頼するメールを送ってあった。その返信だ。

ショウは兄にも内容を聞かせようと、マックのメールを声に出して読み上げた。

「ジョナサン・スチュワート・デヴロー。推定総資産十四億ドル。バニヤン・ツリー・ホールディングスのCEOで支配株主。バニヤン・ツリーの実体は持ち株会社。デヴローはビジネスの世界で〝子会社の王〟と呼ばれ、実際にビジネスを支えているのは子会社。これはバニヤン・ツリーとデヴローを過失責任から守るため。ある記者はこう評している。〝ジョナサン・デヴローほど企業のベールの陰に隠れることに長けた者はいない〟」

ショウはラッセルに顔を向けた。「デヴローが関わっている業種のリストがあるが、ラフルールから聞いたのとだいたい同じだ。ラフルールが挙げなかったのは、データ収集、情報処理、メディアあたりかな」

それからまたメールの続きを読み上げた。「デヴローに関連する最近のトピックは次のとおり。在イギリスの子会社の一つ、サウサンプトン・アナリティクスに英国情報局保安部ＭＩ５の捜査が入った。容疑はハッキングおよびイギリス、フランス、ドイツ、アメリカの選挙への介入。この会社の役員に、ロシア国籍でかつて軍の情報士官だった人物がいる。親会社バニヤン・ツリーの直接の関与を示す証拠はない。デヴローに関しても同じ。

もう一つ。ニューデリー警察は、二十四名の死者を出した火災の発生を受けて、巨大コールセンターの幹部を逮捕した。職場の安全管理維持を怠った容疑。その会社を所有しているのは、バニヤン・ツリーが設立した複数のペーパーカンパニー。ただし、この件でもデヴローやバニヤン・ツリーの責任は問われていない。

似たような事例がほかに少なくとも六件。詳細が知りたければ連絡してください、だそうだ。

バニヤン・ツリーはカリフォルニアでもニュースになっている。『パシフィック・ビジネス・レビュー』の取材によれば、バニヤン・ツリーは過去数年で州内の中小企業を百四十七社買収している。買収後、デヴローは全従業員を解雇し、外形だけをペーパーカンパニーとして残している。定款の事業の目的には〝各種公共サービス〟とあり」

子会社の王……

「マックはデヴロー個人についても調べてくれた。生まれはイギリスだが、のちに米国籍を取得。年齢は五十一歳。既婚。妻は五十六歳らしいから、ＵＩＰの解体現場に来たロールスロイスに乗っていたミニスカートの女は、奥さんではなさそうだな」

「ふうむ」

ショウはほかの情報を要約した。ティーンエイジャーの息子が二人。サンフランシスコ、ロサンゼルス、マイアミ・ビーチ、ロンドン、ニース、シンガポールに住居を所有。疲れを知らないワーカホリックで、一瞬たりともじっとしていない人物と評される。

そういえばラッセルとともにドラッグの受け渡しを偵察したとき、デヴローは絶えず手を動かしていた。

ラッセルが訊いた。「ブラックブリッジとの関係については?」

「何もない」

ショウはメールの残りを読み上げた。「系図学者からは異論が出ているものの、デヴローは第二代エセックス伯ロバート・デヴローの末裔を自称している。第二代エセックス伯は、エリザベス一世時代、すなわち一五〇〇年代の人物。女王の寵臣だったが、のちに女王に対するクーデターを首謀した」

「あまり賢明な行動じゃなかっただろうね」

「ロンドン塔で首を刎《は》ねられた。執行人はプロとは言いがたい腕前だったようだ。三度斬りつけてようやく死刑を完了した」

38

地下にあって、誰もが予想するような場所……

ヒントと呼べるのかさえ怪しいヒントだ。

「考えろ」ラッセルはそうつぶやき、ぼんやりと顎髭をなでた。

ショウ兄弟は、クイグリー・スクエアをそろって見回した。都会の公園らしいこぢんまりとして居心地のよい広場だ。面積の半分ほどを芝生が占め、コンクリート敷きの遊歩道にはベンチが並んでいる。周辺の町並みは一九六〇年代から七〇年代のサンフランシスコを彷彿《ほうふつ》させた。マリファナ用品の店、アナログレコードの店、絞り染め《タイダイ》のTシャツや手巻きぜんまいのケーブルカーのおもちゃなどみやげ物を並べている店。当時一般的だった三十五ミリフィルムで撮影されたアダルト映画まで売っている。

ショウは携帯電話を確かめた。「GPS発信機の電池が切れた」

「『ウォールデン』に仕込んだやつか」

ショウはうなずいた。「本の背に押しこめるサイズだと、電池が小さくなる。それでも、思っていたより長持ちしたよ。連中に発見されたのかもしれないが」

ラッセルが言った。「このあとは敵の居所《いどころ》がわからないわけだな。そのつもりで行動しよう」

ショウは携帯電話をしまい、もう一度近隣を注意深く見回した。

エイモス・ゴールのなぞなぞめいたヒント――〝地下にあって、誰もが予想するような場所〟――を頭のなかで何度も転がしながら、周辺にある建物を一つずつ確かめていく。小売店、赤煉瓦造りの古風な病院、昔ながらのダイナー、小さな食料雑貨店、ショウとしては絶対に入りたくない外観のスシ・レストラン、つぶれかけの小工場、自動車整備工場。

「誰もが予想するような場所、か」

「地下室もなくちゃいけない」ショウは小さな都市銀行を指さした。「貸金庫とか？　貸金庫室は地下かもしれないぞ」

「開けるには鍵と身分証が要る」

二人は半ブロックほど先まで歩いてみた。倉庫がある。建物は巨大で、入口や窓の鉄格子を透かしてなかをのぞくと、たくさんの建設機器があった。仮にエイモス・ゴールが〈エンドゲーム・サンクション〉をこの地下に隠したのなら、探し出すには何年もかかりそうだ。

第一、隠し場所として〝誰もが予想するような場所〟とは思えない。

「〝地下にあって〟」ショウは無意識にそう繰り返しながらコンクリートの地面に目を落とした。

ごみを捨てないで海に通じています

その警告は、雨水管渠にはまった鉄格子の脇にステンシルで書かれていた。雨水管渠はそれこそ数十もある。そのどこかに隠したのだとすれば、長い歳月のあいだに失われているだろう。カリフォルニアといえば旱魃《かんばつ》と水不足だ。三兄弟も子供のころ、海水を蒸留して飲用にする方法を父から教わった。しかし、サンフランシスコでは冬になると相当量の雨が降る。雨水管のなかに何か隠してあったとしても、何年も前にどろどろに崩れてサンフランシスコ湾に流れただろう。それに、せまい雨水管のなかを調べるのは物理的に不可能だ。

「〝誰もが予想するような場所〟……」

ショウとラッセルは並んで広場を一周した。大勢のホームレス。サンフランシスコは昔からホームレスが多い印象だ。その理由はわからないでもない。ミネソタやアンカレッジの路上で長くは暮らせないだろう。ショウでもやはりサンフランシスコに来る。気候は温暖だし、さかさにして置いた野球帽に小銭や札を入れてくれる富裕な企業経営者が数多く集まる街なのだから。

見たところ、この日の朝ラッセルと行ったテンダーロイン地区とは違い、麻薬中毒のホームレスは一人もいないようだ。クイグリー・スクエア周辺はブラックブリッジのUIPのターゲットにされていないのだろう。少なくともこれまでのところは。それでも、目に浮かぶようだった——二ブロック先にそびえるきらびやかなガラスの高層ビルの最上階からクイグリー・スクエアを見下ろし、〝次に手に入れるとしたらあのあたりだな。さっそくバハラ・ナの連中を行かせよう〟と考えている不動産デベロッパーの姿が。

また周辺の建物を見回す。

そのときだ。何気なく視線をさまよわせたところで、ショウははたと足を止めた。

いや……まさか。

右を一瞥する。案の定、ラッセルもショウとまったく同じものを見上げていた。

「まさかだよな」ラッセルが言った。

誰もが予想する《エクスペクティング》ような場所……

兄弟がそろって見つめている先は、病院だった。

ベス・イスラエル産婦人科病院

この病院にかかる患者の大半は、出産を控えている《エクスペクティング》と考えて間違いないだろう。

「ふうむ」ラッセルの顔にまた、笑みに似ていなくもない表情が浮かんだ。あたりを見下ろす建物に向けて歩き出しながら、携帯電話でメッセージを送信した。

待合ロビーの受付カウンターに来ると、ラッセルは携帯電話をポケットにしまい、ショウより先に進み出て行った。「入院患者の見舞いに来た。アビゲイル・ハンソン。こちらで帝王切開をした」

受付係はパソコンで確認した。「七四二号室です」

「ありがとう」ショウは言った。

さっきラッセルが送ったメッセージはこれか。エレベーターホールに歩きながら、ショウは訊いた。「カレンか」

「ふむ」

実に優秀だ。

地下への下り口には鍵のかかったドアやゲートがあるだろうとショウは思ったが、予想は裏切られた。地下は倉庫で、簡単に入れた。問題は照明だ。天井に電球が二十個ほどあるが、灯っているのはそのうち二つだけだった。ショウは懐中電灯を持ってきていなかった。ほかにスイッチがあるのではとしばらく壁を探ったあと、ラッセルは首をかしげて電球を見上げ、力強い指で黒くすすけた電球をつかんでひねった。明かりがついた。経費節減のため、電球をゆるめておくよう指示が出ているのだろう。

二人は十個ほどの電球をきちんとねじこんだ。たちまち地下室にまぶしいほどの光があふれた。

倉庫はさほど広くはないが、捜索は容易ではなさそうだった。キャビネットや段ボール箱、木箱、中身は旧弊な医療機器と思しきコンテナなどがぎゅう詰めになっている。ラフルールの聖域たる自宅にもあった二百リットル入りの水容器もあった。どの棚にも本やファイルが押しこまれている横に、ホルマリンらしき液体に浸かった臓器や組織サンプルのガラス瓶も不気味に並んでいた。とりわけ多いのは、心臓と腎臓だった。

兄弟は足を止めた。そう遠くないところから足音が聞こえている。きいという音もした。掃除係のカートの、油が切れた車輪のような音。まもなく音は遠ざかった。

二人は捜索を再開した。

エイモス・ゴールはこのなかのどこにキャリーケースを隠したのだろう。

ラッセルがファイルキャビネットを調べ始めたのを見て――扉の錠前は単純な造りで、ラッセルは苦もなくピッキングした――ショウは壁に背を向けて立ち、倉庫全体を見渡した。

大勢が行き来する場所に隠された何かを見つけ出すコツは、ほんの少しだけその場から浮いている品物を探すことだ。ショウや兄妹が子供時代に読んだ雑誌に載っていた、〝まちがいさがし〟問題を思い浮かべるといい――二つ並んだイラストにある小さな違いを探せ。ざっと見渡して、違和感のある箇所はどこだ？

この倉庫で浮いているのは――旧式な医療機器、体温を失って液体に浸けられた臓器サンプル、出版された翌年には時代遅れになった医療や治療に関連する色褪せて埃をかぶった医学書や論文集が並ぶなかで場違いに見えるのは何か。

ショウはゆっくりと倉庫を一周した。

この絵のなかで違和感のある箇所はどこだ？

ショウは立ち止まった。

「ラッセル」

兄がこちらを向いた。次に、ショウが指さした先を見た。

頑丈な灰色の棚。医学書が何十冊と並んでいるなかに、一つだけ場違いな品物がまぎれている。幅が広く、ほかの書籍より高さがあるが、革装の本の背表紙のようにも見える。ただし、その茶色の革にタイトルはない。著者名などほかの情報もいっさい刻まれていなかった。

ショウより上背のあるラッセルが棚に手を伸ばしてそれを抜き取った。

これが探していた宝か？

それは、大型の書類鞄のようなケースだった。上面が開閉するようになっている。

「これがキャリーケースかな」ショウは言った。

「ふむ」

ショウはケースを開けようとしかけたが、ラッセルがその腕に手を置いた。「待て」少し前に聞こえた車輪がきしむような音がまたしている。「場所を変えよう」

39

二人は病院を出て、すぐ近くのクイグリー・スクエア・ダイナーに向かった。店員の案内を待たずに好きなテーブルにつく方式の気軽な店で、二人はまもなくブース席で向かい合って座っていた。食べるつもりのないサンドイッチを注文した――テーブルのレンタル料だ。

店の奥の客の少ない一角で、ラッセルは〝キャリーケース〟の隅々に硝酸塩検知器をかざし、爆発物がないことを確認した。

敵の管理下にあった物体を安全と仮定するべからず。

不安定な物質は検出されなかった。

盗聴器の有無も確認した。やはり見つからなかった。

ラッセルはキャリーケース上部の錠前を五秒とかからずにピッキングして、蓋を開けた。

なかにラミネート加工されたカードが一枚あった。


　ブラックブリッジ・コーポレート・ソリューションズ・インク所有

その下に電話番号があり、見つけた方は連絡してくださいと書かれていた。

兄弟は視線を交わした。

それから、中身を上から取り出していった。

一番上にあったのは、折りたたまれた『サンフランシスコ・クロニクル』や『ピープルズ』『タイムズ』だった。何年も前の日付のものだ。

マーゴ・ケラーが発掘現場で土中から慣れた手つきで掘り出した遺物に似て、掘れば掘るほど興味深い文書が出てきた。

何の変哲もない新聞や雑誌を取りのけると、その下に数百ページ分の文書が詰まっていた。オリジナルとコピーが入り交じっている。大部分は業務や会計に関した書類だった。マトリックス積算表、貸借対照表、サービスや製品の契約書、地図、社内文書、送金メモ、不動産の図面、輸送スケジュール、売掛金一覧、多種多様な契約書。

議会に提出する新法か条例の起草原案らしき書類もあった。歴史研究者だったゴールがブラックブリッジでのリサーチの一環で見つけたのだろうとショウは思った。ブラックブリッジのクライアントにどこかの自治体があって、その依頼で起草したのかもしれない。文書をめくっていくと、どうやら環境や製造、金融に関連する規制を撤廃する条例の草案らしいとわかった。逮捕状の請求要件を緩和して容疑者の留置を容易にするため、事件捜査における〝相当な根拠〟(逮捕や捜索を正当とさせる根拠)の定義変更を提起する草案もあった。容疑者の監視許可の取得要件を緩和する法案もある。その権威主義的な内容に、ショウは眉をひそめた。

二人は書類を一枚ずつざっと確認しながら発掘作業を続けた。さらに多くのマトリックス積算表。かなり年代の古い文書。一つなどは百年以上も前のものだった。

やがてキャリーケースは空になった。

〈エンドゲーム・サンクション〉に言及した文書は一枚たりともなかった。

ただ、よく見るとケースの内側にふくらんだ部分がある。秘密の仕切りがあるらしい。上部はマジックテープで留めるようになっていた。ショウはラッセルを見やった。ラッセルがうなずく。

ショウはマジックテープを剝がし、なかをのぞいた。

これか……

ショウは昔懐かしいカセットプレーヤーを引き出した。なかには一九八〇年代のウォークマンに代表される装置で再生するテープが入っていた。電池はなかった。これは幸運だった。これだけの歳月、電池が入ったまま放置されていたら、端子が腐食して液漏れを起こし、テープがだめになっていただろう。

ラッセルはショウをブース席に残して通りの向かい側の食料雑貨店に行き、単三電池を買って戻ってきた。ショウは電池をプレーヤーにセットし、兄の顔を一度だけうかがってから、〈巻き戻し〉ボタンを押した。プレーヤーはちゃんと動いた。

よし。ついにこの瞬間が来た。

このテープに何が録音されているのだろう。このテープ自体が〈エンドゲーム・サンクション〉なのか。秘密会議のやりとりが録音されているとか？　録音を聴けば、キャリーケースに詰めこまれていた雑多な文書の関連がわかり、手がかりが解き明かされ、すべてに筋が通るのかもしれない。

世界が根底から壊れてしまう……

テープが頭に戻り、〈巻き戻し〉ボタンが元どおりに上がった。一瞬のためらいののち、ラッセルは〈再生〉ボタンを押した。

40

ふいにロック音楽が大音量で流れた。薄っぺらな音だった。スピーカーが小さいせいだ。

何人かの客がこちらをちらりと見た。

ラッセルは音量を下げた。「ブラック・アイド・ピーズだな」

「それはバンドの名前か」

ラッセルがうなずく。

早送り。

「ビヨンセ」

早送り。

「リュダクリス」

「何が笑えるって？」ショウは訊いた。

ラッセルは弟の顔をじっと見てから言った。「おまえ、少しは外の空気に触れたほうがいいぞ」

早送り。

「マライア・キャリー」

ショウは言った。「知ってるぞ。クリスマス・ソングが大ヒットした歌手だね？」

ヒット曲が延々と流れるばかりだった。二人は一曲終わるごとに早送りを止め、〈エンドゲーム・サンクション〉とは何か、万が一それがジョナサン・デヴローの手に渡ったらどのような災難が起きかねないか、説明する声が入っているのではと耳を澄ました。


だが期待も虚しく、かすかなノイズが聞こえたあと、次の曲が始まるだけだった。

ラッセルの冷静沈着な目はプレーヤーを凝視していた。テープの両面のすべての曲を聴いた。ラッセルはテープが完全に終わるまで再生を停止しなかった。やがてボタンがガしゃんと音を立てて戻った。

「ふむ」

ショウは言った。「あの技術は何といったかな。絵画や音楽に情報を埋めこんで隠す技術」

「ステガノグラフィか」ラッセルは顎鬚をなでた。「あれはデジタルメディアでしか使えない。データを別のデータのなかに隠す」カセットプレーヤーに顎をしゃくる「アナログでは無理だ」

ショウは訊いた。「多重録音はどうだろう。音楽に重ねて別の音を録音する。犬笛のような、人間の耳には聞こえない音。そういうのは可能かな」

ラッセルはしばし考えこんだ。「どうだろうな。ちょっと待て」画面を見て番号を探し、電話をかけた。

まもなく相手が出て、ラッセルは話し始めた。「俺だ……いま手が空いているか？……曲をいくつか再生する。

人間に感知できない音が入っていないか調べてくれ」相手の声に耳を澄ます。それから言った。「プロジェクト番号はない……ああ、そうだ。あとで何か考える」

〝グループ〟の人的資源をグループとは無関係の調査に使うことについてのやりとりだろう。

ラッセルはスピーカーの前に携帯電話を置いて〈再生〉ボタンを押した。カントリーウェスタンの曲だった。一分ほど再生してからいったん停め、早送りした。各曲を六十秒ずつ再生していく。それを五回ほど繰り返した。

「録音できたか」ラッセルは電話の相手に確かめた。それから先方の声に耳を澄ました。「了解」電話を切った。

「彼女のほうからかけ直してくる」

五分後――ショウ兄弟がキャリーケースの中身をもう一度検め、〝エンドゲーム〟や〝サンクション〟にわずかでも関連する情報がないことを確認したころ――ラッセルの携帯電話が着信を知らせた。ラッセルが電話に出る。いつもどおり、ラッセルの表情には何の変化もなかった。通話を終え、ショウに言った。「検知できるような音は入っていないそうだ。もう少し突っこんで調べてみると言っているが、まあ、可能性は低そうだな。アナログの高周波となると、過去に例のないテクニックだからね」

ラッセルのグループは、過去に使われたありとあらゆるテクニックに精通しているのだろう。

「今度もカレンか」

「いや」

ショウは訊いた。「アーティスト名の綴りを入れ替えると何らかのメッセージになるとか？　曲名でもいい」

言ったそばから可能性は低そうに思えた。それでも二人で試してみた。ラッセルは大半のアーティスト名を知っていたが、曲名は半分くらいしかわからなかった。五分ほどアルファベットと格闘して二人は降参した。

「キャリーケースの内張りの下？」

ラッセルがうなずく。

ショウはキャリーケースを膝に載せ、近くに誰もいないことを確かめてから折りたたみナイフを開いた。布の内張りに切れ目を入れ、ナイフをしまう。内張りの下に手を入れる。何も見つからなかった。

「マイクロチップはどうかな」ショウは訊いた。

「ふむ。うちでスキャンはできる。だが、あるとは思えないな」

気づくと二人そろって〝拾った方は連絡を〟のカードを見ていた。

目配せを交わす。

「ないとは言えないな」ラッセルは自分のナイフを取り出した。偶然ながら兄も、トップクラスのナイフメーカー、ベンチメイドの製品を愛用しているらしい。それぞれが所有するモデルは、ショウがバグアウト、ラッセルはそれより三百ドル高価なアンセムだ。

ラッセルはナイフでカードの表面に切れ目を入れ、なかの厚紙からラミネートの層を剝がした。

何も出てこなかった。

カードをキャリーケースに戻し、ナイフを折りたたんでポケットにしまった。

ショウは言った。「新聞や雑誌はどうだろう」たとえば、一つまたは複数の記事に印がついていて、何らかの手がかりを得られるかもしれない。

「ありえない話じゃないな」

「しかしその前に隠れ家に帰ろう」ショウは店内に視線を這わせた。「長居しすぎた」

「言えてる」


二人は〝戦利品〟をまとめてダイナーを出た。

ラッセルのＳＵＶへと歩きながら、ショウはアーネスト・ラフルールが放った矢の最初の一本が頭上をかすめた瞬間から心の奥に居座っていた考えをついに口にした。

「エイモス・ゴールは情緒不安定になって、ありもしない恐怖に取り憑かれたという確率はどの程度だろう。〈エンドゲーム・サンクション〉を手に入れたって話はそもそも妄想の産物だったとしたら。アッシュは――それをいったらブラクストンやドルーンも――ゴールがそれを手に入れたと信じただけなのかもしれない」

ラッセルは具体的な数字は口にしなかったが、ショウの頭にいままさに浮かんだのときっかり同じ言葉をつぶやいた。「確率は高い。考えたくないほど高い」

つまり、父が命を捨ててまで手に入れようとしたものは、地球上でもっとも無慈悲な企業のうちの一つを倒すための証拠――謎に包まれた〈エンドゲーム・サンクション〉――ではなかったことになる。

アシュトン・ショウは、誰かの好きな曲を集めた〝グレーテスト・ヒッツ〟のテープを追い求めたあげくに命を落としたのだ。

41

「さっき言ってたのはあれか？　ダークグリーンのホンダ車だ」

「ここを左。ここだ」

大型ＳＵＶを運転しているのはラッセルだったが、弟の直感をとっさに信じたらしい。軽くブレーキをかけてからハンドルを大きく切った。ショウなら速度を落とさずに曲がっただろう。

二ブロックほど先の路地から出てこようとしていたダークグリーンの車が、あわてたようにバックして路地に戻るのが見えた。

「あれだ。あの女の車だ。追跡してくれ」

「女なのか」ラッセルが訊いた。

自分を尾行しているホンダ車のドライバーが女性であることはラッセルにまだ話していなかった。ショウはそれを説明したが、〝すげえ美人〟という部分は省いた。

ラッセルのＳＵＶはスピードを上げ、ホンダ車が吸いこまれた路地に近づいていった。

「路地に入ったらすぐ停めてくれ」

「どうして」

「罠があるかもしれない」

「この車のウィンドウは防弾仕様だ」

「さすがにタイヤは違うだろう？」昨日、その女が路上に釘を撒いたことを話した。

ラッセルは驚いたように眉を上げ、急ブレーキをかけて車を停めた。

思ったとおりだ。路地に入ってすぐのところに大量の釘が撒いてある。はるか前方、数ブロック先で、ホンダ車が大通りに消えるのが見えた。

「頭がでかいな」ラッセルが言った。

ショウは兄のほうを向いた。

「釘の話だ。屋根釘だよ。ふつうの釘なら、踏んでも寝たままだ。屋根釘だと、踏むと同時に先端が上を向いて、タイヤに突き刺さる」ＳＵＶのギアをリバースに入れた。

「何者か、心当たりはないのか」

「二週間くらい前にシリコンヴァレーでした仕事に関係しているのかもしれない。ハイテク業界に何人か敵を作ったから」

ラッセルは車をバックさせ、アルヴァレス・ストリートの方角に向かった。

「オートバイに乗るときは気をつけたほうがいい。スピードを出しているところに釘を撒かれたら転倒する。大惨事になりかねない」

「気をつけるよ」

ラッセルは隠れ家から二ブロック離れたスペースに車を停めた。あのときは兄とは気づかなかったが、ショウが最初にラッセルを見かけたカフェの近くだ。ショウも隠れ家の前ではなく、そこにオートバイを置いていた。何者かに車やオートバイを尾行された場合に備えてのことだった。

隠れ家に入り、エイモス・ゴールのキャリーケースをキッチンテーブルに置いて、中身をざっくり二つに分けた。紙の山の一方をラッセルの前に押しやり、もう一つを自分の担当分とした。二人は書類に一枚ずつ目を通していった。今度は隅から隅まで丹念に確かめる。手がかりになりそうな書き込みが余白にないか。段落や文章が丸で囲われていたりしないか。雑誌に癖がついていて、特定のページが開いたりは？　新聞のたたみ方が特徴的だったりは？

パズルやなぞなぞを好むらしいエイモス・ゴールは、今回もまた、用心と茶目っ気を両立させ、新聞や雑誌、会計文書を使って〈サンクション〉のありかを伝えようとしているのではないか。

ショウは〝サンクション〟という語についてまた考えた。

許可。それとも制裁か。

あるいは、とくに意味のない単なるコード名なのか。すべての文書を熟読したが手がかりも、暗号も見つからなかった。遠回しに秘密に触れているフレーズ、あからさまに触れているフレーズもない。

一時間後、二人は椅子の背にもたれた。「ゴールはニュース記事を読むのが好きだっただけかもしれないな」ショウは言った。

しばらくどちらも口を開かなかった。ショウはカセットプレーヤーを凝視したあと、バックパックから工具セットを取り出してプレーヤーの背面パネルを留めているネジをはずした。半導体や回路など電子部品が詰まっているだけだった。拡大鏡でカセットテープ自体も調べてみたが、文字や暗号はない。両面のラベルにタイトルは書かれておらず、接着剤でプラスチックケースにしっかり貼りつけてあった。裏側や下にメッセージが隠れていないか確かめようにも、無理に剝がせば破れてしまいそうだ。

ショウは書類の山にうなずいた。「どうにも納得できないな」

ラッセルがショウの顔をちらりと見た。

「これが誰かの妄想の産物にすぎないなんて納得できない。〈サンクション〉は実在する。このどこかにある」

そう言ってテーブルの上の山を指さす。

「本気でそう思うか」

「根拠のない憶測といわれたってかまわない」

一拍おいて、ラッセルは言った。「おまえの意見に同意する」

「となると、もう一度全部――」

ちょうどそのとき、ラッセルの携帯がビープ音を繰り返し鳴らし始めた。

ラッセルは即座に立ち上がった。手を拳銃のそばに置いている。「玄関にセンサーを設置してある。何者かが錠をピッキングしている」

ショウは自分のグロックを抜き、手近な窓にそっと近づいた。「ドルーンがいる。突入チームを引き連れているな。五人。いや六人だ。ライフルを持っている奴もいる。どうしてここがわかった？」

ラッセルは首を横に振った。

SUVのテールゲートは開いており、そこに突入チームの一人が立っている。全員が通りの左右を確かめた。テールゲートの前の一人が荷台から何かを引き出し、こちらを向いて隠れ家の正面側を見た。その視線はまっすぐにショウに向けられていた。次の瞬間、特大のショットガンのようなものを肩に当てた。銃口から丸い物体が突き出している。そしてトリガーを引いた。

「手榴弾だ！」ショウは怒鳴った。

兄弟は床に身を投げ出した。

42

落ち着いた灰色のスーツを着たアイリーナ・ブラクストンは、腕組みをして隠れ家の室内を見回している。その姿は、成人した息子と義理の娘、そして孫たちが日曜の夕食に訪ねてくるのを待っているかのようだった。

　ブラックブリッジのほかの工作員――きまじめな顔つきをした黒い戦闘服姿のブロンドの痩せた女と、がっしりとした体つきのラテンアメリカ系の男性――は、リビングルームとダイニングルームをひっくり返していた。〝ひっくり返す〟というと乱暴なイメージだが、二人の捜索に雑なところはかけらもない。何一つ破損しないよう細心の注意を払って物を動かす。抽斗を一段ずつ開け、戸棚や冷凍冷蔵庫、電子レンジ、納戸、クッションの下の隙間、ソファの下、椅子の下まで丹念にのぞいている。

　同じチームの別の男性工作員は、空っぽのブラックブリッジの社内連絡便キャリーケースを調べていた。さっき手榴弾発射砲《グレネードランチャー》を撃った工作員だ。グレネードランチャーはもう手にしていないが、ブラクストンを除くほかのメンバーと同様、拳銃のホルスターを下げている。これもやはり高価なシグザウエルだった。

　また別の一人、背の高い焦げ茶色の髪をした女性工作員はリビングルームを調べていたが、やがて腰に手を当てて言った。「何も見つかりません。〈サンクション〉はここにはありません」

「何ですって？」ブラクストンはその工作員のほうを向いてがみがみと言った。「あなたの捜索はもう完了したの？　完了していないのに、なぜここにはないと言いきれるの？」

「捜索は終わりました。ケースが空になっているので、彼らが持ち去ったのだと思いました」

「この家のどこかに隠したなんてことはありえないわけね。そう言いたいの？」

　女性工作員はそそくさと捜索に戻った。

　ほかのメンバーは無言で自分の仕事を続けていた。

　エビット・ドルーンが階段を下りてきた。「二階から逃げたわけじゃなさそうだ。窓はどれも内側から鍵がかかってる。あるのは衣類と弾薬くらいだった。手がかりになりそうものは何もない」

　ショウ兄弟は、画面を四つに分割表示したラッセルのノートパソコンでこの一部始終を見ていた。しかも少し離れた場所で。いま二人がいるのは隠れ家から一ブロック先――膝上丈のコートを着てニット帽をかぶり、アスレチックスのロゴ入りバックパックを背負って携帯電話でメールを打っていた男、のちに兄のラッセルだったと判明した男を、ショウが初めて見かけたカフェだ。

　グレネードランチャーから発射されたのは、殺傷力の高い破砕手榴弾《フラググレネード》ではなく、大型のスタン手榴弾だった。ラッセルが警告として地下の隠し部屋の入口に仕掛けたものと同じように、閃光と大音響で敵の視力と聴力を一時的に奪うだけの代物だ。射手の狙いは正確だった。しかしブラックブリッジの襲撃チームが――それをいったらラッセルも、コルター・ショウも――知らなかったことがある。何年も前にこの隠れ家の造作を整えたとき、アシュトン・ショウは防弾仕様の窓を設置していた。手榴弾は秒速百二十メートルほどの速度で飛んできて窓のプレキシガラスに衝突した。その速度ではプレキシガラスは割れずに手榴弾を跳ね返した。おかげで兄弟に多少の猶予ができた。形勢は一瞬で逆転し、スタン手榴弾は外にいた者たちに閃光と大音響を浴びせたからだ。

　敵の襲来に気づいたとき、兄弟は重装備の兵隊四名とやりあっても勝ち目はないと即座に判断して脱出を決めた。ショウはキャリーケースの中身をかき集めて自分のバックパックに押しこみ、ラッセルは二人分のパソコンを引き寄せた。

　ショウが「地下室」と言うのと同時に、ラッセルも言った。「地下だ」

　ラッセルも石炭入れの意味に気づいていたらしい。ショウも昨日、一目で見破っていた。あれはダミーだ。この家は古いとはいえ、せいぜい築五十年くらいだろう。五十年前の都市部の民家で暖房に石炭を使っていたとは考えられない。

さすがサバイバル魂は不滅だね、アシュトン。

　上階から足音が聞こえ始めたころ、二人は石炭入れをどかしてその奥の幅一メートルほどのトンネルに身をひそめ、石炭入れを元の位置に戻して入口をふさいだ。

非常時の脱出口がない隠れ家を選ぶべからず……

　まもなく「地下室の安全を確認」という声が聞こえ、足音が階段を上って遠ざかった。

　トンネルを十メートルほど進むと木のパネルに突き当たった。二人がかりでどかし、銃を抜いて足を踏み出す。そこは隠れ家と路地をはさんだ真向かいに立つソビエト時代の集合住宅のようなアパートの地下室だった。かびのにおいのする広い地下室は無人だった。二人は通用口から出て、五分後にはカフェにいた。またしても食べる気のない料理とコーヒーを前に、ほかの誰とも変わらない客としてテーブルにつき、ブラクストンやドルーンらの動静を見守っていた。

〝ＳＰ〟一家に対する殺害指令を見つけたとショウに知らせるために隠れ家に戻ってきたとき、ラッセルは監視機器をひとそろい用意していた。高感度マイクを搭載した四台のカメラは、調度品に隠してある。照明器具、時計、絵画の額。ワイヤレス方式だが、ラッセルが玄関の物入れに設置したインターネット接続用のＷｉ－Ｆｉルータ－と同じ周波数に設定されている。おかげで、少し前にドルーンがやっていたように検知器で屋内をスキャンしても、監視カメラの電波ではなく、Ｗｉ－Ｆｉルーターの電波が確認できるだけだ。

うまい手を考えたねとショウが言うと、グループには〝気の利いた〟アイデアの宝庫が何人かいるのだとラッセルは応えた。

パソコン画面で見ていても、ブラクストンがしだいに怒りを募らせているのがありありとわかる。「目視したんじゃなかったの？　二人はここにいたのよね。どうやって逃げたの？」

「裏の窓とか」男性工作員の一人が言った。

「そう思うなら、あなたたちの誰一人、裏を見張っていなかったのはなぜ？」

この問いには誰も答えられず、無言で捜索を続けた。

「見ろ」ショウが言った。

ショウが注目しているのはドルーンの反応だった。カセットプレーヤーを見てもほとんど関心を示さずにいる。ボタンの一つを押し、流れ出した曲を数秒聴いてから早送りし、また数秒だけ聴く。それを何度か繰り返してから再生を停め、ブラクストンのほうを向いて肩をすくめたあと、プレーヤーをテーブルに起きっぱなしにして屋内の捜索を再開した。

ショウは言った。「きっとお抱えの音響技術者がいるはずだ。兄さんのグループと同じようにね。なのに興味を示さないのは、〈サンクション〉は電子的なものではないからだろう」

「ふむ」

ドルーンは次に、キャリーバッグを自分でも確認した。ショウやラッセルと同レベルで徹底的に調べている。内張りの切れ目に気づいたが、その奥もきちんと確認した。あれほど慎重に慎重を期しているのは、そういう性分だからかもしれない。あるいは、ほかの手下どもと同じように、デヴローの機嫌を絶対にそこねたくないという自衛本能ゆえのことかもしれない。

ラッセルが言った。「何を捜しているのか口に出してくれると助かるな。可能性を絞りこめる」

ブラックブリッジの誰かがキーワードに触れてくれれば、いまショウのバックパックに詰めこまれている文書から〈エンドゲーム・サンクション〉を見つけ出せるかもしれない。

ラッセルがコマンドを打ちこむ。カメラの一台が左に向きを変え、金髪の女性工作員をとらえた。次にまた右に動いた。

ショウは言った。「パターンがあるよな」

ラッセルがうなずく。「連中が確認するのは書類だけだ。カセットプレーヤーに興味を示さないのは、だからだろう。〈エンドゲーム・サンクション〉は書類なんだ。しかも、連中が書類をめくる手つきからすると、一枚で完結している書類だ」


五分後、ドルーンがぶつぶつ言うのが聞こえた。「あいつらが持っていったんだな。それしかない」

ブラクストンもそうあきらめかけているらしく、うなずいた。「一度は手に入れた。また見つけるだけのことよ。デヴローとは年一千万ドルの契約を結んでる。あれを入手した場合のボーナスはいくらになることやら」

ブラクストンはふいに窓のほうを見た。チャイムが鳴り、工作員の一人が玄関手前のアルコーブに移動した。まもなく、監視カメラのマイクでは聞き取りにくかったが、床板がきしむ音がかすかに伝わってきて、黒いスーツを着た大柄な男が視界に現れた。見覚えのある男だった。デヴロー付きのアジア系アメリカ人のボディガード兼運転手――テンダーロイン地区の解体現場、ショルダートートバッグをななめ掛けしたバハラ・ナのメンバーがＵＩＰの一環として近隣地域にばらまくための違法薬物を受け取っていた現場にもいた男だ。

男は屋内に視線を巡らせて安全を確認したあと、アルコーブで待機の姿勢を取った。

バニヤン・ツリーのＣＥＯ、ジョナサン・スチュワート・デヴローがリビングルームに入ってきた。

「やあ、きみたち。どうだね」イギリス首相のようなアクセントで朗らかに訊く。

　ブラクストンがうなずいた。

　デヴローは息を吐き出した。「その顔つき。その表情は知っているぞ。人間の顔。顔はすべてを物語るね。言葉はいらない。言葉は嘘をつくし、人間は嘘をつく。顔は嘘をつかない。例のものは見つからなかったわけだ」

「正しい方角には進んでいます。あと一歩です」ブラクストンは続けた。「ゴールが盗んだキャリーケースは見つけましたし」

「盗まれてからもう何年もたったな」

「そこにあるカセットプレーヤーが入っていました」ブラクストンはプレーヤーのほうに顎をしゃくった。

「私はカセットプレーヤーになど用はないぞ」

　デヴローはキャリーケースをのぞき、蓋を大きく開いてなかを調べた。それからあちこちに視線を投げながら家のなかを歩き回った。〈サンクション〉を捜しているわけではなさそうだ。敵のねぐらがどの程度のものか見定めようとしているにすぎない。キッチンの冷蔵庫を開け、ミネラルウォーターのボトルを一つ取って半分ほどを一気に飲み干す。それからのんびりとした足取りでリビングルームに戻り、工作員の捜索がすでに完了した物品をいくつか手に取った。まもなくアシュトンがここを使っていた当時からある雑誌を一冊ずつ手に取った。

「おや、驚いたね。表紙はなんと、デビューしたてでぴちぴちの無名なテイラー・スウィフトだ」その雑誌を脇に置く。「こっちはチャールズ皇太子か」それからあざけるような調子で言った。「しかしまあ、正しい方角に進んでいるんだろうし、あと一歩なんだろう」

　ブラクストンは鋭い視線をドルーンに向けた。

　そのとき、赤毛の女性が玄関に入ってきた。デヴローより二十歳は若く、十五センチは背が高い。解体現場でロールスロイスに乗っていたのはこの女性だろうか。スカートと靴はそのときちらりと見えたのとは違っている。いまは体に張りつくような白いワンピースだった。裾は短く、襟ぐりは深い。デヴローの五十六歳の妻とは明らかに別人だ。

　ブラクストンは女性をちらりと見たが表情は変えなかった。それでも、仕事の現場に女を連れてきたデヴローを苦々しく思っていないわけがない。デヴローは女性のほうを振り返って顔をしかめ、あいかわらずせわしなく動き続けている手を一振りして女性を追い払った。

デヴローは円を描いてゆっくりと移動した。棚の置物をいくつか取って一つずつしげしげと見た。「こいつはかわいいな。猫だ。猫だよな。いや、微妙だな。犬らしくない耳をした犬にも見える。そうだ。きっと犬だな」

置物を棚に戻した。両手がまたエネルギッシュに動き出す。

グレネードランチャーを撃った男は家具の下をのぞいて捜索を続けていたが、ブラクストンは身振りで中断させた。

「キャリーケースにはほかに何があった？」デヴローが訊く。

「我々が突入した時点では空っぽでした」

「礼儀正しく玄関をノックしたとき、二人は家のなかにいたんだな」

「はい。この目で見ました」

「その返事に続くのはきっとこうだ――〝でも、どうやってこの家から出たのかは見当がつきません〟」

「そのとおりです」

「そうだろうな、訊くまでもないな……カセットには何が入っていた？　おやおや、ずいぶんと古いプレーヤーだね。こんなもの、映画でしかお目にかかったことがないぞ」

「入っているのは音楽だけでした」

「エイモス・ゴールは音楽好きだったか」

「そのようです」ブラクストンが答えた。

「ゴールの立ち回り先はすべて確認したんだろうね。あれを隠した可能性がわずかでもある場所は一つ残らず」

「はい」

デヴローは困惑顔をし、当てこするような口調で言った。「いや、待て。ちょっと待てよ。まさか、そんなことはないよな」

ブラクストンが顔を上げた。唇を引き結んでいた。

「きみたちが捜さなかった場所が一つだけあるようじゃないか。ミスター・コルター・ショウがあれを見つけたが、きみたちはそもそも捜さなかった場所」デヴローはブラクストンの目をまっすぐに見た。二人の背の高さは同じだった。「あの男にしてやられたということではないのか、アイリーナ。きみがくすねたあの地図。あれは偽物だったのでは？」

　ブラクストンの顔からいっさいの表情が消えた。何も答えない。

「我々の唯一最大の優先事項は何だ？　私ときみとイアンに共通する優先事項は？」

「〈エンドゲーム・サンクション〉です」

「ご名答」デヴローが猫なで声で言った。

「かならず捜し出します、ミスター・デヴロー」

　この男を呼ぶのにラストネームを使うのは屈辱らしい。ブラックブリッジと契約を結んだとき、デヴローは儀礼に関してよほど居丈高な条件を出したのだろう。いかにも神のごとく崇めろと要求しそうな人物だ。首をまともに切ってもらえなかったとはいえ、貴族の末裔なのだ。経営する会社の経営状況は、スペインの経済よりも健全だ。それなのに子分どもは、大事な〈サンクション〉を引き渡せずにいる。気に入らないことがあれば鞭を鳴らすのは当然だ。

　ブラクストンが言った。「小さなつまずきです。ショウが大半の仕事を肩代わりしてくれた。キャリーケースを見つけてくれたんです。あとはショウから〈サンクションを取り返すだけです」

　デヴローは手をくるくると回した。急げと言いたいのだろう。「だが、そのショウにまんまと逃げられた」

「それは否定しません。ただ、あの男は〈サンクション〉が何なのかさえ知らないと思います。たとえ手もとにあっても気づかないでしょう」

　ショウは首を振った。〈サンクション〉についてもっとしゃべってくれと念じた。そうすれば、キャリーケースに入っていた書類のうちどれがそうなのかわかるかもしれない。あるいは、そのなかにはないと断定して新たな捜索を開始できる。

　デヴローは通りのほうを振り返った。白いワンピースの女が車で待っているだろう。それからブラックブリッジの金髪の女性工作員に目を留め、全身を眺め回した。その目つきは、アイスクリームサンデーを前にしたときのショウの姪っ子たちと変わらなかった。

「もう一人はどこのどいつだ？　顎髭のほうは」

「わかりません。アシュトン・ショウの仲間の誰かの息子かもしれません」

　デヴローは陶磁の置物の別の一つをしげしげと見た。

「二人目をどうやって見つけるつもりだ?」

「向こうから来るでしょう」

アメリカ人の耳にはなよなよして聞こえるイギリスのアクセントをますます強調して、デヴローは訊いた。

「で、それはいつになりそうだって?」

ブラクストンはセーターから糸くずをつまみ取った。それは螺旋を描いて床に落ちた。デヴローには答えず、ドルーンに向かっていった。「ベセスダに誰かやってちょうだい。フレズノでも誰か手配して。優秀な人物を探してね」

「すぐに手配する」

ショウの鼓動が速くなった。ラッセルを見た。血の気が引いていた。

妹のドリオンは、メリーランド州ベセスダに住んでいる。

フレズノは、コンパウンドの最寄りの大都市だ。そしてコンパウンドにはいま、兄弟の母メアリー・ダヴ・ショウがいる。

43

「もしもし?」女性が電話に出た。耳に心地よい声だった。

コルター・ショウは言った。「バラの花束が届いた。とてもきれいだよ」

予想どおり、一瞬の沈黙があった。ドリオン・ショウは、兄の言葉を咀嚼している。

「知っておいたほうがよさそうなことはある?」

「いや、いまはそれだけだ」

「連絡ありがとう。声が聞けてよかった」ドリオンは電話を切った。

それは〝プランB〟を始動させる合言葉だった。受け取った側は、そのとき何をしていようと、家族のほかのメンバーとともに即座にその場を離れる。ドリオンの場合なら、夫とアイスクリーム好きの娘たちと一緒に自宅を出る。

ドリオンは結婚前に現在の夫にあらかじめ伝えてある——自分が育った環境はふつうとは少し違っていて、そのためにちょっとした緊急事態が発生することがあるかもしれない、場合によっては大事に発展することもあるだろうと。〝プランB〟は、命の危険が間近に迫っていることを意味する。アシュトン・ショウは、最高レベルの警報を二種類設定した。プランBはその一つであり、ショウ家の人間はその警告を受け取ったら無条件で従う。

　不屈の精神の持ち主で現在二十代後半のドリオンは、即座に娘たちと夫を呼び集め、地下室に常備している緊《G》急《T》脱《F》出《O》バッグを車に積みこむだろう。まもなく出発したらあえて遠回りのルートをたどり、途中で車を一度か二度乗り換えて〝休暇用の家〟に向かうはずだ。娘たちは休暇旅行のつもりで過ごすだろう。学校はもう夏休みに入っている。夏の自然撮影キャンプやサッカーの練習に参加しそこねて憤慨するかもしれないが、ショウ家に生まれたからにはどのような人生を歩むことになるか、ある程度は教えられているはずだ。

　ショウが次に電話をかけた相手は母、メアリー・ダヴだった。母へのメッセージは、ドリオンへのそれとはまた違っていた。「今夜の食事は遅くなりそうだよ」

「それは残念ね」

「ただ、ゲストはじきに着くと思う」

「会うのが楽しみだわ」

　二人は同時に電話を切った。

　この警告はプランAを始動させる。〝脱出せよ〟ではなく〝防御を固めよ〟というメッセージだ。ドリオンが暮らす郊外の住宅街では自衛は困難だが、メアリー・ダヴはコンパウンドにいる。母は何を言われようとコンパウンドを明け渡さないだろう――侵略者が夫を死に追いやった連中だとなればなおさらだ。アシュトンのサバイバリズムの最大の目的は、今回のような脅威に備えることだった。メアリー・ダヴの射撃の腕はショウ家随一であり、一時的にキャビンを離れて山中に退避せざるをえない場合に備えてGTFOバッグも用意している。さらにいうなら、メアリー・ダヴを山中まで追跡することになるブラックブリッジの工作員には同情するしかない。

　ただ、今回の敵に関しては、さすがのメアリー・ダヴにも援軍がいたほうが安心だ。〝ゲスト〟がまもなく到着するのは、だからだ。もちろん、勲章を授けられた元デルタフォース隊員であり、空を飛んでいる鳥を拳銃で、しかも一発で撃ち落とせるヴィクトリア・レストンという味方はすでにコンパウンドにいる。しかしショウは万全を期しておきたかった。そこで元ＦＢＩ捜査官トム・ペッパーに連絡し、目下の懸念を具体的に伝えた。ペッパーは、三十分以内に武装した元特殊部隊員二名をコンパウンドに派遣しようと請け合った。

「ヘリが裏庭に着陸したら、メアリー・ダヴは気を悪くするかな」ペッパーは訊いた。

ショウは少し考えてから答えた。「可能なかぎり菜園を避けてもらえるとありがたいと伝えてくれないか。母はついこのあいだ根菜を植えたばかりでね。ずいぶん丹精して育てているようだから」

44

エンバーカデロ。

それはサンフランシスコの北東岸沿いに走る長い大通りの名前でもあり、その大通りを背骨とする南北に細長い地区の名前でもある。

全長三キロの大通りは、いつの時代も運輸や交通と深い関わりを持ってきた。その大通りはもちろん、かつては工業製品や農産物を南北に届けるベルト鉄道もここを通っていた。広々とした歩行者専用の橋も、自動車専用の地下道もあった。

とはいえ、エンバーカデロ地区を象徴するのは船舶だ。大型客船、貨物船、フェリー。数千人の乗客あるいは莫大なトン数に達する貨物を載せた船は、地区の中心にある1、1½、3、5の各ピアを発着して国内外の港とのあいだを行き来していた。なかには絵のように美しい水路を経由してサクラメントに向かう船もあった。第二次世界大戦中は、この港は事実上の海軍基地となった。

やがてサンフランシスコ－オークランド・ベイブリッジが完成し、サンフランシスコと対岸のオークランドが結ばれた。

その直後からエンバーカデロは死に向かい始めた。旧式な混載貨物船から大型コンテナ船への転換は、地域の活力をいっそう低下させた。大規模な埠頭やクレーン、たくさんの倉庫が必要になったのに、そのための用地は――景観を損なう覚悟も――対岸のオークランドにしかなかったからだ。

しかし、エンバーカデロ地区の凋落《ちょうらく》はそう長く続かなかった。北にテレグラフヒルが、西には金融街が接していたおかげで、まもなくかつての勢いを取り戻した。その後は大規模な再開発と高級化が進み、ファーマーズマーケットが常設されるような街になったが、南端に近い界隈を歩けば往年の猥雑な活気がいまも残っている。

　ラッセルがSUVを駐めたのは、そういった伝統を引き継ぐ地域の一つ、リンコン・パークの近くだった。キューピッドの弓矢が地面に突き刺さっている巨大なオブジェのある公園だ。〝エロスの街〟（エロスはギリシャ神話の恋愛の神。ローマ神話のキューピッドに当たる）などとも呼ばれるサンフランシスコにちなんだ作品と言われているが、ショウにはぴんとこなかった。まず連想したのは、サウサリートでアーネスト・ラフルールから受けた尖った矢尻の洗礼だった。

　車を降り、半ブロックほど歩いて、古い赤煉瓦作りの三階建ての建物に向かった。正面入口の砂岩のアーチにこう刻まれている――〈ヘイウッド・ブラザーズ倉庫〉。

「楽観的だね」ショウは言った。

　ラッセルは怪訝《けげん》そうに眉をひそめてショウを見た。ショウはドアの上の横木にうなずいた。

「〈倉庫および保管〉。事業計画を石に刻んである。文字どおり、石に（英語で「石に刻む」は一度決めたら変更できないものを指す）。事業の多角化を迫られる時代が来るとは思わなかったわけだろう」

「ふむ」

　ラッセルは冗談を面白がる気分ではないらしい。

　ロビーの市松模様のタイル床は靴のすり痕が目立った。壁は黄色いスタッコ塗りで、天井際の蛇腹のモチーフは、カリフォルニア州の動物、ハイイログマだった。

　それに気づいたショウは、何年も前、雪崩多発地帯での救出劇のあと、父が兄に渡した彫刻を思い出した。

兄は孤独好き……

　ロビー奥の両開きの扉はチェーンと南京錠で閉ざされていた。右側に〈支配人〉とステンシルで書かれたガラス扉がある。

　そこを開けると、白い半袖シャツ姿の太った男性がパソコン画面の前で背を丸めていた。ショウとラッセルの気配に気づくなり右手を抽斗に伸ばしかけたが、さほど警戒の必要はなさそうだと思ったのか手を引っこめた。エンバーカデロ地区はいまでも治安のよい街とはいえない。

「何かご用ですか」

作り話は用意してあった。エイモス・ゴールの母親、エレノア・ナドラーを訪ねたとき最初に聞かせた話に似ていた。二人は兄弟で、カリフォルニア大学の有名な教授だったおばの生涯をリサーチして本にまとめ、自費出版して、おばの妹である母親にクリスマスに贈ろうと考えている。

「おふくろはきっと喜ぶと思うんですよ」ショウは付け加えた。

倉庫の支配人は言った。「女ってのは家族の歴史が好きらしいね。男から見たらどうでもいい話なんだが」

ラッセルは、まるきりラッセルらしくない笑い声を小さく漏らした。「それは言えてますね」なかなかの役者ぶりだ。

「おばの日記に、この倉庫の名前がちらりと出てきて」

ショウは続けた。「どんなつながりがあったのか興味をそそられました。こちらではずっと倉庫事業を？」

「実はここは閉鎖になりましてね」支配人はパソコンに目を向けた。「ちょうどいまも、建物を見にくる人たちの日取りを調整していました。共同経営者が競りに出しているんですよ。この近所もだいぶ変わりましたから。ここもコンドミニアムか商業ビルになるんじゃないですか」

事務室は風通しが悪くて蒸し暑かった。ボイラーが故障しているらしい。支配人は、ポケットからティッシュペーパーを出して広げ、それで額をごしごしと拭ってからまたポケットに戻した。

「ただ、おばさんがこの倉庫に何か預けてたってことはないと思いますよ。州や市の仕事をしていたなら別ですが」

ショウは言った。「実をいうと、おばは役所の仕事をしていました」

「そう、ときおり」ラッセルはドアに視線を向けた。その奥が倉庫になっているようだ。「ここではどんなものを預かっていたんですか」

支配人は言った。「大地震はご存知でしょう。一九〇六年の大地震」

兄弟はうなずいた。マグニチュード七・八とも七・九ともいわれる規模の地震が街を襲い、建物の八割が倒壊、死者は三千人に上った。

「地震そのものはもちろんですけどね、最大の被害をもたらしたのは地震後の火災だったそうで。ああ、ご存知の話ばかりだったらそう言ってくださいよ。口を閉じますから」

「いやいや、お願いします」ショウは身ぶりで先を促した。支配人は来客を喜んでいるようだ。パソコンの画面に表示されているのは内覧の予約を管理しているカレンダーではなく、ソリティアゲームだった。

「消防隊長は最初の揺れで死んでしまって、あれほどの大規模火災を消火するノウハウを持った人間が当時ほかにいなかったんです。ガス管が破損したりしたのもあって、市の全域で火の手が上がってね。防火帯を作るのに建物をダイナマイトで破壊したんですが、やり方がまずくて、火事の件数を増やしただけだったとか。しかもですよ、当時の保険会社は地震保険は引き受けていなかったんですが、火災保険はあったから、住人が保険金目当てに自分の家に火をつけたっていうんですからね。おまけに大半の家屋は木造だった。そりゃあよく燃えたでしょうよ。

　エンバーカデロ地区も炎に包まれて、たくさんの建物が焼け落ちましたが、このあたりは無事だったそうです。それで州や市が公文書や公簿をごっそりここに避難させたんです。文字どおり炎に尻をあぶられながら、大あわてで運んできたわけですよ。地震後の十年くらいかけて大半の書類を回収して、建て直した市庁舎や州政府、連邦政府の建物に移したそうですが、いまでも当時の公文書がこの倉庫の半分くらいを占領しています。何百万通って数の書類が置きっぱなしなんですよ」

　ショウはラッセルを見て言った。「きっとそれだな、おばさんとこの倉庫のつながりは。古い公文書の何かを調べていたんだよ」

　兄弟の芝居はまずまずの説得力を持っているらしい。ブロードウェイ進出は高望みにすぎるとしても、地域のアマチュア劇場くらいなら通用するだろう。ショウは支配人に向かって言った。「おばは歴史学の教授だったんです」

「なるほど」

「おばの写真を見ていただけませんか」ラッセルが言った。

　支配人は困り顔をした。「おばさんが来ていたのはここ二年くらいの話でしょうかね。私はこの倉庫で働きだしてまだ二年しかたっていないもんですから」

「もっとずっと前ですね」

「前任者は二十年以上勤務していたそうです。ジミー・スピルト。ええ、珍しい名前でいろいろ面倒くさいようですよ（スピルトは「こぼれた」「あふれた」などの意味）」

「その前任者とはいまでも連絡を？」ショウは尋ねた。

「たまに」

「失礼ですが、あなたのお名前は」

「バーニー・メロンです」

ラッセルはバーニーと握手を交わした。「私はピーター。こっちはジョーです」

ショウも握手をした。

「バーニー、おばの写真をミスター・スピルトに送っていただけないでしょうか。おばを覚えているかどうか、見てもらいたいので」

ラッセルが横から言った。「無理なお願いなのはわかっていますが、そこをなんとか」

「二人ともよほど母上に弱いんだな」

「ええ、それはもう」ショウは答えた。

ラッセルはバーニーの携帯電話番号を訊いて写真を――アイリーナ・ブラクストンの写真を送信した。

さすがのコルター・ショウも、いまある情報だけでは成功の確率を弾き出すのは不可能だった。一か八かの賭けだが、うまくいくことを祈るしかない。

バーニーは変わった姓を持つ前支配人に写真を転送した。それから三十秒とたたないうちに携帯電話が鳴った。

バーニーは画面を確かめてから応答した。「やあ、ジミー。元気でやっているかい？……最近、山登りのほうは？　ああ、そうだった……かなり広がっているらしいね、二万エーカーも焼けちまったとか……それで、さっき送った写真だが……息子だっていう兄弟がいま来ていてね、母親孝行の一環だとか」大きくうなずきながら相手の声にしばし耳を傾けた。「そうか、そう伝えるよ。ところで水曜日の予定は？……いいね、いいね……」こわばった笑顔。椅子の背にもたれ、よれよれのティッシュペーパーでまた額の汗を拭った。

ラッセルとショウは視線を交わした。ラッセルは抽斗を見たあと、バーニーが耳に当てている携帯電話を見た。

ショウは小さくうなずいた。

バーニーが抽斗を開けようとした瞬間、ラッセルはすばやく一歩踏み出して片手で抽斗を押さえた。同時にショウがバーニーの手から携帯電話を奪い取って通話を切った。

バーニーの椅子が一メートルほど動いて後ろの壁にぶつかった。「頼む、殺さないでくれ！」

ラッセルは抽斗を開け、二五口径の小型のセミオートピストルをつかむと、薬室に入っていた一発を排出し、マガジンの弾も一つずつ押し出した。全部まとめてポケットに入れた。

「スピルトは何と言った？」無愛想な声だった。

バーニーは答えず、ラッセルは自分の拳銃を抜いた。

シグザウエルを見つめるバーニーの目は恐怖と怒りのあいだで揺れ動いた。それからかすれた声で答えた。

「おばさんがサイコパスだなんて、あんたたち、言わなかったよな。ここに来た本当の目的は何だ？」

45

「ということは」ショウは言った。「スピルトは写真のおばに見覚えがあったわけだ」

「当然さ。あんただって忘れないだろうよ。手錠をかけられて、文書庫に引きずっていかれて、協力しないと撃ち殺すと脅されたら」

「おばは何を捜していた？」ラッセルが訊いた。

「知らないよ。知ってるわけないだろう」

ショウは言った。「電話をかけ直せ」

「え？」

「スピルトに電話をかけ直せ」ショウはもどかしい思いで電話に顎をしゃくった。バーニーが言われたとおりにした。

ショウは携帯電話を奪い取った。

「もしもし、バーニーか」あわてた声が聞こえた。「無事でいるか？　何があった？」

「ジミー」ショウは鋭い声でさえぎった。「落ち着いて聞いてくれ。バーニーは無事だ。いまのところは」

「いまのところ、は？」バーニーがうめく。

ラッセルが自分の耳にそっと手を触れた。ショウにも聞こえた。遠くからサイレンの音が近づいてくる。

くそ。

「ジミー。二つ頼みがある」

「きみたちは何なんだ？　あの女の甥っ子なら――」

　ショウは通話をスピーカーモードに切り替え、バーニーを一瞥した。「ジミー、二つ頼まれてくれ。バーニーの無事を願うなら」

　バーニーが泣き声で言う。「お願いだ、ジミー。こいつの言うとおりにしてくれ」

「わかった。わかったよ」ジミーが言った。

「一つ。いったん電話を切るから、九一一にもう一度電話して、さっきの通報は勘違いだったといって取り消してくれ。誰かのいたずらだったとか何とか、もっともらしい言い訳を考えるんだな」

　自分の携帯電話を操作していたラッセルが、ショウを見て携帯を軽く持ち上げた。

「ちなみに、ジミー」ショウは言った。「警察無線を傍受している。ちゃんと取り消さないと、すぐにわかる。そうなると、バーニーにさよならを言わなくちゃならなくなる。そのあと、あんたのところにも行くぞ」

「だめだ！　やめてくれ。言うとおりにするから。ちゃんとやるから！」

「通報を取り消せ。急げ」ショウは電話を切った。

　ラッセルが携帯電話に表示しているのは、おそらく傍受アプリではない。そうではなく、カレンに指示を出しているのだろう。そしてカレンがいまごろ市警の緊急通信専用周波数を盗聴しているに違いない。

　十五秒か二十秒後、サイレンがふいに途切れ、携帯電話を耳に当てていたラッセルがうなずいた。

　それが合図になったかのように、バーニーの電話が鳴り出した。

　ショウは画面を確かめて応答した。今度もまたスピーカーモードに切り替えた。「よし、ジミー。よくやってくれた。もう一つやってもらいたい。いまからする質問に答えてくれ。答えてくれたら、あんたにもバーニーにも手出しはしない。やってもらえるか」

「やるよ。答える。何だってやる」

「おばが倉庫に来た日に何があったか、正確に話してくれ」

「あんたたちはいったい何なんだ？」

　バーニーが叫ぶ。「おい、ジミー！　いいから質問に答えろって。銃を持ってるんだ。気がおかしくなったのか？」

「わかったよ。平日の午前中で、倉庫には私一人だけだった。ここ五十年くらいは単なる物置と化していた。新しく荷物を預けにくる客も、持って帰る客ももういない。そこにあんたたちのおばさんが来て、公的な記録を出してほしいと言った。うちは図書館じゃないんだよって私は答えた。もちろん、礼儀正しくね。丁寧な態度を崩さなかった。市が出した書類がなければ、預かっている荷物は渡せない規則だと説明した。するとおばさんは、市庁舎に行っている暇はないんだといった。男が一人、一緒に来ていた。妙な態度の男でね。こう、引《ひ》き攣《つ》るような動きをする。二人とも何となくおっかなかった」

「その男はネズミに似ていなかったか」ショウは尋ねた。

「ああ、そう言われてみれば」

ラッセルが訊く。「で、ほしい書類は何だった？」

「裁判記録だと言っていたよ。判事の文書ファイル。私はもう一度説明した。市か州が出した書類、必要事項が残らず記入された書類がなければ、私には何もできないとね。だから帰ってくれと言うと、おばさんは銃を抜いた。連れの男が私に手錠をかけた。

裁判記録の保管場所なんて知らないと私は言った。この倉庫ではどうやって文書を整理しているのかと訊かれたから、年代順だと答えた。するとおばさんは、それなら自分たちで探せると言った。そこで三人で奥に行って、探してるっていう文書と同じ年号の棚を教えた。一九〇六年だ。二人は文書を端から引っ張り出し始めた。違うとわかると床に散らかしながら、一時間くらい探していたよ。一時間もかからなかったのかもしれないが、私にはそう感じられた。そのうちおばさんが何かを見つけて、〝あった。やっと見つかった〟みたいなことを言った。

それから、殺すかどうか迷っているみたいな目で私を見た……生きた心地がしなかったよ。命乞いをした。おばさんは〝私たちはここに来なかったから〟と言った。私は必死でうなずいた。言葉なんて出なかった。そのあと二人とも帰っていった」

「見つけたのは何だった？」ショウは尋問役をふたたび引き継いだ。

「さあね。訊かなかった。いつ撃たれるかわからなかったから！」

「紙一枚だったか、それとも何枚かをまとめた文書だったか」

「一枚だった」

「裁判記録か。判決書かな」

「違う。判決書は預かっていない。どのみち公開の文書だ。法律図書館やネットで探せる。おばさんが探していたのは書簡や覚書だった。判事ごとに分類されたファイルに綴じられた文書」

「警察には通報したか」ラッセルが訊いた。

「するわけないだろう。勤務先を知られているんだ。あの二人がまた来ないともかぎらない」

ショウは言った。「いいか、ジミー。私たちと話したことも忘れてくれ」

「覚えていたくもないよ」

ショウは通話を切ってバーニーの携帯電話をデスクに置いた。

ラッセルがバーニーの小型拳銃を持ち上げた。ボタンを押し、スライドを抜き取る。「こいつは外のくず入れに放りこんでおく。マガジンはまた別のくず入れだ」

ショウは内心でくすりと笑った。ある種の業界では手本とされているやり方なのだろうか。二週間ほど前にシリコンヴァレーで遭遇したとき、エビット・ドルーンもショウの拳銃二丁で同じことをした。

兄弟は出口に向かった。立ち去り際に、ショウは振り向いた。

バーニーが両手を上げた。降伏する兵士のようだった。

「わかってる。言われなくてもわかってる。おばさんの場合と同じなんだろう――あんたら二人はここに来なかった」

46

今度の隠れ家は悪くなかった。この地域は最初の隠れ家があったミッション地区よりも格段に環境がいい。

サンフランシスコ市の北部、街並みの美しいパシフィックハイツ地区に建つ砂岩造りのアパートのなかの一室で、寝室が二つあり、表通り側の窓からはサンフランシスコ湾やアルカトラズ島、ゴールデンゲート・ブリッジが望めた。遠くサウサリートにおぼろに見える緑濃い一角は、ひょっとしたらアーネスト・ラフルールの庭だろうか。

アパート自体は三階建てで、いかにも一九六〇年代築といった風情だった――よけいな装飾はなく、実用一辺倒で、退屈。

　隠れ家となっている一室には、脱出ルートが三種類あった。表の階段、裏の階段、隣接する平屋建ての自転車店の屋上に面した窓。ショウもラッセルもパルクール──市街を走ったり、ビルからビルへと飛び移ったりするスポーツ──の経験はないが、着地と同時に地面に転がるなどして高所から安全に飛び下りるテクニックは身につけている。ショウはいま、第三の脱出ルートを確認していた。開いた窓からのぞくと、二・五メートルほど下にタールを塗った屋上が見えた。

　今回の隠れ家はアシュトンが定めたルールに則している──〝脱出プランのない環境に身を置くべからず〟(これと対になるルールがある。〝武器のない環境に身を置くべからず〟。兄弟はそれぞれ銃を携帯しており、この条件も満たしていた)。

「これを」ショウは兄に九ミリ弾の箱を差し出した。

　ラッセルが箱を一瞥する。

　グレーザー・セーフティー・スラッグだった。人体にめりこみはするが貫通せず、したがって標的の背後に居合わせた第三者を負傷させずにすむ。標的に当たらなかった場合、石膏ボード程度の硬度の物体は貫通しても、その直後に銃口速度を失う。今度の隠れ家のような環境、すなわち壁やドアのすぐ向こう側に無関係の第三者がいる可能性を完全に否定できない環境での必需品だ。

　しかしラッセルは箱を見るなり眉をひそめた。射撃の腕に自信があって、的をはずして第三者を危険にさらすことなどないつもりでいるのかもしれない。あるいは、次のようなアシュトンの禁止事項に反していても、条件によっては壁やドア越しに標的を撃つのも有用だと考えているのかもしれない。

　標的を視認できないまま発砲するべからず……

「ここでは必要だ」ショウは言った。

「この種の弾の扱いには慣れていない。うちの運用ルールにもない」

　ラッセルは弾を入れ替えなかった。

「判断は任せるよ」ショウ自身はいったん弾をすべて抜き、先端が青いグレーザー・セーフティー・スラッグに入れ替えた。手を動かしながら、こう考えていた──ここまでは兄弟ならではのあうんの呼吸を生かして調査を進めてきた。とくにさっきの倉庫では、抜群のコンビネーションでことを進められた。しかし、どうやら再会した直後のぴりぴりした関係に戻ってしまったらしいな。

この件に関わりたくない。そういうことだろう？

さっさと片づけてしまいたいだけさ……

アシュトンの死に兄が関わっていたのではというショウの無言の非難に対する怒りが再燃したのか。

仮にそうだとして、その怒りは今後、兄弟の関係をどこへ導くだろう。

ショウはバックパックを開け、ブラックブリッジの社内連絡便キャリーケースに入っていた書類をすべて取り出した。今回も兄と手分けして書類を一枚ずつ調べた。ただし前回とは違い、〈エンドゲーム・サンクション〉は一九〇六年に出された法的な文書とわかっている。

「あったぞ」ショウは言った。「前も見たが、そのときはとくに重要だと思わなかった」

黄ばみかけた文書をテーブルに置く。

ついに見つけた。これが〈エンドゲーム・サンクション〉だ。


州民投票に付された法案06号の第12州議会議員選挙区における開票結果について、私、高等裁判所右陪席判事セルマー・P・クラークは、以下のように裁定する。

開票確定前の得票数は誤りである。正しい得票数は、賛成1244票、反対1043票である。

ゆえに、上記の正しい得票数に基づき、本日1906年4月17日付で開票結果を訂正し、州議会下院および上院の記録に記載するものとする。


末尾に仰々《ぎょうぎょう》しい署名が付されていた。

ラッセルは文書を手に取って裏返した。裏には何も書かれていなかった。次に紙を光にかざし、隠されたメッセージや不鮮明な文字がほかにないか確かめた。

「何もないな」ラッセルは紙の裏側を指先でなぞった。「オリジナルの文書だ。コピーではない」文書作成に使われたタイプライターのキーが紙に残した凹凸が確認できた。

ショウは文言を頭から読み直した。「〝許可〟や〝制裁〟の意味合いはどこにも読み取れないな」

「コード名かもしれないとラフルールも言っていた。へルムズやデヴローは、〝投票〟とか〝裁定〟といったキーワードを第三者に聞かれたくなかったのかもしれない。極秘にしておきたかったから」

ショウは首を振った。「デヴローは是が非でもこれを手に入れようとしていた」一方で、〈エンドゲーム・サンクション〉が発見されると破滅がもたらされるとラフルールは言っていた。

ラッセルが訊いた。「法案06号ってのは何だろうな」

ショウは自分のパソコンを起動し、セキュアサーバーを介してインターネットに接続した。グーグルで〝法案06〟を検索する。ウィキペディアにその項目はなかったが、カリフォルニア州憲法および州法の改正案のアーカイブをのぞくと、それに言及した項目があった。「一九〇六年に住民投票に付された州憲法改正案のようだね」

ラッセルも読めるよう、デルのノートパソコンの向きを変えた。難解な法律用語が並んだページをどこまでスクロールしても、税制や移民、通商に関する話しか出てこない。

デヴローはなんとしてもこの文書を入手したがり、ゴールはなんとしても破棄しようとしていた。それはいったいなぜだ？

やがてショウの頭にある考えが浮かんだ。盗聴対策を施したアンドロイド携帯から、同じように盗聴対策を施したプリペイド携帯に発信する。

二つ目の呼び出し音で、メアリー・ダヴが応答した。

「様子はどう？」

「こっちは大丈夫。トム・ペッパーが派遣した人たちも来た。防御線を敷いてくれた。侵入者がいればアラートが届く。なんとマシンガンを持ってきてるのよ。二脚つきの大型マシンガン。信じられる？」

「それなら安心だ。それをぶっ放すような事態には至らないと思うが」

「そうね、私もそう願うわ。クマたちを驚かせたくない。ちょうど交尾期のまっさかりだもの。そっちは無事なの？」

「無事だよ。ラッセルも」

「ラッセル？」

「あれから戻ってきたんだ。アシュトンの例の仕事を手伝ってくれている」

「まあ、そうなの」

「時間がないが、一つ教えてもらいたいことがある。この質問に答えられそうな人はほかにいない」

47

複雑なルートを経由し、尾行されていないと確認したあと――加えて、機略に富んだカレンに頼んで、周辺地域に偵察ドローンがないことを確認したあと――ショウ兄弟はサンフランシスコ湾の対岸、オークランドの北にある大学街バークリーに到着した。

これから会いに行くのは、アシュトン・ショウの大学の同僚の一人で、カリフォルニア大学の近くに住んでいるスティーヴン・フィールド教授だ。専門は政治史。一時間ほど前にショウが電話で母親に尋ねたのは、〝アシュトンの元同僚のなかに政治史の専門家がいないか〟だった。メアリー・ダヴは即座にフィールドの名を挙げた。

フィールドなら、コンパウンドに何度か遊びに来たことがあり、ショウも子供のころに会ったことをおぼろながら覚えていた。アシュトンの絶頂期だった。まるで発作のように奇矯《ききょう》なふるまいを始めることもたびたびあったが、そういうときはメアリー・ダヴが医師の帽子をかぶり、適切な薬をきちんと服用させて夫の行動を見守れば、まもなくアシュトンは本来の快活さと才気を取り戻した。

ベイエリアからコンパウンドに引っ越して最大の損失は、それまでの交友関係が断ち切られたことだった。コルターもそうだが、ラッセルの痛手はとりわけ大きかった。ドリオンはまだよちよち歩きの子供だった。いま思えば、アシュトンやメアリー・ダヴにとっても大きな打撃だっただろう。二人とも大学教授だったし、メアリー・ダヴはそれに加えて研究代表者も務めていた。いずれの仕事でも同僚や大学事務局、企業幹部や学生と毎日接していた。一家でシエラネヴァダ山麓に移住したのを境に、そのいっさいが突然、生活から消えたのだ。

しかしアシュトンは、ベイエリア時代の同僚のほんの数人に限定してコンパウンドにたびたび招待していた。リビングルームの大きな暖炉を来客とともに囲んで夜遅くまで話しこむ光景は、コルター少年の記憶に深く刻みこまれた。子供らしく、おとなたちの話の内容にはほとんど興味をそそられなかったが、楽しげな雰囲気に心を誘われ、笑い声を耳で聞くというより肌で感じた。そこで語られている内容のニュアンスまでは完全には理解できなくても、政治学や法学、行政、アメリカ史、そしてなぜかアシュトンが熱中していた応用物理学を巡る活発な議論を聞くともなく聞いているのは楽しかった。

だが、一つところにじっとしていられない少年は、夜が更けるにつれて退屈になり、ついには外に出てフクロウやオオカミの声に耳を澄ましたり、満天の星を見上げたりした。

短い夜のハイキングに出ることもあった。ときにはラッセルも一緒に歩いた。

いま、ラッセルが訊いた。「フィールド教授はアッシュの仲間――ブラックブリッジ打倒に同調する一人だったと思うか」

同じことはショウも疑問に思っていた。つかのま考えてから、ショウは答えた。「違うと思うな。当時の仲間はみな手を引くか、死んだかだ。フィールド教授は単なる友人、大学の同僚だったのだと思う」

ショウは隠れ家を出る前にフィールドに電話をかけ、人目に触れにくい教授の自宅で面会する約束を取りつけていた。

ただし、条件を一つ、のんでもらった。

「脇道に面した勝手口からお邪魔させていただきたいのですが」

フィールドは朗らかな声で言った。「きみはいかにもショウ家の息子だね。言うことが父上にそっくりだ。いつもこう繰り返していたよ――〝連中に監視されているんだ〟」そこで言葉を切って笑った。「うちの住所を教えようと思ったが、脇道から入れると知っているくらいだ――どうしてそれを知っているのかなどと野暮なことは訊かないよ――住所だってとうに知っているんだろう」

時間切れが迫っていることはショウもひしひしと感じている。〝ＳＰ〟一家の殺害まで、あと二十四時間と少々しか残されていない。それでも用心を怠ることはなく、フィールドの自宅に向かうにもあえて遠回りをし、ドルーンやブラクストンに追われている気配がないか目を凝らすと同時に、ダークグリーンの謎のホンダ車にも気を配った。

どうやら危険はなさそうだ。そう納得したところでようやくラッセルはフィールドの自宅のある通りに車を乗り入れた。

しかし、迂回を強いられた。抗議デモが行われていて、通りは通行止めになっていた。

コンパウンドでの少年時代、アシュトンはよく兄弟がベッドに入る前に、絵本や物語だけでなく、ニュース記事や歴史の本も読んで聞かせた。大学やバークリー周辺で日常的に行われるデモの長い歴史も聞かせた。市民権、ベトナム戦争、言論の自由。一九六〇年代の抗議デモの主要トピックはそれだった。近年では激しい対立が起きるのは、政治思想を巡って、ときには言論の自由を巡ってということが増えた。

デモ隊が掲げているプラカードの一つがちらりと見えた。


大企業の横暴を許すな！


ショウがこの数日で見てきたものにそのまま当てはまりそうだ。

ラッセルはフィールドの自宅から二ブロック離れた位置にSUVを駐めた。〝目的地から二ブロック〟は兄のグループの決まりごとなのだろうか。この街では、巨大なSUVは場違いもいいところだった。周辺で主な交通手段として利用されているのは、ハイブリッド車と電気自動車、自転車だ。アメリカではもう販売していない二人乗り車スマートも数台見かけた。

カリフォルニア州バークリー。ここはそういう土地柄なのだ。

兄弟は脇道を歩き出した。砂利が浮いた細い道を五十メートルほど行き、杭垣に設けられた門からフィールド家の裏庭に入る。ところどころ敷石がコケに覆われたゆるやかにカーブを描く小道を通って勝手口に向かった。

イングランド中部地方のかわいらしい集落からそのまま移築してきたような家が見えた。外壁の下見板は茶色で、窓や回り縁やドアは深緑色だ。庭は、エイモス・ゴールの母親エレノア・ナドラーの家の庭よりも緑豊かで手入れが行き届いている。

顎髭を蓄えたスティーヴン・フィールドがドアを開け、パンの焼ける香りが満ちたキッチンに兄弟を招き入れた。

フィールドは痩せていて、頭髪はだいぶ寂しく、肌色はどことなく灰色がかっているが、不健康な印象ではなかった。あまり外に出ない生活なのだろう。といっても、家のなかだけで充分に忙しくしていられそうだ。通りがかりに目に入った書棚に整然と並んでいる分だけでも――ここに寝室は入っていない――本が五千冊はありそうだった。本や雑誌はキッチンまで侵食していた。

フィールドは灰色のウールのスラックスに白いシャツを着てネクタイを締め、灰色のカーディガンを羽織っていた。教壇に立つ日も、自宅にこもって過ごす日も、きっと同じ服装なのだろう。

妻を紹介できなくて申し訳ないとフィールドは言った。今日は講義があって大学に行っているという。

「ガーティもカリフォルニア大学の教授でね」フィールドの目の回りに笑い皺ができた。「去年、結婚したんだ。年下の女房だよ……年下と言っても一月《ひとつき》だけだがね！」

フィールドは兄弟を書斎に案内し、三人はふかふかの椅子に腰を下ろした。フィールドの背後の濃い茶色の鏡板の壁には、オランダの農家や風車、起伏のない田園風景を青い塗料で描いたデルフト焼きの皿が何枚も飾られていた。

飲み物を勧められたが、ショウとラッセルは遠慮した。フィールドはお茶を飲んでいた。カップにはティーバッグが二つ浸かったままだ。香りからすると、ハーブティーらしい。

フィールドは兄弟をまじまじと眺めた。それから案の定、それぞれの父親に似ているところ、違っているところを指摘した。「アッシュが亡くなったと聞いて、とても残念に思ったよ。事故だったって？」

「はい」詳しく話している時間はない。やまびこ山で何が起きたか、一から説明していたら何時間もかかってしまう。そのあいだにも〝ＳＰ〟とその家族の残り時間は刻一刻と過ぎていく。

「本当に残念だ。メアリー・ダヴやドリオンはどうしている？」

「おかげさまで元気です」

サバイバル・モードで身をひそめているところではあるが。

「ドリオンは結婚して、女の子が二人います」

「ああ、それはすばらしい」フィールドは兄弟の顔をしげしげと見た。「さて、今日はどんな用件で？」

ショウはある古い文書を見つけたと説明した。「我がものにしようと大勢が血眼《ちまなこ》になっている文書です。父と教授が政治学や法学、行政をテーマに何時間も議論していたのをよく覚えています。この文書の何がどう重要なのか、それを理解する知恵を貸していただけないかと思ってうかがいました」

「アッシュはたしか政治学の講義は担当していなかったと思うが、熱心に研究していたね。言っておくが、父上の場合、熱心さのレベルが他人とまるで違っていた」

ショウはバックパックから裁定書を取り出してフィールドに渡した。

内容に目を通す前に、フィールドは文書を裏返して光に透かした。「オリジナルだね」

「はい。一九〇六年発行です」

「タイプ打ちされてる。当時の公文書の大半はタイプライターで作成されていた。タイプライターは最近の発明品だと思っている人が多いが」眼鏡をかけ、事故のないようティーカップを脇にのけてから文書を手元に引き寄せた。とりとめのないおしゃべりを続けながら、文字に目を走らせる。「世界初の電動タイプライターを発明したのはエジソンで、一八七〇年代だったと知っていたかね？ それがのちに株式相場を紙テープに印字する機械の原形に——」

ふいに口をつぐんだ。文字を追っていた目が大きく見開かれる。

「どうかしましたか、教授」ショウは訊いた。

フィールドには聞こえていないようだった。勢いよく立ち上がると、棚から革綴じの本を抜き取った。ページを開き、集中した様子で眉間に皺を寄せて読み始めた。しかしすぐにその本を閉じ、別の本を手に取った。書棚の前に立ったままページをめくり、目当ての箇所を探し当てると、指で行をなぞった。

それから驚嘆の声を漏らしてささやいた。「なんてこった」

48

フィールドは兄弟をキッチンに誘導した。「もっと大きなテーブル。もっと大きなテーブルでないと」

丸テーブルから花瓶や料理本をどけ、書斎から本を次々と持ってきてそこに積み上げた。

「手伝いましょうか」ショウは申し出た。

フィールドは答えなかった。考えにふけっている――同時に、激しく動揺しているらしかった。

ラッセルが手の甲で顎髭をなでつける。兄弟はフィールドが書棚から抜き取ってきた本のタイトルを見た。どれもカリフォルニア州史に関連した書物のようだ。

最後に積み上げられた山は、法律書だった。カリフォルニア州の判例集や学術論文集。『合衆国最高裁判所判例集』も一冊。

フィールドは無言だった。本の一節を確かめ、付箋を貼ったり、黄色い用箋に概要をメモしたりしている。やがてようやく椅子の背に体を預けると、独り言をつぶやいた。「事実だ。ありえない話だが、事実だった……」

「フィールド教授？」ショウはしびれを切らしかけていた。ラッセルのいらだちも伝わってきた。

地雷でも見るような目を裁定書に注いだまま、フィールドが口を開いた。「カリフォルニア州は昔から直接民主制を貫いてきた。憲法修正案を含め、しかるべき法案について州民が賛成あるいは反対できる。知事と議会が法案を承認すると、その法案は住民投票にかけられる。多数が賛成すれば、州憲法は修正される。つまり、住民投票以外の手続を要しない。

ここでローランド・C・T・ブリッグスが登場する。一九〇六年のことだ」フィールドは革綴じの薄い本を指先で軽く叩いた。表紙と背に金で箔押し印刷されたブリッグスの名がある。「これは自費出版で制作された本人の自伝でね。ベストセラーとはいかなかった。なんといってもテーマに、そう、魅力がなかった。共著者名を入れるべきだったろうな――〝うぬぼれ〟と。ブリッグスは不動産業と鉄道業で財をなした。当時の典型的な成り上がりだ。ネイティブアメリカンの土地を奪い、使用人を死ぬまで働かせ、ライバル会社を違法なやり方で破産に追いこみ、市場を独占した。私生活における過ちについては、話し出したらきりがない」

ショウの頭にデヴローの顔が浮かんだ。

「法案06号の草案をまとめたのはお抱え弁護士集団だった。商取引や税制に関するちまちました修正案がずらりと並んでいた。ブリッグスは配下の者を使って州議会議員と知事を脅し、丸めこみ、買収して、法案06号を通過させた。そして住民投票が実施される運びとなった。

ブリッグスはここでも財力にものを言わせた。ブリッグス率いる政治組織は住民に圧力をかけて賛成票を投じさせ、法案06号は通過するかと思われた。しかし、最終的には僅差で否決された。これで決着がついたと誰もが考えた。しかし——これによれば——まだ終わりではなかったようだ。法案は承認されていた」フィールドはそう言って裁定書に顎をしゃくった。

「第12州議会議員選挙区の投票に不正があったことに誰かが気づいたのだろうね。ちなみに第12州議会議員選挙区はサンフランシスコ市だ。おそらく再集計が行われて、票の偽装や二重投票の証拠が見つかったのだろう。いずれにせよ、不服が申し立てられて、州裁判所の判事が再集計を命じ、新たな結果を認定した。これをもって法案は成立し、州憲法は修正されるはずだった。しかし、実際には修正されなかった」

「なぜです?」

「地震が起きたからだよ。裁定書の日付をごらん。四月十七日付だろう。サンフランシスコ大地震が発生したのは、翌日の午前五時だった。多数の官庁施設が倒壊し、公文書が失われ、数十名の公務員が命を落とした。このセルマー・クラークという判事も死者の一人だった。震災直後の混乱にまぎれて、再集計の結果は忘れられた。それに、法案が成立したとは誰も知らなかった。ブリッグスとしてはおそらく再度の住民投票に持ちこみたかっただろうが、大地震からまもなく死んでいる。梅毒が原因のようだね。そんなこんなで、憲法修正の問題はそれきりになった」

ショウは言った。「で、どのあたりが〝なんてこった〟なんでしょう」

「法案06号は数十ページにわたる長々しいものだったが、ブリッグスにとってその九九パーセントはどうでもいい話だった。どれもこれも煙幕だったのだよ——ブリッグスが本命としていたただ一つの修正案から人々の目をそらすための。その一つとは、十五番目の修正項目だ」

法案06号
修正項目15
カリフォルニア州において公職に就くための条件を定めたカリフォルニア州憲法の条文について、以下のように修正する。

カリフォルニア州において公職に就くには、以下の条件を備えていなくてはならない。

１　当選日または任命日の５年前より引き続きカリフォルニア州内に住所があること
２　21歳以上であること
３　自然人の場合、10年前より引き続きアメリカ合衆国国民であること

ショウとラッセルはその項目を読んだ。そしていぶかるような視線を教授に向けた。

「説明しよう。ブリッグスもそうだったが、当時の大資本家はみなマルクス主義と、そのころ影響力を持ち始めていた共産主義運動を憎悪していた。共産主義は、この世の苦悩のすべては、生産手段を所有し、労働者階級を抑圧しているエリート階級がもたらしていると考える。レーニンがロシアで革命運動を始めるのはこの十年ほどあとだが、共産主義政府の出現を確信させる兆しはすでに十分すぎるほど見え始めていた。

ブリッグスと少なからぬ数の――あえてこの言葉を使うよ――同志は反対運動を起こそうとした。ブリッグスは、資本主義と分かちがたく結びついた政府を望んでいた。その結果が――この法案というわけだ」

フィールドはそう言うと、法案06号の詳細が載った本をまた軽く叩いた。

それからささやくような声で続けた。「このなかに、場違いと思える文言がないかね？　奇異に響く文言、革命的な文言が」

ラッセルはもどかしげな目でフィールドを見た。

「たとえば条件の三つ目に」フィールドが促す。

ショウはふいに理解した。「ありえない」かすれた声でささやく。

フィールドが応じた。「それがありえるのだ。この修正案は、カリフォルニア州の公職に就く資格を法人に与える」

49

「そんな馬鹿な話があるはずがないでしょう」ラッセルが言った。

フィールド教授は言った。「いやいや、少しも馬鹿な話ではないよ。これは史上最高に巧妙な政治的クーデターと言っていい。もっとも破廉恥な一つでもある」

フィールドは指先で裁定書をなぞった。だが、歴史的文書のオリジナルであることを思い出したのだろう、あわてたようにその手を引っこめた。

ラッセルが言った。「しかし、法人には一言も触れていませんよ」

ショウが第三の条件に隠された意味を大雑把にでも理解できたのは、法律を学んだ経験があるおかげだ。「実際には言及している」

フィールドがうなずく。「そのとおりだ、コルター。説明しよう」修正項目を凝視するフィールドの目には深い憂慮が見て取れたが、同時に小さな称賛も浮かんでいた。「もう一度読んでごらん」

兄弟は文字をたどった。

「公職に就く第一の条件は、少なくとも五年前からカリフォルニア州に住んでいることだ。法学者は、法人も州の住民とみなしうるとの見解で一致している。徴税の観点から言えば、州民とみなせなければ困ったことになるからね。第二の条件は、二十一歳以上であることだ。法人の年齢は、設立された日を基準に数えるという議論は容易に成り立つだろう。

いよいよ第三の条件だ……」魔法の呪文を唱えるような調子だった。「第三の条件こそが鍵だ。公職に就くには、最低でも十年前からアメリカ合衆国国民でなくてはならないと規定している。ただし、〝自然人の場合〟であって、法人は別だ。法人はこの第三の条件から除外されているわけだよ。つまり、法人がカリフォルニア州の公職に就くための条件は、五年前からカリフォルニア州民であることと、設立から少なくとも二十一年が経過していること、その二つだけだ」

裁定書に目を注いだままラッセルが言った。「しかし、こいつは百年以上も前の文書ですよ。このまま有効になるなんてありえないでしょう」

フィールドが言った。「だが、これが現行憲法なのだよ。現在有効な憲法だ」

ショウは眉間に皺を寄せた。ここまで来ると、ショウの知識では追いつかない。

「一九〇六年、法案06号が住民投票で承認された瞬間、州憲法は修正された。州知事や州議会が追加で承認する必要はない。百十年前から、カリフォルニア州憲法はこのとおりのものだったのだ。誰一人そのことを知らなかっただけで」

ラッセルは無表情に窓の外を見つめた。

「それだけではない」フィールドの顔は、内心の懸念をそのまま映していた。

「まだあるんですか」ショウは先を促した。

「アメリカ合衆国国民であれば、誰でもカリフォルニア州の公職に立候補できる。過去に重犯罪で有罪を宣告されたとか、任期制限により立候補の資格を失っているといったことがないかぎり。国民となって特定の期間が経過していなくてはならないと定めた法は一つもないのだよ」フィールドは裁定書を指で叩いた。「ところがこれは、十年前から国民でなくてはならないという」

ショウは言った。「現職の議員からも資格を失う人が出てくるわけですね。何人くらいだろう。百人単位かな」

フィールドはうなずいた。「補欠選挙を実施したり、任命のやり直しをしたりといった必要が生じる」

ショウはラッセルの表情をうかがった。ショウと同じことを考えているとわかった。

フィールドに向き直って、ショウは言った。「この裁定書を探している人物がいます。ジョナサン・スチュワート・デヴロー」

フィールドがなるほどという顔をした。「あのデヴローか。多国籍企業の親玉にして企業買収の黒幕。会社の名前は何と言ったかな。失念した」

「バニヤン・ツリー」

「そう、それだ。デヴローは、いわばローランド・C・T・ブリッグスの現代版だね。この裁定書を手に入れたがるに決まっている。これさえあれば、州内で実施されるあらゆる選挙に自分の会社を立候補させられる……しかも会社の資金や人材を選挙運動に注《つ》ぎこめる。選挙資金に上限はないからね。上限があるのは、第三者からの献金額についてだけだ。何十億ドルでも使える候補者と選挙戦を戦って勝てるわけがない」

フィールドは首を振った。「しかも法案06号は、〝選挙に立候補する〟条件ではなく〝公職に就く〟条件と書いている。つまり、法人が州の環境保護局や税務局、移民局、都市計画局、金融規制局の局長に就任することが可能になるし、保安官や判事にもなれるわけだ。危機的な事態だよ。子会社をどんどん新設して、それぞれを公職に就けることだってできるのだからね。ゆくゆくは議員も判事も、州最高裁も、デヴローに牛耳られることになりかねない。デヴローの会社が選挙に立候補しなくても、ほかの候補者を脅し、議席を譲るのと引き換えにデヴローの意向に従わせられるだろう」

ラッセルが言った。「実はまだあります」

フィールドは溜め息をつき、覚悟を決めたような表情をした。

ショウが悪いニュースを伝えた。「ここ数年、デヴローは派手に買い物をしています。カリフォルニア州の会社を百五十社近く買収したんです。設立二十一年を越えている会社ばかりなんでしょうね――〝年齢〟の条件を満たすために」

「やれやれ。州の上院にも下院にも議席に空きが生じることを見越しているわけだな。補欠選挙に子会社を立候補させ、バニヤン・ツリーの資金力で当選させる。改めて指摘するまでもなく、新たな国籍条件によって議席を失うのは主にマイノリティの政治家だ。アジア系、ラテン系。カリフォルニア州での権利の平等を目指して戦ってきた人たちだ。彼らが地位を追われ、デヴローが権力を掌握したら……この州の将来はどうなることやら。公民権法が施行される以前の時代に逆戻りだ」

ここで初めてコルター・ショウは悟った。〈エンドゲーム・サンクション〉という呼び名は、無作為に選ばれたコード名などではない。〝エンドゲーム（最終局面）〟は、デヴローの配下にある会社が政界を征服することと解釈できそうだ。〝サンクション〟は、皮肉にも、二種類の語義のいずれにも読み取れる。バニヤン・ツリーには、世の中のすべてを思いどおりにする許可と、処罰する力の両方が与えられるのだから。

「しかし、現実にはどうする気なのかな。議席には誰が座るんでしょう」

フィールドは言った。「たしかに、運用上の問題はいくつかありそうだ。だが、解決法がまったくないわけではない。たとえばＣＥＯや株主が代理人を指名するとか」

ショウは言った。「訴訟が起きるでしょうね」

ラッセルが椅子の背にもたれた。「どうにか取り消させないと」

フィールドは窓の外に目を向けていた。目が覚めるような真っ赤な花を見つめている。ベイエリアは四季を通して花盛りの温室だ。「そうできたらどんなにいいだろうね。しかし、取り消しは効かないと思う。この国の歴史のある時点では、それも可能だったかもしれない。米国憲法を制定した建国の父たちは賢明にも、社会を運営して市民の務めを果たす会社と、純粋に営利だけを追求する会社とのあいだに明確な境界線を引いた。後者は社会を食い物にしかねないと知っていたのだね。たとえば英国の東インド会社のふるまいを見て、〝インペリウム・イン・インペリオ〟と呼んだ。国家のなかの国家という意味だ。建国の父たちは、それに対して不信の念を抱いていた。

ところが、時代が下るにつれて会社は強大な権力を持つようになり、経営者や顧問弁護士は、〝人格化〟――つまり人間のふりをすると便利であることに気づいた。会社の名で訴訟を起こせる。最終的には、連邦政府および全州の議会が、裁判における〝人格〟には法人も含まれると定義した。

解釈の拡大は続いた。たとえば十年ほど前のシチズンズ・ユナイテッド裁判だ。最高裁は、法人に人間と同等の言論の自由を認め、選挙運動資金支出の権利を認めた。

この判決は、法人が表現の自由を行使する以上のことを可能にする扉を開いたかもしれないと考える人もいる」フィールドは書棚に目を走らせ、黄色い表紙の大型のハードカバー本『合衆国最高裁判所判例集』の一冊を抜き取り、文字がびっしりと並んだページをめくった。「少し長いが読み上げさせてくれ。スティーヴンズ連邦最高裁判事がシチズンズ・ユナイテッド裁判の判決に付した反対意見だ。

〝法人には良心が備わっておらず、信念や感情、思考、欲求も持たない……法人は、合衆国憲法前文にある「我ら人民」、すなわち合衆国憲法を制定した人民、憲法が保障する権利を有する人民のうちに含まれず……ゆえに法廷判決意見は、本質的に、合衆国民の共通認識――建国時から続く民主政治の土台が法人によって揺るがされることを回避せねばならないという共通認識、またセオドア・ルーズヴェルト時代より法人による選挙運動に特有の不正の危険と闘ってきたアメリカ合衆国の共通認識——を否定するものである〟」

フィールドは本を閉じた。

ショウは言った。「知恵の回る弁護士なら、公職に就くのは、表現の自由、憲法修正第一条で保証された権利の行使の一環だと言い張るかもしれない」

「まさにその主張が行われるだろうね。それだけではないだろうが」フィールドはラッセルに目を向けた。「さて、この裁定書は取り消されることになるか否か。何とも言えないな。ただ、デヴローがロビー活動に巨額の資金を投じるのは間違いない。この修正案を有効とするためなら、賄賂《わいろ》も脅迫もいとわないだろう」

それこそブラックブリッジ向きの仕事だ。

「それに、これは手始めにすぎない。デヴローはほかの州にも広げる計画を持っているだろうね」

「王になろうとしている男、か」ショウは言った。ラッセルがショウの視線をとらえてうなずいた。

ベイエリアを離れてテレビもネットもないコンパウンドに引っ越す前は、ショウ兄弟もふつうにテレビを見ていた。ある晩、二人は古い映画を見た。『王になろうとした男』。ラドヤード・キプリングの同名の短篇を映画化した作品だった。元英国軍人の二人組が、王になろうと夢見てインドとアフガニスタンへ旅をする。

「まさにそれだ」フィールドがつぶやく。

ラッセルが言った。「奴の目的もわかりきっている——自分の会社を当選させることだ」

ショウはキャリーケースに入っていた文書の内容を思い出した。自然環境、銀行、労働環境、市民権を守る施策を撤廃する法律や条例。これまではほとんど意味をなさなかった。ところがいま、その目的はいやというほど明らかだ。ショウがそれを話すと、フィールドはうんざりしたような顔をした。

「アメリカの歴史は二百五十年ほどだ。見方によっては長い。永遠に存続する国などないし、外国勢力の侵略を受けて倒れた国よりも、国の内側から引っくり返された国のほうが多いくらいだ」そう言って蔑むような目を裁定書に向けた。

ショウは裁定書を封筒に入れ、バックパックにしまった。

「それを……」フィールドは咳払いをして続けた。「それをどうするつもりだね」

　まだ具体的に考えていなかった。ショウがラッセルを見やると、ラッセルは黙って肩をすくめた。

　フィールドは勝手口まで見送りに来た。ドアを開ける前にショウをじっと見つめ、次にラッセルを見た。その視線は何かを伝えようとしていた。額に皺が寄った。

「きみたちが持っていると、デヴローは知っているのかね」

「まだそう疑っているだけです」

「それならば、きみたちには選択肢が二つある。一つ。入手できなかったとデヴローに思わせることだ。裁定書はどこかに隠しなさい。そしてデヴローが宝探しを永久にあきらめることを祈ろう」

「もう一つは？」

「住民投票で承認された修正案ではある。だが、賛成票を投じた住民にしても、もし真の意味をきちんと理解していたら反対したのではないかな。だから、私の提案はこうだ。アメリカ市民として、また民主主義を愛する者として、焚き火を起こして、その罰当たりな文書を投げこんでしまいなさい」

50

　ノースビーチ。

　チャイナタウンの北、サンフランシスコ市の宝石のごときノースビーチ地区は、イタリア系アメリカ人が多く暮らす地域の一つだ。砂浜を連想させる地名の由来は、いまは昔、アメリカ太平洋岸随一の赤線区域として知られたバーバリーコーストだった。

　一九五〇年代から六〇年代初頭に花開いたボヘミアン・カルチャーは、時代を超えていまも生き続けている。ノースビーチを象徴するのは、ナイトクラブ〈ハングリー・アイ〉のフォーク・ミュージックであり、マリファナであり、『マッド』誌の風刺だ。あるいは、詩人のローレンス・ファーリンゲッティが五十年前に創業したビート運動の主舞台、シティ・ライツ書店だ。この街は洗練された猥褻《わいせつ》という側面も持つ。かの有名なストリップダンサー、キャロル・ドダが長く出演していた店として国内外に知られるストリップ劇場〈コンドア・クラブ〉は、たびたび業種替えを繰り返しつつ、いまもノースビーチで営業を続けている。

ショウは坂を上りきったところで立ち止まって息をついた。グラント・アベニューは、坂だらけのサンフランシスコで一番の急坂とするほどではないが、急なほうから数えたほうが早いのは確かだ。交差点を右に曲がり、さらに数ブロック歩いて、稀覯《きこう》本と古美術品の店ディヴィス&サンズを目指す。

店に入ると——いまどき珍しく、ドアに取りつけられた鈴がちりんと鳴って客の来訪を知らせた——なつかしい香りに出迎えられて、ショウは兄や妹とともに子供時代を過ごした大自然のなかの一軒家へと瞬時に運ばれた。ベイエリアからシエラネヴァダ山麓へ居を移したとき、アシュトンとメアリー・ダヴはありとあらゆるテーマの書物を、それこそ一トン近くも新天地に運びこんだ。大半はハードカバーの本だった。紙と厚紙、革、糊、カビのにおいはいまも嗅覚に残っている。そしてこの店には同じにおいが豊かに満ちていた。

売り物であふれかえった広い店内を見回す。どの棚にも本がぎっしりと並んでいて、不思議なジャンル分けがされていた。

小説（スコットランド、一七〇〇−一七二五年）
ノンフィクション（イギリス、文芸批評、一八〇〇−一八一〇年）
詩（中米、一八五〇−一八七五年）

——などなど。

カウンターの奥の青年は電話中で、ショウに笑顔を向けて人さし指を立て、すぐ行きますと伝えてきた。

ショウはうなずき、店内を見て回った。本のほかに、古くは数百年前の文房具や絵画用品も並んでいる。万年筆やペンスタンド、ペン先が陳列されたガラスケースをのぞく。羽根ペンまであった。アンティークのノートもある。娘のテッシーの捜索に懸賞金を設けたマリア・ヴァスケスとの面談でショウが使ったノートの、いってみれば祖先だ。

青年が電話を終えてショウのところに来た。

「いらっしゃいませ」

ショウはうなずいた。店はなるほどディケンズの作品にあるような雰囲気だが、青年はオリヴァー・ツイスト風でもピップ・ピリップ風でもなかった。髪はムースを使ってスタイリッシュに整えられているし、片耳にピアスをしている。今日着ている白いシャツと花柄のネクタイと黒いスラックスがこの店の利益で購入したものだとすれば、青年の古書ビジネスはきわめてうまくいっているのだろう。

「ケースのなかのものをご覧になります？」青年が鍵を手に尋ねた。

「そうだね、あとで見せてもらおうかな。だがその前に、額装の相談をしたい」

ショウはバックパックからマニラフォルダーを取り出した。やまびこ山から見たシエラネヴァダ山脈のスケッチが入っていた。美しい文字や巧みな地図を描く才能は父譲りで、絵もうまいほうだった。

青年は白手袋をはめてスケッチを受け取った。「ああ、なかなかいい絵ですね」

それから紙を裏返し、そこにタイプうちされた文字に目を走らせた。

州民投票に付された法案06号の第12州議会議員選挙区における開票結果について、私、高等裁判所右陪席判事セルマー・P・クラークは、以下のように裁定する。

「ああ、それは何でもないんだ。父が職場の使用済みの紙に描いたスケッチでね」

デイヴィスあたりに住んで自転車を日常の足にしているのが似合いそうな青年は、国を揺るがしかねない文言の続きを読まずに紙を表に返した。

それからルーペを使って紙を調べた。やがて紙を置いて言った。「額に入れるついでに保護も考えたほうがいいですよ」

「そうかな」

「ええ、保護するに越したことはありません。一八〇〇年代なかばごろまで、ほとんどの紙は布を材料にして、基本的に手作業で作られていました。つまり原料は長繊維でできていたわけです。おかげで強度が高くて、化学薬品も含まれていませんでした。その後、原料は化学パルプに切り替わって、硫酸バンド添加のロジン系サイズ剤を使うようになりました。その製造法では、言うまでもなく、紙に硫酸が残ります。ほかにも窒素酸化物やギ酸、酢酸、乳酸、シュウ酸も。セルロースそのものが産出するのでね。それに、忘れちゃいけません。工場の空気や水に含まれる汚染物質だって残っています」

ショウはうなずきながら耳をかたむけていたものの、なぜこの即席講座を聴かされているのか、さっぱりわからなかった。

「要するにですね、紙を保護する手段はあるにはありますが、お安めのプラスチックの額では結局、紙の劣化を防げません。プラスチックの額に入れるなら、脱酸性化処理が必要です」

「それなしだと、どれくらい持つ？」

「はい？」

「ちょっと急いでいてね。このまま標準的な額に入れてもらった場合、紙はどのくらい持つ？」

青年は、胸の痛むニュースを伝えようとしているかのように額に皺を寄せた。小さく息を吐く。「最長で、そうですね——二百年くらいかな」

古文書の世界では、ＭＲＩ画像を見ていた医師が顔を上げて「あなたは来週の火曜までに死にます」と宣告するのに等しいのだろう。

「プラスチックの額で頼む」

「そうですか。まあ、〝お客様はつねに正しい〟と言いますからね」

だが、青年が本当に言いたいのはこれだろう——「どうなっても僕は知りませんからね」。

51

その晩の九時十五分、コルター・ショウはヤマハのオートバイを停めた。

そこはヘイトアシュベリー地区の中心だった。皮肉なもので、地区の名は十九世紀の不屈の資本主義者二人にちなんだものなのに、アメリカ史上最大の成功を収めた社会主義運動の一派、真正水平派《ディガーズ》はここで生まれた。またヒッピーが最初に現われた街で、一九六七年のサマー・オブ・ラブの〝爆心地〟でもあった。

近隣にホールフーズ・マーケットはあるが、ショウがオートバイを乗り入れた通りは、そういった近年の美的・経済的トレンドに影響されていなかった。レオナルド・ダ・ヴィンチのキャンバスのように塗料の層（ただし落書きの）が重なった金属製シャッターが厳重に下ろされ、タトゥーパーラーやネイルサロン、食料雑貨店を守っている。なかには――もうすっかり見なくなった、昔ながらの靴の修繕屋らしき看板もあった。入口の上に婦人物のボタン留めブーツを描いたセピア色の絵があった。

ショウはオートバイを駐めてチェーンをかけた。顔を上げて赤煉瓦造りの大きな建物を見上げる。建物は古いが、表に掲げられた彩色の金属看板は真新しかった。

スティールワークス

このクラブが入っているのは、もとは工場として使われていた三階建ての建物だ。外壁の赤煉瓦はすすで汚れ、窓は塗料で塗りつぶされていた。店名のとおり、二十世紀の初めごろは鉄工所だった。

旧工場がいま何に使われているのかを知る手がかりは、通りに伸びた入場待ちの行列と、半径十五メートル以内に近づくと襲いかかってくる重低音のビートだけだ。コルター・ショウは分析的な目で建物の前面をじっくりと観察したあと、心のなかで結論を下した――まさに地獄だな。

クラブ通いをするような年代だったころ、ショウはミシガン大学のレスリング部でトレーニングに汗を流し、授業の予習をし、上ミシガン半島で開催されるオリエンテーリング大会に出場し、同じようにアウトドア派のガールフレンドとキャンプをしていた。

革ジャケットのジッパーを上げ、待ち行列を追い越して入口に向かった。痩せて手足が長く、爆発したような赤いくせ毛の男がスツールに座っていた。

行列に並んで待っている三十人から四十人ほどのうちの何人かが、にらみつけるような目でショウを追っていた。年ごろは大半が二十代と見えた。みな申し合わせたようにジーンズまたはカーゴパンツやスウェットパンツ、タンクトップに色褪せたローファーかブーツといった服装だった。みごとな顎髭をたくわえている者もいるが、ラッセルのそれとは違い、きわめて装飾的に刈りこまれていた。ここに並んだ面々の肌に施されたタトゥーの面積からすると、この街の彫り師はずいぶんと稼いでいるに違いない。入浴は最優先事項に含まれていないらしいことをショウの鼻は察知した。

ショウはスツールに座った番人《バウンサー》に言った。「なかで人を探したいんだが」

「いますぐは入れないよ。満員でね」

ショウは笑った。

痩せっぽちのバウンサーはいぶかしげにショウを見た。

「満員じゃないだろう。定員オーバーだ。非常口はいくつある？」

サバイバリストにとって出口、なかでも非常口は生命線だ。殺人者やテロリスト、誘拐犯やアメリカクロクマから逃げなくてはならない状況に置かれる確率は、無視してかまわないくらい低い。しかし、見上げるばかりに高くて足が速く、千度にも達する炎との追いかけっこをするはめになる確率は、無視できるものではない。

「あんた、何なんだよ？」

「すぐにすむ」ショウはなかに入ろうとした。行列の先頭にいた男が怒鳴った。「おい、みんな並んで待ってるんだよ！　横入りすんなよ！」男はショウに突進してきて腕をつかもうとした。ショウは立ち止まって男を見据えた。男は凍りついた。

ショウは眉を寄せて言った。「いま〝横入り〟と言ったか？」男のガールフレンドのほうを向く。「こいつはいま〝横入り〟と言ったか？　これは何だ、高校のカフェテリアの待ち列か」

男は頰を赤らめ、しかめ面をして退却した。ガールフレンドが辛辣《しんらつ》な声で言った。「だから言ったじゃん。やめときなって」

バウンサーが城の防衛の任務を引き継いだ。「入れるわけにいかないんだよ。さっきから言ってんだろ」スツールから立ち上がる。警察官が持っている伸縮式の警棒のような武器を腰に下げていた。ショウはそれで打たれた経験がある。おそろしく痛かった。

ショウはバウンサーを眺め回すようにして言った。

「姪を連れ出したいだけだ。見つけたらすぐに引き上げる。まだ十六歳でね」

バウンサーの動きが止まった。歩道にさっと視線を走らせる。「何歳だって？」

それから内心の焦りを隠しているような表情で店のなかを一瞥した。そしてショウに向き直った。「わかったよ。入りな。姪っ子を連れ出せ。とにかく急いでくれよ」

　ショウは満員の蒸し暑い店に入った。どういう店なのか、いまひとつつかめない。ＤＪがいて、板張りの広々としたフロアで踊っている――というより、ただ腰をくねらせている――客も何人かはいる。しかし大半は、ばらばらなデザインの椅子やソファに座っているか、階段や木箱に危なっかしく尻を乗せている。みな大声でしゃべり、酒を飲み、電子煙草を吹かし、マリファナを吸っている。なかには床で気を失っている者もいた。嘔吐の跡があちこちにある。ショウは足もとに注意しながら奥へと進んだ。

　ここは単なる地獄ではないな――ショウは評価を変えた。ダンテの地獄の第九圏だ。おお、ぴったりのたとえではないか。このクラブのオーナーの名は、ダンテ・ムラディッチなのだから。

　ショウは狂気の空間をぐるりと一周した。汗まみれの体のあいだをすり抜け、人とぶつからないよう用心し、ふらふらと寄ってくる泥酔した男女を慎重に避けた。

　まもなく、店の一番奥にドアが二つ見えた。

　狙うのは右側のドアだ。なぜなら、そのすぐ横の椅子に男が座って見張りをしているからだ。引き締まった体つきをした三十歳くらいの男で、金色の巻き毛だった。鼻やほお骨や顎の輪郭は、触ったら切れそうに鋭い。背を丸め、携帯電話で何かを読んでいた。

　ショウは危なっかしい足取りでドアに近づき、ノブに手をかけた。鍵はかかっていなかったが、見張りの男が即座に立ち上がってドアを閉めた。「何のつもりだ？」

「トイレ」ショウは呂律《ろれつ》の怪しい調子で言った。我ながらなかなかうまい芝居だ。懸賞金ビジネスでは、演技力がものを言う場面がときおり訪れる。

「あっちだ」大柄な男は親指を立てて指し示した。

「いや、壊れてるんだよ。何か壊れてる。パイプかな」

「いいから失せな。つまみ出すぞ」バルカン諸国のアクセントがかすかに聞き取れた。

「トイレ」ショウはそう繰り返しながら左側のドアを開けた。事務室だった。無人で暗い。

「おい」男がショウを追って入ってきた。

「トイレ」ショウは得意のせりふを繰り返した。

　ショウのみぞおちを狙って、男の拳が飛んできた。ショウは一歩横に動いてそれをやすやすとかわし、重心をさっと落とした。そしてレスリングの基本的なタックルの技を使った――男の脚のあいだから右腕を入れて背中側に伸ばし、そのまま脚を持ち上げて床に倒す。大学時代のコーチはよくこう言っていた。「恥ずかしがってちゃレスリングなんかやれないぞ。タマに触るのに抵抗があるなら、フェンシングにでも転向するんだな」

ショウは反動を利用して立ち上がった。左手で男の襟首をつかみ、男の体を完全に持ち上げてからオーク材の床に投げ落とした。工場の床にはきわめて硬い板が張られている。男の頭がぶつかる音は、音楽に負けずにしっかり聞こえた。

反撃を完全に封じなくてはならない。ショウは拳を男の腹に叩きつけた。強烈なパンチ。だが、骨や内臓を損ねるほどではない。

男が嘔吐し、ショウはぎりぎり飛び退いてそれをよけた。

コルター・ショウが正当な理由のない暴行（不安を感じただけで実際に攻撃されたわけではないのに、不本意な身体的接触をした。それに加えて今回の場合は頭を床に叩きつけて腹部を殴った）をしたのは一〇〇パーセント確かな事実だ。

疑問の余地があるとすれば――その行為を正当化できるか。

できる。ショウはそう判断した。

このクラブに来たのは、マック・マッケンジーから情報が届いたからだ。マックは、ギラデリ・スクエア近くでテッシー・ヴァスケスを拉致したと思われる灰色のバンの所有者をようやく突き止めた。複数のオフショア・カンパニーから成る地層を掘り返し、バンの実質的な所有者は、ダンテ・ムラディッチという人物が経営する会社と判明した。ムラディッチはサンフランシスコ市内でクラブを経営しており、ドラッグの密売と性的人身売買にも関与している疑いがある。

そのムラディッチの本営がこのクラブ――スティールワークスだ。

いまショウの目の前で空気を求めてあえいでいるこの男がいっさいの犯罪と無関係なのだとしたら、ショウは相応の罰を食らうことになるだろう。しかし、こうするしかないとショウは判断した。

その判断にしたがって、男の持ち物を調べた。

見つかったものは二つ。一つはグロック17セミオートマチック拳銃で、これはいただいてウェストバンドにはさんだ。もう一つは情報だ。運転免許証の名義はグレゴール・ムラディッチ。ダンテの息子か甥といったところだろう。

おっと、もう一つあった。

後ろポケットに、プラスチックの結束バンドの束。ショウはそのうちの二本を使って男の手首と足首を縛った。

さて、右のドアの奥を調べよう。

ドアを開けた。

コルター・ショウは銃を抜いた。階段にそっと足を踏み出し、古びた建物の大きな地下室へと下りていった。カビと灯油の臭気が鼻を突いた。

52

上階のダンスフロアの足音は聞こえなくなっていた。避難が完了したのだろう。いま聞こえるのは炎のうなりだけだった。


ショウは石膏ボードにできた穴から廊下のほうをのぞいてニタに言った。「急げ、階段を上れ。警察が来ているはずだ」

「でも……あなたは？」

ショウは微笑んだ。「まだやることがある」

そして向きを変え、急ぎ足で廊下の奥へ向かった。

ショウが右側のドアを開け、階段伝いにスティールワークスの地下に下りてきてから二十分が過ぎていた。炎は刻一刻と勢いを増している。テレビがある事務室にいた男たちが火を放ったのは、犯罪の証拠を隠滅せよとのダンテ・ムラディッチの指示を受けてのことだろう。

テレビを見ていた男たちはいない。ニタも脱出した。しかしコルター・ショウは、地下にいるのは自分一人ではないと確信していた。

シャツの裾を持ち上げて口を覆い、それでも煙にむせて咳きこみながら、ショウは中央の廊下をさらに奥へと進んだ。

サイレンが聞こえているようだが、燃え盛る炎にほとんどかき消されている。

中央の廊下の突き当たりを右に折れた。懐中電灯を手に、先を急ぐ。上階の足音がやんでいるいま、右に曲がって炎から遠ざかったとたん、どんどんという音や「助けて」というくぐもった叫び声が聞こえた。「誰か来て！　ここから出して！」

外開きのドアだ。蹴破れない。そこでまた折りたたみナイフを使ってこじ開けた。三十秒とかからなかった。

懐中電灯の光をあちこちに向ける。テッシー・ヴァスケスがいた。小さな悲鳴を上げて身を縮ませた。みやげ物店の防犯カメラの映像と同じ服を着ていた――赤いブラウスに黒いジプシースカート。

「テッシー、もう大丈夫だ。私はお母さんに頼まれて来た」

「ママに？」

「一緒にここから出よう」

開いたままだったナイフを使って、テッシーの足首に巻かれた結束バンドを切断した。

「こっちだ。急げ」

頭を低くし、咳きこみながら、二人は廊下を歩き出した。

「見張りがいるの。銃を持ってる」

「あの連中ならもういない」

ショウの後ろをついてくるテッシーの足取りはおぼつかない。監禁されていたあいだ、まったく動いていなかったせいだ。

曲がり角に来て、中央の廊下に入った。

脱出ルートはなくなっていた。

炎はいまや廊下を完全にふさいでいた。床から天井まで届く炎の壁が、うねりながらゆっくりと二人に迫ってくる。

このままではまもなく酸欠で失神してしまうだろう。

ショウはさっと後ろを振り向いた。テッシーは泣いていた。

ニタが監禁されていた物置部屋を指さし、ショウは言った。「布かペーパータオルをボトルの水で濡らして、口と鼻に当てろ。姿勢を低くして」

アシュトンは、濡らした布は煙を遮断する効果が高いと三兄妹に教えた。水ではなく尿で濡らしたほうがいいという説もあるが、根拠は薄い。尿のほうが有利なのは――といってもわずかな差だが――塩素ガスに対してだけだ。

「二人とも死んじゃう！」

「いま言ったとおりにするんだ。さあ、早く」

テッシーは激しく咳きこみながら足を引きずって物置部屋に向かった。

ショウは熱さに耐えられなくなる限界まで炎に接近した。上階で見張りの男から奪ったグロックを抜く。自分の銃より口径が大きくて銃身が長い。マガジンに入っている弾も多い。

炎の奥に目を凝らし、発砲した。

二発。三発。

四発。五発。六発。

七発目が的に命中した。この建物のボイラーだ。大きな爆発が起きて地下が揺れ、人の死を予告する妖精バンシーの泣き声のような甲高い音とともに、蒸気が噴き出した。

ショウは蒸気の直撃を逃れてニタがいた部屋に飛びこんだ。爆発したボイラーから少し距離があったが、それでも廊下に噴き出した蒸気が入ってきて部屋に充満した。密閉容器内で加熱した蒸気は、摂氏五百度近くに達することがある。壁の石膏ボードは新聞紙のようにあっけなく溶け、ショウとテッシーは熱傷で死んでいるだろう。しかしショウには九〇パーセントの確信があった。この建物に設置されているような古いボイラーでは、蒸気の温度は標準的な百度までしか達しないはずだ。

ショウは立ち上がって廊下を確かめた。炎は完全に消えたわけではないが、通り抜けられるだけの空間ができていた。

「行こう」テッシーに手を貸して立ち上がらせた。ショウが先に立って歩く。見張りの男の銃はしまってあったが、性的人身売買組織の男たちが戻ってくるかもしれないと考え、いまは自分の銃を握っていた。連中はおそらくもう下りてこないだろう。警察と消防局がまだ到着していないとしても、まもなく来るはずだから。

ショウは事務室をのぞいた。何もかもが燃えてしまったわけではなかった。警察の鑑識なら、ムラディッチを有罪にできる程度の証拠を掘り出せるだろう。

階段の上り口に来たところで、二人は立ち止まった。足音が下りてくる。ショウは銃をかまえた。

涙があふれかけた目を煙の奥に凝らす。

消防士の姿が見える寸前にかろうじて銃をポケットに

しまった。かさばる装備を着けた大柄な消防士がどかどかと階段を下りてきた。

一人が酸素マスクを持ち上げて訊いた。「地下にはほかに誰かいますか」

「いません。事務室の火はまだ完全に消えていませんでした。右手の一つ目のドアです」

別の消防士が地下を見回して言った。「火はあらかた消えているようですが」

「ボイラーが爆発したんです。それで消えました」

「それは幸運でしたね」

二人とすれ違って下りていく消防隊に、ショウは言った。「ファイルやパソコンには水をかけないで。検察が見たがるだろうから」

消防士の一人がこちらを振り返ったのがわかったが、ショウはテッシーを連れて階段を上った。

53

二人はパシフィックハイツの新しい隠れ家のソファに座っている。

隠れ家にはショウとテッシーの二人だけだ。ラッセルは、ダークグリーンのホンダ車の金髪の女を見つけて身元を探ろうと、アルヴァレス・ストリートの隠れ家を監視していた。異常なしというメッセージが少し前に届いていた。ショウからは、テッシーを発見して救出したと伝えた。

交代でバスルームを使って汗とすすの汚れを洗い流したが、髪や衣類に染みついた煙のにおいは消えなかった。

テッシーはハーブティーを飲んでいる。そう、アシュトンはお茶好きだった。兄ラッセルもそうらしい。隠れ家には定番のお茶や紅茶がそろっていた。イングリッシュ・ブレックファスト紅茶。ハーバルティーも何種類か。テッシーはカモミールティーを選んだ。お茶を飲むのは五年か六年ぶりだと気づいて、ショウは信じがたい思いがした。

テッシーはうつろな目で経緯を説明した。ショウとラッセルが推理したとおり、テッシーを拉致したのは灰色のバンの男たちだった。

「ローマンも関わっていたのかな」

テッシーはいとわしげに顔をしかめた。「はい、犯人グループの一員でした。ドラッグをやめるまであなたとはつきあわないと私が言ったから、ものすごく怒ってました。あんな人とは一緒にいたくないと思いましたけど、ドラッグをやめたらもっとましな人になるんじゃないかと期待しちゃったの。でも、これで単なるサイコだってわかりました。人を傷つけて喜ぶような人なんです」

「人身売買に彼も関わっていた？」

「関わってたと思います。あのクラブのオーナーのダンテと仲がよかったし」

　ローマンに関する記録は、スティールワークスのどこかにおそらく残っているだろう。しかし、彼の関与を市警やＦＢＩに確実に知らせるため、ショウはテッシーからローマンの実名などを聞いて元ＦＢＩの友人トム・ペッパーにその情報を預けるつもりでいた。トム・ペッパーからサンフランシスコ市警やＦＢＩサンフランシスコ支局にその情報を伝えてもらえばいい。それならテッシーは表に出ずにすむし、移民関税局に存在を知られる心配もない。

「あの……本当にありがとうございました。怖かった。本当に怖かった。男の人が何人か、私を見に来たの。市場で牛や豚を選ぼうとしてるみたいだった。死んだほうがましだと思いました」

　ショウは黙ってうなずいた。昔から、感謝を伝えられるとたちまち居心地が悪くなる。自分の手柄を割り引くことはしないが、懸賞金ビジネスでは、誰かを元の日常に帰してやればそれで充分だ。

　しばらく黙っていたテッシーが口を開いた。「ガールフレンドはいらっしゃるんですか」

いるだろうか。自分でもわからない。ショウはうなずいた。いまテッシーが何を考えていたにせよ、恋人がいることにすれば、考えがそこから先へ進むことはないだろう。

「よかった。ほっとしました」

　チャイムが鳴った。インターホンに応答すると、来たのはマリア・ヴァスケスだった。ショウはオートロックを解除した。

　マリアは娘を抱き締めた。

「いやだ、すごい煙のにおい」

「この人が助けてくれたの、ママ。男の人たちに誘拐されたのよ」

「あのクラブにいたの？　テレビのニュースでやってるクラブに？」

ショウはうなずいた。それから尋ねた。「死傷者はいたんでしょうか。まだニュースを見ていなくて」

「怪我人が何人か。死者はいなかった。クラブの経営者が逮捕されたそうですよ。人身売買ですって。麻薬の密売も」マリアはむせび泣いた。テッシーが母親をきつく抱き締めた。

九一一に通報したとき、ショウはクラブの奥の事務室に誰かいるのを見たと伝えておいた。「縛られているようでした。どういうことなのかはわかりませんが」逮捕されたうちの一人がムラディッチの息子であることを祈った。

ショウは言った。「お嬢さんを短時間のうちに連れ出しました。警察とは話していませんから、警察はあなたの名前を知りません」

二人と同じように、自分も警察を巻きこみたくないことは言わずにおいた。

「お金を持ってきていなくて」

ショウは言った。「かまいませんよ。余裕ができたときに払っていただければ」

「ありがとう。本当にありがとう」マリアはショウをしっかりと抱き締めた。テッシーもだ。

二人を送り出してから、ショウはいつものとおり、まず熱いシャワーを浴び、次に冷水に切り替えて浴びた。服を着てからミネラルウォーターをボトル一本分一気に飲み干し、次にビールを開けた。

煙のにおいが鼻をかすめた。さっき脱いだ服の小山から漂っていた。服をくず入れに押しこんだ。ドライクリーニングに出している暇はない。

テーブルからアンドロイド携帯を取ってブラウザーを起動した。目的のウェブサイトを開き、そこに並んだ番号を一ダースほどスクロールして、有益な情報を得られそうな番号を一つ見つけた。そこに電話をかけると、遅い時間にもかかわらず応答があった。感じのよい女性だった。話したい相手の名前を伝え、自分も名乗った。

十秒後にはその相手に電話がつながった。

第三部　王になろうとした男　六月二十六日

一家の死まで：8時間

54

海はカメレオンだ。

ふたたびエンバーカデロ地区を訪れたコルター・ショウは、サンフランシスコ湾を眺めている。何年も前、サンフランシスコで暮らしていた当時の記憶の一つは、揺れ動く波の色は日々変わることだ。女王のサファイアのように豊かで吸いこまれそうなブルー。また別の日には、鈍い灰色。そうかと思えば、トロピカルグリーン。

今日、六月らしい陰鬱な曇り空の下に横たわるサンフランシスコ湾は、グレーがかった茶色をしていた。墓地に新しく掘ったばかりの穴からのぞく粘土をたっぷり含んだ土の色――ショウの目にはどうしてもそう見えてしかたがなかった。

ショウは通りや行き交う車からも目を離さないようにした。ラッセルはあれきりダークグリーンのホンダ車も金髪の女も確認できずにいるが、あんなにしつこく尾行していたのだ。いまさらあきらめるとは思えない。

それに、ショウに気づかれたと向こうもわかっているのだから、きっと新しい車をレンタルしただろう。ショウなら車を乗り換える。

しかし、ショウがいま目で探している車は、あのホンダ車だけではなかった。もう一台別の車も待ち受けていた。

その一台がようやく来て、すぐ目の前の歩道際に停まった。

ベイエリアでは、ロールスロイスを見かけることはめったにない。テスラやフェラーリ、ブガッティなどの高級車を購入できる富裕層が多く住む街ではあるが、ロールスロイスやその双子のようなベントレーは、シリコンヴァレーの住人の財布の紐をゆるめさせるブランドではないようだ。最近のデザインは一目でそれとわかるインパクトや存在感に欠けているせいかもしれない（遠くから見るとダッジと見分けがつかない）。あるいは、その二つは旧世代の富裕層を象徴するブランドであり、グーグルやフェイスブック、ＹｏｕＴｕｂｅはどう見ても旧世代と一線を引いている。

バックパックを肩にかけ、ショウは体を起こして深紅のロールスロイスに近づいた。

降りてきた運転手は、テンダーロイン地区の解体現場やアルヴァレス・ストリートの隠れ家にいるところを見かけたあの巨漢だった。銃を携帯している。腰のホルスターに大型の１９１１コルト・オートマチック拳銃がある。

ショウは運転席側に回った。運転手が言った。「ミスター・ショウ。私は録音装置を身に着けています。本日の面談の内容を録音させていただきます」訛のないアメリカ英語だった。

「へえ、録音をね」

「強制や圧力がいっさいなかったと証明するためです。よろしければどうぞ乗ってください。いずれにせよ、強制はいたしません」

奇妙ななりゆきだった。この面会を提案したのはショウのほうなのだから。当人の意思に逆らって、〝よろしければ〟デヴローの車に乗るよう強いられた人間が過去に何人もいたに違いない。

「わかった。せっかく基本ルールを決めるなら、こちらからも伝えておきたいことがある。たったいま、この車とナンバーを撮影した画像を同僚に送信した。三十分以内に無事を知らせるメールが私から届かなければ、同僚は誘拐事件が発生したと警察に知らせることになっている」

車内から金属がきしるような笑い声がかすかに聞こえた。運転手が後部座席を見やる。了解の合図があったのだろう、運転手はドアを開けた。

後部シートの運転席側に、目の覚めるように美しい女が乗っていた。金色の髪は逆毛を立ててふわりとさせ、ヘアスプレーで固めてある。美人であることは間違いないが、紫や青を多用した厚化粧を落とせばもっと魅力的なのではないか。デヴローがアルヴァレス・ストリートの隠れ家に現れたとき連れていた女とは別人だが、ファッションの方向性は一致していて、スカートは限界まで短く、ブラウスの襟ぐりは限界まで深かった。

デヴローはポケットから数百ドル分の紙幣を抜き出した。「コーヒーかワインでも飲みなさい。ランチでもいいぞ。さ、いい子だ、行きなさい」相手を小馬鹿にした口調だった。

「子供扱いはやめて」女は憤慨しながらも金を受け取った。「このまま一緒にいちゃだめなの？」

「キャシー、わがままを言わないでくれ」

「キャ、キャ、キャリーだったら」

「おっと、これは失礼した。気が散っていたもので」デヴローはキャリーという女の体を眺め回した。

そんなつまらない言い訳が許されるほど、世の中のレベルは低いのか？

キャリーは愛想笑いをショウに向けて車を下り、かつかつとヒールの音を鳴らして歩き出した。

デヴローがその後ろ姿に言う。「ランチを食べるなら、ニンニクを使っていない料理にしてくれよ」

ショウは車内をのぞきこみ、ジョナサン・スチュワート・デヴローを見つめた。「ドルーンやブラクストンは？　ブラックブリッジの者は来ていないだろうね」

「私がいまここにいることさえ連中は知らない。きみのご要望にきっちり従っているよ、ミスター・ショウ。今日の面談を設定したのはきみだ」

ショウはキャリーが座っていた席に乗りこんだ。香水の雲に巻かれた。足もとの広々とした空間にバックパックを下ろす。車内にさっと目を走らせた。バーズアイメープル材を使った内装、厚くふかふかのカーペット、磨き抜かれたクローム。ブランドに恥じない、最高に贅沢な車だ。ドアに小さな操作盤がある。シートに内蔵されたマッサージ機のコントローラーらしい。

車は歩道際を離れた。音もなくすべるように走っていく。サスペンションの性能がよほどいいのだろう。エンバーカデロ地区には玉石敷きの道路が少なくない。

ショウはテンダーロイン地区でデヴローを遠くから見た。またラッセルが隠れ家に設置した監視カメラ越しにも姿を見ていた。こうしてすぐ近くで観察してみると、どこかの国の大使といっても通りそうな人物だった。灰色の地に濃いストライプが入ったスーツを着ている。縦線には瘦せて見える効果があると信じているのかもしれない。今日、胸ポケットから爆発したようにのぞいているチーフの色は、淡いブルーだった。ジャケットの内側にフェラガモのラベルがあるのがちらりと見えた。ジャケットの前ボタンをはずしているのは、ブランド名を見せつけるためなのか？　子会社がカリフォルニア州で公職に就いたら、この男の懐はいまよりどのくらいふくらむことになるのだろう。一定のラインを越えると、人は黄金ではなく権力を求めるものなのだろうか。

「ミスター・ショウ。きみの伝言を受け取ったときは、いやはや、たいそう驚いたよ」

しかし、本題に入る前にデヴローの電話が鳴った。画面を確かめてから応答する。「何だ？」ショウには聞こえない相手の声に聴き入るうち、デヴローの動きは止まり、顔から表情が消えた。「そんなことでうまくいくわけがないだろう」表情は穏やかだが、声は氷のように冷たい。「メ、ノン」ふいにフランス語に切り替わった。ショウの耳には完璧な発音と聞こえた。ショウの知り合いにも、多数の言語を操るイギリス人が何人もいる。格安航空会社を使えば、たった五十ドルでロンドンから異国情緒あふれる街にいくらでも行けるのだ。地球の反対側にあるアメリカとは事情がまるで違う。

五分後、デヴローはまた英語に切り替えた。最初に話していた相手が電話口に戻ったのだろう。デヴローはハンカチで額と禿げかけた頭を拭った。「ああ、そうするんだな」

通話を終えたデヴローがショウに向き直る。急ぎの用件だったからではなく、スーツのジャケットのラベルと同じで、権力を見せつけるために電話に出たに決まっている。それにこの男は、人を待たせておくのが好きなのだ。エンバーカデロ地区にも約束から十五分遅れて現れた。「さて。話を聞こうか」

「私はあんたが捜しているものを持っている。取引をしたい。だからあんたに連絡した。ドルーンやブラクストンではなくてね。彼らは信用できない。何かと暴力で解決しようとする。あのやり方は逆効果だ」

デヴローはすぐには何も言わなかったが、その顔を見れば内心で快哉《かいさい》を叫んでいるのは明らかだった。「可能なかぎり中間業者を排除するのは得策だね。長い目で見れば、そのほうが安く上がる」そして付け加えた。「たいがいの場合、そのほうがより安全でもあるな」

ショウは先を続けた。「あんたとブラックブリッジの連中が押し入った家、アルヴァレス・ストリートの家は、私の父のものでね」

運転手がバックミラー越しにこちらを一瞬うかがった。デヴローはいいんだというように首を振った。

そしてショウに向かって言った。「それは事実と微妙に違うな。私が行ったときにはもう連中がなかにいた。どうやって入ったのかは知らんよ。私は連中に誘われて入った。家の持ち主は知らなかった」デヴローの指は落ち着きなく動き続けていた。病気か何かで不随意に動いているわけではない。意図して動かしている。「そのときはね」

「私の家族が危険な状態に置かれている」

デヴローはうなずいた。「なるほど。私たちの会話を聞いていたわけだね。あの家を盗聴していたわけだ」

「自分の家の場合、〝盗聴〟とは言わないだろうな」

「たしかに。で？」

ショウは言った。「母と妹はいまのところ無事でいる。しかし、この先も無事でいられるようにしておきたい。あんたが捜しているものを渡すから、手を引くようドルーンとブラクストンに指示してくれ」

「興味深い話だ。つまり、やはりゴールのキャリーケースに入っていたわけだ」

「入っていた」

「それと引き換えに家族の安全を保障しろと。当然の話だ。しかし、それだけですませるのはもったいないのではないかな。知っていたかね、ミスター・ショウ。一説によると、貨幣は四万年以上前から——後期旧石器時代から使われていたそうだ。当初は物々交換の形を取っていたが、こう考えてみたまえ。トウモロコシと引き換えに受け取った石の矢尻が不要だった者も大勢いたはずだ。とすると、矢尻はある種の貨幣だったわけだよ。石でできた二ペンス硬貨だね、言うなれば。

メソポタミア文明ではシェケル硬貨が使われた。私は五千年前のシェケル硬貨を持っている。人類初のコインの一種だ。最初の貨幣鋳造所が造られたのは紀元前一千年ごろで、リュディア人やイオニア人はそこで刻印された金貨や銀貨で戦費を支払っていた」

「金《かね》が趣味なのか？」

「そのとおりさ！」デヴローはふいに大声を出した。楽しげな顔をしていた。「さてと、本題に戻ろうか。私の捜しているものを渡してくれれば、小切手を書くよ——いや、口座に振り込むほうが好都合だろうね。金額は期待していい。家族をどこへでも好きなところに移住させられる。身の安全は二度と心配する必要がない。例のものをきみが確かに持っている証拠は何かあるんだろうね」

ショウは言った。「現物を見せたほうが話が早い」ショウはバックパックを膝に置いた。

デヴローの指がぴたりと動きを止めた。せわしなく振り動かされていた腕も止まった。顔にまず驚き——デヴローにはなじみのない表情と見えた——が、次に貪欲な期待が浮かんだ。

ショウはバックパックのジッパーを開け、プラスチック表紙の分厚いバインダーをデヴローに差し出した。デヴローはそれを受け取り、中身を取り出して膝に置いた。もどかしげな手つきで文書をめくっていく。

ショウは言った。「それはもちろんコピーだ。オリジナルは私が持っている」

すべてめくり終わったデヴローは眉根を寄せた。「こいつは何だ？」

ショウは口ごもり、困惑の表情を顔に浮かべた。「あんたが捜していたものだろう」

「いや、違うね。これはいったい何なんだ」

「エイモスがブラックブリッジから持ち出したものだ。キャリーケースに入っていたもの。都市部活用構想《アーバン・インプルーヴメント・プラン》に関する証拠だ。警察に引き渡そうとしていた証拠」

デヴローは首を振った。「投票結果はどこだ？」

「投票結果？」

デヴローはショウの顔をじっと見た。「一九〇六年の再集計の裁定書。紙一枚のもので、判事の署名がある」

ショウはデヴローが持っている書類を見た。「ケースに入っていたのはそれだけだ。雑誌や新聞の記事、連絡メモ。どれもここ十年以内の日付だった。一枚残らず確かめた。百年前の日付のものなどなかった」ショウはボディランゲージのスキルを生かしてそう話した。ただし今回はふだんとは逆向きだ。たったいま本当のことを話していたときとしぐさや顔の表情を変えないよう注意しながら嘘をつく。「それを捜しているものとばかり思っていた。ＵＩＰの証拠を廃棄したいのだとばかり」

デヴローは溜め息をついた。両手がまたもひくつき始める。「ＵＩＰとやらが何なのかさえわからない」

「本当に？」

「ああ、わからんね」

「ブラックブリッジの都市部活用構想だ。違法薬物を近隣にばらまいて、不動産価格を低下させ、あんたのような人が土地を安く買いあさる」

デヴローの頬が赤みを増した。ただし、怒りのせいだ。顎にぐっと力がこもった。「そんな話はまったく知らないね。私がブラックブリッジを雇っているのは事実だが、どの土地を買うべきかアドバイスをもらうためでね、違法薬物の話などまったく知らない。卑劣な話ではないか」

「そう、ひどい話だ。だが、私には関係ない。家族を危険に巻きこんでまで十字軍の真似事をするほどお人よしではない」

デヴローは、ショウの言い分が本当なのか思案しているはずだ。キャリーケースに裁定書は入っていなかったというのは嘘ではないのかもしれない。しかし、そうだとすれば、いったいどこにある？　デヴローの目は冷たい輝きを帯びた。短い指に握り締められたＵＩＰ関連書類が小刻みに震えていた。デヴローはもう一度書類をめくってみてから言った。「これまで弁護士とはずいぶんつきあってきた。だから、こんな書類は証拠になりっこないとわかるんだよ、ミスター・ショウ」

沈黙が続いた。ロールスロイスはカリフォルニア・ストリートを上っていき、興奮した面持ちの観光客を満載したケーブルカーを大回りしてよけた。

「きみの話は信用できないね、ミスター・ショウ。何も知らないふりをしているんだろう。きみは再集計の裁定書を見つけたんだと思うね。見つけたが、どこかに隠した。出し渋って、交渉を有利に進めようとしているんだ」

ショウはむっとしたふりをした。演技過剰にならないよう気をつけた。「何の投票の話だ？　それがどうしてそこまで重要なんだ？」

「とにかく重要なんだよ」デヴローは怒りを爆発させかけている。しばらくかかってようやく怒りを押さえつけたらしい。「七桁の額を支払おう。裁定書と引き換えに、現金で渡す。税務署に把握されない収入だぞ。それだけあれば、死ぬまで何不自由なく暮らせる」

なかなか興味深いフレーズだ。前時代的でもある。それに、奇妙な考え方だ。コルター・ショウは久しく不自由を感じたことがない。生まれたときから一度もないといっていいくらいだ。それに、自由と金は無関係だ。

「その投票結果だか何だかは、キャリーケースには入っていなかった。何に使うつもりで捜している?」

王になろうとした男……

デヴローは答えなかった。ウィンドウの外を見つめる。ジョナサン・スチュワート・デヴローの期待に背く人間はめったにいないはずだ。デヴローの期待に応えようとしない人間となると、さらに少ないに違いない。

これがエビット・ドルーンなら、ショウは市内のどこか寂れた地域にある倉庫に連れていかれるところだろう。ベイブリッジを渡ってオークランドに向かうこともありうる。オークランドはサンフランシスコに比べて工業地域が多く、そこには拷問や死体の遺棄を念頭に置いて設計されたかと思うような建物が並んでいる。

皮なめし《タン》工場に連れていけ……

今月の初めに会ったとき、ドルーンは四〇口径の拳銃で——四〇口径の弾はおそろしいほどでかい——ショウを脅し、情報を引き出そうとした。そのとき狙ったのは関節だ。関節を撃たれたら二度と元には戻せない。しかし最近のドルーンは、ナイフを突き立ててひねるという以前のやり方、エイモス・ゴールに使ったやり方に回帰しているらしい。

デヴローがショウに向き直った。「いいだろう。八桁ならどうだ」

デヴローが想定している八桁の金額とは、一千万ドルか、それとも九千九百九十九万ドルか。いずれにせよ、デヴローにとってははした金に違いない。

「いくら高い金額を提示されても、二分前に持っていなかったものが魔法のように現れるわけではない。私の家族に手を出さないという約束と引き換えに、都市部活用構想《アーバン・インプルーヴメント・プラン》の証拠を渡す。何の話かわからないと言い張るなら私はそれでかまわない」ショウは肩をすくめた。「そこにある書類では裁判はできないとしても、少なくとも警察の目を……しかるべき方角に向けさせるきっかけにはなる」

デヴローは不機嫌そうにつぶやいた。「捜査など、単なる労力の無駄にしかならないと思うがね、ミスター・ショウ」

車は最初にショウを拾った地点に戻っていた。キャリーはどこにもいない。

デヴローがキャリーを探して周囲を見回す。

女の扱いを少しばかり誤ったか。

デヴローが肩をすくめた。「ま、よくあることだ。いまどきの若い女ときたら……」

ショウは思った。でかしたぞ、キャリー。

デヴローは運転手の肩を叩いた。運転手がレコーダーを停めた。録音テープはまもなく消去されるだろう。

溜め息。「この問題はイアン・ヘルムズとアイリーナ・ブラクストンの手に返すしかなさそうだな。あの連中のやり方は……細やかさに欠ける。きみには、もう一度例のキャリーケースの中身を確かめてみるようお勧めするよ。顎髭の友人ともよく相談することだな。いいか、八桁だぞ。八桁だ」

コピーの束をショウに返してよこす。ショウはバックパックに押しこんだ。

運転手が車を降りてドアを開けた。ショウは歩道に降り立った。

車のなかからデヴローの声が聞こえた。「私なら、裁定書を入念に探すよ、ミスター・ショウ。それが全員のためになる」

55

「そっちはどう?」ショウは尋ねた。

ヴィクトリア・レストンの返事は、ショウのアンドロイド携帯のスピーカー越しに聞こえた。「ずっと気を張ってる。拳銃を肌身離さず持ち歩いて。お友達が派遣してくれた人たちなんて、マシンガンを持ってきてるんだから」

「らしいね、メアリー・ダヴから聞いた」

「そっちは何してた?」

パシフィックハイツの隠れ家に戻り、開け放った窓のそばに座って、頬をなでていくそよ風の感触を楽しんでいた。「女好きの億万長者と会ってきたよ」

「楽しそうなところはあなたばかり持っていくのね」

ショウは自分が描いたやまびこ山のスケッチを見つめた。デイヴィス&サンズで買った額に入って、いまは壁に飾られている。手ごろな価格のプラスチックの額だが、それでもスケッチが映えて見えた。

「お母さんから、アッシュの話をいろいろ聞いた。一度も会えなくて残念」

「大した人だったよ。病んだところがあって、複雑で、思いやりがあって。あんな人はほかにいない。世界をいいほうに変えるために闘った」

「あなたが見つけたもの。本物だと思う？」

ショウは言った。「本物だよ。一九〇六年の本物の裁定書だ。あれが公表されたら……何もかもが変わってしまう」

「いまは安全な場所にあるのよね。その裁定書は」

「額に隠した」

「見ればそうとわかっちゃう？」

「いや。裏に向けてある」

「でも、まっさらな紙が額に入って飾られていたら——これですよって手招きするようなものじゃない？」

「裏にスケッチを描いた。風景画だ」

「でも、お父さんが探してたのはそれじゃないのよね」

「裁定書の話かい？　違うよ。父はあんなものが存在することも知らなかった」ショウは平板な声で続けた。「父が探していたのは、証拠だ。ブラックブリッジを倒し、CEOのヘルムズの逮捕につなげられるような証拠。しかし、そんな証拠は初めからなかった。あったのは裁定書だけだ。ああそうだ、ミックステープはあったな」

「ミックステープ？」

「今度会ったら詳しく話すよ」もっと長く話していられたらいいのだが、いまはそのタイミングではない。

短い沈黙があった。「今度会えるのはいつ？」

できるだけ早くと答えかけた。彼女が恋しかった。だが、こう答えた。「あと数日かな。まだいくつかやり直したい仕事がある」

そのとき玄関が開いてラッセルがリビングルームに入ってきた。

「兄が帰ってきた。また電話する」

「神秘に包まれたお兄ちゃんによろしく伝えて」

その歌うような声が耳に心地よかった。

二人は電話を切った。

ラッセルが訊いた。「デヴローと会って、どうだった？」

「私たちが裁定書を見つけたと感づいてはいる。ただ、確信は持っていない。ゴールが別の場所に隠したと考えているかもしれないな。裁定書と引き換えに小遣いをやると言ってきた」

「小遣い？　六桁くらいか」

ショウは答えなかった。

「七桁？」

「もっとだ」

「ふむ」ラッセルお得意の返答だ。ただ、顔の表情はこう言っていた——〝悪銭身につかず〟を地で行くような話だな。

「ブラクストンとドルーンをまた打席に立たせるようなことも匂わせていたな」

「あいつが野球のたとえを使ったのか？　イギリス人なのに」

「そこの部分は私だ。デヴローの趣味は金を集めることと」

「誰だって金を集めるのは好きだろう」

「いや、デヴローはコレクターなんだ。古い貨幣を集めている。大昔のコインや紙幣。古銭研究家と呼んでいいのかな」

「どうだろうな、それは」ラッセルは額の前に立って弟のスケッチをしげしげと見た。


ショウははっとした。いまこの瞬間まで気づかずにいた。そのスケッチは、タイトルをつけるなら〝やまびこ山からの眺め〟だろう。やまびこ山は、言うまでもなく、兄がアシュトンを殺した現場だとコルター少年が信じていた場所だ。潜在的な何かが働いて、スケッチの題材にやまびこ山を選ばせたのだろうか。

兄はまだ絵を見ている。

ショウがその題材を選んだことについて、何か言うだろうか。

「裏のタイプライターの文字は見えないな」ラッセルはそれだけ言って絵に背を向けた。「当時の紙は厚手だったしな」

ショウは口を開きかけたが、ふと身を固くし、首をかしげた。

「どうした？」ラッセルが訊いた。

ショウは人さし指を立てた。立ち上がって玄関に行く。のぞき穴から廊下を確かめた。

銃に手をかけて廊下に出る。メイドの制服姿の女性がいた。こちらに背を向けてカートの上のタオルを選り分けている。ショウはすぐに室内に戻ってドアを閉めた。

「メイドだった」

そのときだった。外で弾けた白く強烈な光が室内にあふれた。続いて鋭い爆発音が響いて窓ガラスを震わせた。何台もの車の防犯アラームが鳴り出す。

兄弟は銃を抜いて窓から外を見た。

黒い戦闘服とスキーマスクを着けた男が二人、ラッセルのSUVのドアを吹き飛ばそうと試みたようだ。しかし車には特殊な補強が施されているのだろう、ドアは完全には破壊されていなかった。一人がドアを全開にしようと格闘している。

ラッセルが小声で言った。「おまえは側面へ。路地だ」

ショウはうなずいた。

ラッセルはこのときばかりは目立たない手段を選ばなかった。正面攻撃を選択した。窓から外に出て、外壁の張り出し部分に危なっかしく立つ。距離や方向を瞬時に見極めてから、隣の平屋の建物の屋上に飛び下りた。

驚いた住人に警察に通報されないよう拳銃をジャケットの下に隠してから、ショウは兄が外に出るのに使った窓を閉めて鍵をかけ、自分は玄関から廊下に出た。もう誰もいなかった。急いでいても、ドアに二つある鍵をかける時間は惜しまなかった。それから階段を駆け下りて地下の裏口へ向かった。

通りに飛び出した瞬間、銃撃戦に発展することはないとわかった。

工作員二人は消えていた。

ショウはSUVのダメージを確認しているラッセルに合流した。かなりの損傷だった。ドアの鍵穴のそばに直径十五センチほどの穴が開いている。だがさっきの二人は、鋼鉄の板で補強されているとは知らなかったようだ。ドアは破られずに持ちこたえていた。

「何があった?」ショウは聞いた。

「俺と銃を見て、ここで撃ち合うのは得策ではないと判断したらしい。すぐ先でバンが待機していた」

「ブラックブリッジかな。それとも、兄貴のオークランドの作戦に関与している誰かか?」ショウは、アルヴァレス・ストリートの隠れ家の隠し部屋にサンフランシスコ湾に面した波止場の見取り図があったことを覚えていた。あれはどう見ても戦術作戦に使う図だ。

「ブラックブリッジかデヴローだろうな。俺のもう一つのプロジェクトなら、すでに脅威は排除した」

「どうしてここがわかったんだろう」ショウは言った。

「それに関しては、心当たりがなくもない」

だが、ラッセルはそこで口をつぐんだ。首をかしげて耳を澄ましている。

彼方からサイレンの音が聞こえた。

「警察に説明しなくちゃならないようだ」ラッセルの顔は冷静そのものだった。

「車に銃器はあるのか」

「問題にはならない」

「登録名義は？」煙の刺激で目が痛い。ドアを吹き飛ばすのに使った爆薬に、マンガンかリンが含まれていたのだろう。

「ある会社の名義だ。オフショア・カンパニーの。こういうことは初めてではない。おまえは部屋に戻っていろ」

ショウはうなずいた。

車のそばを離れ、正面エントランスに向かった。出るときに使った裏口はオートロックになっている。こじ開けられないことはないが、そうする理由もない。エントランスから入り、階段を上った。サバイバリストは可能なかぎりエレベーターを避ける。理由の一つは、父のルールにあるとおり――


日常生活にある脚を鍛錬するチャンスを見逃すべからず。


だからだ。そしてもう一つの理由は、エレベーターに乗るのは、他人の支配に自分をゆだねる行為だからだ。

二階に上り、自分たちの部屋に戻って玄関の鍵を二つとも開けた。

なかに入ってドアを閉める。一メートルほど奥へ進んだところで目を上げ、デイヴィス&サンズで買った額を飾った壁を見た。やまびこ山からの眺めをそこそこ巧みに描いたスケッチを入れた額。

額は消えていた。

56

追跡タグを付けられていた。

ドルーンとブラクストンが新しい隠れ家を特定できたのは、そのせいだ。

追跡タグを付けたから。

「ジャケットの背中だな」ラッセルは非接触型体温計にそっくりな携帯型のデバイスでショウのジャケットをスキャンしていた。ディスプレイに小さな黄色いランプがいくつか灯った。

「どうやって？」

「デヴローとはどこで会った？」

「ロールスロイスの後部シート」

「とすると、あらかじめシートに広げておいたんだな。RFIDダストだ」

RFIDとは無線式個体識別技術を指す。コンパウンドはハイテク機器とは無縁で、三兄弟は最低限のインターネットにさえ触れる機会がなかった。より高度なデジタル技術となればなおさらだ。ショウがいま持っている電子機器についての素養の大半は、実社会に出て懸賞金ビジネスを始めて以降に身につけたもので、粉末状の追跡デバイス、RFIDダストの存在は知識として持ってはいた。高度な通信情報収集を行い、かつ予算も豊富な国々の安全保障や軍事の領域では、すでに一般的に使われている技術だ。無線周波数追跡システムは複雑で、利用するには最先端の機器が必要だ。衛星やドローンなどが使われる。

追跡タグを付けられると、地表を避けて地下通路で移動するなどしても、かならずしも追跡を振りきれない。アルゴリズムが複数の地理情報マッピングシステムを参照し、追跡対象が次に地表に現れる地点を予測する。地上に現れたところで新たなセンサーが追跡対象を捕捉し、次のセンサーに情報を受け渡す。

驚嘆すべき技術だ。

「私の前に別の人物が同じ座席に乗っていた。デヴローのデート相手の一人だ」

「その女にもダストは付着しただろうが、それでもまだたっぷり残っていたようだな」ラッセルは続けた。「そもそもその女を連れてきたのは、おまえに疑念を抱かせないためだったのかもしれない。ジャケットとジーンズは処分しろ。クリーニングに出してもダストは取れない。ブーツは大丈夫そうだ」

つまり、デヴローは嘘をついたわけだ。ブラクストンとドルーンは、デヴローとショウが会うことを知っていて、RFIDダストを手配したのだ。

しかしまあ、ショウ自身も正直者の手本だったとは言いがたい。

ショウは寝室に入り、着ていた服を脱いでごみ袋に入れた。この二十四時間で衣類を処分するのは二度目だ。新しいジーンズと黒いポロシャツに着替え、シャツの裾でグロックの拳銃を隠した。

ラッセルは電話中だった。ラッセルが玄関ドアに顎をしゃくり、ショウは衣類の袋をドアの脇に置いた。通話を終えたラッセルが言った。「別のＳＵＶに交換する。サウスサンフランシスコにいつも使っている場所があってね。これは預かっていく」ラッセルはごみ袋を拾い上げた。「カレンが〝ブロンド〟から手がかりを見つけたら、おまえにも知らせる」そう言って玄関を出ていった。

このパシフィックハイツのアパートの管理会社に問い合わせをするだけ無駄だろう。この曜日のこの時間帯、このアパートに、メイドは派遣されていないはずだ。さっき廊下にいた女は、メイドの扮装をしたブラックブリッジの工作員だろう。

これでもうアルヴァレス・ストリートの隠れ家に戻っても危険はないはずだ。デヴローとイアン・ヘルムズ、ブラクストンは、プラスチックの額入りの文書を持っているのだから、兄弟は安全だ。

あの投票結果の裁定書はいまごろどこにあるだろう。すでに専用ヘリや専用ジェット機で州都サクラメントに向かっているのではないかとショウは思った。州議会の法務部は、この問題をどう扱うべきかの検討に大わらわになるだろう。どれほど長く議員を経験していようと、誰一人として直面したためしのない問題なのだから――州憲法が一世紀も前に修正され、法人が公職に就くことが可能になっていたのだ。まずは裁定書が真正であるかを判断しなくてはならない。非公式な会議がいくつも開かれるだろう。デヴローがあらかじめ州政府の立法部門と司法部門の重要人物を買収し、掌握していることは間違いない。

ショウはノートパソコンの前に腰を下ろした。簡単にネット検索しただけで、デヴローと州知事、カリフォルニア州最高裁の首席裁判官は、頻繁にゴルフを楽しむ間柄で、バニヤン・ツリーは州で最大のロビー会社だとわかった。

裁定書が公表されたとき、カリフォルニアの州民はどう反応するだろう。アメリカ市民の、世界の反応は？

そのときチャイムが鳴った。爆発の通報を受けた警察の聞き込みか。それとも、昨夜行ったスティールワークス・クラブから誰かが尾行してきたのか。

「はい」

「ミスター・ショウ？」

「どちらさまですか」

「コニー……コンスエラ・ラミレスと言います。マリア・ヴァスケスとは親友で、私はテッシーの名づけ親でもあります。お邪魔してごめんなさい。お会いできませんか。ほんの数分でかまいません。すぐに帰りますから」

ショウはオートロックの解除ボタンを押し、ジャケットを着てポロシャツの裾を拳銃のグリップより内側にたくしこんだ。片手で着衣の裾を持ち上げ、利き手で銃を抜くより、こうしておいたほうが早く抜ける。一秒や二秒の遅れが生死を分ける場合もある。

とはいえ、さほど心配はしていない。ブラックブリッジやデヴローはすでにあの書類を持っている。いまさら死体を増やすような真似をしても、いらぬ注目を集めるだけだ。それに、この客人はテッシーやマリアの名前を知っている。

玄関のチャイムが鳴り、ショウはのぞき穴から廊下を確かめた。三十代初めの黒髪の魅力的な女性だった。仕立てのよいビジネススーツを着ている。ショウはレンズ越しにそのままコンスエラの目の動きを観察した。のぞき穴から見えない位置に同伴者がいるのなら、一度くらいはそちらに視線が動くはずだ。だが、コンスエラの目は動かなかった。

ポロシャツの裾でまた拳銃を隠してから、ようやく玄関を開けた。

「コルターです」

二人は握手を交わした。

「どうぞかけてください」

コンスエラはソファを選んで座り、ショウはそのそばの椅子に腰を下ろした。優しい花の香りが漂った。ジャスミンではない。ライラックでもない。バラでもなさそうだ。とにかく好ましい香りだ。

「お話はすぐにすみますから」

「うかがいましょう」

「マリアから聞きました。テッシーの命を救ってくださったそうですね」感きわまった声だった。「私たち、どうしていいかわからなかったと思うんです……もし、その……」嗚咽《おえつ》をこらえ、あふれかけた涙を指先で拭った。それからバッグをのぞいた。

ショウがティッシュペーパーですかと尋ねると、コンスエラはうなずいた。ショウはキッチンから紙ナプキンを取ってきて渡した。

コンスエラは目もとを押さえ、にじんだマスカラを拭い取ろうとした。テンダーロイン地区の自宅アパートでマリア・ヴァスケスがしたのと同じしぐさだった。「マリアはあなたのことをとても親切な人だと話していました。お礼を、懸賞金を受け取ろうとしないんだって」

「状況は聞いていましたから。失業してしまったと。懸賞金はいりません。ふだんから、事情によってはそういう風にすることがあります」

そう、ヴェルマ・ブルーインに叱られるような頻度で。

「私もお金の余裕はありませんけど、これなら」コンスエラはバッグから黒いベルベットの袋を出してショウに渡した。「母からもらったものなの。ダイヤモンドとゴールド」

ショウは袋をのぞいてから逆さにした。ネックレスが出てきた。バラと思しき花びらをかたどったトップが下がっていて、その真ん中にダイヤモンドが一粒ついていた。

「いただくわけにはいきません」

コンスエラは決然とした笑みを浮かべた。「この世界では、ミスター・ショウ、よいものはめったに見つかりません。〝善《ぜん》〟という意味でのよいものは。よい行いは報われるべきだと思います。断られてしまったら、きっと気になって眠れないわ。だってあなたは私の名づけ子の命を救ってくれたんですから」

これまで、懸賞金の代わりに株式や債券を受け取ったことはある。美術品もあった。だが、ジュエリーは初めてだ。

ショウはためらってから言った。「では、いただくことにします。ありがとう」ネックレスを袋に戻し、ジャケットのポケットにしまった。

それからコンスエラを見送りに玄関に出た。

コンスエラが振り向いた。「一つお願いが。マリアは自尊心の高い人です。このことを知ったら、名誉を傷つけられたと感じてしまうかも」
「わかりました。秘密にしておきますよ」
コンスエラは両手でショウの手を握った。「よい行いをありがとう」

57

コルター・ショウはハンターズポイントに戻っていた。

〝SP〟一家殺害までのカウントダウンを痛烈に意識していた。だが、この地区に来てもう一度調べてみるくらいしかやるべきことを思いつかなかった。ハドソン・キングス創立メンバーのケヴィン・ミラーは、サリナスの組織がハンターズポイントのこの界隈への進出を狙っていると話していた。

荒れた通りから通りへと移動しながら二時間かけて聞き込み調査をした。〝ブロンド〟の加工写真を見せ、この人物に覚えはないかと尋ねた。

ここに来れば、ブラックブリッジが殺害を狙っている〝SP〟一家の素性を知る手がかりが得られると思いたかった。

だがその期待は、頑として実現を拒んでいる。

オートバイを街灯柱にチェーンで固定しておいた無人の広い駐車場に戻る途中で、建設作業員の一団を見かけた。ジーンズにTシャツ、その上に薄茶色や灰色のジャケットを着ている。サンフランシスコ市街が広がっている方角、駐車場の北側に面した建物の窓を板で覆う作業を終えて引き上げようとしているようだ。その平屋建ての建物がかつて何だったのか、側面に並んだ文字は色褪せていて読み取れない。〈産みたて卵〉と書いてあるようだが、あまりにも場違いという気がする。

ショウは作業員たちに手を振り、海側を歩いて近づいた。サンフランシスコ湾の波止場沿いの海面は、油や急造船所から流れ出た有毒物質で凝固していた。周囲にさえぎるものがなく、戦艦のようなクレーンが遠くに見えている。これだけ距離があってもその威容に圧倒された。それは創意工夫と圧倒的な力と産業を象徴していた。

〈卵〉の建物の閉鎖作業はみごとな出来映えだった。分厚い合板と黒く長いねじで窓や出入口をふさいである。クラックや覚醒剤の常用者が入りこむようになって、所有者は半永久的に閉鎖してしまおうと考えたのかもしれない。

ショウは作業員グループに近づき、にこやかな表情で小さくうなずいた。

六人の半数は非ラテン系白人《アングロ》で、残り半数はラテン系だった。そろってショウをさっと一瞥したものの、すぐに目をそらしてアスファルトの地面を凝視した。

「いつもこのあたりで仕事をしているんですか」

一人が答えた。「ハンターズポイントとかベイヴューあたり」ほかの五人は警戒を保っている——こいつは警官か、それとも移民関税局の役人か？

「この男性に見覚えはありませんか。軍時代の仲間なんですが、行方がわからなくなっていて」

ショウは携帯電話を見せ、作り話を続けた。「ドラッグがらみのトラブルに巻きこまれたらしくて、ハンターズポイントのどこかにいるらしいんですよ。探し出して、専門家の助けを借りられるようにしてやりたいんです」

六人はショウの話を信じたようだ。全員が写真をのぞきこみ、互いに顔を見合わせたが、最後にはそろって首を振った。ショウの見たところ——ショウ自身とは違って——嘘はついていない。

ショウは礼を言った。六人は車に乗りこんで出ていき、駐車場にはショウ一人が残された。

初めから望み薄だと思っていた。自分のオートバイのほうに歩きながら、ショウは思った。きみはいったいどこの誰なんだ、ＳＰ？　きみの子供の名前は？　何人いる？　男の子か。女の子か。それとも両方か。きみたちの殺害指令とハンターズポイントの組織に何の関係がある？

疑問、疑問、疑問だらけだ……

なのに、答えは一つたりとも見つからない。コルター・ショウは猛烈な怒りを感じた。

ヘルメットをかぶり、オートバイのエンジンをかけ、ギアを一速に入れて走り出す。加速し、駐車場の出口まであと三十メートルほどまで来たとき、小さな廃倉庫二棟のあいだから傷だらけの灰色のピックアップトラックが飛び出した。黒い排気ガスと低いうなりを上げてショウのほうにまっすぐ向かってくる。

トラックはどんどん加速した。時速四十キロ、五十キロ、六十キロ。ショウはブレーキをかけて急ハンドルを切るしかなかった。オートバイのすぐ前、数十センチのところをトラックが通り過ぎた。

　ショウは後輪をすべらせてバランスを取ろうとしたが、駐車場のこのあたりは砂が浮き、ぼろぼろと剝がれたアスファルトのかけらが散らばっていた。ヤマハのオートバイは転倒し、ショウは百キログラムの金属の塊と地面のあいだに右脚と右腕をはさまれた。大した重さではないとはいえ、地面に足を踏ん張れない状態では自力で抜け出せず、また銃を抜きたくても抜けなかった。

　顔を上げると、まさしく起きて銃を抜く必要が迫っていた。

　ドライバーともう一人がトラックを降りてこちらに歩き出した。

　見たことのある顔だった。

　フィリピン系組織バハラ・ナの男たち、ショウとラッセルが昨日テンダーロイン地区でドラッグと現金、銃を奪ったあの二人組だった。

　二人は裾を出したままのシャツの下に手を入れて新しい銃を抜き、オートバイに近づいてきた。

58

「例のビッグマンだぜ《アン・マラキン・タオ》」赤シャツが言った
白シャツが笑った。「今日はあんまりでかくないな《ヒンディ・ガノオン・カラキ・ンガヨン》」

それを聞いた赤シャツがにやりとした。

二人はまだ十メートル先にいる。ショウはどうにかオートバイを押しのけようとした。ほんの少しだけ動いた
——三センチ。

五センチ。

痩せた二人組は六メートルまで近づいている。「よう。おまえ盗んだもの、どこだ」

「そうだよ、どこだ」

あと少しでグロックに届く。薬室に一発入っている。

安全装置のレバーはない。銃口を的に向けて撃つだけ。

それこそグロックが誇る伝統だ。

ショウはオートバイをまた少しだけ押しのけた。あと
五センチ。

踏ん張れ。押せ。あと少しだ……

二人組との距離は五メートルを切った。

拳銃のグリップが触れた。

指一本の先だけが触れた。

二人組が立ち止まる。一人が何かささやく。二人そろってまた笑う。

指二本が拳銃に届いた。

白シャツがポケットからナイフを抜いた。ばね式で開くナイフだ。白シャツが一振りすると、黒い刃が飛び出した。

刺して、ひねる……

「ドラッグならここにはない。取ってこよう」時間稼ぎにそう言った。

銃の手が届いて、グリップを握った。

「どこにある？」

「あそこだ」ショウは〈卵〉の建物のほうに顎をしゃくった。

二人組が振り返った隙に、ショウはオートバイを肩で持ち上げ、身をかがめた。二人組がこちらを向いて銃口を持ち上げる。ショウもグロックを持ち上げた。少なくとも一人は倒せるだろう。ショウもう一人はどこを狙って撃つだろうか。怪我をするだけですむかもしれない。この二人は奪われたドラッグを意地でも取り返したいのだろうから。

三つの銃口が持ち上がり、三つの引き金に指がかかる……

そのとき、低いうなりが駐車場に轟き渡った。

車のエンジンの音だ。横の方角、〈卵〉の建物の裏手から、車が飛び出してきた。

二人組の顔からにやにや笑いが消え、二人は勢いよく振り返って銃をかまえた。

が、遅かった。

白いシェヴィ・インパラがブレーキなしで二人に突っこんだ。一人は飛ばされて壁にぶつかり、もう一人は車のボンネットに跳ね上げられたあと地面に落ちた。二人とも目を閉じたまま動かない。だが、呼吸はしている。

車が横すべりして急停止した。

ショウは降りてくるドライバーを見た。金髪の女。サングラスをかけて野球帽をかぶっている。思ったとおり、ダークグリーンのホンダから車を替えていたようだ。

女がサングラスをはずしてショウを見た。

ショウはその顔を凝視した。「きみ――だったのか？」

59

ショウはこの女を〝アデル〟として知っていた。または、敬称をつけた呼び方、〝ジャーニーマン・アデル〟として。

「大丈夫？」

膝にすり傷ができていたが、ショウは見て見ぬ振りをした。出血している。だが、大した傷ではない。

アデルにうなずき、ほかに敵がいないか、周囲に視線をめぐらせた。誰もいない。ヘルメットを脱ぐ。バハラ・ナの二人に近づき、拳銃を取り上げた。一人が持っていたショルダーバッグに拳銃を入れ、オートバイのそばに置いた。それから二人の傷の具合を見た。さほどの出血はない。

アデルもフィリピン系の二人を見た。冷徹な視線だった。まったく動じていない。

二十代後半のアデルは、ワシントン州のカルトの信者兼スタッフだった。そのカルトは、ショウがヴィクトリア・レストンと知り合った場でもあり、ラッセルにも話したように、カリスマ性と危うい自己愛を兼ね備えたリーダーが、アデルを含めた〝研修生〟を洗脳していた。洗脳の結果アデルは、自殺すれば、数年前に亡くした幼い娘と来世で再会できると信じていた。

近隣に人影はなく、いまのできごとを目撃した人物はいなかった。それでも大急ぎで後始末をしたほうがいい。ショウはラッセルにメッセージを送り、GPSの位置情報を添えて、大至急来てほしいと伝えた。最後にこう付け加えた。

おととい図書館近くで発生したのと同様の事態。今回は負傷者が二名。

カレン／タイとバンを要請。

即座に返信が来た。

了解。

携帯電話をしまって、ショウはアデルに言った。「ありがとう」

アデルはうなずいた。あいかわらず自分の行為の結果に無関心な様子だった。その反応を見ても、ショウは意外に思わなかった――それを言ったら、車で人を撥ねたこと自体も。十日ほど前に初めて会ったとき、カルトの警備部門を率いる男がある新聞記者に激しい暴行を加えた現場にアデルも居合わせたが、その際もいっさいの感情を示さなかった。記者の血が飛んで、アデルのブラウスに点のような染みが三つできていたことをショウはいまもはっきりと覚えている。

アデルは五メートルほど先の岩壁に立って海を見つめた。ショウはその隣に行った。もちろん訊きたいことは山のようにあったが、しばらくは無言で一緒に海を見ていた。それから言った。

「ホンダ車から乗り換えたんだね」

アデルはうなずいた。「あなたに見られたから。しかたなかった」

「で、どうやってサンフランシスコまで？」

少しためらってから、アデルは答えた。「あのあとキャンプでジャーニーマン・フレデリックと話したの。それであなたが本当は誰なのかわかった。懸賞金目当てでジャーニーマン・アダムを捜していたこと、アダムが犯人にされていた事件のことも聞いた。彼が旅立ったとき、あなたも居合わせたそうね」

〝旅立つ〟とは、カルト内で使われる自殺の婉曲語だ。

「フレデリックは、アダムのノートをあなたに預けたと言っていた。あなたがお父さんのミスター・ハーパーに届けてくれるはずだと。だから私はギグハーバーに行って、ミスター・ハーパーの会社の近くであなたを待った」

それを聞いて、アデルの鮮やかで手堅い探偵ぶりに感心せずにいられなかった。そこからサンフランシスコまで尾行したことについては、ショウは全長十メートルのキャンピングカーに乗っていたのだから、追跡はかなり容易だったはずだ。

「あなたを殺す気でいた。銃は持っていなかったけれど、車ならあった。あなたを車ごと道路からはずれさせてやろうと思ったの。私の人生はあなたのせいでめちゃくちゃになったと思った。何もかもだめにされたと。人は生まれ変わるという彼の教えは、本当だとしか思えなかった。私は本気で信じていた」大きく息をつく。「あの子の顔はいまも覚えてる。笑い声も。小さな手も——娘のジェイミーの手。私の娘のすべて……あの子と再会するチャンスをあなたに奪われたと思ったのよ。あなたに死んでもらうしかないと思った。勇気を必死でかき集めた。何度か本当に車であなたに突っこもうとしたわ」

「イーライが教えたことはどれもこれも嘘っぱちだ。きみに教えたこと。あそこにいた全員に教えたこと。イーライの目当ては金儲けとセックス、それに権力だった。永遠の命を売りつけようとした。すべてでたらめだった」

「いまはでたらめだとわかる。もしかしたら私、初めからずっと知ってたのかもしれない」悲しげな笑み。「イーライは悪知恵の働く人よね。教えはでたらめだなんて誰にも証明できないわけだから」

それは事実だ。来世は存在するかどうか、確実に確かめるには死ぬしかない。来世があったとしても、証拠写真を撮ってソーシャルメディアに投稿するのは不可能だ。

「きみは路上に釘を撒いたね。あれはジャーニーマン・ヒューから伝授されたのかい?」ヒューというのはカルトの警備部門を率いていた男だ。

「ええ。追ってくる敵を阻止する方法を知っておかなくちゃいけないからと」

「どうして気が変わったんだ、アデル?」

アデルは目をしばたたいた。おそらく、ファーストネームだけで呼ばれたことに戸惑ったのだろう。カルトでは、互いを呼ぶときはかならず集団内の等級をつけていた。入会したては〝アプレンティス〟、次が〝ジャーニーマン〟。誰もが憧れる最高位は〝ノーヴィス〟。

アデルのラストネームをショウは知らない。メンバー同士でそういった個人情報を共有させないのも、羊の群れを支配下に置くカルト指導者のテクニックの一つだ。

「自分でもよくわからない。たぶん……イーライの魔法が解けたから」

カルト指導者の名前を口にする前に、アデルは口ごもった。カルトではかならず〝マスター・イーライ〟と呼ぶことという規則があり、それに違反すると厳しい罰を下された。

アデルはショウの顔を見た。「ずっと考えてた。あなたを生かしておいちゃいけないって……だけど、同時に、あなたは大勢を助けた人なんだっていう考えも振り払えずにいたの。あなたは大勢の命を救った。もし財団があのまま続いていたら、ヒューとイーライは、もっとたくさんの人によくない影響を及ぼしていたでしょうから。それにあなたは、あそこで危うく殺されかけたわよね……そう思ったら、あなたを殺すなんてできなかった。それはどう考えても間違ってると思ったのよ」

ハイウェイの方角から車の音が聞こえた。リンカーン・ナビゲーターが現れ、いったん停止したあと、アデルとショウの近くに来た。ラッセルが降りてきた。

「こちらはアデル。そしてこちらはラッセルだ」

二人は挨拶の代わりに小さくうなずいた。ラッセルはバハラ・ナの二人組を見やって言った。「こいつらは、どうしておまえがここにいるとわかった？」

「この周辺でブロンドのことを訊いて回っていた。噂が伝わったんだろう」

一昨日も見た白いバンが到着して、カレンとタイが降りた。〝グループ〟のほかの工作員は来ていないようだ。タイは二人組の一方の怪我の具合を確かめたあと、注射を打った。

ショウは不安に駆られた。

それに気づいたラッセルが言った。「ただの鎮痛剤だ」

もう一人にも鎮痛剤が打たれた。

「病院に運ぶ。運転免許証の写真を撮って、今日のことは忘れろと言い含めておく」

ショウは言った。「アデルを安全な場所に逃がしてやらないと。この地区にとどまると危険だ。アデル、行き先に心当たりはあるかい？」

「妹がラスベガスに住んでる」

ラッセルが言った。「航空券を手配しよう。急いだほうがいい」

アデルがうなずいた。

「サンフランシスコ国際空港まで送っていこう」ラッセルはアデルのインパラに顎をしゃくった。「レンタカー会社に、盗難を届け出てくれ」

「でも――」

「盗難を届け出ること」

「わかりました」

インパラは今日中にプレスにかけられ、明日にはくず鉄処理場行きになる。

ラッセルが訊いた。「荷物はあるかな。ホテルの部屋かどこかに」

「モーテル・シックスに。空港の近く」

　カレンに電話がかかってきた。相手の声に耳をかたむけたあと、通話を終えた。「顔写真から〝ブロンド〟の身元が判明するかも。サンレアンドロの組織犯罪合同捜査班から情報があった。いま相互参照中。確実な返事はもうすぐ届く」

　ショウ兄弟は目を見交わした。ブロンドの身元がわかれば、ハンターズポイントの組織に出された暗号めいた殺害指令の解読につながり、それを手がかりに〝ＳＰ〟とその一家の居場所を突き止めて保護できるかもしれない。

　ショウはオートバイを点検した。ダメージらしいダメージはなかった。

　アデルに向き直って、ショウは言った。「きっとまたいい出会いがある。子供にも恵まれるだろう。ジェイミーを忘れるのは無理でも、人生を先に進めることはできる。次のカルトを見つけて、ではない。現実の社会で。生きていれば、打ちのめされることもある。しかし、新しい幸福を見つける力を誰もが持っている」

　懸賞金ビジネスでは、悲しみに暮れる人々のカウンセラー役を務めなくてはならない場面もある。すべての仕事がハッピーエンドを迎えるわけではない。

　アデルがいたカルトには独特の敬礼があった。右手を開いて反対の肩に当てる。アデルはとっさに手を上げかけた。しかしすぐに気づいて小さく微笑むと、ショウを力いっぱい抱き締めた。

60

　途中で寄り道をして買い物をすませたあと、ショウはパシフィックハイツの隠れ家に戻って荷造りをした。兄弟はふたたび安全《セーフ》を取り戻したアルヴァレス・ストリートの隠れ家《セーフハウス》に戻る予定だった。メアリー・ダヴやドリオンと夫や子供たちももう安全だ。家族に危害を加える意味はなくなったのだから。それでもショウは念のため、プランAとプランBを当面継続するようメッセージを送っておいた。

　コーヒーのお代わりを淹《い》れた。今度の豆はグァテマラ産で、実に美味い。ショウの私見では、この農園はあまりにも長いあいだ注目されずにいる。農園主とは知り合いだった。農園主は、中米に来るといいとショウを誘った。南米では誘拐の件数がひじょうに多い。「こっちで懸賞金ビジネスを始めたら、すごく儲かると思うんだよ、ミスター・コルター」

　中南米の誘拐事情には詳しいんだとショウは応じた。誘拐事件の動機は二種類ある。一つは企業幹部の営利誘拐だ。犯人グループは、たとえばある会社のCEOや役員をバンの後部座席に押しこみ、二十五万ドルの身代金を要求し、身代金が手に入ったら即座に人質を解放する。被害者の会社や家族が懸賞金を設けることはない。誘拐保険に入っているから、九五パーセントの事件で被害者はほぼ無傷で帰される。

　もう一つは、政争や麻薬カルテルのビジネスの一環としての誘拐だ。被害者は拉致から五分後には殺害される。救出の望みは初めからない。

　そんなことを考えているうち、〝SP〟と彼または彼女の家族に迫っている危険をまた思い出した。

ハンターズポイントのクルーから確認の連絡あり。

6／26、午後7時。SPと家族。全員↓

　このSPは、投票結果の裁定書と何らかのつながりがある人物なのだろうか。もしそうなら、殺害指令は撤回されている可能性もある。裁定書はすでにデヴローの手もとにあるのだから。しかしショウとラッセルの考えでは、撤回されたとは決めつけられない。ハンターズポイントの組織が関与していることを思うと、SPは都市部《アーバン・イン》活用構想《プルーヴメント・プラン》について何か知っているために狙われていると考えるのが自然だ。ひょっとしたらSPは、街にばらまかれている違法薬物の出所を探り、ブラックブリッジとその下請けギャングであることを突き止めたのかもしれない。

　カップを口に運ぼうとしたとき、玄関ドアを荒っぽく叩く音が響いた。

　低く威圧的な男の大声が聞こえた。「警察だ！　令状がある。ここを開けろ！」

61

コルター・ショウは、柔らかな黄色のペンキを塗った部屋の壁に両手をつき、体を少し前にかたむけた状態で立っている。足は重心より後ろにあって、肩幅より開いている。掌をついているのは、デイヴィス&サンズの稀覯本の店で買った額が盗まれる前に掛けてあった壁だ。ショウの鼻先二十センチほどのところに釘だけがぽつんと残されていた。

「動かないで」そう指示する声が聞こえた。声の主は、サンフランシスコ市警の大柄な黒人の制服警官だ。

「はい」

「そのまま壁のほうを向いていて」

「はい」

お決まりの手順は心得ている。以前にも逮捕された経験があった。逮捕のライトバージョンと呼ぶべきか、留置場に入れられたこともある。有罪を宣告されたことは一度もないが、何ごとにも最初の一度はある。

「銃を持っています」警察官の職質を受けたとき、あるいは逮捕/留置されそうなとき、武器を持っているなら自分から申告したほうが面倒が少ない。自己申告を義務づけている地方自治体もある。

「よし《オーケー》」警察官はみなそう言う。過去にショウを逮捕したり留置したりした警察官は一人残らず二言目には〝よし〟と口にした。

制服警官はショウのたくしこまれていないシャツの裾を持ち上げ、ブラックホークのホルスターからグロック42を抜き取った。大きな手に握られたグロックはさぞちっぽけに見えることだろう。背後の制服警官は本物の巨漢だ。

制服警官自身はグロック17を携帯している。フルサイズのダブルカラムのモデルで、十七発装弾できる。使うのは九ミリ弾。ショウのグロックは三八口径で、マガジンには六発しか入らない。

装弾数は問題ではない。弾を命中させられるかが問題だ。

拳銃とショウのナイフ、黒いベルベットの小袋がコーヒーテーブルに並んだ。

別の制服警官——こちらは非ラテン系白人《アングロ》で背が低く、

髪の色は黒人警官と違って金色だが、やはりクルーカットにしていた――は、ショウの財布を検めていた。

「隠匿携帯許可証を所持しています。カリフォルニア州発行。有効期限内です」

「よし」ネームプレートによればQ・バーンズという名のこの大柄な制服警官が上長らしい。腰のケースから手錠を取ってショウに近づいた。ショウはこの事態を予期していた。

「手錠を掛けさせてもらいます。私の安全もだが、あなたの安全のために」

サウサリートで、ショウもアーネスト・ラフルールに似たようなせりふを言った。

「すみませんが、両手を背中に回してください」

ほう、礼儀正しいな。

ショウは言われたとおりにした。手錠がかちりとはまるのを感じた。バーンズは手際がよかった。手が抜けるほどゆるくはないが、痛みを感じるほどきつくはない。

「まだ逮捕されたわけではありませんから」

そりゃそうだ。私は逮捕されるようなことは何一つしていないからな。そう思ったが、口に出しては言わなかった。ただこう応じた。「わかりました《オーケー》」

バーンズがショウの向きを変えさせる。

そのときだ。彼女が見えたのは。

コンスエラ・ラミレス。

隠れ家に入ってきたコンスエラには、赤毛をポニーテールに結った生真面目そうな女性制服警官が付き添っていた。青いアイシャドウをうっすらとまぶたに乗せているだけで、ほぼノーメイクだ。小柄だが、銃と予備のマガジン、テーザー銃、手錠、ペッパースプレーが下がったベルトを着けているのに、背筋はぴんと伸びていた。体がしっかりしていなければ、市民の安全を守る務めは果たせない。防弾プレートだけで五キロ近くあるのだから。

「コンスエラ」ショウは言った。「これはどういうことだ？」

コンスエラはかすかに眉をひそめて首をかしげただけで、無言だった。

「あなたが話していたのはこちらの男性のことですね」

「コンスエラ……」ショウはもう一度言った。

「はい、この人です」コンスエラが質問に答えた。

「大丈夫ですよ。心配はいりません。怯えることはない。この人があなたを傷つけるようなことはありませんから」

「傷つけるだって？」ショウは眉根を寄せた。「いったい何がどうなっている？　彼女が何を言ったんだ？」

「こちらのミズ・ラミレスは宣誓供述書を作成しました――あなたが大量の麻薬を所持しているのを見たという内容の。身内を過剰摂取で亡くした経験があるそうで、街から薬物を一掃するために市民の義務を果たそうとしたんです。さて、協力したほうがあなた自身のためでもありますよ。ついでに言えば、協力するとのちのち大いに役立ちます」

「何の話だかさっぱりわかりませんね。密売は言うまでもなく、ドラッグなど一度もやったことがありませんから」

「協力していただけますね」バーンズは横道にそれかけた話を引き戻した。

「もちろんです。協力はしますよ」

バーンズの表情がいくらか和らいだ。「で、ドラッグは？」

ショウは思いきり顔をしかめた。「ドラッグのことなんて何も知りません。私の氏名を全国犯罪情報センター《NCIC》のデータベースで照会したでしょう？　しかし何も出てこなかった。違いますか」ショウはコンスエラの目をまっすぐ見つめていた。コンスエラは挑むような視線をショウに向けている。実に美しい女性だ。

バーンズが訊いた。「お二人はどういったご関係ですか」

コンスエラが答えようとしたが、ショウのほうが早かった。「ご関係も何もありませんよ。共通の知り合いがいるというだけで」

ショウに向かってバーンズが言った。「ドラッグのことを話してください」

「ドラッグなどありません」

「ミズ・ラミレスの意見は違うようですが」バーンズは溜め息をついた。使い古された言い訳を耳にすると、自動的に溜め息が出る仕組みになっているとでもいうようだった。「もう少し協力的にできませんか」

「これ以上は無理です。事実を話しているんですから」

「そうですか《オールライト》」

これも〝よし《オーケー》〟のバリエーションだ。

ショウは肩をすくめた。手錠がちりんと音を立てた。

バーンズがコンスエラに尋ねた。「どこで見ました？」

コンスエラは、訪ねてきたときに座ったソファの隣にあるエンドテーブルを指さした。「あの抽斗に」

バーンズはまた別の部下のほうに首をかたむけて合図した。背の低い制服警官で、頭をきれいに剃り上げ、目や肌の色は両親の人種が異なっていることをうかがわせた。テッシーのストーカーじみた元恋人ローマンの人相特徴に一致する。制服警官は抽斗を開けた。「何かあります」青いラテックスの手袋をはめて袋を取り出し、ショウの銃などと並べてテーブルに置いた。

コンスエラは〝ほらね〟と言わんばかりの勝ち誇った表情をしていた。

「二百グラムを超えていそうですね、クエンティン」女性の制服警官が袋を見て言った。「これだけあれば売買も可能ですから、重罪に問えます」

バーンズはショウを眺め回した。薬物所持ではなく、態度が協力的でないという罪名で逮捕すべきか考えているような目だった。それから抽斗を開けた制服警官にうなずいた。制服警官は折りたたみナイフで袋の上部に小さな切りこみを入れた。制服のベストに無数についたポケットの一つから小瓶を取り出す。小瓶に入っていたカプセルを割ってなかの液体を空け、白い粉を少量だけそこに加えた。小瓶を振る。液体の色に変化はなかった。

「もっと足してみろ」バーンズが言った。

制服警官がまた少し粉を足す。液体は——薬物に反応してどんな色に変わるはずなのかわからないが——青にも緑にも赤にも変色しなかった。

「どうして？」コンスエラがつぶやいた。かすかな不安の表情が地震波のように顔に広がっていく。

ショウは言った。「それは薬物ではありません」

バーンズが訊く。「ほう。じゃあ、何なんです？」

「すべり止めのチョークです。ロッククライミングをやるので。単なる誤解のようですね。彼女の懸念は理解できます。薬物の影響はおそろしいものですから」ショウはコンスエラの美しい目をのぞきこんだ。「もちろん、薬物だと思ってしまったわけは理解できます。しかし、私は過去に一度も麻薬に手を出したことがない」

バーンズはナイフを受け取って粉末のにおいを確かめ

た。ナイフを制服警官に返す。一同の顔を一つずつ見回す。「この部屋全体を捜索しろ」

計四名の制服警官が捜索に取りかかった。みな優秀だった。縦二十センチ、横十センチ、厚み五センチの袋を隠せそうなスペースを一つ残らず確かめた。

ダイニングルームの次はキッチン、その次は二つある寝室、最後にリビングルーム。何カ所もあるうえに広々としたクローゼットもすべて調べた。必要に迫られて大急ぎで探した隠れ家にしては、条件のよいアパートだった。

バーンズはいらだちを募らせた。ショウの財布を調べた一人に鋭い声で言った。「犬」

まもなく、若いラテン系の女性ハンドラーに伴われて警察犬が部屋に入ってきた。しなやかな体に意欲を満ちあふれさせたマリノア犬だ。マリノアはベルギー原産の牧羊犬四種のうちの一つで、ほかの三種はタービュレン、ラケノア、グローネンダールだ。マリノアは、かつての警察犬の代名詞ジャーマンシェパードよりも体が小さくて機敏で、現在、警察犬の大半がマリノアに置き換わっている。

ボーという名の犬は部屋全体をせわしなく行ったり来たりした。鼻を上げたかと思うとまた下げ、急ぎ足で角を曲がり、長い鼻先をクッションやキャビネットの隙間に押しこむ。あらゆる場所のにおいを嗅いだ。

しかし、一度も座らなかった。警察犬は、捜索の対象——違法薬物、爆発物、死体——を見つけたらその場に座って合図するよう教えられている。前足で場所を指し示したり、吠えたりはせず、何かを嚙み砕きたくてうずうずしている力強い顎で〝獲物〟をくわえてハンドラーのところに戻ってきたりもしない。

見つけたら、その場に座る。

ボーは最後まで座らなかった。

バーンズのくつろいだ態度は完全に消えていた。いかにも不機嫌な様子をしている。

ハンドラーがご褒美の干し肉を犬に食べさせた。ここに薬物はないと確認するのも、一千キロのヘロインを見つけるのと同じお手柄だ。

「バーンズ巡査？」ショウは言った。

バーンズはまだ室内のあちこちに目を走らせていた。最後にようやくショウを見た。大きな丸い顔には何の表情も浮かんでいなかった。「はい？」

「隠匿携帯許可証を所持している人間が犯罪に荷担していた例に何度遭遇したことがありますか」

隠匿携帯許可の申請者は、広範囲にわたる身辺調査を受ける。犯罪歴が一つでもあれば許可は下りない。武器を携帯する許可を法的に与えられているのは、徹底的な身元調査をクリアした人物であるという証明にもなる。他州に比べて資格要件がはるかに厳格なカリフォルニア州ではなおさらだ。

バーンズはコンスエラを見た。「ミズ・ラミレス？」

「ごめんなさい。白い粉の袋を見て、それで……」

バーンズは少し離れたところで無線連絡を始めた。リビングルームにはショウとコンスエラだけが残された。二人は互いにすぐ近くに立っている。髪をきゅっと結んだ女性制服警官は二人から目を離さずにいるが、話し声が届かない距離にいる。

ショウは小声で言った。「きみの正体はわからないが、取引をしようじゃないか。あとでまたここに来てくれ。一人で。来ない場合、私が紙ナプキンを取りにキッチンに立ったとき、きみが本物のドラッグを抽斗に入れた場面を撮影した動画を警察に渡す。袋を拭っていたね。だから指紋は採取できないかもしれないが、きみのDNAは残っているだろう。重罪の違法薬物所持で逮捕されるだろうな」

あのときのコンスエラの涙は本物だったが、指先にタバスコを少し塗っておけば、心からの悲しみや役になりきった俳優の演技からあふれるのと同じ涙が流れる。

「わかったか」

沈黙。唇がわなないていた。それからコンスエラはうなずいた。

バーンズとほかの四人が戻ってきた。金髪の男性警官がショウの手錠をはずした。

「チョークとはね」バーンズがつぶやいた。

五人が帰っていくのを待って、ショウは言った。「きみも帰ってくれ、ミズ・ラミレス」

「ごめんなさい」コンスエラは言った。「心配だった。あんなにたくさんのドラッグ……この街の子供たちのためを思ってのことでした」

なかなか気の利いたせりふだなとショウは思った。

62

ショウは冷蔵庫に並んだビールからアルタモント・ビール・ワークスのＩＰＡを選び、一気に流しこんだ。

マリア・ヴァスケスの懸賞金案件に関して、ショウはふだんどおり慎重に行動した。

テディ・ブルーインは〝偶然を必然と思う〟かと話を切り出し、マック・マッケンジーは〝おそらく不法滞在者〟と報告してきた。だからショウはその後も警戒を解かずにいた。この数週間で何度かサンフランシスコを訪れているが、シリコンヴァレーのゲーム会社の重役にブラックブリッジと、来るたびに敵を増やし、いまやあまりにも大勢から恨まれている。

ソーシャルメディアに投稿された懸賞金提供の告知を簡単に信用してはいけない。だからいつも何時間もかけて、ときには何日もかけて、懸賞金を設けた人物について調査する。たとえば、被害者を殺害した当の犯人が、潔白を装って〝愛する家族〟の情報提供者に懸賞金を支払うと投稿する愚かしい例はいくらでもある。しかしテッシーの行方不明事件は、急に決まった案件だった。ほかの案件と同じように警戒はしたものの、徹底した調査をしている時間的余裕はなかった。それに、テッシーは元恋人にストーキングされていたというマリア・ヴァスケスの話が嘘でないなら、命の危険にさらされているおそれがあった。

そしてもちろん、テッシーの失踪とマリアの懸賞金の申し出は、一〇〇パーセント真正なものと判明した。

しかし、〝親友〟はどうか。その筋書きはどうも信用できなかった。本当に親友であるなら、テッシーが連絡しそうな知り合いの一人としてマリアが名前を挙げるはずではないか。

そこでショウは、二人だけの秘密にする約束をあっさり反故《ほご》にして、マリア・ヴァスケスに電話をかけ、テッシーの名づけ親について訊きたいと言った。

するとマリアは怯えたような声で言った。「ディオス・ミオ！　グアダラハラで何かあったんですか」

ショウの知りたいことはその反応一つでわかった。

続けてショウはいくつか質問した。今回の懸賞金に関して電話で問い合わせてきた者がいなかったか。いた。

投稿を見たという女性が電話をかけてきて、自分の息子も行方不明なのだと話した。そして懸賞金の投稿に反応はありましたかと訊いた。

マリアは、コルター・ショウという人が娘を助けてくれたと話し、電話番号と住所を教えた。「ごめんなさい。勝手に教えちゃだめよね……その人のほうがたくさんお金を払えそうだと思ってしまって」

「謝ることはありませんよ」

「あの人、あなたに何か迷惑をかけたとか？」

「こちらで対応できますから」ショウは言った。「おそらく何もないとは思いますが、念のため、数日のあいだ誰かの家に泊めてもらうようお勧めします」

「そうします。すぐにここを出ます。ミスター・ショウ、本当に、ありがとう！」

マリアとの電話を終えるなり、ショウは隠れ家の監視カメラの録画を確認した。〝コンスエラ〟がドラッグを抽斗に隠す場面が記録されていた。ショウは自分の指紋をつけないようビニール袋を手に巻いてコカインの袋を取り出し、コンスエラにもらったネックレスと一緒に別の袋に入れて数ブロック離れた空き地に隠した。そのあとハンターズポイントからの帰り道にスポーツ用品店に寄り、すべり止めのチョークを購入した。そしてパシフィックハイツの隠れ家に戻り、警察の訪問を待った。遅かれ早かれ来るだろうという確信があった。不明なのは、コンスエラの目的だけだ。

ビールを飲んでいると、チャイムが鳴った。

「はい」

「私です」むっつりした声がインターホン越しに聞こえた。

コンスエラが部屋の入口まで来たところで、ショウは銃に手をかけ、今回も彼女の視線の動きをしばらく観察した。

一人で来たようだ。

招き入れてすぐに立ち止まらせた。そっけない声で続けた。「両手を上に」

「勘弁してよ」コンスエラがうめくように言った。

「両手を上に」

コンスエラはしぶしぶ従い、ショウは服の上から彼女の体に軽く触れて身体検査をした。武器などは持っていなかった。「そこに座って」ソファを指さす。

コンスエラは言われたとおりソファに腰を下ろした。ショウは椅子を正面に置いて座った。

「私がマリアに連絡しないと本気で思ったか」

「しないって約束したくせに」ボードゲームでずるをした相手を咎《とが》めるような調子だった。

「いつも似たようないかさまで稼いでいるのか？　男を引っかけるほかに？　他人の持ち物にドラッグを隠して、警察に逮捕させるのが副業なのか？」

本業はおそらくコールガールだろうとショウはにらんでいる。

コンスエラは失礼なことを訊かれて腹を立てたような表情を作ったものの、見え透いていて、それがショウの質問に対する答えになっていた。やましいところのある人間にかぎって見破られると憤慨する。ショウは以前からそのことに気づいて、不思議なものだと思っていた。

コンスエラのバッグを開けて逆さにし、なかのものをすべて空けた。ペッパースプレーの缶は彼女の手の届かないところに押しやった。それ以外の武器は入っていなかった。

運転免許証が三枚ある。同じ顔写真、それぞれ別の名前。一枚は〈コンスエラ・ラミレス〉名義だった。

「どれが本物だ？」

「ソフィア・イオネスク」

「ルーマニア系？」

彼女がうなずく。

ショウは尋ねた。「仮にスペイン語で質問したら《イ・シ・テ・ウビエラ・プレグンタード・アルゴ・エン・エスパニョル》」

「スペイン語もわかる」

ショウはソフィア・イオネスク名義の運転免許証の写真を撮ってマックに送信した。返信が届くのに三十秒とかからなかった。

本物。売春容疑でカリフォルニア州内で二度の逮捕歴。フロリダ州でも一度。

「まだ質問に答えてもらっていないな。これは副業か？　組織的にやっているとか？」

「あなたが目障りだって、ある男から頼まれたの。刑務所に放りこみたいんだって。今回のことを計画したのはそいつ。あなたの仕事の内容を知ってて、行方不明の子供や奥さんを見つけてくれたら懸賞金を出すって投稿してる人たちのリストを作ったわけ。あたしはそこにある電話番号に端から電話をかけるように頼まれた。マリア・ヴァスケスがあなたに娘を取り返してもらったと言った。あなたはすごくいい人で、お金はいらないとまで言ってくれたってね。で、その男から、テッシーの名づけ親になりすませって言われたわけ。あたし、お芝居の経験もあるから」最後の一言はどこか自慢げだった。

「そうだな、オスカーをもらえそうな名演技だった。で、誰に雇われたって？」

「たまに恋人ごっこをする相手」

〝あたしの恋人〟とは異なる関係だと言いたいのだろう。ショウは言った。「いまのは答えの半分にしかなっていない」

「イアン。イアン・ヘルム。ヘルムズだったかも。たぶんヘルムズ。お金持ちで、コンサルティング会社を経営してるって言ってた」

ふむ。興味深い情報だ。ただし、さほど意外ではない。

「報酬はいくらだ」

「一万」

「そいつの――ヘルムズの愛人なのか」

「ただファックするだけの関係だってば」

「ヘルムズの不利になる証言をしろと言ったら？」

ソフィアは笑った。ショウの世間知らずを嘲笑っている。

ショウはしばし思案したあと、不利な証言をさせるのは得策ではないと判断した。ソフィアが協力したとしても、いったい何の容疑でヘルムズを告発する？　逮捕に値する根拠は何もない。それに、ヘルムズ一人を倒すのでは不充分だ。ショウはブラックブリッジそのものを永遠に葬りたかった。ヘルムズを刑務所に送りこみ、何十年も出てこられないようにしたい。

ショウは身を乗り出してソフィアをじっと見つめた。ソフィアの目が不安げに曇った。ショウはラッセルのやり方を拝借した。「マリアやテッシーに危険はあるか？」

「ない。情報を引き出すのに利用しただけ」

「もし二人に何かあったら……」ショウは本物の運転免許証を指先で叩いた。

「ないってば。ほんとに。誰かが殺されるような話だったら協力しないってイアンに言った。そんなヤバい話には乗らない。あたしはね、一晩三千ドルの女なんだから」

　値段が高いと倫理観も高いとでも？

「きみの電話番号を教えろ。本物の番号だぞ。携帯電話の電源をつねに入れておけ。こちらから連絡することがあるかもしれない。そのとき電話が通じなかったら、サムナー・ストリート八五四番地のきみの家を私の友人が訪ねていく。引っ越しても、その引っ越し先に行くぞ。かならず見つける。きみはいまから私の持ち駒だ」

　何の意味もないせりふだったが、気分がよかった。それに、ソフィアを怯えさせる効果があったのは確かだ。

「それ、冗談だよね」

　ショウは片方の眉を吊り上げた。

　ソフィアが唇を引き結んでうなずく。自分こそ被害者と言いたげな表情はあいかわらずだった。ソフィアが自分の携帯電話番号を言い、ショウはその場で暗記した。

「あのネックレスはいくらした？」

　ソフィアは肩をすくめた。「五十九ドル九十九セント。ダイヤモンドは偽物」

　ソフィアの目がペッパースプレーに動く。

　ショウは笑い、ソフィアを玄関から送り出した。

63

　ショウはアルヴァレス・ストリートの隠れ家に戻っている。

　カレンとタイは事後処理に追われていた。バハラ・ナの二人のピックアップトラックと拳銃は処分ずみだ。負傷した二人は沈黙の掟を実践中だ。アデルはラスベガスに向けて飛行中。そしてオークランドのどこかでは、ちょっとした血の汚れに目をつぶれば良好な状態にあるシェヴィ・インパラが、重量二トンのくず鉄の塊に姿を変えようとしている。

　そういえばカレンは〝ブロンド〟の身元を割り出せただろうか。サンレアンドロの合同捜査班から情報提供があったことまではショウも聞いている。

　ブロンドの身元が判明すれば、それを手がかりに背景を探れるだろう。理想を言えば、最近の立ち回り先や仕事仲間、住所、ブラックブリッジのどの部門に雇われているのか、ハンターズポイントのどの犯罪組織にコネがあるかを知りたい。

〝ＳＰ〟がどこの誰で、殺害指令が出された理由は何なのか、そこまでわかれば完璧だ。そういった情報が手に入れれば、ＳＰ一家を救う手だても見えてくるだろう。

時刻は午後一時十分。殺害指令の実行まで、六時間を切っている。

そのとき携帯電話にスティーヴン・フィールド教授からのメッセージが届いた。

テレビで報じている。

ショウはテレビ視聴アプリを起動し、携帯電話を横表示にした。

女性ニュースキャスターはテレプロンプターに映し出される原稿を冷静沈着かつ正確に読み上げたが、その意味するところをいまひとつ理解できずにいるようだった。とはいえ、誰だってすぐにはのみこめないのではないか。

「……百年以上前に発行された政府文書がサンフランシスコで発見されました。カリフォルニア州で一九〇六年に実施された住民投票の再集計が行われ、その結果……」芝居がかった間《ま》。「……選挙に立候補する資格を法人に与えることを告示する内容です。州政府によれば、この裁定書は、サンフランシスコ市街の七五パーセントが破壊された同年の大地震で行方がわからなくなった大量の公文書の一つでした。再集計結果を認定した判事は大地震で死亡したため、当時はこの裁定書の存在を誰も知らなかったということです」

ふむ。これほど早く報道されるとは。だが、当然といえば当然か。デヴローはこの魔法の文書を何年も探し続けてきたのだ。可能なかぎり速やかに〝力の指輪〟を使おうとするだろう。

「ユタ大学のＣ・エドワード・ホブス教授のお話をうかがいます。ホブス教授の専門は企業法です。ドクター・ホブス、よろしくお願いいたします。百年以上行方不明だった修正案が、いまになって施行される可能性があるそうですが、その背景を教えていただけますか」

「こちらこそよろしく。憲法修正案には、承認から施行までの期限が設けられていません。いってみれば、消滅時効はないわけです。州知事の署名を待つ必要もありません。ほかの法案とはその点で異なっています。住民の過半数の賛成があれば、その時点で成立します」

「なるほど。この修正案は、選挙に立候補する資格を法人に与えるわけですね」

「そうです。それともう一つ、指摘しておかなくてはならないのは、選挙に出る資格だけではない点です。議員以外の公職にも就けます。判事、保安官、各種の規制委員会の委員長」

「反対の動きも出てくるでしょうか」

「間違いなく出てくるでしょう。まずは発見された裁定書の真贋を見極める必要があります。いまこの瞬間にも専門家がその作業を進めているでしょうね。しかし忘れてはならないのは、このところ法人の権利の拡張を支持する気運が高まってきている事実です。〝シチズンズ・ユナイテッド裁判〟がその一例です。二〇一〇年の裁判で、憲法修正第一条で保障された言論の自由を法人にも認める判決が出ました。

世論もこれを支持しています。私が話を聞いた大学教授や政治家の多くも、好ましい動きと考えていました。国家にとって、また民主主義にとって望ましいと。法人が公職に就くようになれば、権力分散につながります。法人株主と取締役会とCEOのあいだで抑制と均衡のシステムが自動的に働くことにもなるでしょう。前世紀最大のイノベーションの多くは、企業が主導する研究から始まっています。企業は、世界でもっとも優秀な政府顧問団なのです」

デヴローに雇われているのは間違いないこの提灯持ちは、デヴローの危険な流儀――エイモス・ゴールのキャリーケースに入っていた書類にあったような人権侵害――については一言も触れようとしない。

「そうすると、フェイスブックやアップル、アマゾンといった大企業がカリフォルニア州知事になる日が来ないともかぎらないわけですね」

「ええ、理屈の上ではそうなります」

「アメリカ合衆国大統領に立候補する資格は法人にはないのでしたね」

「そのとおりです。合衆国憲法にはっきり書かれています。今回見つかった修正案は、連邦議員の選挙や連邦の公職の任命には影響を及ぼしません。カリフォルニア州および州内の自治体にのみ適用されます。とはいえ、これは重要な前例となります。法律の世界では、カリフォルニアが先行し、連邦がそれに続くと言いまして……」

ショウは再生を停めた。隠れ家を見回す。窓のない一角に茶色の人工皮革張りの肘掛け椅子が一脚、表通りに面した張り出し窓に向けて置いてある。ドアや窓に決して背を向けなかった父は、きっといつもあの椅子に座っていたのだろう。椅子の隣に、傷だらけでがたついたサイドテーブルが一つ。ショウはその椅子に座ってみた。父は傷と裂け目のある肘掛けに手のひらをすべらせた。父はサンフランシスコにしばらく滞在したあとコンパウンドに帰り、それからまもなく死んだ。ブラックブリッジ・コーポレート・ソリューションズを倒す使命を自分が果たせなかった場合、誰かに——結果的には次男に——あとを託そうと考えて手がかりを整理したとき、もしかしたらこの椅子に座っていたのかもしれない。

やまびこ山に隠されていたあの手紙をしたため、重要な場所を示す十八の丸印を地図に描きこんだとき、父はこの椅子に座っていたのかもしれない。

そんなことを考えていると携帯電話が小さく震えて、ラッセルのメッセージが届いた。

カレン「サンレアンドロの合同捜査班から連絡、〝ブロンド〟の身元は確認できず」。あと数時間以内に手がかりを見つけないと、一家を救えない。

64

午後三時、ショウのiPhoneの着信音が鳴った。

「ミスター・コルター・ショウ?」女性の声は低く事務的だった。

「そうです」

「お兄さんのラッセルといま話したところです。私はジュリア・キャラハン。ベイショアハイツのシステムズ・サポートに勤務しています。昨日、お兄さんから、古いカセットテープの音響分析を依頼されました」

「ああ、そのとき私も兄と一緒にいました。ふだんからラッセルと仕事をしているんですよね。兄に訊いてもはっきり答えないので」

「ええ、弊社はお兄さんの組織と契約しています。お兄さんから、大至急あなたに連絡するように言われました」

「綿密な分析を頼んだと兄から聞いています。何かわかったんですね？」

「はい。このテープを作ったのが誰だか知りませんけど、ただ者ではなさそうですよ。アナライザーでも、一度目は音楽のトラックしか検出できませんでした。でも何度も聴き直しているうちに、曲と曲のあいだの雑音に何らかの音声パターンが隠されているのではと気づきました」

「雑音に？」

「結果的には雑音ではなかったんですけどね。それだけを分離して、スロー再生してみました。限界まで速度を落として」

「何が入っていたんです？」

「男性の声です。口座番号、オフショア・カンパニーや銀行への送金の指示、個人の口座への振り込みの指示。送金の目的は税金逃れだとはっきり言っています。ほかには、社外のフリーランサーに対する支払いの指示。このフリーランサーというのは、どうやら、その……」

「殺し屋だろうと？」

「ええ、そういう印象を持ちました。私の専門は音響分析です。それでも、セキュリティ・コンサルティング会社とも取引がありますから、そういった方面に多少の経験があります。男性の声は、人名もいくつか挙げていました。ブラクストン。ドルーン——これも人名だろうと思います。その二人が属している会社名も言っていました。ブラックブリッジ。ほかにＵＩＰとかいう名称も五、六回出てきました。〝製品〟の供給元の話も」

「ドラッグの供給元でしょうね」

「はい、そう思いました」

ショウは訊いた。「とすると、その音声だけを分離したデータがあるわけですね」

「ええ、別のデータとして保存してあります。ＭＰ３形式で」

「よかった。そのコピーをいただきたいな。兄と一緒に進めている仕事に利用できそうだ」

「メールアドレスを教えていただければ送ります」

ショウは言った。「いや、インターネットを経由したくない。物理的なメディアでいただけるとうれしいですね。ＵＳＢメモリーか何かで」

「かまいませんけど」

「時間がない。ベイショアハイツはサンフランシスコのすぐ南側でしたっけ」

「そうです」

「サンブルーノ州立公園はご存じですか」

「ええ。たまにランニングに行きますから」

「人が少ない場所はありますか」

「マグワイア・ロードに面した南側の入口。いつ行っても誰もいません」

「三十分後では？」

「いいですよ」

「私はオートバイで行きます。黒い革ジャケットで」

「こちらはトヨタ・カムリです。色は紺」

「オリジナルのテープを持っていきます」

「お願いします。それがあればもっと詳しく分析できます」

　ショウは黙りこんだ。それからささやくような声で言った。「やつらの犯罪を裏づける証拠……アシュトンはやはり正しかったわけだ」

「はい？」

「あ、いや、独り言です。では三十分後に」

65

数百年前、サンフランシスコ市のすぐ南側の街サンブルーノは、オローニ族の村だった。

　植民地化以前の時代、オローニ族は、サンフランシスコからビッグサーにかけての地域で多数の村落に分かれて暮らしていた。人口は数万。基本は狩猟・漁労・採集社会だったが、一部では農耕も行われていた。苦いどんぐりを食料にする方法をアメリカで初めて考案した人々でもある。オローニ族はククスー信仰を持ち、宗教儀式に熱心で、その儀式の大半は地下に作った秘密の部屋で行われていた。

　彼らの平和な暮らしは、スペインの征服者《コンキスタドール》の到来とフランシスコ修道会の〝布教活動〟によって崩壊した。オローニ族は先祖伝来の土地を追われ、キリスト教への改宗を迫られた。オローニ族が自然免疫を持たないヨーロッパの伝染病によって人口は四分の一まで減った。だが、彼らにとどめの一撃を下したのは、宣教師でもスペイン人でも病原菌でもなかった。カリフォルニア州政府だ。

初代州知事のピーター・バーネットは一八五一年の施政方針演説で、先住民族に対する絶滅戦争を〝インディアン民族が一人残らず地上から消える日まで〟戦い抜くと宣言した。バーネットはその方針を情け容赦なく貫いたが、セントラルコースト地域には現在でもオローニ族の部族がいくつか存在している。

ショウがこの歴史を知っているのは、母方の遠い祖先にオローニ族がいるからだ。母メアリー・ダヴは祖先の歴史を息子に教えた。かつてのオローニ族の領土の中心地だったサンブルーノ州立公園は、二百五十年前の——ゴールド、シルバー、そしてシリコンの三つの〝ラッシュ〟前の——彼らの集落の様子をうかがわせるサンプルだ。起伏のある丘に守られた、緑あふれる豊かな暮らし。

コルター・ショウはその公園の小さな駐車場にオートバイを乗り入れた。なめらかなアスファルト舗装を踏んで奥へ進み、真ん中あたりに駐めた。すぐそこに見えているハイキングコースに羨望まじりの視線を投げた。あのダートコースをオートバイで走ったらきっと痛快だろう。

だが、気晴らしは後回しだ。

駐車場は完全に無人というわけではなかった。小さな駐車場の片側に、水道工事会社の商用バンが一台駐まっている。オーバーオール姿のドライバーはサンドイッチを食べ、特大サイズのソーダカップの飲み物を飲んでいる。もう一台、カリフォルニア州立公園管理局のピックアップトラックも駐まっていて、運転席のパークレンジャーは、クマのスモーキーのロゴがついた大きな帽子をかぶり、クリップボードを確認しながら電話で話していた。ランナーやハイカー、観光客の姿はない。灰色の空からもやが下りて、雨の気配を広げていた。

紺色のトヨタのセダンが現れ、徐行運転でショウに近づいてきた。車は駐まり、ドアが開いた。

黒いレギンスとセーターに紺色のウィンドブレーカーを着た女性が降りてきた。ショウは小さくうなずいた。

「ジュリア?」

「コルターですね?」

ショウは女性のところに行った。「尾行はありませんね?」

「ええ。大丈夫です。そちらは?」

「尾行振り切りデバイスがありますから」

ジュリアは眉をひそめた。「振り切りデバイス？」

ショウはヤマハのオートバイのほうに顎をしゃくった。

「オートバイに内蔵されてるの？」

「このオートバイそのものがですよ。制限速度を十キロくらいオーバーしながら路肩ぎりぎりを走れば、誰もついてこられない」

「それ、いつか試してみます」

「あなたもオートバイに？」

「いいえ。でも昔から乗ってみたかったの。乗り方を教えてもらわなくちゃ。試験があるんですよね？　免許をもらうのに」

「簡単な試験ですよ。楽勝《フライング・カラーズ》で合格できます」

ジュリアは唇を引き結んだ。「〝フライング・カラーズ〟って具体的には何を指すのかしら。前々から由来が知りたいと思っていました（「空に翻る旗」の意。withとともに「成功」「勝利」といった意味でも使われる）」

ショウも由来は知らない。正直にそう言った。

ジュリアは手首に着けていたヘアゴムを取り、暗い金色の髪を高い位置でまとめてポニーテールに結った。

「ラッセルは？」

「隠れ家に戻っています。今回の仕事のほかの手がかりを見直すと言って」ショウはジュリアを見やって眉を寄せた。「銃は持っていませんよね」

「私が？」ジュリアは何を馬鹿なと言いたげに笑った。「うちは技術関連の会社ですよ。誰も銃なんて持ち歩かない。でも、どうして？」

ショウは公園管理局のピックアップトラックのほうを見た。「官用地ですから。銃の持ち込みは禁止されている」

「あなたは銃を持っているの？」

ショウは肩をすくめた。「持っていますが、見えないように持ち歩く訓練をさんざんしてきました」

公園管理局のピックアップトラックのエンジンがかかった。二人のそばを通り過ぎるとき、無愛想なパークレンジャーは帽子のつばに軽く手をやった。ショウはそれに応じて目礼した。ピックアップトラックはハイキングコースを通って森の奥へ消えた。

ジュリアが言った。「ＵＳＢメモリーも持ってきましたけど、例の音声を書き起こしソフトにかけました。全部印刷してあります。百ページ分くらい」そう言って自分の車のフロントシートから白い大型封筒を取った。

「助かります」

「オリジナルの音声を分析したら、もっと何かわかるかも。コピーすると、データにかならず欠落ができてしまうんです。それで思ったんですけど……」ジュリアは言いよどんだ。次の瞬間、ショウの背後に視線をやって息をのんだ。

水道工事会社のバンのフロントドアが勢いよく開き、青白い顔をしたドライバーが降りてきた。路地で死んだ〝ブロンド〟と同じような金色の髪をしている。たくましい体を黒い戦闘服に包み、手には拳銃を握っていた。

次にスライドドアが開いて、さらに二人が降りた。やはり銃を握ったエビット・ドルーンと、どこをどう見ても無害なおばあちゃんとしか思えないアイリーナ・ブラクストン。

二人が降りたあと、もう一つの人影がそれに続いた。

ブラックブリッジのCEO、イアン・ヘルムズがショウを見つめた。美形の〝主演男優〟に誰もが期待するようなよく通る豊かな声でヘルムズは言った。「これはこれは、コルター・ショウじゃないか」

66

腕を組み、観察するような目をショウに向けて、ヘルムズは言った。「私の友人の顔をつぶすような真似はしないほうが自分のためだったな」

ヘルムズが言っているのは、ソフィアまたは〝コンスエラ〟の件、ショウがパシフィックハイツの隠れ家で逮捕されかけた一件だろう。

心配だった。あんなにたくさんのドラッグ……この街の子供たちのためを思ってのことでした……

あの件では、少なくとも、いま連中がこの公園でショウに用意しているような本当の危険はなかった。

ドルーンがあとを引き継いで言った。「よし、ショウ、シャツの裾を持ち上げろ。ゆっくりだぞ、ゆっくり」

「そうあわてるなよ、ドルーン」

「何なのこれ？　何がどうなってるの？」ジュリアが言った。

「あんたは黙ってるんだな、ミス・ジュリア」ドルーンが怒鳴りつけた。

「どうして私の名前を……」ジュリアの声は小さくなって消えた。

「どうどう、お嬢さん。もうじきあんたの相手もしてやるから」ドルーンはショウに向き直った。「さてと、あんたは右利きだな。左手でそのヤワなグロックを抜いて、そこの茂みに放りこめ。指を、こう、広げてな。ティーカップの華奢な持ち手をお上品につまむみたいに」

「暴発して、怪我人が出るかもしれないぞ」

「あのな、あんただってよく知ってるはずだぜ。オーストリア人はお利口さんだから、そういう事故が起きないようにちゃんと考えてあるんだよ。ほら、いい子で言われたとおりにしな。ミス・ジュリアの顔が青ざめてきたぞ。気絶でもされたらたまらん。それこそ災難だ。ほら、早く銃を捨てろ」

「何がどうなってるの？」ジュリアが繰り返した。声が震えていた。

　ドルーンが鋭い声でショウに言った。「ピストールな、ピストール」

　ショウは言われたとおりにした。シャツの裾を持ち上げて銃が見えるようにする。

「おい見ろよ、あの腹筋。暇さえあれば筋トレする人種か」

　ショウは銃を地面に放った。

「ついでにジーンズの裾もまくって見せてくれよ。アンクルホルスターに予備の銃を持っていそうなタイプだもんな、あんた」

　ショウはこれにも従った。

「よし、いい子だ。お次はあんただ、ミス・ジュリア。俺としちゃ残念だが、服はそのまま着てかまわない。銃は持ってないってさっき言ってたしな」

「聞いてたの？」

　ショウは水道工事会社のバンを見やった。「あそこで盗聴していたんだ。カセットの話も聞かれた。分析結果も」ブラクストンを見る。「裁定書が手に入ったんだ。私たちのことはもう忘れてくれるかと思っていたんだが」

「そういうわけにはいかないのよ」

　ドルーンが言った。「あんたはさ、俺たちのあいだじゃ人気ナンバーワンの懸賞金ハンターなんだよ、ミスター・コルター・ショウ」肩を揺すって笑う。「さよならを言うなんてつらすぎるだろ」

　ヘルムズが手を振っていまいましいドルーンを黙らせ、一歩前に進み出た。「ぜひじかに会ってみたかったよ、ショウ」そう言ってショウを眺め回したあと、心底がっかりしたような顔をした。ふん、お互い様だ。「ショウ一家……きみたちがもたらすものと言えば、喪失感だけだ」

「喪失感だって？」ショウは冷ややかに笑った。「母は夫を亡くした。おたくの会社のおかげで」

　ヘルムズは溜め息をついた。「またその話か。あんなことになるはずではなかったんだよ。アシュトンが裁定書を見つけたものと我々は思っていた。私は代理の者を送って、多額の金と引き換えに裁定書を渡してもらう交渉をしようとしただけだ」

「その〝交渉〟のための代理人は、武装した状態で夜中の三時にうちの地所に侵入し、父を森のなかまで尾行した。あんたの言う〝交渉〟とは、父を拷問して裁定書の隠し場所を吐かせたうえで父を殺すことではないのか。あんたは退屈な人間だな、ヘルムズ」

「退屈？」整った顔に影が差す。その言葉に侮辱を感じている。ヘルムズが誰に似ているのか、ショウはふいに悟った――若いころのウォーレン・ベイティだ。ヘルムズは嘆くような声で言った。「〈エンドゲーム・サンクション〉。あれはこの国を根底から変えることになる」

「スターリンはロシアを根底から変えたな。あんたが世間に押し売りしたいのはそういう種類の話ではないだろうとは思うが」

「ブラックブリッジが一九〇六年の修正案に賛成票を投じたわけではない。ミスター・デヴローも同じだ。我々は適正な手順を踏んでカリフォルニア州民によって承認された文書を探し出すよう依頼された。州民の意思を現実に反映させようとしているだけさ」

　記者会見で質問に答える広報担当者のような言い草だ。

　ヘルムズが続けた。「考えてみろよ、ショウ。あの修正案はあらゆる法人に公職に就く資格を与える。非営利のチャリティ団体もそこに含まれる」

「あんたは社会的弱者に寄り添う道徳の人ではないだろう、ヘルムズ。それどころか都市部活用構想《アーバン・インプルーヴメント・プラン》を武器として地域社会を破壊している」

　ヘルムズは肩をすくめた。「誰かの頭に銃を突きつけて、〝ほら、このドラッグをやれ、やらないとひどい目に遭わせるぞ〟と脅したわけではない」

　バンを運転してきた青白い肌の巨漢は、無言でなりゆきを見守っていた。〝ブロンド〟の代役に雇われたヒットマン、〝ＳＰ〟一家の殺害に照準を定めているのは、この男なのかもしれない。

　アイリーナ・ブラクストンは業を煮やしたように口を開いた。「エイモス・ゴールが裁定書を見つけて隠したことは知っていた」そう言って白い大型封筒を見やる。

「まさか証拠も集めていたとはね」

「あんたたちが隠れ家に押し入ったとき、カセットプレーヤーは目につくところにあった」ショウは言った。

「手に入れようと思えばできた」

　ヘルムズがつぶやく。「遅まきでもしないよりはましと言うからな……」

　ヘルムズはドルーンにうなずいて合図をした。ドルーンが言った。「よし、ミス・ジュリア。このあとのスケジュールを教えてやるから聞きな。まず、あんたはその封筒と財布《パース》をよこせ。おっと、淑女におまんこ《パース》なんて言っちゃいけないな。財布《ウォレット》だ。あんたの個人情報ってやつをいただく。どこに住んでるのか、家族やパートナーはいるのか」

「やめて、お願い！」

「やって、お願い！」ドルーンは嘲《あざけ》った。「そのあとあんたは会社に戻って、カセットテープのデジタルコピーを上書き消去する。〝上書き〟がキーワードだ。忘れるなよ。あんたは専門家だからきっと知ってるだろうが、上書きしないで単に削除しただけじゃ、データは本当には消えない」

　ブラクストンが言った。「警察には通報しないことね。したとわかったら、私の同僚がまっすぐあなたの家に行く」

「やめて！」ジュリアは声を絞り出すようにして言った。

「子供がいるの！」白い封筒を無意味に揉みしだいている。

　ドルーンが言った。「まあ落ち着きなって、お嬢さん。あんたはともかくデータを全部消してだな……あとは誰にも一言もしゃべらずにおくことだ。そうすればかわいい子供たちも旦那も無事に暮らせる」

「どうしてこんな――？」ジュリアの声は怒りに満ちて

いた。

ドルーンはその質問の意味が理解できないとでもいうように顔をしかめただけだった。それからショウに向き直った。「オリジナルのカセットテープも渡しな。どこにある？　ふざけた真似はするなよ。日が暮れちまう」

ショウは陰鬱な顔をした。「しかたがない」右手を高く上げて攻撃の意図がないことを示してから、ジャケットのポケットに左手を入れ、カセットテープを取り出した。

「な？　どうってことなかったろ？　こっちに放ってよこせ」

ショウはカセットテープをドルーンの足もとに放った。ドルーンが拾う。

人の神経を逆なでするふざけた調子でドルーンは続けた。「よし、ミス・ジュリア。大急ぎで会社に帰りな。早ければそれだけ――」

「待って」ブラクストンが切迫した声で言った。首をかしげ、目を細くしてこちらを見ている。「ちょっと待って」

ヘルムズは眉間に皺を寄せ、ドルーンはブラクストンのほうを振り返った。

「ジュリアからの電話を盗聴したとき、隠れ家全体をスキャンしていたのよね」ブラクストンがドルーンに訊く。

「そうだが」ドルーンはいくぶん不安げな声で答え、上司ブラクストンのおしろいの層に守られた困惑顔を見つめた。

「電話がかかってきたのはどの携帯だった？　どの番号だったの？」

「えーと……」ドルーンは記憶をたどるような顔をした。「８４５から始まる番号だ。８４で始まるのは確かだ。調べればわか――」

「馬鹿ね！」ブラクストンはかっとして叫んだ。「それはｉＰｈｏｎｅの番号じゃないの！」

ブラクストンも知っているはずだ。ショウはサンフランシスコに来て以来ずっと、暗号化されたアンドロイド携帯を使っていた。ｉＰｈｏｎｅは暗号化されておらず、それを使えば話の内容がブラックブリッジに筒抜けになるとわかっていたからだ。

ショウがｉＰｈｏｎｅで音響分析の結果を受け取ったのは、そのやりとりをブラックブリッジにあえて聞かせようとしたからだ。

「罠よ！　カセットテープには何も入っていなかったのよ。雑音？　あんな話はでたらめ。この近くに仲間を待機させているに決まってる」

　青白い巨漢とドルーンは銃をかまえ、重心を落として周囲に目を走らせた。

　ショウは落胆した。芝居をもう少し長く続けて、ドルーンやブラクストンからより多くの情報を——犯罪を認める発言を——引き出せるのではないかと期待していた。

　ブラクストンがヘルムズに小声で言った。「車に戻っていてください、イアン。急いで」

　コルター・ショウはうなずいて合図した。

　近くの木立の奥から、〝公園管理局の職員《パークレンジャー》〟——実際にはラッセルの〝グループ〟の一員、タイだ——の大声が聞こえた。「ブラックブリッジの四人。両手を見えるところに出せ！　銃を捨てろ。地面にうつ伏せになれ！　銃を抜いたり抵抗したりしたら、迷わず撃つ」ヘッケラー&コッホのサイレンサーつきサブマシンガンが炸裂した。ブラックブリッジの四人から三メートルほど先で土煙が上がった。「やれ！」

　青白い巨漢は指示に忠実に従い、まるで熱いものをうっかり持ち上げてしまったかのように拳銃を放り出した。ブラクストンは顔をしかめ、マクラメ編みのショルダーバッグを地面に置いた。膝をつく。時間をかけてようやくうつ伏せになると、土の地面にそろそろと顔をつけた。イアン・ヘルムズもそれにならった。

　エビット・ドルーンも同じようにした。芝居がかった動きで手を伸ばし、地面に銃をそっと下ろそうとした。しかしふいにうしろに飛びすさると、水道工事会社のバンの陰に飛びこんだ。ショウをまっすぐに見る。サディスティックで、しかしどこか面白がっているような目だった。「冗談じゃない。冗談じゃないぞ」

　ドルーンが銃の狙いを定める。ショウは反射的に腰をかがめ、顔を守るように両手を上げた。

　そのときだ。ショウと並んで立っていた女が——音声分析のエキスパートのジュリアではなく、ショウの友人のヴィクトリア・レストンが、白い大型封筒に入ったままのショウの三五七口径のコルト・パイソンのトリガーを引いた。きちんと狙いを定められなかったため、放たれた大きな弾丸はドルーンをかすめたが、命中はしなかった。代わりにバンのサイドミラーが吹っ飛んだ。ドルーンは後ろによろめいて尻餅をつき、握っていた銃が飛んでいって茂みの奥に落ちた。ドルーンはすぐに立ち上がって森へと逃げこんだ。

ヴィクトリアがコルト・パイソンを差し出したが、ショウはそれを受け取らず、ブラックブリッジの三人のほうに顎をしゃくった。「いや、この三人に目を光らせていてくれ」自分のグロックを回収している暇はない。ショウは向きを変えると、踏みならされたハイキングコースに飛びこみ、ドルーンを追って全速力で走り出した。

67

五十メートルほど走ったところでドルーンに追いついた。

ドルーンは荒い息をしながら振り向き、ベルトに下げたケースからSOGのコンバットナイフを抜いた。

「来いよ、懸賞金ボーイ。おまえにはほとほとうんざりだ」

ショウはその言葉を無視し、一帯の地面の様子を観察した。平坦な草地。いずれにとっても公平な条件だ。

斜面の低い側で闘うべからず。

ドルーンはすばしこい。軽いフットワークで前進と後退を繰り返している。ナイフを握った右手をつねに動かし続けていた。

ショウは一度だけ説得を試みた。「もう終わりだ、ドルーン。自分でもわかっているだろう。自分の立場が悪くなるだけだ」

「いつだって笑えることを言ってくれるよな、ショウ」ドルーンはすばやく前方に踏み出し、ナイフを突き出した。ショウはやすやすとよけた。「タコマに行ったとき、キャンピングカーのなかで殺しちまおうって話も出た。俺はその気だった。しかしアイリーナが反対した。何かに利用できることもあるかもしれないと言ってな。おまえが役に立つ日が来るかもしれないって」またナイフを突き出す。「そのとおり、役に立った。あの裁定書を見つけたんだからな。アイリーナの喜びようといったら」

ショウはひたすら聞き流した。しゃべらせておけばいい。酸素を無駄遣いさせてやればいい。ショウはドルーンの腕と手の動きを観察していた。ナイフで闘うとき、注目すべきはつねにそれだ。自分は両手を胸の前にかまえ、ドルーンの攻撃のたびに後ろに下がって距離を保った。ドルーンがナイフを突き出してきたらそれをよけ、また少し後ろに下がる。

ナイフを持った相手と闘うときのルールが自然と頭に浮かんできた。

ルールその1。ナイフを持った相手に襲われたとき、自分は丸腰なら、迷わず逃げろ。

いまはこの選択肢はない。

ドルーンは目をきらめかせて、愉快そうに笑っている。前後に動きながら、二人のあいだでナイフを左右に動かす。ショウは一瞬後退したあと即座に前に踏み出し、両手を開いて――指を折らないための用心だ――ドルーンの右腕に叩きつけ、思いきり押しのけた。ナイフが遠く離れた瞬間にドルーンの顔を平手で打つ。それからまた後ろに下がった。

ドルーンは激高した。その表情がますますネズミに似て見えた。

背後の地面は平らだと思っていたショウは、そこにあるとは気づかずにいた木の根に足を取られた。転倒はしなかったが、つかのまバランスを崩した。ドルーンが飛びかかってきて、ナイフがショウの手の甲に傷をつけた。

ルールその2。ナイフで闘えば、かならず刺される。それを予期し、体のなかの命に関わらない部分を敵に向けよ。

ドルーンが攻撃するたび、ショウは軽やかなフットワークでそれをかわした。隙を見つけてはドルーンの顔を平手で叩いた。

ナイフには手を出さない。

ルールその3。敵からナイフを奪おうと試みてはならない。相手はナイフとのあいだに宗教じみた絆を抱いている。どんな格闘の技にもナイフを手放させる効果はない。

ドルーンの顔から笑みは消えていた。ショウの闘いぶりはフェアとは言いがたい。踊るような足の運びで前後に移動しながら、ドルーンの耳や目を狙って掌を叩きつける。またナイフがショウの体をかすめた。今度は上腕だ。ジャケットの生地が裂けた。

ドルーンは足を大きく踏み出し、ショウは飛びすさる。そのたびに右手、あるいは左手でドルーンの顔を叩く。

ドルーンの顔はところどころ赤く腫れて出血していた。顔。狙うのはそこだけだ。すばやく踏みこむ。すばやく後退する。

「どうだ……」ドルーンは深く息を吸った。「……目が見えないようにしてやろうか？　これまでどおりの生活ができるかな？」フェンシングの選手のようにナイフを突き出す。これを予想していたショウは、油断していたドルーンの耳に拳を叩きつけた。まともに耳を殴られると意識を失う場合もある。しかしドルーンは失神まではせず、ふらついただけだった。

「おまえにはうんざりなんだよ、ショウ。一息に終わらせよう」

ルールその4。相手が後退すると同時に目や喉を狙って反撃せよ。

ドルーンが飛びかかる。ナイフはショウの胸を危ういところでかすめた。ドルーンがわずかに向きを変えてナイフを握った手を引いた瞬間、ショウは一気に距離を詰め、ナイフを握った右手首を左手でつかんでおいて指でドルーンの目をついた。ドルーンが大きなうめき声を上げた。

ショウは優位を生かし、ナイフを握った手をつかんだまま、ドルーンの右膝の裏をつかんで体ごと高々と持ち上げ、小さな岩だらけの地面に背中から叩きつけた。ドルーンが空気を求めてあえぐ。

ナイフが地面に転がった。

「よせ。よせ」ドルーンは慈悲を請うように両手を上げたが、ふいに上体を跳ね上げ、両手でショウの喉をつかんだ。決して大柄な男ではない。それでもその手はおそろしく力強い。

視界がぼやけ始めた。ショウはＳＯＧのコンバットナイフを拾い、右手でしっかりと握ると、ドルーンの首に突き立てた。

「よせ。おい、待て」ドルーンは驚いた顔をした。何か非論理的な理由から、彼のナイフを使って彼を刺す資格も度量もコルター・ショウにはないと思っていたのだろうか。

ショウの喉をつかんだ手はまだゆるまない。

脳裏をたった一語がよぎっていく。

サバイバル……

ショウはナイフをひねった。ドルーンの首の傷口がさらに広がった。血が噴き出した。

「なあ……よせ……おい……」

ドルーンの腕が地面に力なく落ちた。

十秒とたたず、全身から力が抜けた。

ショウは肩で息をしながらドルーンの上から下り、立ち上がって三メートル離れた。ナイフはしっかりと握っておいた。

敵が倒れたあとも油断するべからず……

ドルーンが一度だけ咳のような音を立てた。まもなく息が止まった。ショウは身じろぎをせずにそれを見届けた。それからまばたきをして、上を見た。頭上に張り出したオークの木の枝を凝視する。灰色の空をくっきりと横切る黒い枝。そろそろ季節を迎える丸いどんぐりの房。いまはきれいな深緑色だ。

コルター・ショウは思った——この世の最後の記憶として目に焼きつけるのに悪くない絵だ。

68

「会話を録音できた」タイはショウに言った。「まあ、聞けよ」
パークレンジャーの帽子を脱いだタイは、ブラックブリッジの四人が水道工事会社のバンで待機しているあいだにかわした会話の録音を再生した。
ブラクストン「パークレンジャーがいるあいだは何もできないわね」
ドルーン「そのうち消えるだろ。居座るようなら、まあ、事故が起きるかもしれないな」
ブラクストン「だめ。いなくなるまで待つのよ。できるだけクリーンに片づけたいの」
ドルーン「どのみち二つ死体ができる予定なんだぜ。三つに増えたって片づけの手間はそう変わらない」
ヘルムズ「パークレンジャーには手を出すな」
ここで加わる四人目は、青白い肌をした巨漢だ。ブラックブリッジの従業員で、氏名はジョージ・ストーンと判明している。タイの調査によれば、アフリカやバルカン諸国で傭兵として軍に雇われた経歴がある。

ストーン「ショウを先にやります？」
ドルーン「それじゃ意味ないだろ。女のほうが会社から戻ってくるまで待って、二人まとめて片づけるのがいいに決まってる」
ヘルムズ「わかった、わかった……心中にでも見せかけろ」
ドルーン「そう来なくちゃ」
ヘルムズ「しかし、ゴールのやつめ。マネーロンダリングの件まで知っていたのはなぜだ？　所属はリサーチだったんだろう」
ストーン「偶然、何か聞いたみたいですよ。ほら、古いほうのオフィスで。あのときは全部門が同じビルに入ってましたから」
ブラクストン「そうね。あのころはそうだった」
ヘルムズ「金融インフラの少なくとも半分はいまも稼働している。銀行はほとんど変わっていない。社外の契約業者は？　もしかしたら、例の市議会議員を始末した件も知っているのかもしれないな。メールか社内メモが含まれているとか。くそ、そんな文書が証拠として出たら、会社はおしまいだ」
ドルーン「ああ、あの議員ですか。トッド・フォスター。すっかり忘れてた。あの仕事は完璧な出来でしたよ」
ヘルムズ「ドルーン。こんなときに。勤務評定の面談じゃないんだ」
ドルーン「そうだった。すみません。おっと、見ろよ。女が来た。ジュリアだっけ。いよいよだぞ」
タイが再生を停めた。
「これを渡せば、ＦＢＩも動くだろう」ショウは言った。
「俺もそう思う。殺人の共謀に恐喝。殺人の自白。最後のは思いがけない収穫だ。市議会議員を暗殺したって？」
ショウは父の教え子トッド・フォスターの殺害事件をタイに話して聞かせた。何年も前のこの事件がきっかけとなって、アシュトン・ショウはブラックブリッジの追及を開始した。
ヘルムズが言った。「録音の根拠となる令状はあるのか」ほかの二人と同じく、ヘルムズも背中でナイロン手錠をかけられている。

タイはほんの一瞬だけヘルムズに目をやった。うっとうしいハエを見るような目だった。「あんたは違法な盗聴をした。この駐車場ではミスター・ショウとミズ・レストンを暴力で脅した。あんたの部下が殺害を試み、結果的に自分が殺された。つまりあんたは重罪謀殺を犯した。共謀罪だってあるぞ。ああ、そうだ。言っておくが、こっちは録音用のマイクを仕掛けるのにあんたの車に侵入していない。車のウィンドウは開いていた。俺のマイクはたまたま超高性能だった。つまり、録音の令状は必要ない」

ショウはブラクストンを見やった。父の殺害を命じたブラクストンの打ちひしがれた姿に胸がすく思いだった。厚化粧をほどこした顔は硬直している。もはや近所のおばあちゃんではなく、亡霊のようだった。

ヘルムズがむっつりと言った。「弁護士の同席を要求する」

タイが嫌みったらしくかしこまった声で言った。「ええ、じきに連絡の機会があるかと存じますよ」

今回の逮捕作戦は即席のもので、罠の準備に時間はかけられなかった。だが、かまわない。結果オーライだ。

ブラックブリッジを倒すための証拠はすべてそろった。ショウはラッセルに成功を報告するメッセージを送り、先週負傷した肩をさすっているヴィクトリアに歩み寄った。「大丈夫かい？」

「動かすとちょっと痛いけどね」

ショウの手の甲の切り傷と出血に気づいて、ヴィクトリアはかすかに目を見開いた。

「大した傷じゃない」ショウはオートバイのシート下の収納スペースからアルコール消毒薬のボトルを取り、それで傷を消毒した。焼けるような痛みが顎まで駆け上がってきて、大きく息を吐き出す。やはり収納スペースにあった絆創膏のパッケージをヴィクトリアが開け、消毒薬が蒸発するのを待って傷に載せ、輪郭を指でなぞって隙間なく貼った。

「ドルーンは？」ヴィクトリアは森の奥に向かってうなずいた。

ショウは首を振った。

「仕留められなかったのを謝ろうと思ってたけど、結果的にこれでよかったのかもしれないわね」ヴィクトリアは静かな声で言った。

そのとおりだ。ドルーンを倒すのはショウでなくてはいけなかった。それ以外の終わり方ではすっきりしなかっただろう。

ショウがヴィクトリアに別のことを尋ねようとしたとき、周囲から聞こえる音の具合が変わった。

それまでは車の往来の音がホワイトノイズのように聞こえていた。サンブルーノ州立公園は、国道一〇一号線と州間高速二八〇号線にはさまれている。どちらもシリコンヴァレーの動脈というべき多車線道路で、二十四時間いつでもたくさんの車が行き交っている。

ショウの耳にはその音がずっと聞こえていた。ほかにも、サンフランシスコやサンノゼの空港を発着する飛行機の低いエンジン音や、マツやカシの枝を渡る風の音、どこか遠くの犬の鳴き声も聞こえた。

ところがいま、そういった環境音のなかから一台の車のエンジン音だけが浮かび上がり、少しずつ近づいてきていた。

一直線に。

茂みを探ってグロックを取り戻す。そして考えた——ブラクストンが罠に気づいた直後の混乱のなか、彼女とヘルムズとストーンには携帯電話を使う機会があった。〈応援を要請する〉〈緊急事態〉などのメッセージをタップ一つで送信できるよう設定してあったのかもしれない。

ショウのチームは現状の配置で充分に防衛できる。

しかし、その黒いSUV、キャデラック・エスカレードは、想定外のルートからやってきた。歩行者用ハイキングコースを強引に走破してきたのだ。

「タイ!」ショウは声を張り上げた。「敵だ」

タイはうなずき、マシンガンの安全装置を解除した。

ショウはヴィクトリアが握っているコルト・パイソンをちらりと見て、ポケットに入っていた弾を十個、ヴィクトリアに渡した。ヴィクトリアは弾丸をこめ直し、腰を落として、近づいてくるSUVを凝視した。

SUVのウィンドウから投じられた発煙手榴弾が破裂し、一帯に濃い灰色の煙が広がった。明瞭に見えたわけではないが、少なくとも二名がオートマチック銃をかまえて降り、三発ずつの小刻みなリズムで発砲した。轟音が響き渡る。サイレンサーを装着していない。ショウとヴィクトリアは地面を転がって倒木の後ろに伏せた。タイは雑草だらけの地面が少し盛り上がった陰に身を投げ出した。

だが、タイもショウも銃を下ろした。煙で標的がまったく見えない。ショウは目を細めた。煙の刺激で開けていられない。ヴィクトリアも同じだ。「挟み撃ちにする？」ヴィクトリアが訊いた。

ショウはうなずき、左方向に移動を始めた。ヴィクトリアは右だ。

しかし数メートルも走ったかどうかのところで非情なマシンガンの連射が空《くう》を、二人の周囲の地面を切り裂き、土や石や木の枝を空中に撒き散らした。弾が描く道筋はヴィクトリアに迫っていく。

「ヴィクトリア！」彼女が倒れるのを見て、ショウは叫んだ。

69

銃火が激しすぎ、煙幕が濃すぎて、ターゲットを探せない。

敵方から荒っぽい声。「急げ。急げ！」

煙に視界をさえぎられて、ヴィクトリアとタイの状況を確認できなかった。

「ヴィクトリア！」

返事はない。ショウの心臓は破《やぶ》れんばかりに打ち始めた。

懸命に標的を探す。しかし、クリームのように濃厚な煙に取り巻かれて、何一つはっきりと見えない。

弾丸の嵐がやんで、ブラックブリッジの全員がＳＵＶに乗りこんだとわかった。ドアが閉まる音は聞き分けられなかった。銃声にやられて、耳がよく聞こえなくなっている。それでも、ＳＵＶがさっきとは別の小さなハイキングコースに向けて猛スピードで走り出したのはわかった。

その方角に目を凝らす。だが、まもなくグロックをホルスターに戻した。

標的を視認できないとき、発砲するべからず……

その場で向きを変えた。「ヴィクトリア！」

やはり返事はない。

くそ……

ヴィクトリアを巻きこんだのはショウだ。

咳きこみ、苦い煙の味を吐き出しながら煙の雲をかき分け、ヴィクトリアが倒れた地点に向かう。

「ヴィクトリア！」

やはり返事はない。

頼む、頼む……無事でいてくれ。

煙をかき分ける。

死体はない。血の痕もなかった。

負傷して、敵に拉致されたのか。

やがて……いま聞こえたのは、人の声か？

また聞こえた――「こっち」

「ヴィクトリア」

激しく咳きこむ音。

「ここよ！」

ようやく見つけた。ヴィクトリアはスゲの茂みで膝立ちになっていた。ショウは駆け寄って抱え起こした。ヴィクトリアは腹部を両手で押さえていた。だがすぐに手を下ろした。出血はなかった。弾が当たったわけではない。地面に投げ出されて、一時的に呼吸困難になっていただけのようだ。

肩に腕を回してヴィクトリアを支え、煙のないところに連れ出した。二人とも咳をし、あふれる涙を拭っていた。発煙手榴弾の煙は、木や紙を燃やして出る煙とは違う。塩素酸カリウムまたはヘキサクロロエタンと亜鉛の燃焼により発生する腐食性の化学煙霧だ。無力化を目的とするものではないが、濃い煙の雲が目を痛めつけ、喉を詰まらせる。

「タイ！」ショウはあたりを見回した。

地面が盛り上がった陰からタイがよろめきながら出てきた。やはり咳きこみ、つばを吐いていた。

そよ風が吹いて煙が晴れ始めた。百メートルほど先だろうか、ブラックブリッジのSUVが車体を揺らしながら歩行者用のハイキングコースを遠ざかり、道を曲がって視界から消えようとしているのが見えた。

ショウはヴィクトリアに言った。「一緒にあれを追えそうか？」

ヴィクトリアはうなずいた。ショウはタイを見た。タイもうなずいた。

しかし、三人が薄れた煙の雲から飛び出して追跡を開始しようとしたときだ。

ふいにエスカレードの車体が左に大きく傾いた。あやうく樹木に突っこみかけた。右のフロントタイヤから何かの部品が飛んだ。

　くぐもった破裂音が森を震わせた。耳が正常に働いていたら、もっと大きく聞こえただろう。ＳＵＶのフロントガラスが粉々に吹き飛ぶ。また破裂音が聞こえた。

　ＳＵＶは完全に停止した。さらに何度か破裂音が轟いて、そのたびに車体がぐらついた。

　ショウは言った。「エンジンをやられたようだな。動けないらしい」

　ボンネットの下のエンジンを通常の弾で撃ってもダメージは与えられない。しかし、同じボンネットの下にあっても精密な電子部品なら、狙い澄ました一発で破壊できる。現代の自動車が移動手段として最高に優れているのは、そしてハッカーの攻撃に対して無力なのは、電子機器の存在ゆえだ。

　タイとヴィクトリアとショウは、木々の陰をたどってゆっくりと近づいた。

　ショウは呼びかけた。「全員、降りてこい！」

　タイが言った。「最後の警告だ。武器を捨てろ。両手を上げて降りてこい。いますぐだ！」

　一拍の静寂があった。

　またも大口径狙撃銃の弾が飛んできて運転席側のドアを貫いた。あの高さなら、弾はきっとシートにめりこんだだろう――ドライバーの尻のすぐ下のシートに。

　発砲音が遅れて周囲にこだますると同時にＳＵＶのドアが一斉に開き、銃が次々投げ落とされた。まもなく全員が降りた。

「よし、全員を拘束だ」

　ヴィクトリアがパイソンをかまえて援護し、ショウとタイは全員の身体検査をした。ラテン系の運転手、元軍人らしくたくましい体つきをした赤毛の工作員、ブラクストン、ヘルムズ、ジョージ・ストーン。あとからＳＵＶで来た二人にもナイロン手錠をかける。ほかの三人はまだ手錠がかかったままだ。

　ハイキングコース伝いに新たな車のエンジン音が近づいてきた。またＳＵＶだったが、今度はリンカーン・ナビゲーターだ。

　その車に気づいても、ショウはまったく警戒しなかった。驚きもしなかった。

　ドライバーが降り、ショウたちがいるほうに近づいてくる。今回の逮捕作戦の援護に使ったマクミランＴＡ

C－338スナイパーライフルは車内に残し、いまは拳銃を握っていた。だが、敵が全員拘束されて地面に転がされているのを見て、拳銃をホルスターに戻した。

ショウはヴィクトリアを兄に紹介した。

70

その二時間前、サンレアンドロの情報が〝ブロンド〟の身元につながらなかったという報告が届いたあと、ショウは父の人工皮革張りの肘掛け椅子に腰を下ろして何気なく室内に視線を巡らせた。その視線は最後にカセットプレーヤーに吸い寄せられた。

一家殺害まで残された時間はもうわずかだ。ショウはブラクストンとドルーンを誘い出して捕らえ、〝SP〟一家の殺害指令を撤回させる計画を急遽《きゅうきょ》立案した。

その計画にはもう一人、信頼できる人物が必要だった。女性で、戦闘を恐れない人物。しかし、ラッセルの組織の多才な工作員カレンは戦闘要員ではない。ほかの女性工作員は別のプロジェクトにかかりきりだった。そこでショウはヴィクトリア・レストンに連絡し、準備中の作戦を手伝う気はあるかと尋ねた。

するとヴィクトリアは答えた。「あのね、コルト。世の中には二種類の人間がいてね」

ショウは笑った。

ヴィクトリアは言った。「一番早い飛行機でそっちに行く」

「時間がない。兄の組織のヘリが迎えに行く」

「組織……どこの組織？」

「わからない。どうしても教えてくれない」

「本音を言うとね、コルター、あなたがいないとどうも落ち着かないの。同じ場所に何日もいるのに慣れていなくて」

一つところにじっとしていられない女……

ショウは計画の概要を説明した。ヴィクトリアの役回りは、クイグリー・スクエア・ダイナーでラッセルが電話した音響分析のエキスパート、〝ジュリア〟だ。〝ジュリア〟はショウの暗号化されていないiPhoneに電話をかける。このときショウが使ったのが暗号化されたアンドロイドではなくiPhoneだったことに気づかないかぎり、ブラクストンは、犯罪を裏づける証拠がカセットテープに残っていて、その件でショウと〝ジュリア〟がサンブルーノの公園で内密に面会すると信じるだろう。そしてもう一つ、ラッセルは別の場所にいること——公園に来るのはショウと〝ジュリア〟の二人だけであろうことも。

〝証拠〟については？　ヴィクトリアがアドリブで説明した分析手法は、完全なでっち上げだ。雑音に音声を隠すなどという技術は実在しない。

しかしショウの予想では——結果としてこの予想は当たったわけだが——ブラックブリッジのおぞましい実態が暴かれるのをなんとしても阻止したいイアン・ヘルムズ、ブラクストン、ドルーンは、どれほど小さかろうとリスクを見過ごせないはずだ。つまり、証拠は確かに存在するとの前提で動き、それを隠滅した上で〝ジュリア〟とショウを消すしかない。

ショウは地元警察に協力を要請しようかとも検討したが、ブラックブリッジやデヴローの影響力がどこまで及んでいるかわからない。そこでまたもトム・ペッパーに連絡して懸念を打ち明けた。元FBI捜査官トム・ペッパーは、サンフランシスコ支局に伝手《つて》がないため、FBIなら信頼できるとは断言できなかった。しかしデンヴァー支局になら信頼できる捜査官がいると言った。デンヴァー支局は捜査チームを組織した。しかし、SP一家の殺害を未然に阻止するには、すぐにでもブラクストンとドルーンを拘束しなくてはならない。そこでショウとラッセルとヴィクトリアは、自分たちだけで逮捕作戦を実行に移そうと決めた。

「市民逮捕ってやつだ」ショウはラッセルに言った。

ラッセル——「うむ」。それから言った。「なかなかいい計画だ、コルター」

一緒に行動するようになって初めてラッセルの顔から気難しげな色が消え、熱意と呼んでよさそうな表情に置き換わった。

ラッセルはパークレンジャー役にタイを選んだ。パークレンジャーなら、巡回中のふりをして公園の周辺にいても、そこで長電話をしていても、怪しまれずにすむ。しかし実際にタイが耳に当てていた携帯電話は、先に公園に来てショウとヴィクトリアが現れるまで駐車場で待機するであろうブラックブリッジ側の会話を拾う高性能録音機器に接続されていた。ブラクストンとドルーンは当然来るだろうし、ほかの工作員もいるかもしれない。ただ、あれだけの大物を――イアン・ヘルムズその人を――釣り上げられるとは期待していなかった。

ラッセルは駐車場を見下ろせる高所に陣取り、二脚を取りつけたスナイパーライフルで逮捕作戦を援護した。応援のSUVが駆けつけてきたのは、しかも木々に守られた歩行者用のハイキングコース伝いに来たのは、予想外だった。そこでラッセルはエスカレードを狙える位置に急いで移動し、走行不能にした。

あと一時間ほどでFBIデンヴァー支局のチームが到着したら、ブラックブリッジの五人と盗聴音声を引き渡し、ショウ、ラッセル、ヴィクトリア、タイは事情聴取に応じる。

ショウはラッセルに言った。「さて、例の交渉に取りかかろう」

ラッセルはあたりに視線を走らせた。「敵の支援部隊《ブラック・オン・バックアップ》がいつ来てもおかしくない」そう言ってタイとヴィクトリアを見た。「俺なら西か南から襲撃する」

「まかせて」ヴィクトリアが言った。マシンガンを取って簡単に点検し、西側に目を光らせやすい位置についた。

タイは南側を引き受けた。

ショウとラッセルはブラクストンとヘルムズに近づいた。二人とも手錠をかけられ、地べたに座って脚を前に投げ出している。ブラクストンがいまにも泣き出しそうな声で意外なことを言った。「彼を殺さなくたってよかったでしょう。降伏したかもしれないのに」

ショウは答えなかった。水掛け論になるだけだ。ドルーンは降伏などしなかっただろうし、初めて会ったときはショウを撃とうとし、今日は心臓にナイフを突き立てようとした。首を絞めようともした。

ブラクストンはドルーンの死を受けてひどく動揺しているようだった。ブラクストンらしくないように思えた。これまで多くの人々の拷問を命じ、処刑に関与してきた人物なのだから。もしかしたら、上司と部下以上の関係だったのだろうか。その二人のロマンスなど想像しただけで嫌悪を催すが、こと恋愛に関してショウは他人をどうこう言う立場にない。一つところにじっとしていられない男ショウの恋愛歴は決して華麗なものとはいえない。

ラッセルはまるで護衛のように立ったままでいたが、ショウはブラクストンとヘルムズの前でかがんだ。ヘルムズが言った。「弁護士が同席するまで、一言たりとも話すつもりはない」

「私たちは刑事ではない。いまは録音もしていない。ここでの発言を証拠として法廷に出すつもりはない」

「だったらこれは何なのよ」ブラクストンが不機嫌な声で言った。

「SP一家の殺害指令は撤回されたと思っていい。そうだな？」

一瞬の沈黙。「何の指令？」ブラクストンが訊き返す。

ショウはヘルムズに目を移した。「一家が死ねば、その件もあんたの罪状に加わる。警察にもその旨伝える。殺害の目的が証人を消すためなら、死刑宣告もありうる重罪だ。カリフォルニア州では間違いなく死刑になる」

ヘルムズは当惑顔をしている。

ラッセルが言った。「関わっている者の名前を吐け」

ショウは今回も〝いい刑事《デカ》〟役を演じた。「あんたたちは協力的だったと連邦検事に伝えてやる。それだけでもずいぶん有利に働くだろう」

「SP？　誰のことだ？」ヘルムズがつぶやき、ブラクストンのほうを見たが、ブラクストンは首を振った。彼女もわけがわからずにいるらしい。

ショウはラッセルのほうを振り返った。「あれを見せてやろう」

ラッセルが携帯電話を取り出し、カレンが〝ブロンド〟の死体から見つけたメモ——殺害指令の写真を表示した。


ハンターズポイントのクルーから確認の連絡あり。

6／26、午後7時。SPと家族。全員↓

ヘルムズが言った。「何のことやらさっぱりわからんね」

ブラクストンもまた首を振った。

ラッセルが言った。「スタンフォード図書館で一昨日、ドルーンと一緒に行動していた男。この指令はあの男のポケットに入っていた」

ブラクストンが言った。「彼なら、エビット・ドルーンの知り合いよ。渡すものがあるとかで、図書館で待ち合わせていた。その指令の意味はさっぱりわからないけれど、うちのプロジェクトでないのは確かよ」

「あいつはブラックブリッジの工作員ではないのか」ヘルムズが答えた。「うちの者ではない」

その返事は——そして二人の声のトーンが——ショウが見積もっていた危険度を一〇パーセントから九〇パーセントに押し上げ、それと同時に頭のなかの警報が鳴り出した。思考が戦闘モードに切り替わる。

ショウはブラクストンに尋ねた。「あいつはどこの誰だ？」

「セキュリティ要員。バニヤン・ツリーの子会社の所属」

「名前。名前を言え」

ラッセルはしゃがんで二人に顔を近づけた。情報を引き出すときのいつものやり方だ。

「たしか……」ブラクストンはしばし考えてから答えた。「たしか、リチャード・ホーガン」

ラッセルは立ち上がってショウに言った。「俺たちの勘違いだった。SPを始末しようとしているのはデヴローだ。ブラックブリッジではなく」

「つまり、指令はいまも有効だ」ショウは携帯電話を確かめた。

一家が殺されるまで、あと三時間。

71

ショウ兄弟は、リチャード・ホーガンの住所をほぼ同時に入手した。

ショウは調査依頼をマックに送り、ラッセルはカレンに送っていた。

ショウの携帯が先に着信音を鳴らしたが、ほんの数秒差でラッセルの携帯も鳴った。

ヒットマンの住居は、テレグラフヒルのコイト・タワーのふもとに建つ、前面がヴィクトリア朝風の黄色い壁のタウンハウスだった。テレグラフヒルといえば高級住宅街だ。ホーガンの職歴——用心棒や殺人を請け負ってきた——を考えると意外だとショウは思ったが、すぐに思い直した。ジョナサン・スチュワート・デヴローから充分な報酬を受け取っていたのだろう。

ラッセルは急坂に縦列駐車し、縁石が車止め代わりになるようタイヤの向きを変えた。標識もそれを指示していた。オートマ車のギアが〝P〟のポジションから動いてしまう気遣いはほとんどないだろうが、ちょっとした保険をかけておいて損はない。この坂の勾配は二〇パーセントくらいありそうだ。

そろってSUVを降りるなり、ショウは首をすくめた。赤い顔のオウムが二羽、ぎりぎりをかすめて飛んでいった。その二羽だけではなかった。カエデの枝に数羽が止まり、神経質に首を動かしながら通りを睥睨《へいげい》していた。すぐ近くにも別のつがいがいた。この一帯は彼らの縄張りらしい。

二人は通りを渡り、目当ての一軒に慎重に近づいた。窓や玄関ドアの正面を避けて進む。ホーガンはもういないし、カレンの調査によれば独身とわかっていたが、同居人がいないともかぎらず、その同居人はやはりデヴローのセキュリティ要員かもしれない。恋人が同じように殺人を仕事にしている可能性も否定できない。

ここに来たのはショウとラッセル二人だけだ。タイとヴィクトリアは、FBIデンヴァー支局のチームの到着まで、ヘルムズやブラクストン、ほかの二人の工作員を見張っている。

兄弟はそれぞれ窓に近づいてすばやく屋内をのぞいた。無人のようだった。

「これはピッキングできないな」

ラッセルも玄関ドアに二つ並んだ錠前を調べた。それから自分の肩に軽く手を触れた。ショウはうなずいた。

二人はドアから一メートルほど離れたところで立ち止まり、通りを見回した。誰もいない。

ラッセルが玄関ドアに肩から体当たりした。分厚い木製のドアが内側に吹っ飛ぶように開く。薄っぺらなブリキ板か何かのようだった。

二人は銃を抜いて扇形に展開し、がらんとした屋内の安全を確認した。ただし、がらんとしているのは家具が乏しいという意味で、銃器や弾丸はふんだんにある。そのほかにはパソコンや戦闘服、携帯電話と衛星電話、衣類、防弾チョッキがあった。

ラッセルがホーガンの顔写真入りIDバッジを見つけた。バニヤン・ツリーの子会社のうち、セコイア・ペスト・リムーバルという害虫駆除専門の会社に所属していたようだ。

パソコンはどれもパスワードで保護されていた。電話もだ。ラッセルの〝グループ〟のような組織が取り組めば、パスワードをクラックするのは不可能ではないだろうが、〝SP〟一家に残された時間はもうわずかだ。電子機器への侵入を試みるゆとりはない。

ショウは言った。「殺害指令は手書きだった。書類を探そう」

二人はキッチンテーブルと、間に合わせの机として使われていた不安定なカードテーブルにあった文書の山を調べた。

ショウが受け持った山は、領収書と地図、購入したばかりの武器の取り扱い説明書、今回の殺害指令とは無関係の連絡メモ、小切手帳、カリブ諸島の銀行への送金履歴がある取引記録だった。

「おっと、これかな」ラッセルが言い、机に紙を平らにして置いた。ショウもそれをのぞきこんだ。

内部告発者SPは、我が社の廃棄物管理プログラムの目的を突き止めた模様。SPのパソコンをディープハッキングし、次のような文書を発見した。

「バニヤン・ツリーは子会社の一つに協力を求め、有毒廃棄物の浚渫《しゅんせつ》を行っている。集めた有毒廃棄物を無印の車両でライバル会社の事業所に運んで投棄し、その会社が汚染源であるかのように見せかける。この工作の結果、ライバル数社に対して裁判が起こされ、罰金刑が言い渡された。なかには廃業に追いこまれたり、多額の金銭的負担が響いてマーケットシェアを大きく落としたりした会社もある。したたかな戦略だ。バニヤン・ツリーの子会社は、ライバル会社それぞれの生産プロセスを分析し、そこで産出される有毒廃棄物の種類を見きわめる。そのデータをもとに、浚渫した廃棄物から該当する化合物だけを抽出する。ライバル会社の敷地内に投棄されるのはその化合物だけであり、その会社の〝有罪〟の状況証拠となる」

現在もSPは情報の収集を続行し、廃棄物管理プログラムの性質を裏づける証拠をそろえようとしている。今後数週間で、公表に足る証拠が集まるのではないかと懸念される。

追って今後の対応を指示する。

「この〝今後の対応〟が殺害指令か」ラッセルが言った。

ショウはラフルールが話していたことを思い出した

――デヴローが連邦機関に〝チクった〟直後にライバル会社の一つが破産に追いこまれ、そのＣＥＯが自殺した。ラフルールはどのような規制や法律に違反したかなど詳しくは知らなかったが、これで環境保護関連だったと判明した。

二人はＳＰについてより詳しい情報を得ようと、文書の残りやホーガンの衣類を調べた。

何も出てこなかった。

ショウは言った。「〝内部告発者〟とある。つまり、問題の子会社と何らかのつながりがある人物ということになるね。下請け業者か。もしかしたら従業員かもしれない」

ラッセルはネットに接続してバニヤン・ツリーの情報を検索した。何年分もの報道記事があり、数百名の従業員に言及していたが、検索フィルターを設定して絞りこんでも、イニシャルが〝ＳＰ〟の人物は見つけられなかった。

バニヤン・ツリーは非公開会社のため、従業員名簿も入手できない。

「カレンに頼んだらどうかな」ショウは提案した。

「二週間くらい時間があれば、内部の人間に接触できるだろう。今回は時間がない」

ショウは思案した。「浚渫。廃棄物」

その考えが浮かんだとき、まるで平手で背中を思いきり叩かれたような衝撃を覚えた。ショウは思わず小さな笑い声を漏らした。

ラッセルがショウを見た。

ショウは言った。「私たちは読み違えていた」

72

またもハンターズポイントへ。

胸が悪くなるようなにおい、ごみ、荒廃しきった建物。風雨にさらされている企業ビルの骸骨は、何年も前に資本主義者が描いた夢の名残だ。頭上ではカモメがちっぽけなごみを巡って口論を繰り広げている。地面を音もなくうろついているネズミは周囲をまるで警戒していなかった。

この一帯は、森の奥に放置された自動車のように空虚だ。使えそうなくずをあさろうにも、もう何も残っていない。

　それでも、スポットライトが当たっているような建物が一つだけある。白と緑色の平屋の事務所で、ペンキを塗り直したばかりと見えた。事務所は船着き場に面しており、三方を囲んで設けられた駐車場には手ごろな価格帯のさまざまな車が駐まっていた。

ベイポイント・エンヴァイロシュア・ソリューションズ
バニヤン・ツリー・グループ

　ラッセルのＳＵＶは猛スピードで駐車場に乗り入れた。前回と同じように、三十フィートの運搬船が何隻も見えた。旧ハンターズポイント海軍造船所内の埋め立て地から離れていく船。どれも二百リットル入りのドラム缶を積めるかぎり積んでいて、船の重心が下がっている。のろのろと進んで事務所の裏側に回り、幅広の桟橋に着岸すると作業員がドラム缶を下ろし、フォークリフトを使って大きな平台トラックに積みこむ。

　空荷になって喫水が浅くなった船はふたたび旧造船所に戻り、次の荷を積む。この廃棄物はどこに運ばれるのだろう。デヴローはどのライバル会社に狙いを定めているのか。その会社の従業員や近隣住民の何人がその有害物質の害を受けるのだろう。野生動物は？　どれだけの土地がこの先何十年かにわたって汚染されたままになるのだろう。有毒廃棄物を武器に使うアイデアは、デヴロー本人の発案なのか。それとも、都市部活用構想《アーバン・インプルーヴメント・プラン》と同様、イアン・ヘルムズの頭脳の産物か。

　ラッセルがブレーキをかけて事務所の近くに車を停め、二人は降りた。

　こうしてまた波止場地区を訪れたのは、廃棄物を浚渫するというくだりを読んで、ショウがこう気づいたからだった――〝浚渫〟はふつう、船を使って行うものだ。ハンターズポイント一帯には多数のストリートギャングがいるが、ＳＰ殺害を指示するメモにあった〝クルー《クルー》〟はそういった組織を指すのではない。その語の本来の意味どおりのもの――〝船の乗組員《クルー》〟を指している。


　ハンターズポイントのクルーから確認の連絡あり。

　６／26、午後７時。ＳＰと家族。全員↓

二人は真っ黒なアスファルトが敷かれたばかりの駐車場を横切って事務所に向かった。平台トラックの脇腹に、会社名とともにキャッチフレーズが書かれていた。

よりよい未来をめざして……

最後の〝……〟が気になった。前向きなメッセージをこめて〝……〟を文末に使う場合もあるだろう。たとえば〈環境汚染のない清らかな世界を！〉などといった意味をこめて。一方、あとに続く何かが省略されている場合もある。たとえば〈よりよい未来をめざして……我が社とその株主、そして我が社の栄えあるＣＥＯだけが輝ける未来を〉。

兄弟は窓越しに事務所のなかをのぞいた。デスクに女性が一人。灰色の作業服とオレンジ色のベストを着た男性作業員が数人集まって、コーヒーを飲んでいるのも見えた。栈橋には十数名の作業員がいた。

「おい、あれ」ラッセルは、紺色のウィンドブレーカーと脇にストライプが入った紺色のスラックスという服装の男性を一瞥した。いまどきめったにお目にかからないような帽子をかぶっている。船長がかぶるような本物のセーラー帽だ。羽振りのいいビジネスマンの腕にぶら下がっている女——日焼けサロンで焼いた小麦色の肌と痩せた体をし、紺色のミニスカートと体に張りつくような白いブラウスを着た女——がかぶっていそうな帽子。

その男性は錆の跡だらけの大きな燃料タンクの向こう側、事務所からも栈橋からも死角になった場所にいる。そばに空荷の平台トラックが四台駐まっていた。タブレットを片手に、トラックのナンバープレートを確認しては何かメモを書き留めている。胸にベイポイント・エンヴァイロシュア・ソリューションズのＩＤバッジを着けていた。

兄弟は事務所を迂回し、誰にも見られていないことを確かめてから灰色に塗装されたチェーンをまたぎ、海側の石壁沿いに歩いて男性に近づいた。ホワイトガソリンや灯油、ディーゼルエンジンの排気ガスのにおい、潮の香りが漂った。ほかにも、おぞましいとしか言いようのない化学薬品のにおいもしていた。岸壁の向こうで静かに波打つ海には油が浮き、青や紫、赤の同心円が揺らめいていた。

　セーラー帽をかぶったごま塩頭の男性は無線機で何かやりとりしたあと、別のトラックの前に移動した。そこで振り返って兄弟に気づいた。二人の全身を眺め回す。

「ここは私有地だぞ」遠い雷のような声だった。

　ショウとラッセルはかまわず近づいていき、男性の手前五メートルほどのところでようやく立ち止まった。

　日に焼けた男性の顔が苦々しげに歪む。「聞こえなかったか？　ここは私有地だ。さっさと出ていってくれ」

　ラッセルが言った。「いくつか教えてもらいたいことがある」

「出ていけ！　いますぐ行かないと、痛い目に遭わせるぞ。俺はな、ソマリアの海賊を追っ払ったこともあるし、船員の反乱を鎮圧したことだって何度もあるんだ。カージャックされたかけたときもぶちのめしてやった。相手は顎の再建手術をしたそうだ。出ていけ！」粋な帽子をかぶった頭を出口のほうに傾ける。

　ラッセルは言った。「こちらの社員に――」

「その顎髭。何のつもりだ？　アーミッシュか何かか？」いっそう険悪な表情になる。「ひょっとして、イスラム教徒か」

　ショウは言った。「ベイポイント・エンヴァイロシュアのある社員について教えていただきたい。その社員の――」

「何度も言わせるな」男性の頬に赤みが射した。何度か体温が上がったに違いない。頬はみるみる真っ赤になった。

「――イニシャルはSP。こちらの営業所に何らかの形で関わっています。名前と住所を教えてください。非常事態です。謝礼もお支払いします。千ドル」

「あんたらが何を知りたかろうと、俺に何の関係がある？　黴菌《ばいきん》のケツの穴ほどもないね。さあほら、さっさと出ていけ」

〝黴菌のケツの穴ほどもない〟。初めて聞いた言い回しだ。悪くない。

　男性は続けた。「警備の者を呼ぶ。それがいやならケツに火つけてとっとと行け」

　個性的な表現をする人物だ。

「よし。ここまでだ」無線機を口もとに持ち上げる。このベテラン船乗りはきっと、ソマリアの海賊を追っ払うのにも助っ人を頼んだのだろう。

しかし応援要請が発せられる前に、ラッセルがサイレンサーつきの銃をすっと抜き、すぐそこをうろついていたネズミを吹き飛ばした。

コルター・ショウなら決して採用しないアプローチだ。

とはいえ、この数日で身にしみてわかった。問題の解決法がきょうだいそれぞれで百八十度違っているとしても、別に珍しいことではない。

73

一家殺害まで十五分を残した午後六時四十五分、コルター・ショウはラッセルのリンカーン・ナビゲーターの運転席に一人で座り、ベイポイント・エンヴァイロシュアの内部告発者、サミュエル・プレスコットの自宅を見つめていた。ガレージのシャッターが下り、一家の赤いボルボ車が見えなくなった。

トレヴァー・リトル——ハンターズポイントの桟橋で話を聞いた喧嘩腰だが見掛け倒しの船長——は、ラッセルの銃を見て震え上がり、即座にプレスコットの名前を教えた。プレスコットと家族は葬儀に参列するため泊まりがけで家を空けているが、今日帰ってくる予定だという。

殺害指令書に日時が具体的に指定されていたのは、それが理由だろう。一家が空港から自宅に帰ってくるのを待って実行する必要があったのだ。カレンが航空会社の乗客名簿と飛行予定を検索した。プレスコット一家を乗せた飛行機は午後四時半ごろ着陸する。荷物を受け取ったあと、サンフランシスコ国際空港からサンフランシスコ市郊外のフォレストヒルの自宅に帰りつくのは、着陸から五十分後くらいか。

ショウとラッセルとタイは、空港で着陸を待った。

ベイポイント・エンヴァイロシュア・ソリューションズに運行管理者として勤務するプレスコットは四十代で、ずんぐりした体形とよく日に焼けた肌、それに砂色の髪をしていた。妻のベティは金髪ですらりと痩せている。息子と娘は双子で、髪や肌の色は母親譲りだ。二人ともそばかすがある。年齢は十二歳。

空港で、タイは一家に身分証明書を提示した。〈USS〉の頭文字と、司法省のそれに似てはいるが完全に同一ではなさそうなエンブレムがショウにもちらりと見えた。あれは本物なのだろうか。いずれにせよ、プレスコット本人と家族に危険を納得させるのに、くどくど説明する必要はなかった。

〝スパイ活動〟をデヴローに知られていたと聞いて、プレスコットは驚いた。活動の収穫は、高度な暗号化処理をして私物のパソコンに保存していたのだという。

一方で、デヴローが殺害指令を出したこと自体には驚かなかった。「有害な廃棄物で大勢を殺しているわけです。銃弾一つで誰かを殺すくらい、物の数ではないでしょう」

デヴローの廃棄物管理プログラムに感づいた経緯をプレスコットはこう説明した。「数字です。どんなときだって数字ですよ。数字は嘘をつかない。私は運行管理者ですから、一時間きざみで、いや、一分きざみで運行に目を光らせています。それでトラックの一部の発着タイミングが妙だと気づいたんです。出発の時刻と帰着の時刻が嚙み合わない。スケジュールを確認すれば、どこそこの正規の処理場に行ったはずだとわかります。ところが、それにしては桟橋に戻ってくるタイミングがどうも早すぎるんです。

そこまで大きな差ではありませんでしたが、怪しいのは確かです。そこである日、体調が優れないので休むと会社には言っておいて、トラックの一台を尾行しました。本来行くはずの処理場には行きませんでした。オークランドの空き地に行ったんです。廃棄物はそこで会社名も何も書かれていないタンクローリーに積み替えられました。それもまた尾けてみると、行った先はデヴローのライバル会社の工場でした。降りてきた作業員は黒ずくめの服を着ていて、特殊部隊か何かかと思いましたよ。運んできた廃棄物を小川に投棄しました。ライバル会社の工場の下流に。そのときの写真もサンプルもあります。今週のうちに環境庁と連邦検察局に持ちこむつもりでした。でもその前に、ターゲット地点をもういくつか確認しておきたいと思っていました」

ショウはプレスコット一家の住まいがある通りを見渡した。フォレストヒルのこの閑静な住宅街の家々にはどれも芝生の小さな前庭や花の咲くミニ庭園がついている。市内でも人口密度の低い地域で、地名のとおり緑が多い。プレスコット一家の自宅は慎ましかった。プレスコットは高給取りの部類だし、ベティは救急専門クリニックの経理部長を務めている。しかし、共働きでもこの家を持つのがせいいっぱいだ。ベイエリアの住宅価格がそれだけ暴騰している証だ。

窓のブラインドは下りているが、リビングルームのテレビ画面の光が漏れていた。

もう一度通りを見渡す。敵の姿はない。東側の屋上にも目を走らせ、ライフルの銃口やスコープの反射がないことを確かめた。

ラッセルとタイは、プレスコット家の裏手に駐めたタイの車からホークヒル・パークを見張っている。スナイパーが西側からプレスコット家を狙うとすれば、その公園にいるはずだ。ラッセルとタイはプレスコット家に即席爆弾が仕掛けられていないかあらかじめ点検したが、爆薬の痕跡は見つからなかった。車で家の前を通りすぎざまに銃撃する方法もあるにはあるが、今回は不向きだ。一家を殺害するには、家のなかに押し入るしかない。その道のプロであるラッセルとタイは、二人か三人の工作員が玄関を破壊して突入《ダイナミックエントリー》するだろうと考えていた。そしてどこかからスナイパーが援護する。

殺害指令は、なぜ一家全員をターゲットとしているのか。ショウは思案した。

単に念のためという可能性もある。デヴローは、プレスコットが自分の発見を妻に話していたら、そしてその会話が子供の耳にも入っていたらと懸念しているのかもしれない。

忠誠を尽くすべき相手は誰なのか、ベイポイント・エンヴァイロシュアとバニヤン・ツリーの数千人の従業員に対してメッセージを送る意味があるのかもしれない。

午後六時五十六分。

ショウはラッセルに電話をかけ、低い声で聞いた。

「正面側は動きなし。そっちはどうだ?」

「敵らしき人物を見たが、ただのランナーだった。異状なし」

「了解」電話を切る。

暗殺チームはＳＵＶ一台で来るだろうか、あるいはジープ数台に分乗して来るだろうか。ヘリコプターということはないだろうが、デヴローは資金が潤沢だ。ありえない話ではない。

ショウは愛用のグロックとコルト・パイソンを身につ

けている。後部座席には、第一次世界大戦時のイギリス軍制式小銃で、３０３ブリティッシュ弾を使用するエンフィールド・ライフルもある。古くて傷だらけだが、精確だ。どの銃も使わずにすめばそれに越したことはない。今回サンフランシスコに来て以来、すでに何度も銃撃事件の場に居合わせてきた。いつか警察と関わり合いになるだろう。たとえ発砲する立派な理由があったとしても、警察とのトラブルは避けたい。

それに、実行犯は生け捕りにしなくてはならない。デヴローに不利な証言をする人物を確保しておきたいからだ。サム・プレスコットは、ベイポイント・エンヴァイロシュアとその幹部を告発できるだけの証拠を持っているが、バニヤン・ツリーとデヴローの責任は問えないだろう。たとえ子会社に雇われた殺し屋であっても、あの尊大なＣＥＯに直接結びつく証拠を持っているかもしれない。

アジア系の男性が運転するスクーターが通り過ぎ、このブロックの次の角を曲がって消えた。中年の女性が運転するＳＵＶが坂道を上っていったが、やはり角を曲がって消えた。次に、大胆な花柄のウェア姿の女性サイクリストがすぐ先の急坂を上っていく。軽いギアに上げて、猛烈な速度でペダルを踏んでいた。

午後七時十分、ショウの携帯が鳴った。

ラッセルからだ。応答して、ショウは言った。「遅いな」続けて、車が何台か通ったが不審な人物はおらず、プレスコットの家にわずかでも関心を示したドライバーは――サイクリストも――いなかったと話した。「そっちにスナイパーらしき人影は？　正面側にはいないようだ」

「こっちでも怪しい動きはない。スナイパーと観測手には準備の時間が要るはずだ。風や湿度を見て調整する時間が。いいかげんに来ていないとおかしい」

「よほど見分けにくい迷彩服だからということは？」

「ないな。狙撃の拠点に使えそうな地点はすべて見張っている。理想的な地点は二つ……ふうむ。プレスコット一家の飛行機が二時間半前に着陸したことは、向こうも知っているだろうにな」

ショウは言った。「ホーガンが消えて、用心しているとか」

「作戦を中止したと思うか？」

「その確率は一〇パーセントだね。どんなに高く見積もっても」

「だよな」

二人は電話を切った。

午後七時十五分。

プレスコット家のリビングルームから漏れる光の具合が変わった。コマーシャルが始まったのだろう。

携帯電話で時刻を確かめたとき——七時十九分だ——腹に響く爆発音が轟いてSUVが揺れた。顔を上げてプレスコット家を見ると、窓ガラスが砕け飛び、そこから炎が吹き出していた。ショウは車を降り、家に向かって走り出した。あと十五メートルのところまで行ったが、それ以上は近づけない。家全体がすでに炎に包まれていた。

どんな形のものであれ、仕掛けられていた爆発装置の設計は万全だったに違いない。あの炎の罠から生きて逃れた者が一人でもいるとは思えなかった。

74

コルター・ショウと兄ラッセルは、無言のまま車で隠れ家に戻った。

二人とも徒労感に打ちのめされていた。

「やれやれ」ショウは苦い思いでつぶやいた。

大損害だ……

殺害計画の存在は把握していた。使われるのはC４プラスチック爆薬やニトロベースの爆弾だろうと考えていた。

まるで仕組みの違う即席爆発装置、それも敵ながらあっぱれと言わざるをえない仕組みが使われるとは。デヴローの新たな暗殺チームは、ガス管を水道管に見せかけてプレスコット家に引きこみ、タイマーで午後七時から天然ガスで宅内を満たした。ガス漏れに気づきやすいよう、天然ガスには卵が腐ったようなひどいにおいがついているが、今回使われた天然ガスはそのにおいを添加する前のものだった。

三十分ほど経過したころ、タイマー式の起爆装置が作動した。その爆発で家は完全に破壊された。

　仮に一家に対する殺害計画があると誰も知らずにいたら、事故として処理されただろう。装置のパーツの大半は超高温と炎で溶解していたはずだ。調査官はおそらく、本物のガス管――これも破壊された――に亀裂ができ、そこからガスが漏れたと判断しただろう。起爆装置もやはり燃え尽きていただろう。

　しかしショウとラッセルは、内部密告者のプレスコットとその家族の殺害を狙った爆弾事件だと消防署長に説明した。

「どうして通報しなかった？」署長は叱るように言った。

　なぜなら、デヴローの暗殺チームがこのような手段を採用するとはまったく予想していなかったからだ。

　それに加えてショウ兄弟は、父譲りの人間不信から、そこらの公務員を基本的に信用しない。ブラックブリッジがらみではなおさらだ。

　隠れ家に到着し、ラッセルはＳＵＶを駐めた。ラッセルは自動車の扱いがうまい。ショウ家の三兄妹はみなそうだ。自宅教育《ホームスクーリング》では自動車免許取得につながる授業は受けられないが、アシュトンは子供が十二歳になるころから自動車の運転を教えた――オートバイからセダン車、トラックまで。〝グループ〟の仕事では弟よりも遠慮のないやり方をするのに、ラッセルの運転は意外にも品行方正だった。一方のショウは、ヤマハのオートバイに乗ればときおり空中に垂直な姿勢で飛び出し、水平に戻って着地したりするが、仕事の上では兄より理性的だ。

　兄弟はアルヴァレス・ストリートの空色の隠れ家に入った。玄関ホールにＦＢＩデンヴァー支局から派遣されてきた捜査官がいた。ショウは会釈をして自己紹介した。ラッセルも自己紹介した。

　それからショウは奥のリビングルームに入った。ソファに四人がしゃちほこばった姿勢で座っていた。ショウはサム・プレスコットとその家族三人に言った。「私たちの予想ははずれました。スナイパーではなく、ガス爆発でした。家も、車も、何もかも吹き飛んでしまいました。とても残念です」

75

兄弟の失敗とは、ダイナミックエントリーを想定していたがために暗殺チームのメンバーを捕らえる機会を逸したこと、デヴローに不利な証言をしそうな人物を一人として捕らえられなかったことだ。

　プレスコット一家を自宅に帰すわけにいかないのはわかりきっていた。そこでラッセルとショウ、そしてタイは、一家を空港からまっすぐアルヴァレス・ストリートの隠れ家に送り届けたあと、大急ぎでフォレストヒルに向かい、プレスコット宅に餌をぶら下げて、暗殺チーム逮捕の手はずを整えた。

　ラッセルはプレスコット家のセダンを空港からフォレストヒルまで運転していき、ガレージに入れて駐めた。監視者が見張っているなら、一家は帰宅したものと考えるだろう。タイは自分の車を家の裏手に駐め、ラッセルと二人で即席爆発装置を捜して家中を点検した。安全が確認できたあと、テレビと照明をつけて家族が家にいるように見せかけ、裏口から出て襲撃に備えた。

　家が一軒吹き飛んだというのに、ジョナサン・スチュワート・デヴローに不利な証言をする容疑者は一人として捕まえられずに終わった。

大損害だ……

　兄弟にこれ以上やれることはない。事件はすでにFBIの手に預けた。デンヴァー支局から来た清潔感あふれるきまじめな捜査官は、ダレル・ガーディナーという名前だった。ガーディナーと捜査チームは暫定的に事件を担当する。ブラックブリッジの記録を調べ、容疑者の尋問を行って、FBIサンフランシスコ支局にブラックブリッジから金を受け取っている捜査官がいないかどうかをまず確かめる。いなければ、その時点でガーディナーはサンフランシスコ支局に捜査を引き継ぐ。

　ショウは隠れ家のキッチンテーブルにヴィクトリア・レストンと並んでつき、ガーディナーの質問に答え終えたところだった。ヴィクトリアとラッセル、タイの事情聴取はすでに終わっていた。

　どうやらカレンはこの件については透明人間らしい。彼女の名前は一度も出ず、ショウのほうから出すこともなかった。

　金色の髪をビジネスマン風に短く刈りこんだガーディナー捜査官は、手帳のページを繰りながら首を振った。

「恐喝に殺人、殺人未遂、共謀、不法侵入、ハッキング、盗聴……よくもまあ」

もっと強い表現を使おうとしたが思いとどまったという風だった。もしかしたら信心深いたちなのかもしれない。あるいは、ＦＢＩの厳格な規則ゆえかもしれない。

「都市部活用構想《アーバン・インプルーヴメント・プラン》？」また首を振る。「何年も前から続いていたなら、これまでにばらまいた麻薬は数千キロ分になりそうだ」

ショウは言った。「氷山の一角ですよ。ブラックブリッジの顧客は世界中にいるし、ＵＩＰは抱えているプロジェクトの一つに過ぎません」

ブラックブリッジ本社は閉鎖され、ほかの施設でも捜索が行われている。このあとほかの令状も発行されるだろう。州内の複数の選挙区がＵＩＰに汚染されていると判明し、カリフォルニア州選出の連邦下院議員二名が選挙の不正を疑い、すでに調査を始めている。二名のうち一人の女性議員は、不自然な選挙区改変が行われていたと告発する声明を出し、その改変に恩恵を受けた政治家に対する捜査を要求していた。

しかし、残された問題が一つある。しかも重大な問題だ。たったいまガーディナーが並べあげた罪は、いずれもヘルムズとブラクストン、ブラックブリッジが犯したものだ。ジョナサン・スチュワート・デヴローやバニヤン・ツリー・ホールディングスの責任を追及できる証拠は何一つない。

「親会社がここまで徹底して守られている例は初めてですよ」ガーディナーはショウとヴィクトリアに言った。「捜査はまだ始まったばかりではありますが、これまでのところバニヤン・ツリーは完全にクリーンなわけですから」

ショウは、ベイポイント・エンヴァイロシュア・ソリューションズについてガーディナーに尋ねた。やはりいまごろ家宅捜索が進んでいるはずだ。

「エンヴァイロシュアの役員と社員は逮捕されるでしょうが、ライバル会社の施設に有毒廃棄物を投棄していた件を親会社やデヴローが知っていたことを裏づける証拠は何も出てきていません。メールも社内文書も。通話記録はありますが、それでわかるのは誰にいつ電話をかけたかだけです。話の内容はわからない」

「でも、デヴローの指示だったわけですよね」ヴィクトリアは腹立たしげに唇を引き結んでいた。

ガーディナーが言った。「もちろんそうです。しかし、エンヴァイロシュアの社長がすべての罪をかぶろうとしています。デヴローには何も報告していなかったと供述して」

ガーディナーは手帳を閉じ、レコーダーを停めた。その二つを片づけ、ショウとヴィクトリアに名刺を手渡した。

二名の捜査官――ラテン系の男女だ――が、プレスコット一家を手伝って荷物を運んでいく。一家はこのあと連邦の保護施設に向かい、ベイポイント・エンヴァイロシュア・ソリューションズの捜査が終了するまでそこに匿われる。そのまま証人保護プログラム下に入ることになるだろうか。デヴローが自由の身でいるかぎりはそれしかないだろう。

降って湧いたような災難に、四人はまだ呆然としているようだった。

サム・プレスコットが言った。「どうお礼を言っていいのか、ミスター・ショウ。家族四人、こうして無事に生きているのはあなたのおかげです。それにしてもおそろしい連中だ……家を爆破するとは。あのまま家に帰っていたらどうなっていたかと思うと……」

ショウは「今後の幸運を祈っています」とだけ応じた。感謝されるとやはり居心地が悪い。

「お兄さんにもよろしくお伝えください」

ラッセルは隠れ家にはいるが、どこか別の場所で、二番目の隠れ家から戻ったときに設置した監視機器を回収していた。

「伝えます」ショウは言った。

プレスコットと家族は鋭い目つきのＦＢＩ捜査官とともに玄関を出ていった。

入れ違いにタイが入ってきた。「そろそろ失礼しますよ、コルター。書類仕事をやっつけちまわないといけなくて。ああ、そうだ。サンフランシスコ市警から連絡がありました。ハンターーズポイントから通報があったとかでね。アーミッシュのイスラム教徒とその仲間に銃で脅されて、古い倉庫のラジエーターにナイロン手錠でつながれたそうですよ。ソマリアの海賊を撃退した経験があるとかで、今度会ったらその二人もぶちのめしてやると息巻いてるらしいです。念のため知らせておきます」

「わかった、気をつけるよ」ショウはにやりと笑った。

「いいコンビですよね。ラッセルと。前にも一緒に仕事をしたことがあるんですか」

「一緒に訓練を受けた。何年も前に。仕事は今回が初めてだ」

「そのころの感覚が蘇ったってところかな。ラッセルから聞きましたけど、山登りをやるんですって？」

「ああ」

「趣味で？」

「きみもいつかやってみるといいよ」

「いや、やめときます」タイは手を振って言った。

「そうだ、一ついいか」ショウはこの隠れ家の前で初めて会ったときの日を思い出して言った。

　たくましいタイは、二十五キロくらいありそうなギアバッグを中身は枕だけとでもいうように軽々と持ち上げ、ショウのほうを振り返った。

「今後はむやみにカッターナイフを振り回さないようにな」

第四部　炎　六月二十七日

76

「安全だと言っているだろうが」

「みんなそう言うんだよ。安全だって言うだけなら簡単だから。言うだけなら誰にだって言えるんだ。本当は空なんか飛べなくても、自分はカモメみたいに空高く飛べるって言うだけなら簡単だろう」

　コルター・ショウはサウサリートにあるアーネスト・ラフルールの家のポーチの階段の上り口から、半分開いたドアの奥の暗がりに向かって話している。

　いまのところ矢は飛んできていないが、その気があればショウを射《う》っているだろう。ドラム缶を並べたバリケードは、ラッセルの助言に従って撤去されていた。

　ショウは言った。「ドルーンは死んだ。ブラクストンとイアン・ヘルムズは留置場にいる。ブラックブリッジの各拠点はＦＢＩと州警察が封鎖した。アルコールたばこ火器局《ATF》と証券取引委員会《SEC》も調査を始めたと聞いている」

「ああ、そうかい。たとえ事実だとしても、やっぱり自分で確かめなくちゃ安心できないね。それにだ」ラフルールは反論が可能な数少ないポイントを的確に突いた。「悪の帝王デヴローは野放しのままじゃないか」

　ショウは額に皺を寄せた。「デヴローの関与を示す証拠が見つからない」

「ほらな、私の言ったとおりだ。あいつは水銀みたいにとらえどころがなくて、しかも同じくらい毒なんだ」

「アーネスト」ショウは変わったスペルだがありふれた名前をゆっくりと発音した。「とにかく入れてくれ。できればその弓を別の的に向けてもらえるとありがたい」

「発砲準備ができてるって、なんでわかった？」

　ショウはわざと音を立てて息をついたが、今回もまた弓がきしる音が聞こえたからだとは言わなかったし、〝発砲準備《ロックトアンドローデッド》〟はＭ１ガーランド・ライフル銃にしか使えないフレーズだと指摘してラフルールの誤りを正すこともしなかった。そのＭ１ガーランドにしても、ロックしたものがアンロック（その結果、弾を薬室に送りこむ）されないかぎり、野球のバットほどの脅威でしかない。

「わかったよ。入りな」

ショウは散らかり放題の家に入った。前回と同じく潮とマリファナのにおいがした。

痩せぎすの世捨て人ラフルールは、弓と矢を別々に持ち、ショウを押しのけるようにして玄関から庭に出た。しばらくそこに立っていたが、やがてショウの知らない種類のさまざまな植物がもつれ合った茂みの奥に消えた。その茂みの向こう側には、指を大きく広げた手のような形をした豊かな緑色の葉を茂らせた植物が見えた。あの植物の種類なら、ショウも知っている。

まもなく戻ってきたラフルールは言った。「あんた、尾行されてたかもしれないだろうが。まあ、誰もいなかったけどな。それでも、肝に銘じておけよ——自分は安全と油断するべからず」

ショウの顔が笑みを作りかけた。やまびこ山に隠されていた父の手紙の末尾にあった言葉とまったく同じだった。

ラフルールは玄関ドアの鍵をかけ直した。チェーンが一本。あってもなくても大差ない代物だ。だが、セキュリティ対策はそれ一つではなかった。ドアノブの自動錠、頑丈そうな本締錠、中世の城のようなかんぬき、床からドアに四十五度の角度で渡された鉄のつっかい棒。どこかに緊急脱出に備えた縄ばしごがあって、崖を下って逃げられるようになっていたりしそうだなとショウは思った。すると実際、そうなっていた。裏手の窓の前でロープがとぐろを巻いていて、一方の端がラジエーターに結びつけてあった。

「コーヒーか何かいるか?」ラフルールは縁の欠けたマグカップで何か飲んでいる。マグカップは、ショウと兄がキャリーケースを分解し、ミックステープとアメリカ政治を永遠に変える力を持った古い文書を見つけたあのダイナーで使われていたのと似たような、銃で撃たれても割れそうにないほど頑丈な類のものだった。

ショウは遠慮した。「それより、プレゼントがある」

そう言って封筒を差し出した。テンダーロイン地区で行われた都市部活用構想《アーバン・インプルーヴメント・プラン》の〝ミーティング〟に現れたバハラ・ナ・ギャングのメンバーからショウとラッセルが奪った封筒のうちの一つだ。「足のつかない金だ。エイモス・ゴールのお母さんにも渡した」

ラフルールは封筒をのぞいて紙幣を引き出した。「いいね、いいね。あればあったでやっぱりありがたい」ラフルールは昔の帆船の絵を壁からはずした。金庫が現れた。暗証番号がショウに見えないよう背中を向けてから扉を開け、現金を入れた。扉を閉め、ダイヤルを何度も回してから、絵を元どおりに飾った。

「ありがとよ」ラフルールの顔が曇った。「とするとデヴローの奴、ほしいものをちゃっかり手に入れたわけだな。法人が選挙に出るって？　この上まだ権力がほしい？　何のために？　金か？　時価総額二兆だか三兆だかの会社のオーナーなのに」

「たったの一兆二千億ドルぽっちだ」

「笑い話じゃないんだぞ、ショウ。スペインのＧＤＰを超えてるんだから。バニヤン・ツリーが選挙に出て当選してみろ、これまでの政策を変えまくって、あんたが言ってたみたいな世の中になっちまう。環境は汚染されまくる、市民権は侵害される、移民は送還される。いや、ちょっと待てよ、デヴローが学校を作ったりもできるようになるわけか。自分たちの教えたいことだけを教える学校。そこで子供を洗脳しまくる。ヒトラーが使った手だ。『明日は我がもの』（ミュージカル『キャバレー』の一曲。劇中のナチズム信奉者が歌う）」

「王になろうとした男」

ラフルールは首をわずかにかしげた。「あの映画はすごかったな。正義を問う話だ。結末を覚えてるか？　まあいい、デヴローの話だ。あいつに権力を持たせたら、法人がアメリカ大統領になれるように合衆国憲法をいじくるだろうな」

「そこまでやると思うか」

ラフルールの顔に、どこか照れたような、しかし見ている側を不安にさせるような笑みが広がった。「しかし、アメリカ政治の奥の奥まで確かめなくたって、いろいろと奇妙な話になりかねないってことはわかる」ラフルールは金属羽のブラインドを上げて外をのぞいた。ここから一望できるサンフランシスコ市街はすばらしく美しかった。密集した高層ビルのなかでもひときわ目立つのは、バニヤン・ツリーが入っているオフィスビルだ。「核ミサイルが発射されたみたいなものだね。私はこの国が核にやられる前の最後の眺めを楽しんでいる」振り返ったラフルールは、ショウが同じ景色を見ていることに目を留めた。

品定めするような目でショウを見る。「あんたは……何と言ったらいいのかな、ショウ。超然としている、かな。天変地異が起きようとしているのに、他人事《ひとごと》みたいに眺めている」ラフルールは目を細めた。「それだな。うん、それだ。超然としている。なんでだ？　自分には関係ないと思うのか」

「テレビをつけよう。知っておいたほうがいいニュースがある」

ラフルールは旧式なテレビのほうに顎をしゃくった。

「それなら安全だ。地上波放送しか受信しない。衛星放送が入るようなテレビを買う気はないね。ブラックブリッジで働いていたら、電子ってやつがどれだけ短期間で人の頭のなかをめちゃくちゃにできるものか、実感せずにいられない」

アシュトン・ショウならきっとこの男を友人の一人に数えただろう。

ショウはテレビをつけた。しばらく機械を暖める間があってからようやく画像が映った。

画面の一番下に〈速報〉のテロップが出ていた。

「今日午後のトップニュースをふたたびお伝えいたします。昨日発見された、公職に就く資格を法人に認める内容のカリフォルニア州憲法修正案についてですが、それぞれ独立して分析を進めていた文書鑑定の専門家三名から、いずれも偽造との結論が出されました。この裁定書は一九〇六年四月十七日付ですが、いずれの専門家も、使われている紙とインクは一九二〇年代のものであるとしています。

カリフォルニア大学のアンソニー・ライス教授がインタビューに応じ……」

まもなく画面が切り替わって、どこかのオフィスで撮影されたインタビュー映像が流れ始めた。カメラは紺色のスーツに白いシャツを着た大柄で色白の男性をとらえている。白いものがまじった巻き毛が薄くなりかけている。

「よろしくお願いします、ライス教授」

教授は長い鼻の上のほうに丸眼鏡を押し上げ、カメラに向かってうなずいた。

「こちらこそ」

「裁定書についてお話しいただけますか」

ライス教授は法案06号がどのような意味を持つかを説

明したあと、こう付け加えた。

「大企業にとってこの裁定書は長年の見果てぬ夢でした。州の公職に就ければ願ってもないことですから」

「しかし、鑑定した専門家は偽造と断定しています」

「一九二〇年代の企業家が誰かに偽造させ、一九〇六年ごろの公文書と一緒に文書保管庫に隠したのではないか。私はそんな風に考えています。その企業家としては、しばらく時間をおいてから〝奇跡的に〟発見するつもりだったんでしょう。なのになぜ発見されなかったか。タイミングが悪かったせいかもしれません。大恐慌に見舞われて会社が破綻し、企業家はそのまま落ちぶれてしまったとか」

「本物の裁定書がどこかにあると思われますか」

「いや、存在しないでしょう。この裁定書は、法律の世界の〝聖杯〟、誰もが探し続けている伝説の宝物《ほうもつ》にすぎません。そもそも存在するとは思えませんね。票の再集計が行われたのは遠い昔ではありますが、それでも二十世紀の話です。判事が署名すると同時に、世の中に知れ渡ったと考えるのが自然だ。電話や電報、日刊紙はすでにあって、人口あたりの記者の数は現代と大差なかったんですから。再集計によって修正案が承認されたのなら、第一面で報じられたはずですよ。つまり、法案06号は、住民投票で否決されたんです」

「教授、これまでに法人が選挙に立候補した例はあったでしょうか」

「話題作りの一環でその姿勢を示した例ならいくつかありますが、立候補にこぎつけた例はありません。私の知り合いの法学者や政治史学者はみな、そんなことになれば民主主義が根底から覆されると言っています」

「ありがとうございました、ライス教授。引き続き――」

ショウはテレビを切った。ぱちぱちと静電気が弾ける音がして、画面が暗くなった。

「へえ、偽物だったか。そいつはまた」ラフルールは言った。「で、あんたはどう思う？　本当かな。その、偽物だって話は本当だと思うか？」

「本当だ」

「まるで見てきたように言うんだな」

「そうさ。偽造したのは私だからね」

77

だから、私の提案はこうだ。アメリカ市民として、また民主主義を愛する者として、焚き火を起こして、その罰当たりな文書を投げこんでしまいなさい……

バークリーに住むスティーヴン・フィールド教授から法案06号の意味を教えてもらい、教授の家をラッセルとともに辞去したとき、ショウの心はすでに決まっていた。

教授の助言に従って、裁定書をどこかに隠すか、廃棄するかのどちらかしかない。

その一方で、それでは解決しないと思った。ブラックブリッジは、デヴローの命を受けて裁定書を探し続けるだろう。その宝探しの過程で、死者はさらに増え続けるに違いない。デヴローはもう何年も裁定書を探し続けているのだ。いまさらあきらめるわけがない。しかし、裁定書は初めから存在しなかったように見せかけたら？ 偽造が噂の火元だったとほのめかされたら？ さすがのデヴローも意気消沈し、そのことは忘れるだろう。

そこでショウは、自分で裁定書を偽造することにした。それをブラクストンとドルーンにパシフィックハイツの隠れ家から盗ませる。デヴローはそれを州都サクラメントに送り、州議会に提示する。州の依頼を受けた文書鑑定の専門家は、偽造と断定する。

成功させる自信はあった。人ではなく文書の発見に賞金が懸かった仕事を過去に何度かしたことがある。遺言書や証拠文書、企業買収関連文書、養子縁組文書などだ。そういった仕事をめぐって、文書鑑定や文書偽造の秘密めいた世界に足を踏み入れることも少なくない。

ただ、偽造文書を本物らしく見せるには専門家のアドバイスが必要だ。コルター・ショウは、ぴったりの専門家を知っていた。偽造を見抜く専門家なら、偽造文書の作り方に関しても専門知識を持っているだろう。ショウはその友人に電話した。パーカー・キンケイドは元FBI捜査官で、筆跡鑑定のプロだ。現在もワシントンDC郊外に暮らしながらコンサルタントの仕事を続けている。

「もしもし、パーカー？」

「やあ、コルター。元気かい？」

しばし近況報告で盛り上がった。キンケイドの息子のロビーは武道家として活躍していて、つい先日も大きな競技会で優勝したという。

「それはおめでとう」

「で、頼みというのは？」

「仮定の話として聞いてください。偽造文書を作りたい人物がいて、私はその人物の依頼で必要な品物を探しているとします。場所はサンフランシスコ」

「うむ《オーケー》」

ここでも警察官ご用達の言葉が出た。しかしまあ、キンケイドも元警察官には変わりない。

「あくまでも仮定の話ですよ」

「仮定の話か」

ショウは愉快になった。キンケイドがこちらの言ったことをそのまま繰り返したのは、疑っているからだ。とはいえ、ショウの懸賞金ビジネスについてキンケイドはすべて知っている。ショウがこれまでに何人を救い、何人の犯罪者を捕まえたかも知っている。ショウが回りくどい話し方をするにはそれなりの理由があることも。それでもパーカー・キンケイドはこう念を押した。「ワシントンDCに本部がある私の元勤務先は、その〝人物〟の文書に関して懸念を抱く必要はないわけだな」

「もちろんありません」

「ならいい。現代の文書か」

「いや、一九二〇年代」

「ペンとインク？」

「タイプライターも」

キンケイドは即座に言った。「ベイエリアに限定すると、偽造職人が必要な品物をそろえに行きそうな店は一軒しかない。デイヴィス&サンズ稀覯本&古美術品だ」

「ありがとう、パーカー。助かりました」

「懸賞金の仕事で北ヴァージニアに来たことは？」

「まだ一度も。ただ、妹がメリーランド州に住んでいまして。いつか行ってみようと思っています。そちらの電話番号は知っていますから、近くに行くことがあったらかならず連絡します」

「その〝誰かさん〟によろしくな」

電話を終え、ショウはさっそくノースビーチの店に出かけた。

そこでプラスチックの額を買い、裏にスケッチを描いた裁定書の原本をそれに入れてもらった。

ほかにもいくつか買い物をした。店に着いて最初にのぞいたガラスのショーケースにあった品物をいくつか。

たとえば九十年前に製造されたアンダーウッド社のNo.5タイプライター。当時一番売れていたモデルだ。性能は折り紙つき、しかも頑丈で、二十世紀前半を通して秘書や記者の仕事を支えた。オリジナルの裁定書と似た色と厚みの無地の用紙が使われた一九二〇年代のノートと、ペン先とペンホルダーも買った。何より幸運だったのは、百年近く前のボトルインクが手に入ったことだ。これが最大の懸念事項だった。しかし、過去のインクの未開封ボトルを集めているコレクターがいて、需要が高いらしい。

人の好みはわからない……

隠れ家に戻り、タイプライターのリボンに百年前のインクを染みこませ、ノートから切り取った紙をセットして、オリジナルの裁定書とまったく同じ文言をタイプライターで打った。

仕上がったものを丹念に点検した。これではだめだ。説得力ゼロだ。原本と違ってインクの濃さが一定ではなかった。もう一度インクや紙を準備し直した。最初のものより出来がよくなったが、まだ足りなかった。インクの濃さは一定になったものの、今度は百年も前の文書にしてはくっきりしすぎている。

三度目でようやく満足のいく仕上がりになった。インクを乾かしているあいだ、ペン先をホルダーに取りつけ、高等裁判所右陪席判事セルマー・P・クラーク——いかにも判事らしい名前ではないか——の署名を練習した。偽造職人が署名を真似るときにするとおりにやる。原本を真似て署名しようとするのではなく、文書を上下逆さまにし、オリジナルの署名を〝描く〟。風景画や肖像画のスケッチを描くのと変わらない。

十回ほど練習して手ごたえを得たところで、偽造した裁定書に判事の署名を模写した。

文書をオーブンで短時間だけ熱した。インクを乾かし、紙の傷みを進ませて古びた感じを出すためだ。

次に額の裏蓋をはずして本物を取り出してバックパックの裏地の下に忍ばせた。偽造した裁定書の裏に新しいスケッチを描き、スケッチの面を正面にして額に入れ、壁にかけた。

ここでデヴローに電話をかけ、ブラックブリッジとバニヤン・ツリーに不利な〝証拠〟と引き換えに家族の安全を保障してほしいと持ちかけた。デヴローとの面会を求めたのは、ヤマハのオートバイに追跡タグを付けるチャンスをドルーンまたはほかの工作員に与え（彼らがＲＦＩＤダストという最新鋭の方法を使ったのは予想外だった）、連中をパシフィックハイツの隠れ家に誘導するためだ。隠れ家に戻ったあと、わざと窓を開け放しておいた。ブラックブリッジの偵察チームが盗聴していることはわかっていたからだ。そしてあらかじめ打ち合わせておいたとおりヴィクトリア・レストンに電話をかけ、これもわざと窓際に座って、裁定書は額に入れて壁に飾ってあると話した。廊下にいたメイド姿の女は、ほかの工作員がラッセルのＳＵＶのドアを吹き飛ばして兄弟の注意を引きつけている隙に、裁定書を額ごと盗み出すためにそこで待機しているのはわかりきっていた。

サクラメントの州政府から依頼を受けた文書鑑定の専門家は、ショウの手になる裁定書を偽造と判断することもわかっていたが、二重に保険をかけておきたかった。そこでスティーヴン・フィールド教授に連絡し、自分の計画を打ち明けた。

教授は笑った。「はは、蛙の子はやはり蛙だな」

「偽造と断定されたというニュースが出るタイミングで、もう一押ししておきたいんです。再集計の裁定書など夢物語だと専門家に話してもらえるとありがたい。そんな裁定書が存在するなんてそもそも考えられないと」

フィールド教授はその役割にぴったりの人物を知っていた。大学の同僚だというアンソニー・ライス教授は、やはりアシュトン・ショウを知っていて、喜んで協力するという返事があった。ライス教授はまず、それについてツイートした——「本物の裁定書など初めから存在しないと考えるのが妥当だ」。そのツイートに気づいたテレビ局は、テレビ出演の準備を万端に整えていたライス教授にインタビューを依頼した。

これで全世界が裁定書は伝説にすぎないと認識する。

いまショウはラフルールに言った。「このあいだこう話していただろう。裁定書が本物だと知って、エイモスは処分しようとしていたと」

ラフルールはうなずいた。「本当はやりたくなかっただろうがね。エイモスは歴史学者だったから。オリジナルの文書を処分するなんて、それまで学んだすべてに反している」

歴史を否定するべからず……

アシュトンが定めたルールの一つだ。

ショウはそれをラフルールに話した。

「いいアドバイスだ」

ショウは言った。「ヒトラーとゲッベルスとヒムラーが書いたものは卑しむべきものだが、だからといって私たちは焼き捨てたりしない。ただし、一九三五年のニュルンベルク法はどうか。その法律はナチス・ドイツのユダヤ人から市民権を奪い、死の収容所を正当化する根拠になった。その当時、同じように投票結果をめぐる議論があったとしたら。法案を成立させる投票結果が直後に行方不明になったものの、のちに発見されたとしたら。その投票結果を提出して法律を有効にすることも可能だろうし、火にくべることだって可能だ。見つけた者が道徳的に果たすべき責任とは果たして何か」

「私なら迷わないね」

「今日こうして来たのはそのためだ」

ラフルールが眉をひそめた。指でテーブルをリズミカルに叩いている。

ショウはバックパックから裁定書の原本を取り出して渡した。ラフルールは裁定書を見つめた。「へえ。何だか拍子抜けだな。実物はちっともおそろしげじゃない」顔を上げてショウを見る。「『指輪物語』は読んだか」

ショウはうなずいた。

ラフルールは独り言のようにつぶやいた。「これぞ力の指輪なり」それから水パイプに火を入れ、一服してから笑った。煙がふわりと広がった。「年を取った証拠だな。柄にもなく芝居がかったことを言ってしまったよ」

ショウは立ち上がって暖炉に近づき、鉄格子を開けた。裁定書を受け取って火床に置く。「任せてもいいかな」

ショウはライターを取ってラフルールに渡した。

「私に?」

「ブラックブリッジは、この紙切れのためにきみの友人を殺した。拷問した」

ラフルールは少し考えてから言った。「連中はあんたの親父さんのことも殺した。よし、二人でやろう」ラフルールは別のライターを探して手に取った。

ショウはためらった。感傷的な行為と思えた。人生とは予測と分析に基づく選択の積み重ねという自身の考えと衝突する。そう考えたとき、コルター少年が雪崩に巻きこまれた女性を救った日の記憶が蘇った。三兄妹のそれぞれにふさわしい小さな彫刻を父から手渡されたあの日。

儀式が持つ力を侮るべからず……

二人は煙のにおいを残す暖炉の前にかがんだ。二つのライターがかちりと音を立てる。裁定書のこちらとあちあちらから青い炎を近づけた。それから楽な姿勢を取って、裁定書が燃え上がり、鮮やかなオレンジ色の炎に包まれて端から丸まっていく様子を眺めた。灰がひらひらと舞いながら煙突へ上っていく。その様子はまるで、穏やかな夏の夕暮れ時にまぶしいランプの光に引き寄せられるのではなく、それを嫌って逃げていく小さな虫のようだった。

78

サンフランシスコには四十もの丘《ヒル》があるが、そのなかでもAクラスのリストに挙げられる丘は、〝七丘の都〟ローマと同様、七つある。テレグラフヒル、ルシアンヒル、リンコンヒル、ツインピークス、マウント・デヴィッドソン、ローン・マウンテン、そして高級住宅街として知られるノブヒルだ。

ノブヒルという地名の由来は、裕福で派手好きな実業家を指す〝成金《ネイボブ》〟で、この丘がそう呼ばれるようになった理由は、セントラルパシフィック鉄道敷設に出資した四人の資本家リーランド・スタンフォード、コリス・ポッター・ハンティントン、マーク・ホプキンズ、チャールズ・クロッカー――いわゆる〝ビッグ・フォー〟、当人たちは控えめに〝朋友〟と自称していた――が屋敷をかまえていたからだ。

コルター・ショウはいま、そのノブヒルのホテル屋上にあるカフェバーで、このときとばかり輝いている太陽とさわやかな空気を楽しんでいた。ここから見るサンフランシスコは実に美しい。霧に覆われた六月や何週間も続く秋の長雨の時季が来ると、サンフランシスコは我慢ならないほど憂鬱な街になる。しかし今日のように太陽がのびのびと手足を伸ばしたとたん、心を丘の上に残してきた『霧のサンフランシスコ』は、言葉を持たなかった者をビート世代の詩人に、声を持たなかった者を歌い手に変える。

ショウはサンフランシスコに来たらぜひとも試すべき地ビールの一銘柄、アンカースティームを飲んでいた。旅続きの暮らしでかなり遠方へ出かける機会も多く、行った先ではかならずその土地のビールを試すことにしている。

今日はかなりの時間をＦＢＩサンフランシスコ支局の事情聴取に取られてしまっていた。あれからブラックブリッジの捜査はサンフランシスコ支局に引き継がれている。ベイエリア一帯の全捜査官の調査が行われ、全員の潔白が確認されていた。この点でアシュトン・ショウの懸念はやや大げさだったと証明された格好だ。サンフランシスコ市警には数千名の警察官がいるが、ブラックブリッジに買収されていたのは、制服警官と幹部を合わせて五名だけだった。

ショウはビールを一口飲み、主として好奇心からメニューを丹念に眺めた。観光客価格かつノブヒルならではの料理が並んでいた。スペイン産のマンチェゴチーズ、やはりスペイン産のセラーノハム、ブルスケッタ、ロブスターのロールサンド。子供向けのメニューもあった。信託資金を持つ富裕層の子供であっても、食べ物の好みは庶民の子供のそれと変わらないようだ。チーズスティック、ピザ、油でからりと揚がったポテトにオニオン。

しかし、ショウがここに来たのは食事のためではない。あとでヴィクトリアと合流して、チャイナタウンの裏路地にある店に行く約束だ。何年も前にアシュトン・ショウに連れられて行った店が見つかるといいのだが。アシュトンはよく、サンフランシスコ在住の中国系の実業家や美術商、大学教授とランチを取りながら議論をした。そういった集まりに、子供を同伴することもあった。当時はまだ三歳にもなっていなかったドリオンを連れていったこともある。ドリオンはヌードルを一本ずつ手づかみで食べた。物静かで鋭い観察力を待った中国系の人々が敬意をもってアシュトンに接し、アジアの哲学や政治に関する議論についていけるアシュトンの優秀さや、哺乳瓶を卒業するなり箸に持ち替えたかのように漆塗りの棒を操る器用さにひそかに感銘を受けている様子に気づいて、コルター少年は驚いたものだ。

遠い記憶は脳裏を離れて遠ざかっていき、アンカースティームの三口めを飲んだところで、誰かの視線を感じた。

濃い色のスーツに少しだけ淡い色のシャツを合わせた非ラテン系白人《アングロ》の大柄な男が、テラスに設けられた案内係のカウンターのそばに不動の姿勢でさっきからずっと立っている。テーブルに空きはあるのに、腕組みをしてそこから動かない。サングラスの奥の目はテラス全体を見ているようで、実際には主にコルター・ショウを凝視していた。

ショウの右手はビール瓶をテーブルに下ろし、次に何気ない動作で膝の上のナプキンに触れ、続いてシャツの裾をさりげなく持ち上げて、ブラックジーンズのウェストバンドにはさんだホルスターのグロック42の握りに触れた。偶然にも今日のシャツの色は、カウンターそばに立っている巨漢のシャツの色とおおよそ同じだった。

あれはボディガードだ。

ガードされている人物はどこにいる？

その答えはまもなく、餌をあさるハトのようにやってきた。

「あいつの出番はない」背後から男の声が言った。かすかに英国風のアクセントがある。

ショウは振り向いた。

すぐ後ろのテーブルについたジョナサン・スチュワート・デヴローが乾杯するようにワイングラスをショウのほうに持ち上げた。すばらしい景色を眺め、巨漢のボディガードを観察しているショウをそこから観察していたらしい。

「あいつは無害だ」まるで飼い犬の話でもするような調子だった。それから言った。「こっちへ。一緒に飲もう」

ショウはメニューをテーブルに置いた。椅子の向きを変えようとすると、金属の足がコンクリートの床にこすれて不快な音を立てた。重たい椅子を軽々と持ち上げ、デヴローの正面に下ろした。デヴローは目が痛くなるような淡い水色のスーツ――今回はストライプは入っていない――にピンク色のシャツを着ていた。胸ポケットから触手を這わせているようなチーフは、今日はクリーム色だ。ぴかぴかに磨かれた靴は黒い鏡のようだった。

「私を尾行したんだな」ショウは言った。「ロールスロイスは目立つ。私は注意散漫だったようだ」

デヴローは、テレビ画面のように大きな長方形をした眼鏡越しにショウを見た。今日のフレームはパステルブルーだ。「それにしても、なぜこの店なんだ、ミスター・ショウ。やれやれ」

「眺望がいいからね。それにビールも美味い」

「ここのスープは勧めないよ。メニューを見て何を頼もうとしていたか知らないが、間に合ううちに言っておく。水っぽいし、タマネギは缶詰だ」

デヴローはあたりを見回した。両手はあいかわらず忙しく動いている。指を曲げ、伸ばし、掌を上に向け、また下に向ける。ひときわ目立つチーフの具合を直す。なぜこういう装いなのだ？　どんな印象を与えようとしている？　〝ダンディ〟という言葉が思い浮かぶ。

英国貴族のように上品な調子でデヴローは続けた。

「この街ではたいへんな活躍ぶりだね、ショウ。きみはここの生まれだったな」

決して質問ではない。

「厳密にはバークリー生まれだ」

「カル。カリフォルニア大学バークリー校は〝カル〟と呼ぶのだろう。バークリーは街の名前、カルは大学の呼び名。母上は大学教授で医師だが、きみはキャンパス外で生まれた。母上が教鞭を執っていた附属病院ではなく。母上は研究者としても大きな功績を挙げたとか」

これも、デヴローがあらかじめ手に入れたあと、夏の終わりに頬をふくらませたリスがどんぐりを地中に埋めておくように、大事に取っておいた情報だ。いま持ち出してきたのは、言うまでもなく、萎縮させるためだ。

「たいへんな活躍ぶりだ」デヴローは繰り返した。不吉なささやき声に変わっていた。

「用件は何かな、デヴロー」

またも両手をせわしなく動かしながら、デヴローは腹立たしげに言った。「磨き抜かれた計画だった。ほれぼれするようなプランだった。投票結果の裁定書を手に入れ、私の会社は選挙に立候補する。当然、私たちは勝利を収める。そして、ばーん」片方の手でテーブルを叩く。周囲のテーブルの客が振り返った。「新しい世界が開けるはずだった」

ショウはバークリーで見た抗議デモの光景を思い出した。

大企業の横暴を許すな！

デヴローは黄みがかった色をしたワインを一口飲んだ。

「オーク樽の香りがするシャルドネ。思わず鳥肌が立つような味わい。カリフォルニアのワイナリーが目指すべきはそれだろう。ところが現状ではこれがせいいっぱいらしいな」

デヴローはメニューの右側――つまり高額な料理や飲み物が並んだ側――からしか選べない男なのだろう。「私を尾行しようなどという気を起こさなければ」ショウはそっけなく言った。「もっといいワインをそろえている店に行けただろうに」

デヴローの視線は近くのテーブルの一つにさまよい、ビジネス向けの服装をした魅力的な女性の二人組に気づいた。一人は白いスーツ、もう一人はライムグリーンのワンピースで、どちらも体のラインにぴったり合っている。デヴローは眼鏡を押し上げた。そのほうがよく観察できるという風に。そして実際、二人を無遠慮に観察した。

ショウは言った。「バニヤン・ツリー当選後の政策プランを見た。エイモス・ゴールのキャリアケースにそれも入っていた。テーマは規制緩和といったところかな。環境、金融、医療、保険。福祉政策はばっさり切り落とす。警察業務は民間に委託。人権侵害のにおいが漂っていた」

デヴローは女性の二人客を視線でなで回すのをやめてショウに向き直った。

「そのテーマで朝まで議論を闘わせたいところだね。私はこう反論するよ。規制緩和によって企業はより大きな経済的利益を手にし、雇用の創出が進み、景気は上向く。それに単なる人間にすぎない政治家よりも法人のほうが有能で、しかも倫理的に信頼できる。不倫の現場を写真に撮られたりはしないからね。だが、そう反論すれば、きみはさらに反論するだろう。それに対して私はまた反論する。いくらでも続けられる……」ワインをまた一口。けなしたくせに、飲まずに残すという選択は頭にないらしい。「意義深い経験になっただろう……だが、屁理屈のこね合いはよしておこうじゃないか。きみはケーブルカーには乗るかね」

「乗ったことはある」

「運転士をどう呼ぶか知っているか」

ショウは即答した。「グリップマン」デヴローはショウが知っていたことにがっかりしたらしい。「三日ごとに交換しなくてはならない。グリップレバーの話だがね。運転士ではなく」ショウはそう付け加えて小さく笑った。

またビールを口に運ぶ。デヴローの目を一瞬だけまっすぐに見て、ボトルをわざとゆっくり傾ける。その動作は、そろそろ本題に入れと暗に伝えていた。

デヴローの顔が怒りで赤く染まった。テーブルに身を乗り出す。そして低い声で、一語一語区切るようにしながら言った。「何かしっくりいかないものがあるよな、ショウ。何がどうおかしいのか、それははっきりわからない。しかし、おまえがその中心にいることは確かだ」

これはデヴローの一人舞台だ。ショウはただ黙って聞くしかない。

「調べさせたが、法案06号の住民投票の結果に関心を示した実業家や資本家の存在を裏づける記録はない」

「へえ、そうなのか」ショウは困惑顔をしてみせた。

「そうさ。何も出てこなかった」両手がこっちへ動き、あっちへ飛ぶ。「それに、聞いたところによれば、下手な偽造だったというじゃないか。といっても、つたないのは技術や筆跡ではない。判事の署名まで完璧だった」

「そこまで確認したわけか」

「つたないのは、使った材料や用具だ。一九二〇年代の富豪が一九〇六年の文書を偽造するんだ。当然、一九〇六年ごろのインクや紙を使う偽造屋を雇ったはずだ。当時なら簡単に手に入っただろう」

「まあ、そうだな」

デヴローはイニシャルの縫い取りが入ったハンカチを取り出し、生え際がだいぶ後退した額を拭った。「むろん、そんな些末な問題はどうだっていい。遠い昔に関与した連中は、真実を知っていたはずだ」そして嘲るような笑みとともに、どうしても言わずにいられないというように付け加えた。「関与した連中が実在したなら」

ショウは何も言わなかった。

「あれが偽造と断定されたおかげで、裁定書の存在そのものが怪しまれる結果になってしまった。万が一裁判になったとしても、棄却に持ちこめる有能な弁護団をサクラメントに送りこんであったんだがね。その弁護団がいまや弱気になっている。何かと資本主義を悪者にしたがるリベラルな人権擁護派のインテリ連中や大学教授どもめ……こっちが電光石火で動けば裁判だろうが何だろうが押し切って、法案を有効と認めさせられただろうにな。

だが、こうなってはもう無理だ」両手が空中でひらひらと動く。それを見たウェイトレスが、自分が呼ばれたと勘違いした。「違う、違う、違う」デヴローは険悪な声で言い、ウェイトレスが逃げるように離れた。

「とんだ結果になったな」薄い唇が描いていた作り笑いが消えた。「ブラックブリッジは終わりだ。だが、私は地球上でもっとも時価総額の高い会社のCEOだ。そうだろう？」

「そうらしいな。二、三日前まで、私はあんたの名前さえ聞いたことがなかったが」

デヴローの手が一瞬凍りついた。満月のような顔に笑みを浮かべて、デヴローは言った。「裁定書、ベイポイント・エンヴァイロシュア……おまえは私の邪魔をした。つまりだ、ショウ。おまえの家族ごと私の邪魔をしたことになる。愚かな話だ」

「これきり会うこともないと思うがな、デヴロー」

「おまえの観点からはそうかもしれない。だが、私に言わせれば、そんなことはない」

ショウは立ち上がり、空になったビールのボトルの横に二十ドル札を一枚置いた。

デヴローの目はほんの一瞬、ショウの視線を捕らえたが、すぐにメニューの上に落ちた。じっと文字をたどりながら言う。「さて、何にするかな……」

79

ショウは屋上のカフェバーから一階に下り、けばけばしい内装のロビーから屋外に出たところで携帯電話をしまった。二本の電話をかけ終えていた。

ホテル入口の深い赤色をしたアーチ形の日よけの下で待つ。まばゆい陽射しが照りつけ、路面の日がさえぎられていないところが現実離れした輝きを放っていた。十分後、黒い肌をした男性が運転するベスパが来た。ブレーキをかけてショウの前で停まった。ショウはそちらに近づいた。「マックから」十センチ×十五センチほどの封筒をショウに手渡し、すぐにまた行ってしまった。

その五分後、今度はタクシーが停まり、制服姿のドアマンがあわてて駆け寄った。ショウがデヴローと会ったあとロビーに下りてくるまでに電話をかけたもう一人の相手がタクシーから降り立った。

ソフィア・イオネスク、別名コンスエラ・ラミレス、もう一つの別名ケセニア・ヴラノーヴァは、何度会ってもすこぶる魅力的だった。

デヴローの眼鏡と似た形のサングラスをかけている。これもまた高そうだ。シャネルのロゴがついていた。丈の短い白いスカートに青いシルクのブラウス、白いコットン地のジャケット。身につけているのはそれだけと見えた。肩に黒いチェーンバッグをかけている。これもシャネルのものだった。

なるほど、たしかに一晩三千ドルの女らしい。

浮かない顔をしているが、その表情は彼女の美しさをわずかも損なってはいなかった。「借りを返せって?」

ショウはうなずいた。「引き受けてくれれば、きみが私になすりつけようとしたドラッグは処分するし、監視カメラの録画も消去する」

「引き受けるって、何を?」

「屋上のカフェバーで、ある男がランチを取っている」ショウはジョナサン・スチュワート・デヴローの写真を見せた。「そこに行ってこの男と接触し、シェリー＝ネルソン・アームズ・ホテルに誘い出してくれ。すぐそこのホテルだ」

「知ってる」ソフィアは肩をすくめた。「オズの魔法使いみたいな男だね。乗ってくるかどうかわからないじゃない?」

「いや、かならず乗ってくる」この計画全体がうまくいくかどうか確信は持てなかったが、デヴローが餌に食いつくのは間違いない。

酒を一杯か二杯飲み、浮ついた会話をしばらくかわせば、デヴローはかならずホテルに行こうと言い出すはずだ。

「だけど、自分の家に行こうって言い出したら?」

「既婚者だ」

「ふうん、ブタなのね」侮辱というより、そういう種類の動物かと納得したような言い方だった。

ショウはマックの配達人から受け取った紙の封筒を開け、ふつうより少しだけ分厚いクレジットカードのような物体が入ったビニール袋を引き出した。表に航空会社名があり、その下に〈プレステージ・クラブ〉という文字と、無意味な会員番号が印字されている。それをソフィアに渡す。「ホテルに着いたらこうしてくれ。一緒に部屋に上がる。部屋に入ったら、奴のジャケットを脱がせてキスをする」

「しなくちゃだめ？」

ショウは答えた。「だめだ。それから、歯を磨いてほしいと言う」

「ああ、それで」

歯磨き粉と歯ブラシを持ってくるよう伝えてあった。

「奴がバスルームに入ったら、このカードを財布にまぎれこませる。財布はいつもジャケットの内ポケットに入れている」

「で？」

「きみ一人で部屋を出る。急に怖くなったとでも言えばいい」

「それだけ？」

「それだけだ」

「わかった」

「いま言ったとおりにやってくれたと確認できたら、録画とドラッグを処分する」

「こっちはどうやって確認できるわけ？」

ショウは唇を結んだままかすかな笑みを浮かべて首を振った。

ソフィアはプレステージ・クラブの会員カードを一瞥した。「爆弾だったり、毒だったりしないでしょうね」

「しない」

ソフィアはホテルを見上げた。「そいつ、あんたにいったい何をしたわけ？　だってそうでしょ、こんな仕打ちをされるほどのことって、いったい何？」

ジョナサン・スチュワート・デヴローが聖なる法案を追い求めたがために、父アシュトンとトッド・フォスター、父の大学の同僚、そしてエイモス・ゴールが命を落とした。だが、それは口に出さなかった。ただこう答えるにとどめた。「話すと長くなる」

一晩三千ドルの女はホテルのエントランスに向けて足を踏み出し、ごくわずかにいらだったような視線をドアマンに向けた。この五分ですっかり恋に落ちたドアマンは、恭《うやうや》しい物腰で重厚なドアを開けた。

80

「デヴローはやはり問題だ」

ショウはアルヴァレス・ストリートの隠れ家に戻ったところだった。

ラッセルに向かって話を続ける。「メアリー・ダヴとドリオン……これからも狙われるリスクがある。私たちもだ」

「復讐にこだわるタイプとは思っていなかったな。その分のエネルギーを別のところに振り向けるだろうと思っていた」

「まあな。しかし私たちは奴の聖杯を木っ端微塵《みじん》にしてしまったわけだから」

ショウはコーヒーテーブルの前に座ってノートパソコンを開いた。ひとしきりキーを叩く。「いま追跡している」

「追跡デバイスを仕込んだのか」

「ああ」

ラッセルは感心したような顔をした。

ショウは続けた。「ブラックブリッジのような会社を雇わないと、都市部活用構想《アーバン・インプルーヴメント・プラン》は維持できない。不正工作を引き受ける別の会社をさっそく探しにかかるんじゃないかと思う。何かわかりしだい、ＦＢＩのサンフランシスコ支局に知らせるつもりだ。デヴローが何かヘマをしでかしてくれるのを期待して待とう」

「ふむ」ラッセルは、画面に表示されたロールスロイスを示す赤い点を目で追った。デヴローの車はノブヒルをあとにして、いまは南に向かっていた。「電池はどの程度持つ？」

「四日か五日」

「確率はかなり低いよな。秘密の会合を探知して、しかも会っている相手を特定しなくちゃならない」

「まあね。私としては、今度もまたＵＩＰ向けのドラッグを受け渡す現場をキャッチできれば、ＦＢＩに盗撮と盗聴をしてもらえるだろうと考えている」

「この追跡システムは何だ？」

「マイクロトレース」

「いいね。うちでも使っている。デバイスの番号を教えてくれ。カレンにも見張っておいてもらおう」

ショウはラッセルの携帯電話宛てにメッセージを送った。

二人はゆっくりと移動する赤い点を無言で見つめた。

やがてショウは、階段のそばに兄のダッフルバッグとバックパックが置いてあることに気づいた。

いったい何だってオークランド・アスレチックスなんだ……

「一緒にコンパウンドに帰らないか。ヴィクトリアと私は車で向かうつもりだ。デヴロー逮捕につながる証拠が見つかるまで、メアリー・ダヴの周辺に目を光らせておきたい。ドリオンに合流してもらおうかとも考えている」

「無理だ。アラスカの別プロジェクトがある。前に話したよな」

ショウは言った。「顎髭を生やしたシグザウエル使いは兄さん一人だけってわけじゃないだろうに」

今度こそついに兄がにやりとするかと思った。だが、期待ははずれた。兄は首を振っただけだった。

「メアリー・ダヴが喜ぶと思う」ショウは少しためらってから続けた。「ずっと待っている」

また間があった。「無理だ」

「そうか」

いいコンビですよね……

スタート直後こそ危なっかしかったが、しだいに息が合うようになった。サンブルーノの公園でのブラックブリッジ一党逮捕作戦をショウから聞いたときの、ラッセルの意気込みを思い出す。

だからこそ、兄がこんなにもあっけなく行ってしまう無念が胸に迫った。

ショウは目を伏せて床を見つめた。黒い三日月形の靴跡。ショウやラッセルが残したものか。それとも、裁定書を捜してこの隠れ家を襲撃したとき、ドルーンや手下の工作員がつけたのか。ひょっとしたらアシュトン・ショウその人の痕跡かもしれない。この床は何年ものあいだに繰り返し磨かれてきただろうに、負けずに生き延びた痕跡。

「そろそろ行くよ」

兄との関係に北極星はない。兄に伝えたい思いの舵《かじ》を取ろうにも、方角を教えてくれる星座の一つさえない。兄と本質的な会話を交わしたためしは一度もなかった。

釣り上げたカワマスをどう処理すれば長期保存が利くか、クーガーを撃退するには、武器と目的を隠した人間の侵入者を追い払うには、どの口径のどの弾を使うのが一番いいか。そんな話ならいくらでもした。だが、自分たちの関係について話し合ったことはない。

同じ誤りを繰り返すのはもういやだ。この数日に起きたできごとを経たいまは。「待ってくれ」

ラッセルが振り向いた。

「どうして……どうして消えてしまったんだ？　何年ものあいだ、なぜ連絡一つくれなかった？　血のつながった兄弟だ。私には知る権利がある」

長い沈黙があった。「アシュトンの教えに従った――サバイバルを優先した」

意味がわからず、ショウは首を振るしかなかった。

「おまえのサバイバル、家族全員のサバイバル。俺の仕事の内容は想像がつくよな。俺は不道徳なことをする。そのせいで家族を危険に巻きこむことになったらと不安だった。俺の首には賞金がかかっている。まあ、懸賞金みたいなものだな」

つい先週、ワシントン州のカルトに潜入したときに出会った有能な指導員からも似たようなことを言われた。

お兄さんは望んで家を出たわけではないのではないかな。きっとそうするしかないと思ったんだ。いま追いかけて見つけたとしても、お兄さんはもっと遠くへ逃げてしまうだろう……誰かを守りたいとき、その誰かのそばをあえて離れることによって守れる場合もある。ひなを守るために、親鳥がおとりになって捕食者を巣から引き離すように。

「ラッセル。うちの家族なら誰でも危険に対処できる。アシュトンから叩きこまれているからね。コンパウンドで暮らし始めた初日から」

「そうだな」ラッセルは何か言いかけてはやめた。ようやく三度目でこう言った。「俺のサバイバルのためでもあった」家のなかで絶え間なく聞こえている雑音がすさまじい大波のように押し寄せてきた。「おまえは本気で思っていただろう。俺がアッシュを殺したと」

ついに核心に触れるときが来た。とうとう来た。

「事実を分析した。兄さんとアッシュはドリオンを巡って口論した。ナイフまで持ち出された。それに、兄さんは嘘をついたね。アッシュが死んだとき、自分はロサンゼルスにいたと言った。実際にはコンパウンドの近くに来ていた」

「初期の任務で近くにいたんだ。フレズノ郊外で行われた作戦で。土地勘がある俺が見込まれて、その任務を与えられた。任務については家族にも知られてはならない。そうだな、アシュトンはたしかに事実だけを見ろと俺たちに教えた。〝感情に基づいて決断するべからず〟。だが、相手の人間性だって事実のうちだよな。おまえが考えたこと、俺に非難の目を向けたこと……それが伝わってきて、つらかった。家を出るほうが楽だった」

「私は間違っていた」

その過ちは、謝罪で帳消しにできるのか。コルター・ショウにはわからなかった。

ラッセルは飛翔するハクトウワシの置物を見た。

「覚えているか」ショウは置物に顎をしゃくって訊いた。「あのときのクマはいまも――？」

「いや」

捨てたのか？　アシュトンの儀式で一等賞を与えられたのはコルターだったから？　ラッセルがもらったのは二等賞だった。

次にラッセルが言ったことを聞いて、ショウは驚いた。

「ずっと送り返そうと思っていた。機会を逃してそのままになった」

ショウはその意味をしばし考えた。「それはつまり、置物を持っていたのは兄さんだってことか？　アッシュではなく」

「そう、くすねたのは俺だ。アッシュの葬儀のあとだった」

「どうして？」

ラッセルはしばし黙りこんだ。「わからない」

「持っていてくれよ」ショウは言った。

「それはだめだ。おまえがもらったものだ」

沈黙が続いた。ショウはこう考えていた――幾度となく頭のなかでリハーサルしてきたせりふをついに口にしたのに……兄弟のあいだに横たわる溝に橋が架かることはなかった。

「さてと。これからチームと一緒にアラスカに移動する予定になっている。懸賞金ビジネスがうまくいっているようで安心したよ。おまえの性に合っているしな。一つところにじっとしていられない男に」

「兄さんの言ったとおりだったね。今回のブラックブリッジ打倒作戦は、ふだんの私の守備範囲から大きくはずれていた。私一人ではとても太刀打ちできなかった」

ラッセルはうなずいた。握手を交わすべきか迷うには及ばなかった。ましてや抱擁となればなおさらだ。バックパックを肩にかけ、ダッフルバッグを提げて、兄は玄関を出ていった。

81

午後十時、ショウとヴィクトリアはエンバーカデロ地区のイタリア料理店のうまい食事で腹を満たし、アルヴァレス・ストリートの隠れ家に戻ってきた。この日は雨で路面がすべりやすく、移動にはヴィクトリアがサンブルーノの公園まで乗ってきたレンタカーを使った。フェンダーに空いた弾丸の穴をレンタカー会社はどう解釈するだろう。レンタル時に車両保険に入っていたから、料金が加算される心配はないはずだが、銃撃されてできた傷は保証されないかもしれない。

二人は玄関前でいったん立ち止まった。

「異状は?」ヴィクトリアが訊く。

ショウは携帯電話のセキュリティ・アプリを確認した。ラッセルは監視カメラの一部を隠れ家に残して引き上げた。デヴローの今後の行動はまったく予想がつかず、しかもこの隠れ家はデヴローに知られている。そこで兄弟は用心のため対策を講じることにした。しかしショウは、デヴローがいますぐ動くことはないだろうと思っている。当面はショウにも家族にも何も起きないはずだ。何かあれば、真っ先にデヴローが疑われるに決まっている。首を刎ねられた英国貴族の末裔デヴローは、危険で、強欲で、強烈な自己愛の持ち主だが、愚か者ではない。

「安全を確認した」ショウはそう言って携帯電話をしまった。

なかに入り、防犯システムを〈在宅〉に切り替えてから、ワインとビールを開けた。「この暖炉、使えるの?」ヴィクトリアが訊いた。

「私もそう思って見てみた。煙突がふさがれていたよ。私の父やその仲間のことだ。思いがけない贈り物が投げこまれたりしないようにと考えたんだろう」

「お父さんのこと、お母さんがいろいろ話してくれた。病的に疑い深い人だと思われてたのよね」

「そうだ」

「こんな経験をしたあとだと、単に用心していただけって思える」

「ラッセルは、父の懸念の一部は根拠のないものだったと言っていた。それは事実だ。では、父はいったいどういう人間だったのか。何よりもまず生き延びようとする《サバイバリスト》者だった。私はそう思うようになったよ」

　ショウはビールを飲みながらノートパソコンを開いて追跡プログラムを起動した。デヴローの現在地を表す赤い点は表示されているが、一カ所から動かずにいた。ショウは地図を拡大した。デヴローの現在地は、サンフランシスコの南側、ハイウェイ一号線沿いの開発が進んだ地域だった。曲がりくねった道に面して数多くあるシーフードレストランのどれかで食事でもしているのだろう。モンテレー半島の芸術家の町カーメルにでも向かう途中だろうか。いかにもデヴローが各地に持つ豪邸の一つがありそうな町だ。仮にそうだとして、すらりと長身の人目を引く美女を連れているだろうか。

　ふいにヴィクトリアが驚いたように言った。「え?」

　見ると、ヴィクトリアは携帯電話を見つめていた。

「ニュース速報、見られる?」

　ショウは訊き返した。「どの?」

「どれでも」

　ショウは適当な一つをタップした。そして文字を目で追った。

　バニヤン・ツリー・ホールディングスCEOで世界有数の実業家ジョナサン・スチュワート・デヴロー氏が今夜、サンフランシスコ南側の町ハーフムーンベイで殺害された。

　デヴロー氏が会員制ゴルフ場を出発した直後にハイウェイの方角から一発だけ狙撃された。サンタクルスのアバナシー・コンサルティングの幹部役員との会食のためにゴルフ場内のレストランを訪れていたという。ボディガードが一緒だった。ほかに負傷者はいない。

　サンフランシスコ・デイリー・ヘラルド紙が報じたところによると、編集部に匿名の電話があり、デヴロー氏はベイエリア一帯の違法薬物密売に関与しており、地元ギャング組織とのトラブルが原因で殺害されたとの情報を提供したという。サンマテオ郡保安官事務所の広報担当者は、捜査はすでに開始されていると話している。

「要するにＵＩＰがらみのトラブルよね」ヴィクトリアが言った。

ショウにはそうは思えなかった。「デヴローは徹底して守られていた。表に立っていたのはあくまでブラックブリッジだ。大元の依頼人がデヴローだとは誰も知らなかったはずだよ。それに関してデヴローは用心深かった」

危険で、強欲で、強烈な自己愛の持ち主だが、愚か者ではない……

そのとき、携帯電話が振動してメッセージの着信を知らせた。ショウは見たことのない番号から届いた短いメッセージを読んだ。

追跡プログラムを削除せよ。

ショウは一瞬、ぼんやりとその文字列を見つめた。次の瞬間、その意味が脳天に突き抜けた。なんということだ。指示どおりプログラムを削除し、返信を送った。

完了。

数秒の時間が過ぎた。ショウは迷いながらももう一つメッセージを送信した。

体に気をつけて……

返事は来るだろうか。ショウは待った。まもなく携帯電話がまた振動した。

この番号は現在使われておりません。

第五部　灰《アッシュ》　七月三日

82

ステンレススチールのように陰り一つない午後だった。湿度と気温、空気の汚れの度合い、そして太陽が自分の力をどこまで誇示する気分でいるか。それらの要素の組み合わせによって、こうした完璧な一日が到来することがある。

コルター・ショウはウィネベーゴをキャビンの前に駐めた。降りて伸びをし、州北部から七時間以上ぶっ続けて運転してきた体のこりをほぐす。西の方角からこのコンパウンドを見下ろしているごつごつした山脈。東側と南側を縁取るマツとオークの鬱蒼とした林。かつてラッセルと並んで何時間も飽きずに釣り糸を垂れた池を、陽射しがきらめかせていた。

あれからさらに数日サンフランシスコに滞在し、複数回にわたる事情聴取に応じた。答えなくてはならない質問は山ほどあった。サンブルーノの公園での銃撃戦、ドルーンの死、プレスコット家の爆弾事件、都市部活用構想《アーバン・インプルーヴメント・プラン》、ブラックブリッジ。捜査機関それぞれが長大な質問リストを用意していた。残念ながらデヴローの悲劇的な死についてショウが語れることは一つとしてなかったが、違法薬物密売にからんだトラブルの末との説にはそれなりの信憑性《しんぴょうせい》がありそうだと意見を述べた。ＵＩＰで最大の利益を得た人物はデヴローであることは間違いないからだ。

ショウは丸一日かけてアルヴァレス・ストリートの隠れ家の片づけと戸締まりをした。図書館で命を救われたあと、ラッセルが一度目に姿を消したとき以上にその不在を痛烈に感じた。そのあとラッセルが思いがけず戻ってきて、殺害指令のターゲットにされている人物の特定に手を貸そうと言ったときの驚きと高揚感を思い出した。

懸賞金ビジネスの範疇を超えている。おまえ一人じゃ無理だ……

ショウは湧き上がった感情を胸の底に押し戻し、バックパックに荷物を詰め終えた。ヤマハのオートバイにひらりとまたがり、ウィネベーゴを駐めたＲＶパークに向かった。

ＲＶパークを出発したショウは、南のシエラネヴァダ山脈には直行しなかった。その理由の一つは、一人きりではなかったからだ。助手席にヴィクトリア・レストンを乗せていた。ヴィクトリアもショウと同じように休暇という概念に馴染みがないと判明したが、カリフォルニア・ワインの産地に慰労旅行に出てみようと相談がまとまった。

青々としたブドウ畑に囲まれたかわいらしい朝食付きホテルを見つけてそこに滞在した。眺望がすばらしく、手のこんだ料理は美味で、しかも――ありがたや――ギンガムチェックやアヒルの飾り板、ボンネットをかぶったガチョウのモチーフといった装飾とは無縁だった。

隠れ家とナパで、ショウは久方ぶりに一人の女性と幾晩かをともに過ごした。出発直後は、それはもう不安でならなかったが、まもなく杞憂《きゆう》だとわかった。二人で巡ったワイナリーでは、ワインばかりでなくうまいビールも飲めたからだ。

二人で過ごす時間は、しごく居心地のよいものだった。二人に沈黙が降りるタイミングはいつも一緒だった。降霊術の集まりに降りる霊のようだった。それは心安らぐ種類の沈黙だった。やがて、そろそろ二人が共有する現実の世界に戻るべきだと同じタイミングで気づき、二人そろって微笑んだ。

そしてコンパウンドに到着し、ヴィクトリアもウィネベーゴから降りて伸びをした。その動作はショウのそれより慎重だった。なんといっても高さ三十メートルの崖から湖に転落したばかりだし、サンブルーノの公園では地面に投げ出されて体を強打している。まもなく二人はそろってキャビンに向けて歩き出した。ちょうどメアリー・ダヴも、とれたての野菜が山盛りになったバスケットを抱えて菜園から戻ってくるところだった。

メアリー・ダヴは二人に微笑み、小さくうなずいたあと、キャビンのほうに顎をしゃくり、野菜をキッチンに置いたら合流すると暗に伝えてきた。

ヴィクトリアはセーターを脱いだ。ナパやソノマは、この地域に比べてはるかに湿度が高くて気温は低かった。セーターの下は灰色のシルクのブラウスだ。そしてその下には、レースをふんだんに使った淡い水色のランジェリーを着けている。ブラウスを着ているいまは見えないが、ショウはその構造やホックの仕組みにすっかり詳しくなっている。

ヴィクトリアはブルージーンズを穿いていた。ショウも同じくブルージーンズで、その上に黒いＴシャツと革ジャケットを着ている。革ジャケットには、ここ何日かの奮闘が残した傷がそのまま残っていた。とくに目立つのは、ドルーンのナイフがつけたいくつもの傷だ。ショウは傷を一つずつ確かめたあと、修繕はしないことに決めていた。百貨店で購入した衣類の修繕のしかたはそもそもわからない。革に関してショウが持ち合わせている知識は、自分で剝ぎ、塩漬けにし、なめした動物の皮の扱いだけだ。

荷物をそれぞれの部屋に運んだ。ショウは服を脱ぎ、まずは火傷しそうに熱い湯を、次に凍りつきそうに冷たい水を浴びた。タオルで拭い、洗い立てのジーンズとドレスシャツを身に着ける。荷物の底のほうからハクトウワシの置物を引っ張り出し、何年も前にラッセルがそこからさらっていくまで置かれていた棚に戻す。ウィネベーゴに積んで持ち歩こうかとも思ったが、なぜかここがふさわしいような気がした。

玄関のポーチに出ると、ヴィクトリアが先にいた。メアリー・ダヴがコーヒーを三つとミルクと砂糖入れを運んできて、テーブルに置いた。

三人は腰を下ろし、コーヒーをそれぞれの好みに調整してゆっくりと味わった。

ヴィクトリアはウィネベーゴの旅の途中でうたた寝をしていたが、ショウが何度か電話でやりとりしていたのは知っていたようだ。

その話を持ち出して、ヴィクトリアが訊いた。「状況は？」

「保釈は誰にも認められなかったそうだ」

「ねえ、その傷」メアリー・ダヴがショウのジャケットに目を向けた。「それも」今度はショウの手を見る。ドルーンのナイフが残した傷にはまだ絆創膏が貼られていた。「必要なときはちゃんとボディアーマーを着けなさい」よその家の親が〝今日はレインコートと雨靴で行きなさい。雨の予報だから〟と言うようなあっさりした調子だった。

ショウは続けた。「ＦＢＩはベイポイント・エンヴァイロシュアの全役員を逮捕した。ブラックブリッジのロサンゼルス、マイアミ、ニューヨーク支社の一部の社員も。ブラックブリッジは解体された」

それこそがアシュトン・ショウの究極の目標だった。何年も前、アシュトンが目標に向かって歩き出した時点ではまだ、ブラックブリッジは隆盛を誇っていた。市民を薬物漬けにし、組織ぐるみの不正工作を行い、バニヤン・ツリーのような企業を政権の操縦席に座らせようと画策していた。

メアリー・ダヴが尋ねた。「まさか本当に実現する可能性はなかったんでしょう？　企業が選挙に出るなんて」

「私もそう思ったが、これぱかりは誰にもわからない」ショウはフィールド教授の説明をそのまま母に聞かせた。

「アッシュが大喜びで検討しそうなトピックね。朝までだって議論しそうなトピック」メアリー・ダヴはそう言ってヴィクトリアを見た。「いっぱしの歴史学者で政治学者だったのよ、アッシュは」

「コルトから聞きました」ヴィクトリアは言った。「会ってみたかったな」

「きっとあなたを気に入ったと思うわ」メアリー・ダヴは言った。「一緒に懸垂下降してくれる友人をいつだって捜していたから」

メアリー・ダヴはヴィクトリアをじっと見て続けた。「ここには好きなだけいてちょうだいね。来週、女性限定の修養会《リトリート》を予定してるの。みんな魅力的な人よ」

「明日か明後日には失礼しなくちゃならなくて。東海岸で面接があるんです」

ここまで来る車中でその話が出た。〝面接〟といっても通常の就職面接とは違うが、ラッセルと同じで、ヴィクトリアも職業柄、婉曲語を使わなくてはならない場面がある。

ヴィクトリアはショウの目を見て付け加えた。「でも、またぜひお邪魔したいです」

「いつでも歓迎よ」メアリー・ダヴはヴィクトリアの腕にそっと手を置いて言った。

ショウは視線で賛意を伝えた。

「どんな様子だった？」メアリー・ダヴが訊いた。

ラッセルの話だとすぐにわかった。

「ミステリアスで、寡黙で、頭が切れる。見た目は変わらないな。顎髭を別とすれば。だいぶ伸びていた。髪も。どんな組織に属しているのか、いまだによくわからない。政府関係だと思う。極秘の組織」

　ヴィクトリアが言った。「ペンタゴン。国防総省に関連する組織のどれか」

「どうしてそう思う？」

「サンブルーノの公園で、銃撃戦のあと、言ってたでしょ。〝敵の支援部隊がいつ来てもおかしくない《ブラック・オン・バックアップ》〟みたいなこと。あれ、軍の用語なの。デルタフォースでも作戦中に使ってた」

　ショウは思った――たしかに、アシュトン・ショウは彼女を大いに気に入っただろうな。

　メアリー・ダヴが柔らかな笑みを浮かべた。口や目を小さな皺が取り巻いた。「家族はいるのかしらね」

「いないと言っていた」

　短い沈黙があった。メアリー・ダヴの目は、陽光に照らされた遠い尾根を見つめていた。「たまには帰るように伝えてくれた？」

　ショウ一家に質問をはぐらかす者はいない。嘘も決してつかない。「誘ったよ。無理だと言われた。次の任務があるから。重要な仕事だそうだ」

「そういう仕事とそういう生き方を選んだのね」

「何を考えているのか読みにくいのは確かだが、充実しているんだなと私は思ったよ」

　言葉にしなくても、ショウの伝えたいことは母にちゃんと伝わったはずだ。メアリー・ダヴとアッシュは、この世で一番困難な仕事――子供を育てるという大仕事――の計画と実行において正しい判断をした。

　メアリー・ダヴが言った。「さてと、そろそろ夕飯の支度をしなくちゃ。今夜はシカ肉のブラックベリーソースがけよ。朝からずっと浸けておいた」

　メアリー・ダヴはいつもシカ肉をバターミルクに浸ける。それで独特のクセがだいぶ抜ける。

　ショウの視界の隅で何かが動いた。アメリカヨタカが独特のせわしない飛び方で野原の上空を横切っていった。アメリカヨタカの模様は複雑きわまりない。その模様が迷彩のように働き、昼間は背景に溶けこんでどこにいるのかわかりにくいが、いまのように夕闇迫るころに空中で昆虫を追い回し始めると、ふいに簡単に見つけられるようになる。声も特徴的だ。飛行中はずっとかすれた声できいいと鳴き続ける。ショウはまだ子供だったころ、巣にうっかり近づいてしまってアメリカヨタカに襲われたことがある。幸い、少年も鳥も無傷で撤退した。

　威勢のよい鳥を目で追うのをやめて、ショウは言った。

「いいことを思いついたぞ。明日、三人でやまびこ山にハイキングに行こう」

「すてき」メアリー・ダヴが言った。

「楽しそう」ヴィクトリアが言った。そこで一瞬口をつぐみ、顔の向きをわずかに変えて目を細めた。「でも四人で行くことになりそう」

　ショウはヴィクトリアのほうを見た。ヴィクトリアの目はショウの背後を見つめていた。ショウとメアリー・ダヴはそろって振り向いた。

　砂利道をやってきた人影が一つ、キャビンに続く小道を歩き出そうとしていた。その男は黒ずくめの服を着て、ニット帽をかぶっていた。片手にダッフルバッグを提げ、右肩にはバックパックをかけている。ふと立ち止まり、キャビンのほうを見てポーチの三人に気づき、左手の甲で長い顎髭をなでてから、またゆっくりと歩き出す。

「まあ」メアリー・ダヴがささやくように言った。その声は珍しく感極まって聞こえた。メアリー・ダヴは板張りのポーチから下り、草地に立って、上の息子を迎えた。


（了）

謝辞

小説は、一人の力では完成できない。物語を創造し、読者の手に、そして心に届けるのは、大勢の力が必要な作業だ。その点で私は幸運だ。世界一のチームが味方についているのだから。次に挙げるメンバーに感謝を捧げたい。ソフィー・ベーカー、フェリシティ・ブラント、ベリット・ボーム、ドミニカ・ボハノウスカ、ペネロピー・バーンズ、アニー・チェン、ソフィー・チャーチャー、フランチェスカ・チネッリ、イザベル・コバーン、ルイーザ・コリッキオ、ジェーン・デイヴィス、リズ・ドーソン、ジュリー・リース・ディーヴァー、ダニエッレ・ティータリッヒ、ジェンナ・ドーラン、ミラ・ドローメヴァ、ジョディ・ファブリ、キャシー・グリーソン、アリス・ゴーマー、イヴェン・ヘルド、アシュリー・ヒューレット、サリー・キム、ヘイミッシュ・マカスキル、クリスティーナ・マリーノ、アシュリー・マクレー、エミリー・ムリネック、ニシュタ・パテル、シーバ・ペッツァーニ、ロージー・ピアース、アビー・ソルター、ロベルト・サンタキアラ、デボラ・シュナイダー、サラ・シア、マーク・タヴァーニ、マデリン・ワーチョリック、クレア・ウォード、アレクシス・ウェルビー、スー・ヤンとジャッキー・ヤン。最高のチームだ！

訳者あとがき

本書『ファイナル・ツイスト』は、〈懸賞金ハンター〉コルター・ショウ・シリーズ第三弾。前二作『ネヴァー・ゲーム』『魔の山』と本書から成る三部作の完結編でもあり、前二作を通じて読者をやきもきさせてきた謎が、今作で解決を見る。

懸賞金ハンターとは耳慣れない職業だが、これはコルター・ショウのために用意されたもの。よく聞く〝賞金稼ぎ《バウンティハンター》〟が逃走中の犯罪者を連れ戻して成功報酬を受け取るのに対し、懸賞金ハンターが探すのは、もっと広い意味での行方不明者。事件性の有無は関係がなく、報酬は行方不明者の家族や当局が出す懸賞金だ。

しかし、今作でのショウは、懸賞金ハンターの仕事ももちろん引き受けているとはいえ、主として亡父アシュトンから歳月をまたいで引き継いだ謎の探求に力を注ぐ。前二作もそれぞれ趣が異なっていたが、今作もまた少し雰囲気が変わって、スパイアクション風味の作品となっている。

前作『魔の山』の結末から数日後、コルター・ショウはふたたびサンフランシスコに戻り、父アシュトンがかつて作戦本部として使っていた一軒家を拠点として、父から引き継いだ謎の解明に挑む。

しかし、手がかりはあまりにも乏しかった。父が遺した手紙にある断片的な情報だけが頼りだ。民間諜報会社ブラックブリッジ。そのブラックブリッジによって暗殺された市議会議員、死の直前に彼が告発しようとしていた違法な地上げプロジェクト。極秘の文書をこっそり持ち出した直後に自動車事故で死んだブラックブリッジの元社員。極秘文書が隠されていそうな場所に印がついたサンフランシスコの市街地図。

亡父が残した謎を解く糸口はその極秘文書にあることは間違いなさそうだが、それはブラックブリッジにとってもよほど重要な意味を持つものと見え、彼らもショウと争うように血眼《ちまなこ》になって探していた。

ブラックブリッジの工作員集団から執拗かつ無慈悲な妨害を受けながらも、父が、そして父の友人たちが命を懸けて暴こうとした暗い秘密に、ショウは一歩ずつ着実に迫っていく。

やがてショウがたどりついた真実は、アメリカという国家の未来を揺るがしかねない重大な危険をはらんでいた……

〝流浪の名探偵〟コルター・ショウは、ディーヴァーのもう一つの人気シリーズの主人公である〝車椅子の名探偵〟リンカーン・ライムとまさに好対照。究極のインドア派で、マンハッタンの自宅タウンハウスからめったに外出しないライムとは違い、ショウはフロリダ州に所有する自宅にほとんど寄りつかず、挑み甲斐のある謎や事件を求め、大型キャンピングカーを駆ってアメリカ中を旅して回っている。

この三部作でいったん完結かと思われたショウ・シリーズだが、うれしいことに、今後も順調に続いていくようだ。早くも二〇二二年の秋に、シリーズ四作目となる *Hunting Time* の刊行が決定している。

その新作では、サバイバリストであるショウのホームグラウンドというべき大自然を舞台に、ふだんは誰かを追跡する側であるショウが、事情あって追われる身となった人物の逃避行を手助けするという。「怪人vs.名探偵」の図式を原則として崩さないライム・シリーズとはこれも対照的に、作品ごとに設定がダイナミックに変わっていく点もショウ・シリーズの魅力の一つとなりそうだ。

さて、ライム・シリーズといえば、ほぼ三年ぶりの新作 *The Midnight Lock* の邦訳版の刊行が二〇二二年秋に予定されている。パンデミックをはさんで書かれたこの新作では、ライムがオンライン会議ツールＺｏｏｍを積極活用するなど、シリーズの世界にも現実のそれと似た変化がいくつか起きている。ライムご自慢の自宅ラボにも大掛かりな改装が施されていて、これが物語の〝鍵〟の一つにもなる。

またアメリカでは、ショウ・シリーズ四作目に続き、二〇二二年から二三年にかけて、独立《スタンドアローン》作品とライム・シリーズの次回作が相次ぎ刊行される予定とか。加えて、ショウ・シリーズのドラマ化も着々と進められており、具体的な放映・配信予定が近く発表されるようだ。

そして日本では、第三短編集 *Trouble in Mind* の邦訳版が『フルスロットル』『死亡告示』（文春文庫）の二分冊で二〇二二年四月と五月に刊行されたばかり。過去二つの短編集（『クリスマス・プレゼント』『ポーカー・レッスン』いずれも文春文庫）とやや趣を異にする、ディーヴァーらしからぬスーパーナチュラル風味のぶっとんだ作品も含め、多種多様で楽しい短編・中編が計十二編収録されている。「はらわたまでねじ切れそうなひねり《ツイスト》とサプライズ」がぎゅっと詰めこまれた読みごたえある短編集も、ぜひお楽しみいただければと思う。

ファイナル・ツイスト

二〇二二年六月三十日　第一刷

著者　ジェフリー・ディーヴァー
訳者　池田真紀子《いけだまきこ》
発行者　花田朋子
発行所　株式会社文藝春秋
〒102—8008　東京都千代田区紀尾井町三—二三
電話　〇三—三二六五—一二一一
印刷所　凸版印刷
製本所　加藤製本

万一、落丁乱丁があれば送料当方負担でお取替えいたします。小社製作部宛お送りください。

定価はカバーに表示してあります。

ISBN978-4-16-391561-6